小説

司法試験

合格にたどりついた日々

霧山昴

花伝社

小説　司法試験——合格にたどりついた日々◆目　次

受験生活スタート

学生村　　8月上旬

仁田君の誘いに乗って、ぼくは長野の学生村に籠《こも》って司法試験の勉強をはじめることにした。仁田君は東大法学部の同級生で、駒場時代にはぼくと同じセツルメント活動をしていた。学生村は飯山市戸隠《とがくし》にある雪見荘。冬には、ここらあたりは一面の銀世界になるのだろう。いかにも人の好さそうな沢田さん夫婦がやっている学生相手の民宿だ。学生はいちおう勉強するということで来ているので、夜もそれぞれ本を読んで部屋は静かだ。

朝夕は涼しいけれど昼間はさすがに暑い。クーラーはないので、窓を全開にして勉強する。机を並べる仁田君は公務員試験を受けるので、その関係の問題集や参考書を持ち込んでいる。ぼくのほうは司法試験の勉強を本格的にはじめるつもりなので、基本書となるべき民法の「ダットサン」と刑法の団藤重光『刑法綱要』を持ち込んだ。ところが、ぼくはたちまち壁にぶちあたった。まるで進まないのだ。「ダットサン」を読んでも、分かったような分からないような……。法学部の授業をまともに受けておらず、本格的な法律議論をしたこともない身では、さっぱり頭のなかに入ってこない。素通りしているというか、目が活字を追っているだけ。どうにも法律というものは難しい。分からないとすぐに眠たくなってしまう。暑いなかに涼しい風が部屋にいってくると、ついうとうととして睡魔に襲われる。息抜きしようと、午後3時ころ仁田君たちと連れだって近くの田圃《たんぼ》道を散歩してみる。そのあと少しだけ昼寝するつもりだったけど、気がつくと、とっくに夕食の時間になっている。そんな日々を過ごした。

団藤『刑法綱要』はハードカバーで490頁あるうえに、たくさんの「注」が細かい字で付記されている。この「注」を抜かすわけにはいかない。せめて『総論』だけでも読了しようと思ってがんばったけれど、現実には、とてもとても……。読み飛ばすことは許されない、というか、ぼくの脳が読み飛ばすのを許さないのだ。

8月に2週間ほど学生村にいて良かったことは、今のぼくは司法試験の受験生なのだ、という自覚ができたこと。これに尽きる。テレビはまったく見ないし、なんとか朝から晩まで机に向かって法律の本を読んで勉強するという習慣だけは身についたように思う。これを成果だと自分に言い聞かせ、仁田君と一緒に東京の下宿に戻った。

8月下旬

9月に法学部の定期試験を受ける予定なので、授業で何が教えられていたのか知る必要がある。そのとき便利なのが東大出版会教材部が発行している講義ノートだ。あとでは活字になったが、ずっと誰かの手書きだ。文字は美しく親しみがあって読みやすい、まさしく臨場感あふれる講義ノートだ。注釈こそついていないけれど、教授が教室で話した一言一句が再現されているというより、教科書のように項目立てがなされているので、体系的にも理解できる。ぼくも教授の誰かの授業をこんなふうにノートを取って売り込みに行ってみたいと夢想した。

ぼくが読みはじめた新堂幸司《しんどうこうじ》の「民事訴訟法講義ノート」は昭和44年7月発刊のものだから、昨年の授業だ。1年で大きく変わるはずもないので、これを読んで定期試験に臨むことにする。話し言葉になっているので分かりやすいと言えば分かりやすいのだけど、何しろ教科書をきちんと読んでおらず、授業には出ていないうえに、手続の説明にとどまらない民事訴訟法理論が展開されるのだから、やはり難しい。だいいち、用語が難解だ。民事訴訟法231条の二重起訴の禁止について言えば、事件の同一性の判定には訴訟物の同一性にのみよるべきではなく、主要な争点の同一性というポイントをも考慮すべきである。主要な争点が同一の場合には、別訴は許されない。反訴でやれと強制することによって弁論の場の共通性を獲得し、判断の矛盾抵触《むじゅんていしょく》を防ぐことを狙いとする。ううむ、分かったような気はするけれど、本当に分かったと言えるのだろうか……。

次は労働法だ。こちらは、この8月に出たばかりの石川吉右衛門《きちえもん》の「労働法（1）」を読む。学生が教室でとったノートがきれいに清書され、しかもタイプ印刷されている。ところが、続いて労働法（2）を見ると、同時に刊行されたのに、こちらは活字ではなく、手書き文字だ。活字より、よほど読みやすい。まあ、いずれも整理が行き届いていて教材部で刊行するだけのことはある。

「労働法（1）」は総論にはじまり、個別的労働法を論じている。労働契約関係のいくつかの論点が取り上げられている。「労働法（2）」は団体的労働法がメインだ。団体交渉、労働協約、争議行為と免責、使用者側の争議行為、不当労働行為が論じられている。労働法も試験科目の一つだけれど、それほど時間をかけるわけにはいかない。だから、この講義ノートを事実上の基本書として、何度も読み返すことにする。

ぼくが下宿で講義ノートを前にして、うんうん唸って苦労していると、出入り口のガラス戸に絵ハガキがはさみ込まれた。沖縄の守礼の門の写真だ。うらやましいね、誰が沖縄に行ってきたんだろう。差出人を見ると元セツラーの彼女からだった。ぼくより一足先に地方公務員として働くようになった彼女は、この夏に休みをとって沖縄に出かけ、戦跡巡りをしたという。沖縄の完全本土復帰はまだだからパスポートが必要だったはずだ。沖縄には日米安保条約の矛盾が集中的にあらわれている。彼女は職場で大変なこともあるようだけど、こうやって元気に沖縄へ旅行している。うれしいね。ぼくは絵ハガキを両手でもって頬ずりをしたあと、机の引き出しにそっとしまった。さあ、講義ノートの続きを読まなくっちゃ……。

8月末

定期試験

9月に入ったらすぐ、大学の定期試験がはじまる。基本的には司法試験の受験科目にしぼるつもりだけど、卒業に必要な取得単位の関係で行政法や国際法も受けることにした。民事訴訟法や労働法は受験科目なので、真剣にやろう。

ぼくは、駒場時代はセツルメント活動に専念していて、法律学の授業はほとんど受けていない。一年目は法学入門編だったので面白くないと思って授業に出なくなった。二年生になって少しは真面目に授業に出ようかなと思っていると、6月から東大闘争がはじまり、まともに授業はない状況が続いた。本郷に遅れて進学してからも、しばらくはセツルメント活動を続けて川崎に下宿していたので、きちんと授業は受けていない。授業は受けるなら、ときどき出席するというのはダメで、毎回必ず出席し、きちんとノートを取り、すぐに復習するようにしないと法律論の面白さは分からないし、身にもつかない。だから、この秋からの授業は、出ると決めた科目については皆勤するつもりだ。

9月上旬

9月2日から11日まで、法学部の定期試験を受ける。試験が終わると、10月上旬まで秋休みだ。夏休みが終わって、しばらくすると秋休みだなんて、本当に植木等《うえきひとし》じゃないけれど、大学生は気楽な稼業ときたもんだ。とは言っても、ぼく自身は遊んでいる場合ではない。それはともかくとして、講義ノートだけを頼りに受けた定期試験の結果は悲惨だった。残念ながら、これがぼくの現在の実力だ。民法1部（川島武宜《たけよし》）、可。民法2部（星野英一）、可。刑法2部（団藤）、良。民事訴訟法（新堂）、良。刑事訴訟法1部（団藤）、良。行政1部（塩野宏）、良。行政2部（塩野）、良。労働法（石川）、良。国際法（寺沢一）、良。

ああ、まったく、なんたることだろう。優は望むべくもない。しかし、肝心要《かなめ》の民法が二つとも可しかとれなかったというのは、今のぼくの実力を正確に反映しているとは言え、深刻な事態だ。要するに、法律学の基礎をぼくはまったく理解していないということだ。いったい、どうしたらよいのか……。

集中合宿

10月上旬

10月1日から4日まで、日本アルプスにある東大の谷川寮に籠って集中合宿をすることになった。司法試験の受験を目ざす学生が5人か6人集まって勉強するのが東大方式だ。中央大学のような研究室に入って勉強するというシステムは東大にはない。気の合った学生仲間が集まり、ときに合格した先輩をチューターとして確保する。ぼくらは、この3泊4日の合宿に合格者を確保することはできなかった。そもそも司法試験の合格発表は例年10月1日ころだから、合格者を前もって確保しようと思っても無理がある。ぼくらの勉強会がスタートしたのは、9月の定期試験が終わって秋休みに入ってからのことだ。メンバーは男性4人、女性1人の合計5人。1人だけ木元君が連れてきた女子大生が加わった。ところが、この女性は、ぼくらが議論しているときに聞き役に徹し、まったく発言しない。これはまずい。法律学は人を説得する技術でもあるから、発言して自分の意見を述べてお互いを刺激しあわないといけない。また、話すことによって頭の中が整理されていき、論理的に展開できるようになる。勉強会では決して発言を遠慮してはいけない。終始一貫、沈黙を守っていた女性は次第に存在を無視されるようになった。男も女も度胸が求められるのが世の中の常だ。

谷川寮は山の中にあるだけに外界から無用な刺激を受けることはまったくない。ぼくらはニュース以外はテレビも見ずに、真面目に本を読み、議論を重ねた。テキストは『民法演習』だ。事例があげられ、論点が提起されて、条文にしたがって問題点を整理していく、はずだった。ところが、実際には、みな初歩レベルの法律知識しかないため群盲《ぐんもう》、象を撫《な》でまわすという感じで、まったく正解が分からず、議論の方向性も見えてこないので、もどかしさが募《つの》った。やっぱり一歩先を行くチューターを確保して議論をリードしてもらう必要がある。勉強会で議論するときには、基本書と離れたところで、各自が勝手に思いつきをぶつけ合うだけではダメ。それでは無用な時間の浪費となり、ロスが大きすぎる。また、逆に自分の頭でしっかり考えずに権威や知識だけに従って展開していると、応用が利《き》かずに思考が固定的となって柔軟性に欠けることになる。このバランスをとるのが難しい。

中央大学の伝統ある司法試験研究会の一つである真法会《しんぽうかい》の向江璋悦《むかえしょうえつ》会長は、勉強会では、基本書を声を出して読み合うのも有効だという。目と耳から入ってくる情報は頭にしっかり入ってくるからだ。なるほどとは思ったけれど、それをやると時間があまりにもかかってしまうので、ぼくらの勉強会では採用しなかった。

ところで、ぼくは司法試験を受験すると決めたときに留年することも決めた。東大の授業料は年に1万2000円だ。それで親に頼んで留年を許してもらった。ところが中央大学とか早稲田大学のような私学だと月謝（学費）が高くて、学生は国立大学のぼくらのように気楽に留年することなど考えられもしない。留年して学生であることの利点は限りなく大きい。学生なので学割は使えるし、大学の授業は好きなだけ受けられ、生協をふくめて学内の施設利用も当然できる。何より無職・無頼の徒と世間から見られない安心感がある。

谷川寮での合宿は『民法演習』を囲んで議論してみると、民法理論は奥が深くて難解であることを再確認しただけのようなものだった。まあ、正確にそのことをみんなで確認しただけでも意義は大きいと言えるかもしれない。ぼくは、その反省から、我妻栄《わがつまさかえ》の『民法講義』全巻通読に挑戦することを決心した。やるからには徹底してやらなければいけない。東大を受験するときだって、ぼくは図書館に入り浸って古典文学体系を総当たりした。同じようなものだ。

合宿のあと、女子大生は勉強会に来なくなった。紹介者だった木元君も就職組に転じたので、せっかく司法試験に合格したばかりの高濱氏をチューターとして確保したものの、ぼくらの勉強会は存続が危ぶまれるようになった。

東大法学部の伝統

10月7日（水）

法律学の勉強に飽きた気分で安田講堂前の銀杏並木《いちょうなみき》を暇《ひま》そうに歩いていると、先輩の太田氏と出会い、誘われた。東大法学部の伝統を考えようという研究会が開かれるという。まだ秋休みなので授業はないし、関心のある話なので参加することにした。

会場となった文京区民センターの会議室には法学部の学生が何十人も集まっていて、太田氏が「東大法学部の栄光と汚辱の伝統」という分厚いレポートをもとに報告した。ぼくはレポートをめくりながら太田氏の話に耳を傾けた。高級官僚そして政治家を輩出し、国家権力を支えてきた。それが帝大以来の東大法学部だ。いわば権力の中枢と直結した存在と言える。だから、東大法学部の教授には、いわゆる左翼とか人権派は皆無だ。そんな学生は、いくら優秀でも教授の引きで助手になって法学部に残ることはありえない。しかし同時に、革新の伝統も戦前の新人会以来、脈々と続いている。東大闘争も、その両者の流れのせめぎ合いという側面があったことを無視するわけにはいかない。そして、今、現に民主的な法曹を目指す学生が大量に存在している。この指摘は、司法試験の試練を経て法曹の一員になろうとしているぼくにとって大変心強いものだった。これを知っただけでも、この研究会に参加して良かったと思った。いやいや、官僚になろうとしている学生だって、きっと権力機構のなかで、それなりに力を発揮して、これまでより良い行政を目ざしてくれるだろう。ぼくには、企業に入った人たちがどうなるのかは想像できない。

研究会は、今後も持続的にいくつかの分野でテーマを決めて開催することになった。ぼくはマルクスの『資本論』を読むチームに加わることにした。経済の基礎を勉強しようと思ったのだ。しかし、手をあげたあと、研究会の帰り道、ぼくは大いに反省した。そんな時間が今のぼくに本当にあるのか……。そこで、ぼくは姑息《こそく》な手段でキャンセルすることにした。直接、太田氏か誰かに断りを言うのではなく、実際に行かないで、来てないことを誰かに咎《とが》められたら、行く時間がとれなくなったと言って撤回することにする。その後、ぼくは行ってないのだけど、誰からも咎められることはなかった。その場の雰囲気に呑まれて、ほんのちょっとした気の迷いから参加すると言ってしまったままでのこと。ぼくに、軽率《けいそつ》だったとはいえ、悪気がなかったことは明らかだった。当分のあいだ、少なくとも司法試験に合格するまでは、社会科学の本は読まないことを改めて固く決意した。

法学部の授業に出席

秋期の授業

10月12日（月）

朝8時半から法文1号館25番教室での鴻《おおとり》常夫の商法2部の授業を受ける。9月初めの定期試験を終えて、秋休みが明けて秋期の授業が始まった。法学部のカリキュラム表に夏学期と印刷してあるのはなにかの間違いだろう。安田講堂を背にして右手に法文1号館がある。入ってすぐ右側の石造りの螺旋《らせん》階段を登り切った2階に25番教室はある。法学部生500人全員を優に収容できる大教室で、教壇は学生の肩ほど高く、教室は後方に向かって緩やかに高く傾斜している。

ぼくは朝7時に起床して下宿でパンと紅茶の朝食をとって25番教室に駆け込んだ。下宿から教室まで歩いて5分あまりでたどり着く。朝8時半でも教室はまばらということはなく、最前列から学生は詰めて座っている。ぼくは後方の空いている席に座った。教授は時間きっかりに教壇に現れる。

商業2部は会社法だが、その前に商法総則を論じる。どちらも司法試験科目なので、ぼくは真面目に授業を聴き、一生懸命にノートを取る。午前10時20分に終わり、10分間の休憩のあと、同じ25番教室で新堂幸司による民事訴訟法2部の授業が始まる。まだ若い新堂は争点効理論なるものを提唱して学界から注目されているという。良く分からないけれど、裁判の当事者間で、主文中の判断には既判力が働くのに対して、理由中の判断には争点効が認められているというものだ。これは、補助参加した当事者に対しても争点効が発生するという。新堂はエストッペルの要請が働くからだと理由づけている。はてさて、このエストッペルとは何者か……。英語ではなさそうだ、ラテン語かな。あとで調べてみると、禁反言だ。前に言ってたことを後でひっくり返してはいけないということかな。午後から受けるべき授業はないので、法文2号館の地階にある「メトロ」でサービスランチのハンバーグを食べて下宿に戻る。

10月13日（火）

今日は31番教室だ。こちらは「メトロ」が地階にある法文2号館の2階にある。25番教室は入り口から右側へ曲がって上にあがる螺旋階段だが、31番教室は入り口から左へ曲がって上がる螺旋階段だ。広さは25番教室と変わらず700人だって収容できるだろう。後ろが少し高くなっているという構造も25番教室と同じだ。朝8時半から平井宜雄《よしお》の民法2部の授業を受ける。昨日より学生は多く、ぼくが時間ぎりぎりに駆け込むと満席に近い状況だった。日本では契約が簡単であり、紛争が多い。法律行為自由の原則は、契約自由の原則でもある。

お昼に「メトロ」で昼食をとり、しばし休憩したあと、午後1時から同じ31番教室で藤木英雄の刑法2部の授業を受ける。こちらも満員盛況だ。ぼくは真ん中あたりの席に座って聴講した。責任能力。故意または過失が存在すれば責任は存在すると推定される。違法・有責な行為の法的定型が構成要件にほかならない。ぼくの脳が知的刺激にあって震えた。

10月14日（水）

今日は午前中の授業が行政法などで、ぼくの司法試験受験科目ではないのでパスして、下宿で独習する。午後1時から25番教室での四宮《しのみや》和夫の民法4部の授業を受ける。同じ時間に31番教室で小林直樹の憲法の授業もあるけれど、ぼくは民法を優先した。

25番教室にぼくが入っていくと、最前列はいつも同じ顔触れの学生たちが座っているのに気がついた。顔見知りの安田君もいる。安田君たちはどうやら暗黙のうちに席を固定して確保しているようだ。もちろん席は自由なんだけれど、いつのまにかなんとなく固定席のようになっていく。ぼくにしたって、たいてい真ん中より後ろの席に座っている。最前列は成績優秀組の指定席になっていると、教室から出るときに一緒になった司法試験受験生仲間の大池君がぼくに教えてくれた。道理で安田君が1番前の列にいるわけだ。四宮の今日のテーマは、明治民法と戦後民法の違いだ。

10月15日（木）

朝8時半から31番教室での藤木の刑法2部の授業に出る。信頼の原則とは、特別な事情がない限り、自動車運転手は他の交通関与者が交通規制を守るであろうことを信頼してよく、したがって他人が交通違反の態度に出ることを計算に入れる必要はないというもの。

10分間の休みをおいて、25番教室で新堂の民事訴訟法2部の授業を受ける。新訴訟物理論《しんそしょうぶつりろん》は、紛争解決機能を重視するというのが基本的な立場である。「社会的に一個の紛争」について、終局的な解決を図るには、「一個の訴訟」によるべく、実体法の観点からは数個の請求権の存在が肯定されるときであっても、その請求権ごとに訴訟を分断してはいけない。請求権は単なる「法的な観点」なのであって、訴訟物の個数を画するメルクマールとはなりえない。メルクマールって、基準という意味なんだろうね……。まあ、それにしても難しいよ。

10月16日（金）

我妻栄『民法講義』

今日は授業は受けない。司法試験で社会政策を選択し、その授業があるけれど、それはアンチョコ本ですますつもりだ。それよりなにより、民法だ。ぼくは民法については我妻栄の『民法講義』を全巻通読するつもりでいる。民法を制する者は法律学を制す。というか、民法を身につけないことには法律学を学んだとは言えない。そして、民法の根幹を説いているのが我妻栄なのだから、ともかく我妻の『民法講義』を読み解くしかない。今日から、まず『債権総論』を読む。580頁もあり、手にとるとずしりと重たい。質量ともに大著だ。これを読み切って債権法についてきちんと理解したいものだ。ぼくは2週間で1日に40頁から50頁というペースで読みすすめる計画を立てた。債権の本質は、特定の人をして特定の行為をなさしめる権利である。その作用として、債務者に対して給付を請求する権利である。権利の効力は結局、金銭の支払いを請求することに帰着する。

我妻栄の文章はとても論旨明快だ。じっくり読めば、それなりに理解できる。そのことを知って、ぼくはうれしかった。初日の今日は、夜までかかって112頁すすんだ。

10月17日（土）

朝8時半から31番教室の平井の民法2部の授業に危うく遅刻しそうになった。下宿から教室まで歩いて5分しかかからないのに、近い人ほど遅刻するという言葉のとおりだ。息せき切って教室にすべりこむ。満席で座れないなんてことはないけれど、かなり席は埋まっている。法学部生は真面目なんだよね。平井の今日のテーマは、不法行為と契約責任。いずれも市民相互の一般的関係から生じる責任だ。

午前10時半からは、教室を移動して25番教室で四宮の民法4部の授業を受け、親族の範囲を学ぶ。外国では、配偶者は親族としないという。姻族《いんぞく》とは、配偶者の一方と他方の血族とを相互に言う言葉だ。婚姻によって結合した男女、すなわち夫と妻を相互に配偶者という。内縁の夫婦は配偶者ではない。内縁とは、社会一般からは共同体と認められている実質を有しながら、届出を欠くために法律上は夫婦と認められないものをいう。儀式その他の形式を要しない。

10月18日（日）

一日中、下宿に籠って我妻『債権総論』を読む。まさに格闘だ。債務不履行には三つある。履行遅滞は履行が可能であるにもかかわらず、期限を徒過《とか》して履行しないこと。履行不能は履行が不能なために履行しないこと。不完全履行は不完全な給付をしたこと。履行遅滞が成立するには、次の４つの条件が必要。①履行が可能なこと、②履行期を徒過したこと、③債務者の責《せめ》に帰すべき事由にもとづくこと、④履行しないことが違法であること。

我妻栄は、このように分類してきちんと定式化しているので、とても分かりやすい。さすが民法の大家《たいか》と言われるだけある。過失相殺は、損害賠償制度を指導する公平の原則と債権関係を支配する信義則との具体的な一つのあらわれである。うむ、なんだか分かったような、よく分からないような……。今日は45頁すすんだ。45頁しかと言うべきか、45頁も進むことができたと言うべきか……。

10月19日（月）

朝８時半から鴻《おおとり》の商法２部を25番教室で受ける。２週目に入って、生活のペースがなんとか定着して、遅刻の心配はしなくなった。

午前10時半から同じ25番教室で新堂の民事訴訟法２部の授業を聴く。今日は「弁論の全趣旨」とは何か、だ。弁論の全趣旨とは、口頭弁論にあらわれた一切の資料・模様・状態である。当事者の陳述内容だけでなく、その陳述の態度もふくまれる。そして、民法上の和解に瑕疵《かし》があるとき、訴訟上の和解の効力はどうなるのか、また、その無効の主張方法は……。なかなか難しい。必死にノートを取る。ぼくは下宿に戻って自分の講義ノートを読み返し、清書するようにしている。そうやって理解したところを脳内に定着させていくつもりだ。

10月20日（火）

朝8時半から平井の民法2部の授業を受ける。平井は「大学湯《だいがくゆ》事件」を取りあげた。これは「権利」とは何かにこだわらず、法的保護を与える必要のあるものは権利とすると考えたということだ。

昼休みをとったあと、午後1時から同じ31番教室で藤木の刑法2部の授業に出る。人格の主体的現実化と見られる身体の動静が行為である。不作為も過失も行為であると考えてよい。行為の要素として目的性を要求することは、一方では不十分であり、他方では過多である。自力救済行為とは、法律上の手続によらないで自力によって権利を救済あるいは実現する行為のこと。

10月21日（水）

午前中は我妻『民法講義』を下宿で読みすすめる。いやあ難しいし、骨があるよね……。債権譲渡とは、債権を、その内容を変じないで移転する契約である。債務引受とは、債務を、その内容を変じないで移転する契約である。債権譲渡について、債務者に対する対抗要件として、通知と承諾を要する。この通知について、譲受人は譲渡人を代位してなすことは許されない。承諾は代理人によってすることができる。

午後1時から25番教室で四宮の民法4部の授業を受ける。自然の血のつながりがある者を血族といい、これに準じて養子縁組を通じて深い関係にあるものを法定血族という。配偶者の一方と他方の血族を相互に姻族《いんぞく》という。しかし、配偶者の一方の血族と他方の血族、たとえば夫の親と妻の親とは相互に姻族ではない。姻族間の親等は夫婦を一体として計算する。親族の範囲に入るのは配偶者のおじおば、自分のおじおばの配偶者まで。ふうっ、疲れる……。

10月22日（木）

朝8時半から31番教室で藤木の刑法2部の授業を受ける。違法性とは、単に形式的ではなく、実質的に全体としての法秩序に反すること。行為者に故意・過失があればこそ、行為についての非難を行為者に帰することができるのであり、故意・過失の本籍は、やはり責任論の領域にある。一般的正当行為とは、正当な業務による行為、社会的に相当な行為のこと。許された危険というものがある。法律の錯誤とは、たとえば、鑑札をつけていない犬を「無主犬」と思うことをいう。「無主犬」は鑑札をつけているかどうかによらない。これに対して事実の錯誤は、他人の飼い犬ではないと思うことだ。ふむふむ、なるほどだね……。

引き続き午前10時半から、25番教室に新堂の民事訴訟法2部の授業を聴く。新堂の話は明快なので学生に人気があり、出席者は多い。妾《めかけ》関係にある限り月10万円を支払う。このような公序良俗に反する関係が理由となっているのであれば、認諾しても既判力は認められないと斉藤秀夫説は主張する。しかし、公序良俗違反の関係が理由に示されていても、月10万円を支払うという契約は独自に認諾によって成り立つと考えるべきではないのか。ううむ、本当にそれでよいのかなあ……。

夜、下宿で、我妻『債権総論』を読む。債権者代位権と債権者取消権、この二つの違いがどうにも分かったようで分からない。悩んでいるうちに眠たくなってきた。脳が拒絶反応を起こしている。今日は19頁しかすすまなかった。もうダメだ。明日にしよう。

10月23日（金）

朝から下宿で我妻『民法講義』を読んでがんばる。お昼に「メトロ」で食事したあと、向かいの書籍コーナーで「受験新報」を買い求める。この「受験新報」は月刊で一冊250円。安くはないけれど、司法試験に関して最新の活字情報を入手できるし、先輩の合格体験記を読んで奮起できるので、いわば価値ある250円だ。

真法会の向江会長は司法試験は残酷な試験だと断言する。というのも、以前は合格率が10％台だったのに、昭和28年度から4％に下がり、このところ3％台になっている。昭和44年は2・7％だった。向江会長は、せめて10％の合格率に戻すべきだと主張している。受験生のぼくも、まったく同感だ。

司法試験を受験する人は昭和44年に1万8000人を超えたのに、最終合格者は501人だった。今年（昭和45年度）は2万人の受験者に対し合格者が500人だとすると、合格率は2・5％にしかならない。ちなみに、ぼくが受験した昭和46年度の受験者は2万3000人で合格者は500人と変わらなかったので、2・2％だった。せめて1000人の合格者を認めるべきだとぼくは思う。それでも5％にもならない。あまりにも合格率が低すぎる。

向江会長は、司法試験は忍耐力を試す試験でもあるという。日夜、法律のことしか考えていないような生活を一年のあいだ送ることになる。とはいっても、司法試験を克服不可能な試験だと考えてはいけない。自分のようなものでも受かる、受からないようなものではないと考えるのだ。ただし、そのためには集中して勉強することが必要。漫然と本を読んでいてもダメ。司法試験は国家試験で、国家が法曹としての能力や資質があるかどうかを試す試験なのだ。ふむふむ、なるほどね……。ぼくは気を引き締めて、我妻『債権総論』に戻った。

10月24日（土）

朝8時半から31番教室で平井の民法2部の授業を受ける。今日のテーマは違法性阻却《そきゃく》事由だ。不法行為による損害賠償請求について、正当防衛や緊急避難《きんきゅうひなん》、被害者の承諾、正当業務行為、正当行為、自力救済《じりききゅうさい》が認められることがある。これらを違法性阻却事由という。必死でノートを取る。途中でお腹が痛くなったけれど、なんとか我慢した。

午前10時半からは25番教室で四宮の民法4部の授業を聴く。氏《うじ》とは、本来は父兄的集団の呼称だった。旧民法は、氏を「家」の呼名とした。そうだったのか。夫の死亡によって、生き残った妻と夫の血族とのあいだの姻族関係は当然には消滅しない。生存配偶者はいつでも戸籍上の届出をなして姻族関係を終了させることができる。

10月25日（日）

今日も、一日、我妻民法だ。お昼に「受験新報」バックナンバーを読む。いろいろ参考になる。法律を好きにならないと、どうしょうもないということは、たしかにある。そして、勉強していると、ときに気分が乗らないことがある。こんなときには、そこで勉強を中断するのではなくて、自分の得意科目を勉強して乗りこえる。こんな勉強の仕方を身につけていないと先々で伸びていかないし、伸びていけない。一日一科目、ずっと本を読む。それに飽《あ》きるだなんて、とんでもないこと。司法試験の勉強では1万頁の本を読まないといけないんだ。読み飽きただなんて、そんな贅沢を言って、どうするのか……。1年半のあいだ、1日10時間ずつ勉強したら、必ず合格できる。学生だったら大学の講義をきちんと受けて、それに自分の勉強をプラスしたら大丈夫だ。基本書を読むペースは、1時間に20頁、速くても25頁。30頁を読めと言われても、とても読めるものではない。ところが、理解が深まるにつれ、読むスピードはアップしていく。基本書をまずは1日30頁のペースで読んでみる。分からないところは、そのまま飛ばして、とにかく読むだけ読んでみる。次に基本書の目次をノートに書き写して、体系を頭に入れる。そのうえで、今度は前の半分のペース、つまり1時間に15頁の速さで、じっくり読んでみる。ストップウォッチでも持って基本書を読みすすめるなんて芸当はとてもできないよね。ええっ、こんな、読む速さって、結果だと思うんだけど……。

人並みに勉強していれば、人並みに落ちる試験。それが司法試験だ。なるほど、そういうことなのかな。人並み以上に勉強しなければいけないということなんだね。さあ、我妻民法を再開しよう。

10月26日（月）

朝8時半から鴻の商法2部の授業を受ける。商法とか会社法というのは、世の中の仕組みをまったく知らないぼくにとって、イメージの掴《つか》めない世界だ。午前10時半からは、同じ25番教室で新堂の民事訴訟法2部の授業に出る。公開主義は一般公開と当事者公開と二つがある。口頭主義と書面主義。純粋口頭主義は幻想だ。随時提出主義は訴訟の遅延をもたらす。

ぼくはまだ裁判所に行ったことがない。ぼくの生まれ育った町に裁判所があるなど考えたこともない。法廷は映画やテレビで見ただけなので、さっぱりイメージの湧かない話だけど、ともかく必死にノートを取る。民事訴訟法はいちばん面白くない科目だとよく言われる。手続法なので、学生にとってなじみが少ないし、また思考方法の訓練ができていないからだ。これに対して刑事訴訟法のほうは、同じ裁判手続法であっても、憲法の規定と直結している部分が多いので理解しやすい。そして、刑事訴訟法は基本的人権の尊重と実体的真実の発見に基礎を置いている。だから、緊張関係があって学生にとって興味を惹《ひ》きつける。民事訴訟法は対等な当事者間の紛争解決を目的とし、処分権主義が表面に出るし、社会的妥当性という、きわめて捉《とら》えにくいものが考慮されなければいけないとされる。それでも民事訴訟法はビジョンに乏しいけれど、実体法とあわせて秩序を保っていくという重要な法律である。うむむ、なんだか難しい話だね、これって……。

夜は、我妻民法の深い闇の中をさまよい歩く。

10月27日（土）

朝8時半からの平井の民法2部は、今日は第三者による債権侵害がテーマだった。過失のみでは足りず、意思的な要素が必要だという。午後1時からの藤木の刑法2部では、たくさん勉強すべきことがあることを再認識させられる。故意のなかの未必《みひつ》の故意には、結果発生の意欲はない。原因において自由な行為というものがある。未遂罪は、犯罪の実行に着手があったことが第一の要件。予備・陰謀があったというだけでは、未遂にもならない。

夕方、下宿で「受験新報」を読みながら、真法会の答練に参加するかどうか検討してみた。参加すると、毎週日曜日、朝9時半から短答式の試験を受ける。そのあと、論文式の試験が2時間ある。短答式試験に合格した人だけ、論文式試験の答案を採点してもらえる。そして、出題者が講評する。真法会の答練に参加していた人の合格体験記によると、常に刺激を受け、精神的な緊張感を保持できる、「負けてなるものか」というファイトを燃やすメリットがあったという。しかし、まったく基礎のないぼくには、参加しても意味がないと判断した。

10月28日（水）

午前中は下宿で我妻民法を読む。午後1時から25番教室で四宮の民法4部の授業を受ける。婚約は将来、結婚しようという契約。だから内縁とは異なるが、両者には分かちがたいものがある。これに対して同棲は、単に男女が同居して生活している状態をいう。婚約破棄は、それが不当破棄なら損害賠償請求できる。これは債務不履行責任なのか、不法行為責任なのか……。うむむ、難しいな。

25番教室から出て銀杏並木に出ると、法文2号館から大池君が出てくるのに出会った。大池君は、31番教室での小林直樹の憲法2部の授業を受けたという。今日は東大ポポロ事件が話題になったらしい。私服の警察官が本郷構内に入り込んで、学生の動向をスパイしていたのを学生が摘発した事件だ。これは憲法上は言論の自由に属するもの。憲法は法律によって屋外集会を無闇《むやみ》に規制することを認めていない。そうか、あのポポロ事件の舞台ってまさしく、今ぼくが立っているこのあたりなんだよね。

下宿に戻ると親から現金書留が届いていた。3万円が入っている。これで1ヶ月暮らしていかなくてはいけない。もうアルバイトをしている暇はない。食費は1日350円までにおさえる。そのため家計表をつけることにした。小さなメモ帳のようなものに、出金額を書く。これだけで、無用な出費を抑えることができるから、人間の心理って本当に不思議だ。ただ、勉強に必要な本は買わないわけには行かない。1冊1500円から2000円を超えるものがあるので、痛い。今日は、2冊で40

00円を超えてしまった。食事代は、朝60円、昼110円、夜140円なので、3食で310円。昼と夜は法文2号館の地階にある東大生協の食堂「メトロ」を利用する。

10月29日（木）

朝8時半からの藤木の刑法2部に危うく遅刻しそうになった。昨夜そんなに遅くまで起きていたわけではないのに、つい寝坊してしまった。気が緩んでいるのだろう。いかん、いかん。共謀共同正犯の共謀は、知っていて止めなかったというのは含まれない。身分犯だ。尊属殺人罪では、犯人は被害者の直系卑属《ひぞく》に限られる。これを不真正身分犯という。

午前10時半からの新堂の民事訴訟法2部は刑法と違って心に余裕をもって聴くことができた。自由心証主義（民事訴訟法185条）とは、証拠の証拠能力を限定せず、また、その証拠力に法的な制限を加えず、証拠力の判定を裁判官の自由な判断に任せる主義。証明とは、ある事項につき、裁判官が確信を得た状態をいう。裁判においては証明が原則。疎明《そめい》とは、当該事項が「いちおう確からしいとの推測」をえた状態をいう。これは法の明記するものに限られる。主要事実とは、事実のうち、問題となっている法律効果を定める法規の構成要件に直接該当する事実。これに対応するのが直接証拠。間接事実とは、その主要事実を間接に推認させる事実。これに対応するのが間接証拠。同じように補助事実というものがあり、これは証拠の証拠能力または証明力を明らかにすることに役立つ事実。

午前中に授業を二つも受けると疲れるというか、頭がオーバーヒート状態になる。難しいものをぎっしり無理して脳に詰め込んだ状態で下宿に戻ったら、少し整理しておかないとこぼれ落ちていって身につかない。

法文1号館を銀杏並木のほうに出ると、正面に安田講堂が聳《そび》え立っている。その前は広い石畳の広場だったのが、今ではコンクリート製の花壇が幾何学的に広場に置かれていて、かつて機動隊の学内導入に抗議する６０００人の大集会をこの広場でやったとは想像もできない。安田講堂のそばの緩やかな坂道を降りていくと弥生門にぶつかる。安田講堂の裏手に位置している、この弥生門を出ると、今では斜め前くらいのところに竹久夢二記念館がある。ぼくはまだ入ったことがない。この周囲は、当時も今も、静かな住宅街だ。交通量の多い表通りから離れているので、交通量は多くない。高級住宅街ではなく、この地区は戦災にあっていないらしく、古い民家が建ち並んでいる。もちろん今ではみんな新しく建て替えられている。ぼくの下宿していたのは二階建ての木造民家で、弥生門から徒歩3分の距離にあった。今では、３階建ての鉄筋アパートになっている。いささかくたびれた様子なので、今も学生向けのアパートではないだろうか。ぼくの住む部屋は1階にあって暗くて寂しい。ただ、部屋は広く、板張りの廊下が庭のほうについているので、さらに広い気分。少なくとも押し込められた部屋というのではない。１階で、窓ガラスの向こうには目隠しの板塀があり、見晴らしはゼロ。板塀と廊下のあいだに狭い庭のような空間がある。この庭に花があれば、と思うのは贅沢《ぜいたく》だろう。トイレは水洗。ただし、共用。台所も共用。といっても家主用の台所は別にある。家主の部屋は隣なので、後日、ステレオを買ったときに大音響で楽しむ不作法は許されなかった。

夜11時という門限があったのは、女ひとり住まいらしい家主の安全を考えたら仕方がない。部屋の出入り口は、ドアではなく、廊下に面したガラス戸で、鍵がかかるというだけで、独立した部屋というのではない。室内に水まわりはないので、コンセントから電気ポットでお湯を沸かすくらいしかできない。鍋を使いたいなら、廊下に出て下宿生共用の台所に行くしかない。陽当たりの悪い部屋なので穴籠《あなごも》りして勉強している気分だ。

夜は我妻『債権総論』を読みすすめる。今日は保証債務。保証人は催告《さいこく》の抗弁権と検索《けんさく》の抗弁権を持っている。まずは主たる債務者に催告してくれというのが催告の抗弁権で、まず主たる債務者に執行してからにしてくれというのが検索の抗弁権。ところが、連帯保証人はこれらの抗弁権を持っていない。今日は、なんとか61頁すすむことができた。

10月30日（金）

今日は授業がない日なので、下宿で我妻民法を読む。

今日の夕食は「メトロ」の試食会ということで、カツライスをタダで食べることができた。ぼくはラッキーと心の中で叫んだ。ラッキーついでに大学構内の公衆電話から元セツラーの彼女の自宅に電話をかけてみた。彼女は地方公務員として教育行政の職場で働いている。職場のなかの人間関係では大変なこともあるようだが、その声は生き生きしていて、久しぶりに声が聞けて励みになった。今日の出費はわずか210円のみ。

夜は下宿で我妻『債権総論』を読む。民法は、特殊の場合には、弁済受領の権限のない者に対する弁済も有効としている。たとえば、預金証書と印を所持する者のように、社会観念上あたかも債権者のような外観を呈する者、これを債権の準占有者という、に対してなした弁済は、弁済者が善意である限り有効となる。取引観念からみて、真実の債務者だと信じさせる外観を有しているからだ。今日は内容が難しかったせいで、37頁しかすすむことができなかった。

10月31日（土）

午前中は、朝8時半から31番教室で平井の民法2部の授業を受ける。交通事故、船舶・航空機の事故。今朝は、よくノートが取れなかった。そして午前10時半からは25番教室で四宮の民法4部の授業を受ける。四宮は婚姻の意思を問題として取りあげ、婚姻の無効・取消を論じた。人違その他の事由で当事者間に婚姻をする意思がなければ、婚姻はたとえ届出がなされても無効。詐欺または強迫によってなされた婚姻は、一方の訴をまって取消が認められることがある。

月末なので、午後から大家さんに下宿代をもっていった。家族構成は不明だけど、いつも静かなので一人暮らしをしているとしか思えない。品のいい、感じ良い高齢の60代くらいの女性だ。いろいろ詮索《せんさく》されることもないので助かる。下宿代は７０００円。それに電気代１６０円を付加して支払う。ここは賄《まかな》い付きの下宿ではない。風呂もない。要するに6畳一間の間借り人だ。二階にも何人か間借り人がいるようだけど、用もないので二階にあがったこともない。下宿内で出会うこともほとんどない。みんな部屋で静かに勉強しているのだろう。

今夜の『債権総論』は債権者取消権。その対象となるのは詐害《さがい》行為だ。これは債権者を害する債務者の法律行為。今夜はなんとか60頁すすむことができた。

11月1日（日）

朝の目覚めはよし。すぐに電気ポットでお湯を沸かす。昨日のうちに買っておいたビスケットとミカンを食べ、紅茶を飲む。紅茶には蜂蜜をたっぷり入れ、甘さは十分だ。日曜日だからといって勉強を休むことはない。受験生なので、どこへ出かけるという予定もなく、今日も一日、陽の射し込まない部屋に籠って一人勉強するつもり。外はいい天気だけど仕方がない。心を静めて机に向かい、我妻栄『債権総論』に挑《いど》む。難しい論述だけど、少しはその面白さも分かるようになってきた。受領遅滞《じゅりょうちたい》、代位弁済《だいいべんさい》がなんとか理解できた。

お昼になった。弥生門から東大構内に入り、すっかり黄変した銀杏並木《いちょうなみき》を通り抜けて正門近くの定食屋に入って、野菜炒めランチを食べる。やっぱり野菜を食べておかないとね。故郷の親、そしてセツルメント診療所の皆さんも、しつこく野菜を食べるように忠告する。ぼくも健康維持には気をつけている。幸い風邪はひいていない。寝込んでしまったら、予定が消化できなくなる。

下宿に戻る前に、録音テープを電池と一緒に買った。勉強するのに録音して繰り返し聞くという方法があるという。どうだろうか、いちど試してみよう。そそくさと下宿に戻り、我妻栄先生のご高説をじっくり拝聴する。ぼくは重要だと思うところは、赤鉛筆で濃く太い棒線を引いたり、波線にしてみたり、丸で囲って視覚的に重要度が分かるようにして、それを目に焼きつける。ときには青鉛筆も使う。欄外に図解したり、我妻説が独自なものであれば、そのことを注記として書き込む。こうすると、我妻博士の本が次第にぼくの本になっていく気がする。夕食は、下宿近くの中華料理店で焼きソバを食べる。これで本日の出費は735円也。

夜も我妻民法だ。相殺《そうさい》とは、債務者がその債権者に対して自分もまた同種の債権を有するとき、その債権と債務とを対当額において消滅させる意思表示である。「対等」ではなく、「対当」だ。

今日一日で我妻『債権総論』は86頁もすすむことができた。よし、これで良し。さあ、寝よう。

11月2日（月）

朝8時半から、25番教室で鴻《おおとり》の商法2部の授業を受ける。手形法・小切手法だ。午前10時半から引き続き同じ教室で、新堂の民事訴訟法2部を聴く。口頭弁論と事物管轄《じぶつかんかつ》を教わる。簡易裁判所の扱う事件が10万円までだったのが30万円までに引き上げられた。簡裁では代理人弁護士を頼まないでやる本人訴訟が多く、そのため無駄に費やされるエネルギーは莫大なものになっているという。お昼は「メトロ」でナスの肉味噌炒めランチを食べる。食後は、曇天の下、まっすぐ下宿に戻る。

我妻『債権総論』は相殺の続き。相殺適状《そうさいてきじょう》とは、同一当事者間に債権の対立があり、対立する両債権がともに弁済期にあって、相殺を許さない性質の債権でないことをいう。これを前提として相殺すると、債務の対当額における消滅という効果が相殺適状を生じたときに遡《さかのぼ》って生じる。

勉強していると、廊下から声をかけられた。下宿の老婦人が静かに微笑《ほほえ》みながら現金書留を手渡してくれた。誰からだろう……。故郷の長姉が陣中見舞いとして５０００円を送ってきてくれたのだった。アルバイトをしていないから、こんな臨時収入があると心強い。

お腹が空《す》いてきた。早目に夕食をとろう。再び本郷構内に入り、「メトロ」でサンマの塩焼き定食をいただく。帰りに予備食料として１４５円でインスタント食品を購入する。夜食にソバを食べたいときがある。本日の出費は４９５円。１日３５０円という制限をこえているが、今日は臨時収入もあったことだし、これくらいはお目こぼしとしよう。

下宿に戻って我妻『債権総論』を再開する。相殺が許されないときがある。債務不履行を理由として契約が解除されたときには、解除の前から反対債権を有して相殺適状にあったとしても、もはや相殺することはできない。うへっ、難しいね、これって……。今日は、我妻民法は38頁しかすすまなかった。ぼくは、ともかく、毎日コンスタントに勉強を続けること、規則正しい生活を送ることを必死で守っている。そして、それを確実にやりきるため、きちんと記録している。毎日の勉強時間と達成状況を正確に記録する。我妻博士の本には読了した日の日付を書き込む。記録をときどき見て、というか、毎日記録するのだから、怠けていると、それが一目で分かる。それで、それを見て反省する。司法試験に合格するのに必要なことは、集中力と計画の完全な消化だという。こまめに整理をし、そしてまとめること。ともかく何事も中途半端はダメだ。やるときには徹底してやらなくっちゃね。よし、寝るぞ。

11月3日（火）

文化の日は晴れることが多いというが、たしかに今日も朝からいい天気だ。朝食は下宿でお湯を沸かして即席うどんを食べる。ぼくの部屋は6畳間と板張りの廊下があるだけ。布団を入れる押入があり、室内は机と本棚だけで、殺風景きわまりない。共有のトイレと洗面所は廊下の突きあたりにあるが、幸い下宿人で混みあうことはない。間借人は共有の台所を利用できるけれど、ぼくはお湯を沸かす以外に利用したことはないし、利用するつもりもない。料理を作る時間がもったいない。手料理をつくるのが気分転換になっていいという人もいるけれど、ぼくには無理なことだ。

お昼に赤門近くでカレーを食べ、下宿に戻って我妻『債権総論』の続きを読む。今日中に、なんとか読み終えたいものだ。債務引受には、重畳的《ちょうじょう》（併存的）債務引受と免責的債務引受の二つがある。多数当事者の債権関係では、時効の中断が他人に及ぶのか、求償関係はどうなるのか……。

夕食に、定食屋でメンチカツを食べて、すぐに下宿に戻る。夜も遅くなって、ようやく『債権総論』を読み終えることができた。580頁の本を9日間で読んだから、1日に平均60頁を読んだことになる。本当に難しい、考え尽くされている本だった。法律というものの考え方をたどることのできる本格的論述で隅から隅まで埋め尽くされている。その論理展開の緻密《ちみつ》さには驚嘆するばかりで、ぼくの得意な読み飛ばしなんて、とてもできない。ぼくの脳がそれを許さない。900円もする分厚い本だけど、さすがにそれだけの価値が十分にある本だ。

11月4日（水）

午前中は我妻民法にかじりつく。債権が終わったので、今度は物権だ。物権もまた重要な分野だ。お昼は「メトロ」で１４０円のカツカレー。ちょっとだけ贅沢《ぜいたく》した気分だ。食べるのが最大の楽しみなんだから、これくらいは大目に見てもらおう。食後、天気が良いので、腹ごなしに銀杏並木《いちょうなみき》を歩いて往復した。銀杏は見事に黄色く輝いている。午後1時から25番教室で四宮の民法4部、親族・相続の授業を受ける。法定財産制や婚姻費用の分担を教わる。そのあとは下宿に戻り、我妻博士のご高説を謹聴する。

夕食は、再び「メトロ」で１６０円のサバの味噌煮定食。これで本日の食費は朝食を含めて３６０円だ。すぐに戻って我妻民法を再開。そして早めに下宿を抜け出し、遠くないところにある銭湯まで、ぶらぶらと歩く。番台のおばさんに38円を支払って中に入ると、早い時間のせいか、幸いにも混んでいない。湯舟に首まで浸って手足を伸ばし、「ああ、極楽、極楽」と、おまじないを心の中で唱える。洗い場で石鹸を頭につけて、ごしごし洗うと頭の中の汚れまだ洗い落とした気分で、すっきりする。ぼくはシャンプーもリンスも使わない。石鹸ひとつで頭から手足まで、全身を洗いあげる。湯上がりにヘヤードライヤーを使うこともない。頭髪は放っておいても、すぐ乾く。

銭湯の帰り、煙草屋の店先に赤い公衆電話を見かけた。ぼくはセツラー仲間だった仲田さんの声が聞きたくなって電話をしてみた。幸い仲田さんは下宿にいて、明日、会ってくれることになった。本当は仲田さんではなくて、駒場のセツルメント時代からつきあっていた彼女に電話したかったのだけれど、彼女には、ついこのあいだ電話して話したばかりだったので、電話をかけそびれてしまった。下宿に戻って、再び我妻『物権法』を開く。

11月5日（木）

朝8時半から31番教室で藤木の刑法2部の授業を受ける。午前10時半からは25番教室で新堂の民事訴訟法2部を聴く。督促手続、支払命令、そして手形・小切手訴訟の沿革、それから再審について学ぶ。

お昼に軽く煮込みうどんを食べ、昨日の電話で待ち合わせ場所とした東大赤門へ向かう。小春日和《こはるびより》というのか、暖かい。待たされるのを覚悟していると、時間より前に仲田さんはワンピース姿で現れた。赤門そばの喫茶店へ入る。仲田さんはセツルメントでは子ども会パートに属していた。専門は英文科だという。学者になるかどうかは別として、もう少し専門的に勉強したいと考えて大学院を目指している。専門の異なる女性と気兼ねなく話せて、ぼくの心は軽くなっていった。いや、浮かれているわけではない。いつも法律のことしか頭の中になくて重たい気分なのが、少し軽くなったということ。こうやって、たまには気の置けない人と普通に話せる機会を確保しておかないと、気が変になってしまいそうだ。下宿に一人暮らし、そして難解な法律書読みに明け暮れる日々は、本当に侘《わび》しい。

1時間ほども、あれやこれやと楽しく話したところで、仲田さんが腰を上げた。

「それじゃあ、試験勉強がんばってくださいね」

仲田さんは割り勘にしようと言ってくれたので、ぼくはその言葉に甘えて自分のコーヒー代120円を支払って店を出た。これを含めて本日の支出は460円也。下宿に戻って、我妻民法の世界に浸り、苦闘する。

11月6日（金）

昨日は気分転換を口実に遊んでしまった。その反省から、今日は受けるべき授業もないので、食事のとき以外は一日中、下宿に籠って勉強に励むことにする。今やるべきことは、これなのだから仕方がない。それにしても我妻民法といい、法律の勉強って、本当に難しい。読みすすめるのが遅くなるし、一回読んだくらいでは、ちょっとやそっと理解できない。何回も繰り返し読んでいると、そのうちに分かるようになるのだろうか。心配だ。しかも、理解できるようになったとしても、それを答案として論理を展開できるというのでは、また次元が異なる。そこまで果たして到達できるのだろうか。

反対解釈、類推解釈、縮小解釈、拡張解釈。この違いを使い分けなければいけない。反対解釈では、「犬の連れ込み禁止」とあるときは、猫を連れ込んでもいいと解釈する。類推解釈だと、「犬」とあるのは動物一般の代表例だとして、猫でも馬でも連れ込むのは禁止されていると解釈する。縮小解釈は、「犬」といっても、籠《かご》に入れて人間が持ち歩けるような小型犬までは含まれていない。つまり、ここで「犬」とは、小型犬以外を指すと解釈する。拡張解釈は、キツネもイヌ科の哺乳動物だから「犬」に含まれると解釈する。

古典的名著として定評のある我妻栄『民法講義』をひたすら下宿の薄暗い部屋で読みふけって、一日を過ごす。昼ごろ、今どき珍しく雹《ひょう》が降ってきた。外に出ていなくて助かった。

11月7日（土）

朝8時半からの31番教室での平井の民法2部の授業に遅刻しそうになった。午前8時半から午前10時20分まで、時間どおりびっちり講義するので、ぼくも必死に一言も聞きもらさないように努めている、遅刻なんて、もってのほかだ。遅れたからと言って座る場所がないということはないけれど、あまりに後ろだと緊張感に乏しくなる。授業の途中でお腹が痛くなってトイレに駆け込むようなこともないように心がける。

今日の平井の民法は、不法行為のなかの運行供与者責任を扱った。午前10時半からは25番教室で四宮の民法4部の授業を聴く。こちらは勉強会仲間だった木元君におだてられて講義ノートとして売り出すつもりだから、平井の民法2部にもましてノートを必死で取る。離婚には協議離婚と裁判離婚がある。有責《ゆうせき》主義か破綻《はたん》主義か。これは原告に無責であることが必要とされるかどうかだ。実務で大問題になっているという。お昼に、かき揚げうどんを食べたあと、すぐに下宿に戻る。雲ひとつない青空が広がり、暖かい。

午後はずっと我妻『物権法』に挑む。夕食のため再び弥生門から入って「メトロ」を目ざす。土曜日の夕方は、東大構内もさすがに学生は少ない。歩いていて人とぶつかったりする心配はないので、ぼくは暗記すべき法律用語の定義を小さなカードに書いておいて、歩きながら暗記につとめる。起きているあいだは四六時中、いつだって受験勉強にあてる。これが受験生の生活だ。今日の「メトロ」はなぜか混んでいて、魚フライ定食を食べる。衣《ころも》が分厚く、魚の切り身は薄い。食べ終わって、生協購買部で即席うどんなどの食料を非常食として買い足す。夜にお腹が空いてたまらず、勉強に身が入らなかったことがある。本日の出費合計は５６２円。

ぼくが頼りにしている「受験新報」は、基本書を決めて、それを徹底的に読み尽くすことを強調している。基本書とは何か。真法会の向江会長は、初めから終わりまで書いてある本のことだという。基本書は必ず一科目に一冊。何冊も基本書としてはいけない。一冊の基本書のほかは参考書だ。刑事の起訴状一本主義にならって言うと、基本書一本主義でいく。あれこれ目移りしてはいけない。基本書を一冊にしぼり、これを10回読む。基本書を一冊にしておくことのメリットは、思考が統一されること、あらゆる問題について、その基本書で示されている考え方で統一して答案を書きすすめることができる。ぶれることがない。これは受験生にとって大きなメリットがある。

基本書を最低でも5回から10回は読んだあと、必要な参考書を選んで関連するところを読む。基本書を読むときには、とにかく活字になっているところを全部いったん自分の言葉に直して考えてみる。そして、絶えず基本つまり出発時に立ち戻って考える。そんな思考方法を身につける必要がある。司法試験では、基本書を理解しておけば必ず解答できる問題が出る。それ以上のレベルは要求されていない。なーるほどね、ぼくは、この指摘を肝《きも》に銘じようと思った。我妻栄『民法講義』は、この意味では決して基本書ではない。ぼくにとって民法の基本書は、あくまで「ダットサン」だ。しかし、その深い意味を理解するには、我妻『民法講義』を一度は読んでおかないといけない。「ダットサン」というのは我妻栄と有泉亨の共著「民法」Ⅰ、Ⅱ、Ⅲ（一粒社）という小型の本だ。ほとんど文庫本のおおきさで箱に入っている。ダットサンはブルーバードと並んで人気の国産小型車の愛称だ。Ⅰ部Ⅱ部とも４００頁あまりでコンパクトに民法の神髄《しんずい》が紹介されている。奥付を見ると、初版は昭和29年で、ぼくが持っているのは新訂第3版18刷り（Ⅱは20刷）、いずれも４２０円。Ⅲ部の親族相続は、ぼくは使わなかった。

11月8日（日）

朝は、きのう買っておいた即席うどんを台所でお湯を沸かして食べる。生卵も買っておけばよかった。下宿には冷蔵庫がないので、そこまで考えつかなかった。月見うどんにしたほうが豪勢な朝食になる。今度から、そうしよう。

朝刊に札幌地裁が裁判官会議を開いて福島重雄判事に対する注意処分を決定したことが一面に大きく載っている。福島判事は裁判干渉を受けた被害者なのに処分されるなんてアベコベだ。最高裁の事務総長は福島判事が処分されるのは当然だとコメントしているけれど、ぼくは違うと思った。処分されるべきは裁判干渉をした札幌地裁所長のほうだ。釈然としない。

午後になる前から、セツルメント診療所の行事に参加しないかと声をかけられていたので、川崎へ出かける。多摩川の河原でのお祭りだ。風が吹くと寒さを感じる。昼食の代わりに、おでんと焼きそばを立ち喰いした。セツルメント診療所の武内事務長や穴山さんほかの職員に、ぼくが来たことをアピールしたあと、ぼくは中座して下宿に戻った。なんといっても、ぼくは受験生なので、お祭りにうつつを抜かしているわけにはいかない。この交通費90円を含めて、本日の出費は315円。まあまあ、安くあげることができた。下宿に戻ると、すぐに我妻『物権法』に取りかかる。

11月9日（月）

今朝は起きるのが辛いほどに冷え込んでいた。いつものように朝8時半から25番教室で鴻の商法2部、手形法・小切手法の授業を受ける。有価証券とは、財産的価値を有する私権を表章する証券であって、権利の発生・移転・行使の全部または一部が証券によってなされることを要するものをいう。有価証券に表章される権利は私法上の権利で、しかも財産的価値を有するものでなければならない。倉庫証券のような債権証券、抵当証券のような物権証券、そして社団の社員たる地位を表章する株券などである。午前10時半から新堂の民事訴訟法2部を引き続き同じ教室で聴く。

昼は「メトロ」でスパゲティ・ナポリタンを食べる。そのあと書籍コーナーに足を踏み入れ、『判例演習・債権各論』など演習ものを4冊も買った。あわせて2000円支払う。本代をケチるわけにはいかない。本代まで倹約してしまうと本末転倒、ぼくがいったい全体、何のために今こんな苦労をしているのか、意味不明になってしまう。

「受験新報」を立ち読みしていると、サブノートを作ることの是非が話題になっている。サブノートは、何回も利用するものでなくては意味がない。サブノートを作っただけで安心してはいけないのだ。サブノートを作る前に基本書一冊をよく読む。3回も4回も読んで、重要なところに赤線と青線のアンダーラインを引いて浮き立たせる。そして、欄外に抜き書きを書き込む。そんなことをしたうえで、ある程度は知識がまとまった段階で作成するのがサブノートだ。サブノートを作ること自体を自己目的化してはいけない。サブノートは、どこまで理解したかを示す一里塚にすぎない。となると、ぼくにはサブノートは必要ないことになるよね。基本書に書き込んだり、メモを貼りつけたりして、基本書それ自体を自家薬籠中《じかやくろうちゅう》のものにしたほうがよさそうだな……。

弥生門を出て下宿に向かう。途中の民家の庭先に黄色いツワブキの花が咲いていて、陽射《ひざ》しは暖かい。

11月10日（火）

朝8時半からの平井の民法2部の授業はプライバシーと人格権を扱った。重要なテーマで、司法試験にもよく出題されている。

そのあと、川崎へ向かった。セツルメント診療所で「健康友の会」ニュースづくりの手伝いだ。編集長は民話作家の萩坂氏なので、作業の合間に出てくる民話のあれこれがとても面白くて、勉強になる。民話にも社会背景があり、そのときの世相が反映されていることを学んだ。紙面の割付が終わって、ぼくが帰ろうとすると、診療所の若い男性職員である穴山さんが声をかけてくれた。昼食をおごってくれるという。待ってました。穴山さんは、医師を除いて女性ばかりの職場で黒一点として、いつもまめまめしく働いている。ときには辛いこともあるだろうに、穴山さんが愚痴をこぼすのを見たことがない。患者さんにも愛想がよくて、みんなから親しまれている。見習いたい、人生の先輩だ。今日はカツ丼をおごってもらい、バスに乗って引きあげた。

今日は朝からどんより曇っていて、空はスモッグにかすんでいる。下宿に入る前に、近くの公衆電話から、仲田さんに電話を入れた。先日つきあってくれたお礼の電話だ。夕方から、我妻『物権法』にかじりつく。少しでも遅れを取り戻さなくてはいけない。

11月11日（水）

午前中は我妻民法を下宿でがんばる。午後から四宮の民法4部の授業を受ける。それが終わると、今日もまた川崎へ出かける。きのう「健康友の会」ニュースが完了しなかったので、やむを得ない。

萩坂氏が老人向けに読みやすくするために原稿に手を加え、ぼくは紙面の割り付けをした。雑談しながらの作業なので、あれやこれや、すぐには終わらない。なんとか完了して帰ろうとすると、萩坂氏が早目の夕食に誘ってくれた。勉強時間が削られてしまうな、一瞬だけはそう思って断ることも考えたけれど、ぼくの口からすぐに出た言葉は「ありがとうございます」だった。やはりお金の心配をすることなく美味しいものを食べられるという誘惑には勝てないし、勝てるはずもない。バス停近くの定食屋に入り、ぼくは遠慮なくカキフライ定食を注文した。大粒のカキだった。口中でとろける美味しさを味わう。すっかり満足して、バスに乗った。

下宿にたどり着く前、煙草屋の店先の赤い公衆電話を見ると、急に彼女の声が聞きたいと思った。どうしようかと立ち止まったけれど、思い切って電話をかけてみた。迷惑かな、いるかなと心配したが、いきなり本人が出てきて、明るい声で応対してくれたので、ほっとした。ぼくは思い切ってデートの申し込みをした。あつかましいとは思ったけれど、ぼくのなかにそれを言わせるものがあった。彼女は一瞬の間をおいて、今度の土曜日の午後ならと言ってくれた。ぼくの心はすっかり舞いあがった。さあ、我妻民法だ。ぼくは下宿で意気高く勉強をはじめた。本日の支出合計は、彼女への電話代を含めて４９０円也。

11月12日（木）

朝8時半から31番教室で藤木の刑法2部の授業を受ける。賭博《とばく》罪は、「一時の娯楽に供する物」を賭けたにすぎないときには成立しない。これは即時に娯楽のために費消する物で、たとえばその場にあったジュースやタバコなどをいう。現金はふくまれない。では、ジュースを賭けて、負けた人からジュース代金をもらったというときにはどうなるか。これは許されると解される。現金でも少額なら許されるのか……。午前10時半からは25番教室に移って、新堂の民事訴訟法2部を聴いて必死にノートを取る。

お昼は「メトロ」で月見うどん一杯50円ですます。なんとなく食欲がなかった。そのあと、書籍コーナーで例によって「受験新報」を立ち読みする。真法会の向江会長は六法全書を3冊つぶせという。まさか3冊を解体してバラバラにせよということじゃないだろう。ではなくて、バラバラになるくらい六法を絶えず参照し大切に読むこと、赤鉛筆で横に棒線を引っぱりながら読めということだろう。たしかに、ぼくの使っている岩波書店「基本六法」は手垢《てあか》がかなり付いて黒ずんでいる。法律学の勉強は、基本書、判例、条文の三つを徹底的にマスターすること。これに尽きる。条文を暗記したり、暗誦《あんしょう》するまでの努力は必要ない。そうではなくて、一つの条文を体系のなかで捉える。その前後の条文との関連において理解すべきものだ。だから無闇《むやみ》に条文を暗記するだけでは意味がない。なるほど、なるほど、たしかにそうだろう。

下宿に戻って我妻民法を我がものにしようと挑む。夕食も「メトロ」へ出かけて、ミックスフライ定食140円をいただく。帰りに購買部に立ち寄り、夜食用の食料品を買い足す。それでも本日の出費は420円。夜も引き続き、我妻『民法講義・物権法』と文字どおり全身で格闘する。あまりに歯ごたえがありすぎる。ぼくの歯がボロボロに欠けてしまいそうだ。本格的な法理論の重厚な展開が続いていくのに、思わず溜め息がもれ出る。

11月13日（金）

朝、目が覚めて布団に入ったまま、壁に掛かったカレンダーを見ると、今日は「13日の金曜日」だ。なにか不吉なことでも起きるのだろうか。まさか、そんなことはないだろう。今日は受けるべき授業がないので、一日、下宿に籠って、ひたすら勉強するだけだ。だいいちキリスト教徒でもないぼくに不吉なことなんて無縁のはず。そんなことを頭のなかでぐるぐると考えて、えいやっと布団から抜け出した。

午前中も午後も、ひたすら我妻民法に没頭する。まあ、底の深いドロ沼に足をとられてのたうちまわり、どうにも抜けられないといった塩梅《あんばい》だ。我妻民法で疲れた頭を休めるためにも、夕食は早目にとろう。好物のメンチカツがメニューに並んでいる。やったー……。ハンバーグより歯ごたえもあるし、メンチカツはぼくの大好物だ。

夜も我妻民法をひたすら読む。どうにも難しい。机に向かって座ったまま大きく背伸びをして、そうだ、銭湯に行こう。そう思ったら、即、実行する。今夜は意外にも混みあっている。ただ、このあたりは若夫婦が少ないのか、幼児が洗い場を走りまわったり、泣き出して手がつけられないといった光景は見かけない。広い湯舟に年配のおじさんたちが何人も肩まで沈め、気持ちよさそうに目をつむっている。ぼくも湯舟に入って、同じように目をつぶる。風呂はいいよね。身も心も温まる。帰りに夜空を見上げると満月だ。もち月の欠けたることもなし。これって道長の心境だよね。本日の支出は398円也。よしよし、下宿にいて1日を400円で過ごせるなんて、素晴らしいね、うん。

11月14日（土）

今朝は快調な目覚めだ。午後からのデートが楽しみだ。でも、その前に授業は真面目に受けなければばいけない。朝8時半からの平井の民法2部は不法行為のなかの使用者責任、これに似たものとして表見代理《ひょうけんだいり》上の責任を論じた。午前10時半からの四宮の民法4部は親子関係を扱う。嫡出子《ちゃくしゅつし》、庶子《しょし》、私生子《しせいじ》の定義を学ぶ。「てきしゅつ」なんて読んだらド素人と思われてしまうよね。気をつけよう。

午後から、はずむ思いで新宿へ出かける。久しぶりの彼女とのデートだ。ぼくより一足先に社会人になった彼女は土曜日の午後じゃないと時間がとれないというので、無理してもらって、なんとか約束を取りつけた。新宿駅西口の改札口で落ち合うことにしている。ぼくにとって彼女は特別な存在の女性《ひと》だから、いつだって光り輝いている。ぼくが約束の時間ぴったりに改札口に着くと、彼女は先に到着していた。遠くから、すぐに彼女を見つけた。どんなに人混みがひどくても彼女を見つけるのは容易なことだ。

「お久しぶりです」。彼女は静かに微笑《ほほえ》んで「勉強のほう、うまくすすんでますか?」と訊いてきた。「まあ、まあ、がんばってます」と、思わず答えた。大丈夫ですよ、とはとても言えない。そこまで言うと嘘になる。駅のなかにある小さな喫茶店に入り、向かいあって座った。駒場のころは、こうやって2時間も3時間も語りあっていた。いや、もっと長い時間、一緒にいて座って話したり、歩きながら話したこともある。何をそんなに話していたのか。今ではさだかに覚えていないけれど、親との関わりを通じて自分たちがどのような存在なのか、どのように形づくられてきたのかを確かめあっていた。そんな気がする。長野の温泉宿でのセツルメントの夏合宿のときに、並んで座って話し込んでいるうちに白々と夜が明けて、慌てて二人とも、そのまま、そこで横になって寝たのも今となっては遠い昔の懐《なつ》かしい思い出だ。

社会人としての彼女の職場での苦労話に、ぼくは耳を傾けた。ぼくのほうは、毎日毎日、法律書のなかに埋もれ、単調そのものの生活なので、彼女に話すようなことは何もない。我妻民法のすごさを語っても意味はないし、残念ながら、その意義を語れるまでには至っていない。ひたすら彼女が職場での出来事を話すのを、ぼくは聞き続けた。楽しかった。ぼくにとっては、彼女の話のすべてが、その一つひとつが新鮮で驚きだった。でも、セツルメント時代のように、いつまでも話し込んでいるわけにはいかない。1時間があっという間に過ぎてしまった。もっと、このまま話していたい、もっともっと……。そんなぼくの気持ちを見透かしたかのように彼女は腕時計を見て立ち上がった。

「お勉強、大変でしょうけど、がんばって、絶対に合格してくださいね。期待してます」

ぼくは、「はい」と言いながらも、大いなる未練を振っ切れないまま立ち上がった。コーヒー代は、「学生と社会人の違いよ」と言って彼女がおごってくれるという。ぼくは素直に引き下がった。

先ほどの西口改札口で彼女を見送る。彼女の後ろ姿を見ながら、満ち足りた思いのはずだったけれど、何か物足りないものを感じていた。そうだ、笑いが欠けている。彼女と久しぶりに会えてしっかり話せて、心は満たされた。でも、もう一つの栄養素、笑いがない。よし、これを取り込もう。ぼくは改札口のなかに入らず、そのまま映画館を目指した。寅さん映画を見るのだ。

新宿の映画館では『男はつらいよ』が常時かかっている。今日は土曜日なのでオールナイトだ。寅さん映画は、バカ笑いするのではない。世間にある、普通の人情の機微《きび》に触れ、ホロリとさせる。そして、家族というか、家庭の温かさに溢《あふ》れている。今日は第5作の「望郷編」だ。マドンナは長山藍子。浦安の豆腐屋が舞台となり、さらに札幌や小樽といった北海道の風景が出てくる。北海道にはまだ行ったことがない。ぜひ行ってみたいね。2時間近く心底から笑い、ぼくは今度こそ、すっきり晴れ晴れとした思いで北風の寒さにあたっても温まった気持ちのまま下宿に戻ることができた。しっかり勉強を続けるには、こんな工夫が必要だ。映画代560円を含め、本日の支出は1190円となった。でも、その効果を考えたら、決して高くはない。むしろ安いくらいだ。

11月15日（日）

昨日は、いくらなんでも遊びすぎた。今日は、心を入れ換えて真面目に法律の勉強をしよう。彼女は、絶対に合格してねと励ましてくれたんだから、それに応えないで、どうするんだ……。彼女と話せて、そして心から笑って、もう心の栄養はたっぷり過ぎるほどとってしまった。それに昨日は、お金も使いすぎだった。だから今日は、朝も昼も食事を抜くことにする。

朝、電気ポットでお湯を沸かし、紅茶にクリープをどっさり入れ、蜂蜜もたらし込んだ。甘い甘いミルクティーで空腹をごまかす。昼も同じことを繰り返した。空腹感というのは、少し時間がたてば忘れてしまうものだということも実感として分かった。

我妻『民法講義・物権法』を補充するものとして、有斐閣双書の『民法（3）・担保物権』を先ほどから読みはじめた。なかなか難しい。先取特権《さきどり》とは、法律の定める特殊の債権を有する者が債務者の財産から優先弁済を受ける権利をいう。空腹のほうは、我慢しているうちに、お茶でごまかされて忘れてしまった。まあ、さすがに夕食は早目にとろう。雨が降っているので近くの中華料理店に駆け込み、好物のスーパイコ定食160円を美味しくいただいた。本日の出費は、なんと、この160円のみ。偉《えら》いぞ、偉い。ぼくは自分のことを声を出して褒《ほ》めてやった。

大教室の最前列席

11月16日（月）

今日からまた1週間がはじまる。朝8時半からの鴻の商法2部は25番教室だ。最前列は安田君たち成績優秀組の指定席として完全に固定席化している。彼ら同士で連帯していて、新規参入を許さない。カバンか何かを机の上に置いて先占者《せんせんしゃ》ありという表示がされている。これがまさしく明認《めいにん》方法というやつだな。まあ、ぼくなんか最前列に割り込んで座る必要はまったくない。真ん中から後ろあたりの席に適当に座って、ノートを取ればよい。ただし、ノートは必死に取る。続いて午前10時半からの新堂の民事訴訟法2部を聴く。授業中に取ったノートは、下宿に戻ってなるべくその日のうちに清書する。そのためには基本書を引っぱり出して、取ったノートに間違いがないか、不正確なところはないか確認する。すると、講義の内容を一段と深く理解することができる。

昨日、朝と昼の食事を抜いたのは良くなかった。やはり食事をちゃんと摂《と》らないと力が出ない。まだ本番まであと何ヶ月もあるのに、途中でへたばってしまってはどうしようもない。それに、毎日の生活では食べることが一番の楽しみなのだから、それを自分から放棄する必要はない。お昼は「メトロ」で軽くタンメンを食べる。そのあと書籍コーナーに立ち寄る。というか、本屋の前をぼくは素通りすることができない。買ったほうが良さそうな演習本を見つけ、285円で買う。さらに、購買部で洗剤とチーズなどを買った。

下宿に戻り、法律書読みを再開する。不動産質《ふどうさんしち》とか権利質《けんりしち》とか、理解するのに骨が折れる。午後3時過ぎ、お茶を飲んだあと、気分転換を兼ねて洗濯することにした。下宿にある洗濯機を使い、洗い終わったら部屋のなかの板張りの廊下に吊り下げておく。念のため、下に古新聞を広げる。本当は陽射《ひざ》しのあたるところに干しておきたいけれど、ぼくの部屋は陽が射し込まないので、それは無理。ともかく汚れた下着類は溜め込まず、こまめに洗濯する。

夕食をとりに「メトロ」へ行くと、先輩の太田氏がいて、元気良く声をかけてきた。沖縄で革新が勝利したのだ。戦後はじめて沖縄から国会議員が選挙で選ばれた。5人の衆議院議員のうち3人が革新議員で、人民党の瀬長亀次郎が2番目に当選している。参議院議員も革新のほうが優位に立っている。沖縄の人々は偉いよね、太田氏がぼくに握手を求めてきたので気持ちよく応じた。

11月17日（火）

朝8時半から平井の民法2部の授業に出席する。不法行為の損害賠償の範囲は相当因果関係の範囲に限定される。それを保護範囲として考える。そんなことを学ぶ。いったん下宿に戻って、ノートの清書、このときは基本書である加藤一郎『不法行為』と照らし合わせる。

お昼は「メトロ」でカレーライスを食べ、購買部で即席ソバをストックとして購入する。すると、レジの横に寅さん映画のチケットが２５０円で売られている。よし、これも買っておこう。いつかまた、時間を作って映画館に行ってみよう。笑いは人生に欠かせないし、受験生にも必要なものだ。

午後1時から藤木の刑法２部の授業を受け、必死にノートを取る。常習賭博罪でいう常習とは、賭博罪を反覆して犯す習癖である。単に常習を反覆しただけでは足りない。また常習性のある者が賭博罪を犯すときは、たとえ1回の賭博行為でも常習賭博罪が成立する。いったん下宿に戻り、再び夕食のために「メトロ」へ行く。ぼくの大好物のレバニラ炒め定食があった。これで本日の食費は３５０円、計画どおりだ。

夜、下宿で勉強していると、身体がむずむずしてきた。よし、こんなときにはお風呂だ。銭湯へ行こう。サンダル履きで銭湯へ出かける。いつもより混みあい、にぎやかだ。湯舟に浸って、ゆっくり手足を伸ばす。心の落ち着く時間だ。ガラーンとして一人ゆっくり入るのもいいけれど、混みあって活気があるというのも決して悪くはない。下宿に戻って勉強再開、『担保物権』は、抵当権の優先弁済効力まですすんだ。

11月18日（水）

朝、起きると、なんとなく食欲がない。いつもは空腹感とともに目覚めるのに、今朝はどうしたことだろうか……。朝食抜きで、番茶に梅干しを1個入れて飲み、梅肉をかじるだけにした。

午前中は、下宿で机に向かう。お昼に今日もタンメンを食べ、午後1時から四宮の民法４部の授業を受ける。夕食は再び「メトロ」へ行き、ビーフコロッケ定食にした。『担保物権』では法定地上権が登場し、その成立要件があれこれ論じられ、頭が痛くなってきた。

下宿で勉強していて、夜10時を過ぎると、空腹のあまり勉強に身が入らない。そこで、台所でお湯を沸かして即席ソバを食べる。ぼくは考えた。夜食を毎日食べたら、1日4食とることになって、きっと太ってしまう。これはまずい。なんだか罪悪感がある。でも、あまりに空腹だと勉強どころではなくなる。腹が減っては戦《いくさ》はできないと昔から言われているとおりだ。どうしよう……。いや、まあ、太るのを心配するより、当面の優先事項はしっかり身を入れて法律論を勉強することなんだ。そう割り切るしかない。太るかどうかを心配するのは、今はやめておこう。えいやっと、割り切ることにした。

11月19日（木）

朝8時半から藤木の刑法2部の授業を受ける。常習賭博罪の常習性は行為の属性ではなく行為者の属性であり、常習性は一種の身分と言ってよい。賭博常習者に賭博を教唆した者は、常習賭博罪の教唆ではなく、単純賭博罪の教唆になる。ふむふむ、なんだか分かったような、分からないような……。帰って良く考えてみよう。続いて、新堂の民事訴訟法2部を聴いてノートを取る。裁判所の管轄って、いろんな種類があるんだね。専属管轄、職分《しょくぶん》管轄、事物《じぶつ》管轄、土地管轄、合意管轄、応訴《おうそ》管轄。いやはや、目が廻りそうになる。この違いを正確に覚えておくなんて、無理だよね。いや、無理だなんて言ってはおれない。覚えるしかないんだ。

お昼に肉うどんを食べて、そのまま下宿に戻る。下宿では、『担保物権』だ。共同抵当から根抵当権に入る。この下宿は静かでいい。ただ、ときには静かすぎるため、気が滅入ってしまうことがある。人の声、できたら優しい女性の温かい声を聞きたいよね。ただ、それに気をとられて勉強に手がつかなくなってしまったら困るんだけど……。じゃあ、音楽はどうだろうか。雑音の混じらない良質な音で名曲を鑑賞したいな。やっぱりクラシック音楽だよね。いやいや、フォークソングも聞いていて元気が出て、いいんじゃないのかな。

ぼくの部屋にはテレビは置いていない。ラジオは置いているけれど、めったに聞かない。録音テープを買ったものの、使うことはなかったし、これからも使わないだろう。時間ばかりかかって効率が良くない。それにしても、いくらなんでも寂しすぎるよね。まるで俗世間から隔絶した秘境だ。こんな状況下で、これからも勉強への集中を何ヶ月も続けていくというのは至難の技《わざ》だ。何かお金のかからない工夫ができないものか、誰かに相談してみよう。

11月20日（金）

朝、目が覚めると、外は雨。冷たい雨がしょぼしょぼと、力なく途切れず、降り続いている。

今朝の新聞に、ベトナムでアメリカ軍と果敢に戦っているベトナム人青年が大きく紹介されている。こうやって生命を賭《と》してたたかっている青年が海の彼方《かなた》にいる。それを知ると、下宿で一人寒さに身震いしながらではあるけれど、身の安全を脅かされることもない状況にいるぼくは、ベトナムの彼に比べると、あまりに安楽というか安逸《あんいつ》な存在だ。まだまだ、ぼくは努力が足りないぞ。

お昼は、外の雨に負けて部屋で摂《と》ることにした。台所で湯を沸かして即席ソバと味噌汁をつくって食べる。そのあとは、引き続き民法をがんばる。

夕方、雨も上がりお腹が空いてきたので用心のため傘を手にして弥生門から本郷構内に入る。坂道をあがっていると革靴の底が何やら冷たい感じがする。どうしたのかな。小石でも入ったかな。安田講堂の裏手で立ち止まり、靴を脱いで手にとってみると、なんと靴底が擦り切れて底に穴があいている。これには驚いた。同じ靴を毎日履き替えずにずっと履いていると、傷《いた》むのが速いとは聞いていた。しかし、まさか自分の履いている靴に穴があくなんて……。道理で足の裏が冷たかったわけだ。これは困った。夕食の前に東大生協の購買部へ行き、長靴を買う。９００円だった。やれやれ、思わぬ出費だ。今日の『担保物権』は根抵当権の設定、抵当証券だ。

11月21日（土）

司法反動阻止集会

いつものように朝8時半から平井の民法2部の授業を31番教室で受ける。不法行為による精神的損害、慰謝料が認められるのは個人に限られる。法人については無形損害として考えるという。午前10時半からは四宮の民法4部を25番教室で聴く。こちらは養子縁組と離縁、そして親権だ。

お昼は法文2号館の地階にある「メトロ」でタンメンを食べ、野菜をたっぷり摂った気分になる。

午後から銀杏並木で「司法反動阻止全東大人集会」が開かれることになっている。気持ちよく晴れあがった青空の下、学生や職員が続々と集まってくる。法学部の学生自治会である緑会委員会も参加を呼びかけているため、午前中の授業が終わっても帰宅せずに参加した法学部生が大勢いる。

並木の銀杏《いちょう》は見事に黄変していて、まさに黄金《おうごん》色というか、山吹《やまぶき》色をして青空によく映《は》える。

最高裁判所が青法協会員であることを実質的理由として22期の司法修習生から裁判官になるのを拒否した。初めてのことだ。最高裁判所って、本当にひどいことをする、人権救済の使命を忘れていると思った。こんな司法の反動化を許さないたたかいの戦列に、ぼくも早く加わりたい。その思いがぼくの身体を震わせる。久しぶりにぼくの身体に「空気がはいった」。これは学生運動で、よく使われている言葉だ。自動車のタイヤから空気が抜けてスカスカになっていると走りにくい。それで空気入れでタイヤをふくらます。そうすると再び快調に走ることができる。それを言い表す言葉だ。今のぼくにぴったりする。かといって、集会のあとのデモ行進には加わらなかった。そんなことをしている余裕は今のぼくにはない。その代わりに、カンパ箱がまわってきたとき、手持ちのお金150円全部を投げ込んだ。これはぼくの1回の食事分だ。かといって何も食事を1回抜こうというのではない。客観的には少額だけど、ぼくにとっては食事を1回抜いたくらいの気持ちを込めたということだ。ぼくは熱くなった胸のうちを少し冷ましながら下宿に戻った。

陰鬱《いんうつ》な下宿に籠って『担保物権』との格闘を続ける。あと少しだ。今日は譲渡担保、難しくて悲鳴をあげて救いを求めたい。それでも、なんとか明日には読了できるだろう。辛気臭《しんきくさ》いけれど、今は辛抱するしかない。「メトロ」で夕食をとるときに夕刊を見ると、国連総会で中国の国連参加が認められたという。21年目にして2票差で逆転した。やっぱり台湾より中国のほうが国連に加盟すべきだよね。

11月22日（日）

日曜日だから「メトロ」は開いてない。朝食として即席うどんを食べる。朝から、『担保物権』に取っ組みあう。なかなか厄介な条文が多くて、順調に進んでいるとは言い難い。午前中に、ここまで読み終えると決めた頁までたどり着いたときには午後1時近かった。銀杏並木を抜けて正門近くの定食屋に行き、カツ煮ランチをいただく。食べ終わって戻るとき、八百屋の前を通ると、ひと山100円でリンゴを売っている。よし、これを夜食代わりにしよう。

夕食は近くの中華料理店でラーメンとギョーザを食べる。本日の出費は、昼のリンゴ代を含めて405円。まあ、こんなものだろう。店に置いてある朝刊をじっくり読む。アメリカが北ベトナムを爆撃したという。何の権利があって爆撃できるのか、おかしいよ。下宿に戻って『担保物権』をひいひい言いながら読み続け、ようやく夜11時、なんとか所有権留保までこぎつけて読了した。やれやれだ。といっても、最後のあたりは少し飛ばし読みもしたので、果たしてどれだけ本当に理解できたのか、かなり怪しい。

ぼくは自分に課したスケジュール予定は、なんとかその日のうちに消化することにしている。「今日くらいは、まあ、いいか、疲れたし、明日にまわそう」、そんな安易に流れて先送りしてはダメなんだ。もちろん、不可能な予定、どう考えても達成無理なスケジュールに固執しても良くない。無理だと分かったら、すぐに改め、予定を組み直す。自分で立てた予定を消化したぞ、スケジュールを達成したぞという達成感、これを日々積み上げていく。この実感をもって、それを励みにして毎日あくことなく勉強を続ける。そして、自分の能力より少しだけ高い目標を立てて、その達成に全力をあげる。このとき、ちょっとだけでいいけど、背伸びすることも必要だ。そして、一つの目標を達成したら、次の目標を立てて、再び挑戦する。人生はその繰り返しでありたい。

11月23日（月）

今日は勤労感謝の日なので、祝日として世間様はお休み。だから、授業はない。でも休日なんて受験生のぼくには無縁の話だ。年中無休で、勉強するしかない。祝祭日で困るのは、「メトロ」が開かないことだ。朝食は、昨日と同じ即席うどん。これは、お湯を沸かせばいいから、簡単でいい。

朝から我妻『民法総則』を読みはじめる。総則は民法の基本中の基本だ。ちゃんと分かるだろうか、いや、分からなければいけない。疲れた頭を休めるのを兼ねて、昼食を摂りに銀杏並木をゆっくり歩く。小春日和《こはるびより》で気持ちがいい。銀杏並木を抜けて正門近くの定食屋に入り、ミックスフライ・ランチをいただく。そして、ブラブラと来た道を戻って下宿で再び我妻民法に挑戦する。途中で机に向かって何度も背伸びするくらいで我妻民法に必死にかじりつく。早目に夕食をとろう。いつもの定食屋で野菜たっぷりの焼き肉定食で英気を養う。帰りに明日の朝食のためにパンを買う。それでも、本日の支出は３５０円に達せず、３４５円だ。

夜もずっと我妻『民法総則』だ。権力能力とは権利の主体となることのできる地位または資格をいう。胎児には資格がない。したがって、母親が胎児の代理人として認知請求の訴を提起することはできない。これは大審院の明治32年の判例だ。しかし、胎児でも既に生まれたものと見なすことがある。相続や遺贈《いぞう》、そして損害賠償請求だ。意思能力とは、自分の行為の結果を判断することのできる精神的能力のこと。意思能力のない者の法律行為は無効だ。今日は、なんとかがんばって、我妻『民法総則』は１１４頁まで進んだ。やれやれだ。

11月24日（火）

今朝は冷え込んでいて、布団から抜け出すのに勇気がいった。午前8時半から平井の民法2部の授業を受ける。不法行為の被害者の近親者については財産上そして精神上、どちらについても損害賠償を認めてよいかという問題を提起し、論じた。

午後1時からは藤木の刑法2部を聴く。そのあと、川崎へ向かった。「健康友の会」のニュースづくりを手伝うためだ。時間がとられて困るという面と、お世話になったセツルメント診療所の活気に接し、職員の皆さんから励まされて、やる気が増強する面と、長短二つがあって、いつも複雑な心境だ。行き帰りの車内でも、ぼおっと過ごすことなく、法律書を読み、論点カードを手にして復習、暗記に努める。車内で岩波新書を読むなんてことはしない。そんなことは、今は後回しだ。

ニュースづくりの手伝いが終わると、今日も穴山さんから早目の夕食をごちそうになる。ありがたい栄養補給だ。中華料理の店で美味しい麻婆豆腐《マーボドーフ》料理をいただく。店の夕刊にアメリカが北ベトナムで捕虜救出作戦を敢行して失敗したという記事が大きく載っている。ハノイ近郊にある捕虜収容所にヘリコプターで特殊部隊を送り込んだものの、収容所はもぬけのからだった。きっと情報が漏れていたんだよと穴山さんが笑いながら解説してくれた。食べ終わったら、すぐにバスに飛び乗る。下宿に戻る途中、東大生協に寄って食料品を買い込む。いろいろ目移りして、いつもより多く、526円分も買ってしまった。そのうえ書籍コーナーで法律演習を1冊320円で買う。こちらは仕方のない支出だ。あわせて本日の支出合計は1046円。

下宿に戻ると、顔を洗って我妻『民法総則』との取組開始。権利能力のない社団とは、団体であって、その実体が社団であるにもかかわらず、法人格をもたないものをいう。団体としての組織を備え、代表の選出方法、総会の運営、財産の管理そのほか社団としての主要な点が規則によって確定しているものでなければならない。ふむふむ、なるほどね、難しいね。今日は31頁だけ進んだ。これじゃあ、まるで亀の歩み、いつになったらゴールにたどり着けることやら……。

11月25日（水）

昨日は午後から川崎へ出かけたりして、勉強時間が明らかに少なすぎた。その反省から、今日は起きてすぐから必死で我妻『民法総則』にかじりつく。午後1時から25番教室で、四宮の民法4部の授業を受ける。四宮は、親権者、財産管理、そして無権代理となるかどうかを論じた。授業が終わると、下宿に戻って、必死で取ったノートを見直し、清書する。講義ノートとして東大出版会教材部に売り込むつもりだ。勉強仲間だった木元君からけしかけられ、ぼくもそのつもりになっている。

そのあと、我妻『民法総則』に取りかかる。むずかしいけれど、とても緻密《ちみつ》な論理展開なのに驚嘆するばかりだ。この基本をしっかり身につけてこそ応用もできるようになるだろう。ぼくはそうなることを信じて、ひたすら我妻民法を読み続けている。なんとか自分のものにしたいものだ。法人にも不法行為能力があるか。言うまでもなく、ある。寄付行為というのは、法人の根本規則を定める書面を指す。いやあ、これって驚くよね。行為だというのに、実は書面だなんて……。

早目に夕食をとろう。「メトロ」に行くと、三島由紀夫が市ヶ谷の自衛隊に乱入し、演説したあと割腹自殺したという話でもちきりだった。切腹したところを首をはねたというから、昔の切腹作法のとおりにやったわけだ。信じられない。三島は自衛隊員に向かって憲法改正を訴えたようだが、これまた時代錯誤、狂っているとしか思えない。チャーハンつきの野菜炒めを食べたものの、気分が悪くて味が分からない。本日の出費は、しめて438円也。下宿に戻ろうと銀杏並木を通ると、黄変した銀杏の枯れ葉が強い風に吹かれて舞い上がる。木枯らしの吹きすさぶ季節の到来も、もうすぐだ。寒くなるぞ。本日は我妻『民法総則』が54頁だけすすんだ。まずまずというところだね。大学ノートに記録して、さあ、寝よう。明日があるさ、明日がある。

11月26日（木）

午前中は藤木の刑法と新堂の民事訴訟法の授業に出る。口頭弁論における釈明権は、裁判所の訴訟指揮権の一内容をなすものであるが、同時に事案の審理を担当する裁判官の義務でもあるとみるべきである。なるほど、そういうことなのか……。なんとなく分かってきた。やはり専門家の話を聞くと、基本書を読んだときに理解が早い。

午後からは川崎に呼ばれている。セツルメント診療所は、ぼくが受験生だと知っていても猫の手も借りたいほど忙しいのだろう。それでもぼくは受験生なんだから、どこかで線を引かないといけない。いつでもズルズル、ダラダラはよろしくない。今日も手伝いが終わると早目に夕食を穴山さんにおごってもらう。同じ中華料理店で、今日は大盛り焼きソバを二人前、注文してくれた。うむうむ、なかなかいける味だしボリューム満点だ。穴山さんに時間がないことをぼくは正直に話した。穴山さんは「うん、分かった」と言ってくれた。交通費はかかったけれど、夕食代が浮いた分、支出は少なくてすんだ。本日の出費は４５０円。

11月27日（金）

朝から我妻『民法総則』に取りかかるが、なかなか難しい。出るべき授業はないので、午前中はずっと下宿で勉強する。つもりだったが、あまりの難しさに頭が拒絶反応を起こしたのか、眠気に襲われた。ついに負けて、布団をひっぱり出して横になった。10分か15分くらいのつもりが、1時間も寝込んでしまった。

お昼に「メトロ」でカレーライスを食べ、そのあと書籍コーナーに足を踏み入れた。『判例演習・民法総則』がある。ちょうどいいぞ。我妻『民法総則』だけでは、どのように問題が提起されるのか分からない、そんなときに役に立ちそうだ。司法試験本番に向けた実践的な演習本だろう。同じ演習シリーズがずらりと並んでいるが一冊６１５円もするので、一度にはとても買えない。少しずつ買い足していこう。

下宿に戻って演習本の設例を解いてみる。我妻民法を精読して、少しは分かっていたつもりになっていたのに、まったく歯が立たない。どうやって論じていけばいいか分からない。これは困ったぞ。なんだか気落ちしてしまった。ブルーな気分で夕食をとりに「メトロ」へ向かう。焼き肉定食で精をつけて、がんばろう。本日の出費は演習本を含めて９９３円也。

夜、再び演習本で四苦八苦する。寝る前に我妻『民法総則』に戻る。土地から離れて独立の不動産となりうる定着物《ていちゃくぶつ》として、建物のほかに樹木がある。これは立木《りゅうぼく》法による登記した木のほか、価値ある木も含む。ただし、仮植《かりうえ》中の木は動産として扱われる。今夜は、なんだか疲れた。17頁だけ進んだところで、我妻『民法総則』を閉じた。おやすみなさい。

11月28日（土）

朝8時半から31番教室で平井民法2部を受ける。今日は損害賠償請求訴訟だ。必死にノートを取る。午前10時半からは25番教室で四宮の民法4部だ。お昼にカレーうどんを食べたあと、書籍コーナーに入ったら、ついふらふらと面白そうな岩波文庫を2冊も手にとって、そのままレジに向かってしまった。『母』と『ストライキ』の2冊で470円。下宿に戻る途中で、ふと我にかえって、いかんいかんと、大いに反省する。買ってしまったものを今さら理由もなく返品するわけにはいかない。でも、読んでる暇なんて、ないだろう。自分で自分をきつく叱った。

午後は、我妻『民法総則』を下宿で読む。法律行為は、当事者が何らかの効果の発生を欲する意思を表示したときに、法律がこれを是認して、その効果の確実に発生することに助力する制度である。法律行為の内容が個々の強行法規に違反していなくても、社会の一般的秩序または道徳観念に違反する法律行為は無効である。ふむふむ、なるほど……。

夕食は再び「メトロ」で、もやし炒め定食を食べ、そそくさと下宿に戻る。本日の支出は本代を含めて975円。1日に1000円もの出費が続いたら、懐《ふところ》具合を心配しなくてはいけなくなる。これまた、いかん、いかん、いかんぞ……。

夜は、またもや我妻『民法総則』だ。本当になかなか難しい。でも泣き言を言わず、しっかり身につけよう。心裡留保《しんりりゅうほ》は、表示が内心の意思と異なる意味に解されること、意思と表示との不一致を表意者自身が知っていて、そのことを告げない意思表示だ。したがって、原則として、その行為の効果に影響を及ぼさない。ただ、相手が真意を知っているか、知りうるときには無効となる。これって日常用語にはない難しい法律用語だよね。よく覚えておく必要がありそうだ。今日は、我妻『民法総則』を306頁まで、なんと90頁もすすむことができた。よし、やった。まあまあのペースだね、これだとなんとかなるかな……。

11月29日（日）

朝、いつものように午前7時に目を覚ます。このところ目覚めはいい。新聞受けから新聞を抜き取り、ざっと目を通す。これまで全ページをゆっくり、じっくり読んでいたけれど、それはやめた。今はそんなに時間はかけられない。ざっと大見出し、小見出しを流し読みし、世の中で何が起きているのか、それをつかんでおくことで良しとする。朝食は抜き、クリープたっぷりの紅茶を飲んで、すぐに我妻『民法総則』にとりかかる。詐欺による意思表示は取り消すことができる。ただし、この取消をもって善意の第三者に対抗することはできない（民法96条）。強迫は脅迫とは書かない。この取消しは善意の第三者にも対抗することができる。これは96条3項の反対解釈だ。ただし、我妻は、この点について、それでよいのかと疑問を投げかけている。

お昼は外に出ず、台所でお湯を沸かして即席うどんをすする。そして、午後からまたもや我妻『民法総則』だ。無権代理は代理権がないのに、代理人であるとして行われた行為。無権代理人と本人との間に特定の緊密な関係があるときには、表見代理《ひょうけんだいり》として、正当な代理人の行為と同じ効果を生じさせることになっている。疲れた、疲れる。緻密《ちみつ》な理論を展開する我妻民法を頭に詰め込むと、頭がずしりと重たくなる。下宿を抜け出し、弥生門から入って銀杏並木をゆっくり歩いた。正門を抜けて定食屋に入る。今日はほんの少しだけ贅沢《ぜいたく》することを自分に許し、200円のスペシャル焼き肉定食をいただく。肉をたっぷり食べたかったけれど、肉は固く、噛み切れずに飲み込んだ。それでも味付けがこってりして濃いので、しっかり肉を食べたという気にはなった。贅沢したといっても、本日の支出は、この200円だけ。昨日、1000円も使ったので、ちょうどいいバランスだろう。下宿に戻って我妻『民法総則』をがんばって読み続ける。昨日よりも多く、なんとか100頁すすみ、384頁に達した。よし、この調子、もう少しだ。

11月30日（月）

今朝も冷えた。朝食は抜いて、熱い番茶に梅干しを入れて飲むだけにする。お腹がもたれた感じだ。昨日、肉を食べすぎたのか、消化の悪い肉だったのか……。朝8時半から25番教室で鴻の商法2部の授業を受ける。引き続き午前10時半からは新堂の民事訴訟法2部だ。

お昼に「メトロ」で大池君と並んでゴボウ天うどんを食べていると、先輩の太田氏が「やあ、いいところで会った」と言いながら近寄ってきた。彼にとって「いいところ」というのは、ぼくらが何かこき使われるということだ。案の定、駒場の代議員大会が荒れそうなので応援に行ってほしいとのこと。大池君が即座に「いいですよ」と返事したので、ぼくも断る口実がない。受験生だからといって何もしないなんて許されないのだ。まあ、気分転換に駒場の汚れた空気でも吸ってくるか……。地下鉄に乗って、久しぶりに駒場に向かう。いつも会場になっている九〇〇番教室はたしかに少しは荒れ模様だったけれど、東大闘争真っ最中の激しい大乱闘事件を体験しているぼくからすると、まあ、そんなに騒ぐほどのレベルでもない。執行部と反対派のそれぞれのワンパターンのアジ演説をひととおり聞かされると、日ごろ法律書を読んでいて平静で波風の立たない胸のうちが、次第に荒々しくすさんでくる気がしてきた。これでは、来る前は気分転換になるかなと期待したけれど、現実世界の荒々しさがぼくの心の内面をささくれ立たせてしまう。こんなのコリゴリだね……。こんな荒事《あらごと》の世界からは、やはりしばらく遠ざかっておこう。それが無難《ぶなん》だよね。大池君も同じ気持だったようで、目配せしあって、二人して、そっと九〇〇番教室を抜け出した。ぼくは一目散に下宿に戻った。

12月1日（火）

目が覚めたとき、あまりの寒さに身体がブルッと震える。朝8時半から31番教室で平井の民法2部の授業を真面目に受ける。今日は不当利得。財産的価値の移動に着目せよとのこと。いったん下宿に戻り、我妻『民法総則』を読む。下宿が近いとホントに便利だよね。お昼に「メトロ」でカレーライスを食べ、午後1時から同じ31番教室で藤木の刑法2部を聴く。刑の軽重は、刑法9条にある順序、つまり死刑・懲役・禁錮・罰金・拘留・科料と軽くなっていく。ただし、無期禁錮と有期懲役とでは禁錮が重く、また、有期禁錮の長期が有期懲役の長期の2倍をこえるときは禁錮が重い。

昨日は時間をとられたうえに平常心がかき乱されて、勉強に打ち込めなかった。落ち着いて勉強に集中するには、何より心の平安、平静な心理状態が必要なことを痛感する。

午後3時前に授業が終わって、すぐに下宿に戻る。我妻『民法総則』が待っている。お腹が空《す》いたので、早目に夕食をとろうと思って弥生門から本郷構内に入る。少しは身体を動かしておかないと健康保持ができない。歩いているときだって、作成したカードを手にして、見るようにする。とはいっても、四季の移り変わり、周囲の景色に気をとられてしまうことは多い。そんなに四六時中、頭の中を法律論ばかりで占めるのには、かなり無理がある。どうしても何か息抜きを無意識のうちに求めてしまうのだ。夕食は「メトロ」でサンマの塩焼き定食。大雪のため、新幹線が立ち往生しているという。食後は、すぐに下宿に戻って我妻『民法総則』の続きに取りかかる。時効制度について学ぶ。時効の効力は遡及《そきゅう》する。昔にさかのぼるのだ。取得時効にあっては時効期間中の果実《かじつ》は、時効によって権利を取得した者に帰属する。消滅時効にあっては、これによって債務を免れた者は、時効期間中の利息を支払う必要もない。時効制度は、永続した事実状態を尊重するものではあるが、同時に個人の意思をも考えて、両者の調和をはかろうとするものであって、その目的のために当事者の援用《えんよう》を待って裁判することにしている（民法145条）。今日は、我妻『民法総則』の457頁まで、70頁すすんだ。

12月2日（水）

午前中は受けるべき授業がないので、下宿に籠って我妻『民法総則』を読む。なんとか今日中に読了できそうだ。そう思っていると廊下から声がかかる。下宿の老婦人が下宿代の請求に来た。いつも一日なんだけれど、昨日は外出でもしていたのかな……。部屋代７０００円、水道代80円、そして電気代４２６円。冬は、暖房のために部屋で電気ヒーターを使っているから電気代がどうしてもかさむ。これは仕方がない。合計７５０６円を部屋代と書いた封筒から現金を取り出し支払う。ぼくは机の中に生活に必要なお金を小分けにして別々の封筒に入れている。老婦人は静かに微笑《ほほえ》みながら、その場でおつりを差し出し、用意していた小さな手書きの領収書を渡してくれた。

お昼になったので「メトロ」へ向かう。今日も寒い。北風があたると頬が刺される。まだ振られる前に彼女から誕生日のプレゼントとしてもらった青い毛糸のマフラーを首に巻きつける。ぼくはまだまだ未練たらたらなのだ。ハンバーグを食べ、午後1時から25番教室で四宮の民法４部を聴く。必死にノートを取り、下宿に戻ってから清書して頭の中も整理しておく。

夕食に再び「メトロ」へ行き、野菜炒め定食をいただく。飛行機がパイロットのストライキ突入で飛んでいないという。会社側のボーナス回答50万円を不満だとしてストライキに入った。要求は１００万円というから、信じられないほど豪勢なものだ。世の中には別世界があるんだね……。すぐに下宿に戻り、我妻民法にかじりつく。なかなか難しくて、簡単には前に進まない。時効は承認によって中断する。この承認とは、時効の利益を受ける当事者が時効によって権利を失う者に対して、その権利の存在することを知っている旨を表示すること。これは観念の通知であって、中断しようとする効果意思は必要ない。夜11時を過ぎて、ようやく『民法総則』の最後の頁501頁にたどり着いた。今日は44頁だけ読んだ。民法の基本を、これで本当に理解できたのだろうか。理解できたとしても、それを答案用紙に自分の文章として書けるほどになっているだろうか。とてもそうは思えない。まだまだ道は遠く、険しい。それでも、民法の基本を通読し、全体を見通すことができたというのは、何かしらぼくに自信を与えてくれる。

12月3日（木）

朝8時半から31番教室での藤木の刑法2部は、睡魔とたたかいながら必死で聴いた。結果的《けっかてき》加重《かちょう》犯が成立するには、加重原由《かちょうげんゆ》としての結果について故意は必要ないが、責任主義の原理から考えて、少なくとも過失を要する。結果的加重犯は、故意犯と過失犯との複合的な形態である。引き続き25番教室で、新堂の民事訴訟法2部の授業を受ける。こちらは、なんとか眠りこけることもなくノートを取った。法文2号館地下の「メトロ」に降りてトンカツを食べたあと、生協の書籍コーナーに立ち寄り、「民法演習」を1冊購入する。1890円もした。法律書は高い。いや、高すぎる。ぶつぶつ文句を言いながら下宿に戻る。朝は冷えていたけれど昼間はポカポカ陽気で、安田講堂前の広場を白いYシャツ姿の大学院生が歩いていく。

今日から我妻の『債権各論（上巻）』にとりかかる。ところが、眠気がひどい。廊下に出て洗面所に立ち、冷たい水で顔を洗うと少しはましになった。睡眠時間は7時間をちゃんと確保しているのに、どうしてこんなにも眠たいのだろうか……。考えられることは、我妻民法の精緻《せいち》かつ深遠《しんえん》な論理展開に、ぼくの脳が拒絶反応を示しているということだろう。いや、それしか考えられない。困ったな、うん……。

近代私法の三大原則の第一は契約自由の原則、これは個人意思の自治ともいう。第二に、私的所有権絶対の原則、これは私有財産権の絶対ともいう。第三に、過失責任の原則、これは自己責任ともいう。事情変更の原則というものがある。すべての契約は暗黙のうちに、その契約が締結されたときの事情がそのまま存続する限りにおいてのみ効力を有するというものである。したがって、その事情が変更したとき、契約はもはや拘束力をもたない。合意とは、相対立する二つ以上の意思表示が客観的にも主観的にも合致すること。客観的に合致するとは、二つ以上の意思表示が客観的に全然同一であること。主観的に合致するとは、その客観的に合致する意思表示が相手方の意思表示と結合して契約を成立させようとする意義を有すること。うむむ、難しいな。それでも、なんとか54頁は読んだ。今夜はこれくらいにしておこう。さあ、寝よう、寝よう。

12月4日（金）

昨夜は、いつもより早く寝たおかげで、今朝はすっきりした目覚めだった。朝食は抜いて、紅茶を飲んで、すぐ我妻民法に取りかかる。今日は受けるべき授業はない。承諾とは、契約を成立させることを目的として、特定の申込に対してなされる意思表示である。

昼は「メトロ」で煮込みうどんを食べる。食後、生協の購買部に立ち寄り、フライパンを買う。635円もした。ずっしり重たい。そして、ホットケーキの材料を仕入れた。甘いものが欲しい。疲れた頭が甘いものを求めている。この自然な欲求には逆らえない。素直に欲求を満たしてやろうと思った。出入り口のところに10万円のカラーテレビが月々2500円の支払いで買えるというチラシが置いてある。世の中はカラーテレビの時代になったんだね。小学4年生のときだったかな、我が家に白黒テレビが入ったのは……。皇太子の結婚式パレードを見るためだったような気がする。

下宿に戻り、我妻民法に挑戦する。午後3時のおやつにホットケーキを焼いて、上から蜂蜜をたっぷり垂らす。いやあ、美味しい。甘い、甘い。うん、大満足だ。ささやかな至福のひととき。

我妻民法を再開したあと、夕食は「メトロ」で鶏肉の唐揚げ定食をいただく。食後は、まっすぐ下宿に戻る。同時履行《どうじりこう》の抗弁権《こうべんけん》とは、双務契約から生じる対立した債務のあいだに履行上の牽連《けんれん》関係を認めようとする制度で、公平の原則にもとづくもの。相手方が履行の提供をするまで、自己の債務の履行を拒むことができる。難しいな。またもや昨日のように頭が十分に働かなくなった。こんなときは、目が活字の上をなぞっているだけで、さっぱり頭に入ってこない。こんなことをしていても時間の無駄だ。こんなときにはすっぱり止めて他のことをする。この割り切りが必要だ。危険負担まですすんだところで本日は終了とする。それでも55頁すすんだ。

12月5日（土）

今朝も冷え込んでいる。弥生門に行くとき、足元がサクサクと音を立てて心地良い。霜柱が立っているのだ。朝8時半から平井の民法2部。消滅時効と除斥《じょせき》期間は異なるもの。民法に「時効により……」と書いていないときは除斥期間だ。午前10時半から四宮の民法4部を聴く。四宮は相続回復請求権と消滅時効を論じた。難しかった。あとでよく復習しておく必要があるな。

午前中の授業が終わると、昼食を抜いて、そのまま川崎へ出かけた。セツルメント診療所で「健康友の会」の読者台帳の整理を頼まれている。みんなでワイワイ言いながら、なんとか片付けた。終わって帰ろうとすると、武内事務長が声をかけてくれた。実は声がかかるのを待っていた。ぼくの下心《したごころ》は栄養補給にあった。料理上手な武内事務長の心尽くしの夕食がテーブルの上に並んだ。豪勢な家庭料理だ。熱々《あつあつ》のコロッケ、野菜の天ぷら、ポテトサラダ……。いやあ、どれもこれも美味しい。いつもいつも「メトロ」で、決まったような同じ味つけのものばかり食べているので、たまには、こんな手作りの栄養たっぷりの食事がしたい。ぼくは遠慮なく、むさぼるように食べた。「まるで欠食児童のようだわね」。武内事務長は、ぼくの食べっぷりに気をよくしてくれた。美味しいものをタダでたっぷり食べて、それを喜んでもらえるとは、なんと素晴らしいことだろう。満腹になったので、もう長居は無用だ。弥生町の下宿に戻る。自分で立てた勉強のスケジュールを崩すわけにはいかない。食事の出費がなかったので、本日の支出は川崎への往復の電車とバス賃合計270円だけですんだ。電車に乗って外を眺めると、どんより曇っている。スモッグだな、これって……。

夜は、我妻民法『債権各論』で契約解除を学ぶ。今日は42頁しか進まなかった。

12月6日（日）

今朝は朝食抜き。きのうの夕食が豪華版だったから問題なし。顔を洗うと、すぐに我妻民法に取りかかる。なんとか今日中に読了しよう。いくら難しくてもやるしかない。昼は下宿でホットケーキを焼く。蜂蜜たっぷりのホットケーキを紅茶と一緒にいただく。甘いものがお腹におさまると、なんだか安心した気分になって、心地良い。午後は、我妻民法が少し分かりかけてきた気分で読みすすめる。事情変更の原則によって契約の解除権が生じる。そして、契約解除する前に履行していたものは不当利得として返還請求できる。

夕食は下宿を出て弥生門から銀杏並木を歩いて抜け、正門近くの定食屋に入る。150円の豚肉の生姜焼き定食をいただく。店に置いてある新聞を手にとると、ボウリング料金が1ゲーム250円から300円に値上げされるという記事がのっていた。セツルメントでは若者たちと早朝ボーリングによく行っていた。50円も上げるなんて、とんでもないね。食べ終わったら、来た道をそのまま戻って下宿へ。下宿に着くと歯磨きして口中をさっぱりして、我妻民法を再開する。ぼくの乏しい脳みそをふりしぼらないと理解できない内容だけど、読めば読むほど正論だ。反対説なんてありようがないと思うのに、それでも反対説があるというのだから、学者の世界も奥が深い。

夜遅くまでかかって我妻『債権各論（上）』を予定オーバーして4日間もかかったけれど、なんとか読了することができて、ほっとした。今日読んだ頁は66頁。本日の支出は夕食の150円のみ。

12月7日（月）

午前中は25番教室で真面目に授業を受ける。鴻《おおとり》の商法2部と新堂の民事訴訟法2部だ。

お昼は「メトロ」でスパゲッティ・ナポリタンを食べ、そのあと購買部に入って食料品として即席うどんなどを仕入れ、510円を支払う。地上に出たとき頭に手を当てると、頭髪が伸びすぎていて、うっとうしい。いやだよね、これって。正門から出て近くの理容店に入る。高校生のときまで坊主頭だったこともあり、ぼくは頭髪を2ヶ月も放っておくと気分まで重たくなる。理容店の店主は、ぼくの頭にハサミを入れながら毛髪の硬さをほめるでもなく、けなすでもなく話題にした。ぼくは頭髪が硬くて密なのを、ひそかに自慢している。おそらく頭が禿《は》げることはないだろう。ぼくの父親はゴマ塩頭にしているが、決して禿げてはいない。朝、目が覚めたとき、頭髪に寝癖がついていて逆立っていておかしなことがある。そんなときは洗面台の鏡の前に立って、水でなでつけると大体すぐに大人しくなる。女性とデートする予定があるわけでもないし、外見なんて気にせず勉強するのみだ。すっかり短くなった頭髪に手をあて、これで良し、下宿に戻ろうと一人つぶやいた。我妻民法が待っている。銀杏並木を戻る。寒いけれど、空は晴れわたっていて気分がいい。

『債権各論（中巻Ⅰ）』は、実に骨が折れる。それでもあきらめることなく、必死にかじりつく。贈与には負担付贈与というものがある。売買とは金銭と財貨を交換する契約のこと。いやあ、眠たい、実に眠たい。売買の途中でダウンする。今日は26頁しか進まなかった。

12月8日（火）

朝8時半から31番教室で平井の民法2部の授業を受け、事務管理について必死にノートを取る。

いったん下宿に戻り、昼食を摂《と》りに出てきた。地下の「メトロ」でカレーライスを食べたあと、緑会委員会室に顔を出す。昼休みなので、なじみの顔ぶれが雑談の花を咲かせている。たまには法律以外の政治や社会の動きについても話してみたいものだ。雑談のなかでスランプ脱出法に話の花が咲いた。その場には司法試験受験生はぼく以外に一人もいないけれど、先輩たちの失敗談・苦労話が伝聞だからこそ面白おかしく語られた。いやはや、先輩たちもみんな苦労したんだね。ぼくは心がすっと軽くなった。

受験勉強が苦しく、夕方からお酒を飲んで小説を読んで夜ふかしして、明け方になって二日酔い状態になって寝てしまう。午後から起き出してパチンコ店に行ったり、気分がいいと銭湯に行ってみる。そして夕方になると、また、お酒を飲みはじめる。こんな状態を3ヶ月も続けた。自分というものを真正面から見つめるのがとても辛かった。それでも、なんとかスランプから脱出して合格したんだって……。ぼくの先輩はすごいよ。毎晩マラソンしていたらしい。うん、部屋中に格言やら檄文を貼りつけ、疲れたときに見てたんだって。いやいや、もっとすごいよ。おれの先輩なんて、口述式試験の直前には毎日3本のアンプルを飲み続け、ほとんど徹夜の連続で勉強したんだってさ。それでふらふらしながら面接試験を受けたのに、なんとか合格したよって笑いながら言ってたぜ。

ずっとニコニコ笑いながら話を聞いていた先輩の太田氏が真面目な顔をして言った。

「結局、スランプっていうのは身も心も疲労してるってことなんだ。だから、ゆっくり休養を取る。これが一番じゃないのかな」

なるほど、そういうことだろう。だから、スランプに陥ったときの脱出法は人によって異なるはず。ぼくはなるべくスランプに陥らないよう心がけることにした。そのためには毎日規則正しい生活をして、十分に睡眠時間を確保することだな……。ひとしきり雑談をして、階段を下りていると、太田氏もあとから降りてきた。「どうだい、勉強のすすみ具合は?」と訊かれたので、「まあ、なんとか一生懸命がんばってますよ」と答えた。そして、ちょっぴり愚痴をこぼした。「毎日、薄暗い下宿にひとり籠って気が滅入ります。これがぼくの青春なのかなあって疑問を感じます」。まったく、これは本音《ほんね》だ。すると太田氏はガハハと豪快に笑った。「うん、それがきみの人生だし、これが青春なんだよ。そう思ったらいいのさ。割り切って今は勉強にがんばるしかないんだよ。自分で選んだ道だろ」。なるほど、そのとおりだ。これはぼくが決めたことなんだ。急に見晴らしが良くなった気がした。気が大きくなったので、太田氏から選挙カンパを頼まれたとき、そのとき持ち合わせていた千円札一枚をためらうことなく差し出した。太田氏は笑顔でカバンの中からカンパ袋を取り出し、千円札を中に仕舞った。我ながら、気前の良さに驚いた。それでもぼくは良いことをして得した気分だった。

午後1時から藤木の刑法2部の授業を受ける。そのあと、すぐに下宿に戻り、我妻民法の深遠な理論の花園に迷い込む。夕食は、また「メトロ」へ行って、チャーハンセットを食べ、そそくさと下宿に戻る。我妻民法は、実にこまかい論理構造をしていて、これでもか、これでもかと論証していく。本当に奥が深いというか、味わい深いというか、その緻密さには、ただただ圧倒される。

夕食はちゃんと食べたのに、夜9時過ぎてお腹が空いてたまらない。よし、外へ出よう。なんだか外の空気を吸いたくなったので、下宿を抜け出し、小料理屋に入る。メニューを見て、２００円のお茶漬けを注文する。食べながら、いやいや、こんなことをしていたら一日4食になってしまう。ろくに身体も動かしていないから太ってしまうぞ。やっぱり夜食は、ほどほどにしなくては……。今日もまた、大いに反省した。下宿に戻って我妻民法を再開する。売買のときの手付は解約手付と推定される。今日は25頁しかすすまなかった。これじゃあ、いかんな……。またまた反省しっぱなしだ。

12月9日（水）

今朝の冷え込みは尋常ではなかった。起きてすぐ熱い紅茶を飲んで一息つく。午前中は受けるべき授業がないので、下宿で我妻民法と格闘する。消費貸借において、貸主は何らの債務も負担しない。目的物を引渡すことによって消費貸借が成立するのだから、貸す債務（目的物を引渡す債務）が生じる余地はない。準消費貸借においては、無因債務を負担するものではないから、基礎とされた債務が存在しなかったときには、準消費貸借も効力を生じない。

昼にカレーうどんを「メトロ」で食べる。そのあと生協で１２０円のビスケットを買った。疲れたときは甘いものを口にして頭を休めたい。階段を上がって銀杏並木に出てみると、風も強くて寒さにぶるぶる震えて、すぐ「メトロ」に逆戻りして、しばらく休むことにした。

午後1時から四宮の民法4部の授業を25番教室で受ける。離婚には協議離婚、調停離婚、裁判離婚がある。協議離婚は原因のいかんを問わない。裁判上の離婚は法定の原因が認められたときに成立する。私語する学生は一人もいない。みな真剣に、というか必死にノートを取る。教授が脱線したときは、つられて軽い笑い声がおきるけれど、それ以外は真剣勝負の場のように静かなものだ。今日、日本育英会から月3000円の奨学金が入ってきた。うれしい。

12月10日（木）

朝8時半から31番教室で藤木の刑法2部、午前10時半から25番教室で新堂の民事訴訟法2部の授業を受け、どちらの科目も必死でノートを取る。正当防衛は急迫不正の侵害に対するものでなければならない。急迫とは、法益の侵害がきわめて間近に迫っていることをいう。不正は違法と同じ意味。

午後から、今日も川崎へ出かける。「健康友の会」の新聞づくりを手伝うことになっている。終わって帰ろうとすると、穴山さんがぼくを呼び止め、バス停近くのソバ屋に誘ってくれた。ここで早目に夕食をとる。好きなものを注文していいと言われて、ぼくは遠慮せず前から食べたかった天ぷらソバを注文した。大きなエビフライが2匹、どおんと乗って見栄《みば》えがする。味も美味しく、ぼくは大満足だ。穴山さんは、いつも何かと励ましの言葉をかけてくれる。ありがたい心優しき人生の先輩だ。

食べ終わると、すぐに目の前のバス停でちょうどやって来たバスに乗り、下宿へ直行した。

時間がとられてしまったという思いがあると、緊張感からかえって集中できて我妻民法の理解がすすむ気がする。夜遅くなって、冷えた身体を温めに銭湯へ行く。お風呂はいいね。身も心も温まる。我妻民法は、今日は瑕疵担保責任《かしたんぽせきにん》。不特定物の売買については、瑕疵担保責任の規定の適用はなく、もっぱら不完全履行の理論で解決する。そこで生じる不都合は信義則によって制限する。うむむ、なかなか難しい展開だ。今日は、さすがに39頁しかすすまなかった。

12月11日（金）

22歳の誕生日

今日は授業がないので、基本的に下宿に籠って我妻民法に浸《ひた》る。なんとか早く『債権各論（中巻I）』を読み終えたい。昼食に「メトロ」で親子丼を食べ、生協でクリーニングに出していたブレザーを300円出して受け取る。足早に下宿に戻って机に向かう。消費貸借は、金銭その他のものを借りてこれを消費し、同種・同等・同量のものを返還する契約であって、要物《ようぶつ》・片務《へんむ》・不要式の契約である。今日は46頁しか読めなかった。

セツルメントの後輩セツラーから、文集をつくるので何か書いて送ってほしいと頼まれているのを思い出した。近況報告でもいいというので、ぼくは現在の心境を書きつづった。いわば泣《な》き言《ごと》だよね、これって。自分で見直して、そう思った。詩みたいな体裁をとって、かなり率直に心情を吐露《とろ》している。読まれたら恥ずかしいけれど、これがぼくの青春なんだから、活字にしておくのも何かの意味があるだろう。書き殴ったものをきちんと清書して読めるようにして封筒に入れる。明日、本郷構内にある郵便ポストに投函しよう。

22歳の誕生日

（一）

冬のすきま風は手を凍らせる。一枚一枚、本をめくって行く。
机の上は法律の本ばかり。時計とカレンダーを気にしながら、ただ本を読んでいる。
「今年中に民法を終わんなきゃ」とつぶやきながら、本を読む。
「寒くなったな」心身ともに冷える。しだいに感覚が鈍くなっていく。
心からの笑い、身を包みこむ喜び、怒り、これから遠ざかる。
毎日毎日、「生きている」という感触はつかめない。
「存在しているみたいだ」というのが偽らざる心境。
愛すること、愛されることからも遠のいてしまった。

（二）

抑えつけられていたものが、どっとあふれだすとき、人々が踊り、心に笑いを、ゆとりをとりもどすときは、まだか？

目をおおい、耳をかくし、口をふさぎ、何も考えない人間、

「多いな、そんな人間が」。自分自身もそうじゃないか？……

一人で勉強しているとさびしいんだよ。すぐそばに話し相手が欲しいんだ。

でも、ゆっくり話しているひまもないし、まして友人を作ることなんてできやしない。

だけどねー、ぼくだって毎日好きなことをしていたいさ、熱烈な恋愛だってしてみたいさ、
だけどさあー、ゆっくり考えているひまなんて、ありゃしないんだよ。

とにかく、今年中に民法、一月には会社法、手形小切手法、民訴、…………。

スケジュールはびっしりなんだよ。

（三）

試験に受かったら、しばらく働いてみたい。労働者の一員として働いてみたい。
弁護士になったら、川崎で活動したい。労働者の一員として。
一人でも多くの人が幸せになれるようにがんばりたいんだ、みんなと一緒にね。
これでもがんばってるんだぜ。
だけどね、いつも一人で勉強してると、
フワーッとダメになっていきそうなんだよ、だからさー、
みんな手紙くれよなー。新鮮な固い岩盤をゆるがすような燃える若さを。

「生きてる」っていう息吹を、ぼくにふきこんでくれよ。
なー、おい。
そして、一緒に歩いていこうよ。肩をはらずに、くちびるには歌を、
手に手をとって、軽やかなステップで駆けていこうよ。
おい、みんな。

12月12日（木）

朝8時半から平井の民法2部、今日は和解と示談だ。午前10時半から四宮の民法4部の授業を真面目に受ける。民法4部は相続。慰謝料請求権は相続が認められている。身元保証については相続性はない。

法学部では駒場時代と違って休講となることはない。駒場の学生は休講大歓迎だが、本郷では休講を学生はまったく喜ばない。休講を喜ぶような学生は、はなから出席するつもりがないのだから、問題にならない。大教室は学生の出席簿もないし、入場チェックもないので、他学部いや他大学の学生が聴講していたって分からない。教室内にいる学生は、最前列組をふくめて、みんな自分のために講義を聴きに来ている。だから、みな真剣そのものだ。教室から出るとき、大池君がマスクをしているのを見かけた。風邪が流行っているらしい。気をつけよう。

昼になったので地階の「メトロ」に降りて、カレーライスを食べる。そのあと自然に足が書籍コー

ナーに向く。ついつい一般書コーナーに足が向いているのに気がつき、慌てて法律専門書のコーナーへ河岸《かし》を変える。無意識というのは恐ろしいものだ。法律書を手にとり、今はこれが必要なんだと自分に言い聞かせる。１４６０円する。高いけれど仕方がない。本日の支出合計は２１３０円也。

　午後からは下宿に籠って、我妻民法を読みすすめる。我妻栄の文章はとても論理的で、いろんな角度から考えていることがよく分かる。物事を深く、徹底的に考えるというのは、こういうことなんだよね。ぼくは、ときに自問自答しながら、たまには言葉に出してみて、赤鉛筆で大切なところに棒線を引っぱりながら、読みすすめる。書いてあることに無駄がなく、大切だと思うところが多いので、頁全体が赤くなっていく。噛《か》んで含めるような易しい文体なのだが、緊張感をもってあたる。準消費貸借は消費貸借の要物性《ようぶつせい》を緩和したもの。使用貸借は対価を払わないで（無償）他人のものを借りて使用収益する契約。賃貸借で、譲渡や転貸は賃貸人の承諾がなければ問題となる。

　今日は形のうえでは１１０頁もすすんだけれど、実は諸外国の例が紹介されているところが30頁もあり、そこはもちろん飛ばした。だから、実質的には80頁ほど進んだだけだ。

12月13日（日）

　朝、起きると、いつにも増して周囲が静かだ。もともと静かな住宅街だけど、平日は、それでも通勤、通学の人が道を往来する音がしている。そうか、今日は日曜日だ。通勤の人がいないのも当然だ。安息日。もちろん、受験生にとって意味のない言葉だ。いやいや、考えようによっては、受験生にとっては毎日が日曜日のようなものだ。ともかく、今日、何をやるのかは、すべて自分で立てたスケジュールどおりの日課を淡々とこなすのみ。ところが、言うは易く、行うは難しいと、昔の人の言うとおり、これがなかなかうまくいかない。生身の人間だから、感情の起伏は避けられないし、体調だっていつも万全とは限らない。だから、ペーパーどおりに日程がすすむ保障はない。スケジュールには多少の遊びはとってあるが、大幅に狂ってきたら、予定を組み直すしかない。

朝から、ずっと我妻民法にかじりついている。昼はホットケーキを焼いて、蜂蜜をたっぷり注いで、紅茶とともにいただく。午後のおやつはなしで、お茶を一杯飲んで、我妻民法を再開する。

賃借人が死亡したら相続される。一種の財産的な客観的な存在を有するもの。使用貸借がもっぱら借り主のための人的な制度であったのとは違う。亡くなった賃借人の同居の家族が内縁の妻だったり、相続人でなかったとしても、明渡請求は権利の濫用となることがある。

それにしても部屋は寒い。心のなかまで冷え切ってしまう。夕食は、あったかいもの、精のつくものを食べよう。うん、久しぶりにレバニラライスといこう。下宿近くの中華料理店に入る。幸いカウンター席がひとつ空いていた。熱々《あつあつ》のレバーとニラの食感がいい。元気もりもりになる。

食べ終わると、すぐに下宿に戻る。我妻民法がもうすぐ終わる。今日は60頁すすんで、『債権各論(中巻I)』をようやく読み終えた。理解できたかどうかより、読了したという達成感が大切だ。

よし、ちょうどいい区切りだ。下宿を出て、銭湯に向かう。外は冷えている。早く湯舟に入って、身体を温めよう。幸い混んでいなかった。広い湯舟で思い切り手足をのばし「ああ、極楽、極楽」と心の中でつぶやく。これくらいしか受験生の楽しみはない。食事と風呂は今のぼくにとって二大楽しみだ。身も心もほっこり温まって下宿に戻ると、冷え冷えとした空気が待っていた。電気ストーブをつけて机に向かい、毛布を衣服の上からかけて完全防寒体勢をとる。

我妻民法を一時中断し、松坂佐一の『事務管理』を読みはじめる。この法律学全集は、前半が松坂の事務管理と不当利得、後半は加藤一郎の不法行為となっている。今日は28頁だけ進んだ。それにしても、今日は一日中、誰ともまともに話していない。食事の注文をしたのは会話には入らないだろう。時候の挨拶もしなかった。頭の中には事務管理の論理が鳴り響いている。これがうまく手指にあらわれて文章になるだろうか、口から飛び出してくれるだろうか。いや、そうしないといけないんだ……。

12月14日（月）

朝8時半から鴻の商法2部の授業を受け、午前10時半から新堂の民事訴訟法2部を聴く。

お昼は「メトロ」で久しぶりにタンメンを食べ、それから緑会委員会室へ顔を出す。またもや要請にこたえて、駒場の代議員大会の応援に行くことになった。今回も受験生仲間の大池君と一緒に地下鉄に乗って駒場に向かう。冬とは思えないほど暖かい。幸い、代議員大会では大したことも起きそうではない。アジ演説の続いている広い九〇〇番教室を早目に抜け出す。駅の改札口で駒場寮で一緒だった安田君と出会った。安田君は国家公務員上級職試験と司法試験の二つを受験する。どちらも合格するだろう。それも上位の成績で……。駒場東大前駅から井の頭線に乗り、渋谷駅から地下鉄に乗って本郷三丁目駅で降りる。地上に出たとき、電車のなかの会話で今日がぼくの誕生日だと知った安田君が、お祝いに寿司でも食べようかと言い出した。寿司を食べるなんて贅沢すぎると思わないでもなかったけれど、「うん、まあ、そうしよう」と軽く返事して、近くの寿司店に入った。さすがに美味しかったけれど、一人前1000円もする。こりゃあ、やっぱり高いよね。安田君と別れて下宿に戻る。なんだかお腹一杯になっていない。中途半端な感じがする。それで、下宿を出て、中華ソバ屋に入り、ワンタンメン140円を食べた。ようやく腹一杯になり、気分が落ち着く。まだまだ育ち盛りなんだよね。まあ、誕生日なんだから、こういうこともあっていいか……。

今日はぼくの22歳の誕生日だ。20歳の誕生日について、ポール・ニザンがおめでとうとは誰にも言わせないと言った。ぼくの心境も同じようなものだ。ちっともうれしくない。ぼくの生まれた「師走《しわす》半《なか》ばの十四日」は、赤穂浪士が吉良邸に討ち入りして、見事に本懐を遂げた日だ。映画ではしんしんと雪が降っていたが、今日は雪は降ってない。まあ、旧暦と新暦では違うんだろうね。机に向かい、松坂の不当利得論を勉強する。不当利得とは、正当な理由なくして財産的利得をなし、これによって他人に損害を及ぼした者に対して、その利得の返還を命じる制度のこと。今日は、なんとか松坂民法を30頁すすめることができた。

12月15日（火）

朝8時半からの平井の民法2部を真面目に講義を受ける。売買契約、予約、手付についてノートを取る。そのあと、時間があったので下宿に戻ってノートを読み直して清書した。

お昼に「メトロ」で今日もタンメンを食べる。外に出ようとすると、陳列棚にケーキが並んでいるのが目に入った。そうだ、きのうは寿司を食べたけれど、ケーキはなかったな。22歳の誕生日にケーキのひとつくらい食べてもいいだろう。午後の授業が終わったら買って帰ろう。書籍コーナーに立ち寄る。「受験新報」に合格体験記の読み方が書かれている。短期合格したい人は短期合格者の合格体験記をあまり参考にすべきではない。短期合格するには、むしろ合格まで時間のかかった人の合格体験記を参考にすべき。なぜなら長くかかって合格した人は合格した年に、勉強法について必ず転機を迎えている。その転機こそが参考となる。どんな勉強法が誤りで、どんな勉強法が正しいのかが分かる。これに対して、短期の合格者の合格体験記には独り善《よ》がりのものが少なくない。挫折なく合格したのだから、自分のやった勉強法こそが正しいと誤解しやすい。なるほどね、この指摘は心しよう。ぼくはそう思った。

自分は受からなければならない。受かるんだ。そういう思いが大切。気力、馬力、それが欠けている人は落ちてしまう、合格なんかできない。合格する人は精神力が充実して、非常に気力がある。

2年後、3年後に合格しようなんて思っていたら、5年たっても6年たっても受からない。そんな先送り精神で安易に勉強していても合格できるような試験ではない。今年、絶対に合格するんだ。合格するぞと何度も自分に言い聞かせ、自己暗示にかける。こうやってピンチを切り抜ける。物事は積極的に前向きに考える。そうすれば道は開ける。人間の能力は無意識の力に左右されるところが大いにある。ふむふむ、なるほど、もっともだ。ぼくは心を引き締めた。

午後1時からは藤木の刑法2部。終わると地階の売店に行き、苺《いちご》のショートケーキを1個買う。75

円だ。大事に下宿に持ち帰った。午後3時のお茶のとき、紅茶とともに食べる。ちょっとばかり、ゆっくりした気分になっていると下宿の老婦人が声をかけてきた。何だろうか、廊下に出ると、現金書留が届いた。誰からかな。会社員をしている長兄が送ってくれた。5000円も入っている。うれしい臨時収入だ。ボーナスが入ったのかな、それともぼくの誕生日プレゼントなのだろうか。手紙にはしっかり勉強して目的達成するよう励ましの言葉があった。

不当利得。時効取得が成立しても、不当利得返還請求権を生ぜしめることはない。なるほど、当然だよね……。今日は松坂民法は17頁しかすすまなかった。

12月16日（水）

午前中は授業がないので、下宿で松坂民法の続きを読む。今日は不法原因給付だ。社会道徳に反する行為の場合には、返還請求権が認められない。たとえば、妾《めかけ》に男性がプレゼントしたダイヤの指輪が妾関係維持のためのものと認められたら、妾関係が切れたからといって取り戻しは許されない。「メトロ」で昼食に中華ランチを食べる。そのあと生協のコーナーに立ち寄り、法律学演習の本を2冊も買ってしまった。合計2200円した。昨日の臨時収入で少し気が大きくなっていた。あれこれ目移りしてはいけないということが、頭の中では分かっていても、目の前に良さそうな法律書を見てしまうと、つい買ってしまう。やはり不安感が強いからだ。いけないことだと思っても止められない。

午後1時から25番教室で四宮の民法4部の授業を受ける。今日は法定相続分だ。非嫡出子《ちゃくしゅつし》は、嫡出子の2分の1しか認められていない。これは法律婚主義、つまり法律婚を重視する考えを採っていることによる。下宿に戻って松坂民法を読む。夕食に中華料理店でもやし炒め定食を食べる。これで本日の支出は2650円となった。店に置いてある新聞に川崎の公害病認定患者の8割が生活難で苦しい生活を送っているという記事が載っている。工場の廃ガスが原因の一つだろう、公害病で老人と子どもたちが苦しんでいる。そんな問題に弁護士として取り組んでみたいな……。いやいや、今はともかく民法だ。早く不法行為にたどり着かなくてはいけない。松坂民法の不当利得を今日は40頁読みすすめて、夜遅くようやく読了した。

12月17日（木）

朝8時半から31番教室で藤木刑法を受け、午前10時30分からは新堂の民事訴訟法を25番教室で聴く。昼は「メトロ」で皿うどんを食べた。そのあと生協に寄って、書籍コーナーで法律雑誌を1冊380円で買い求め、購買部で洗剤85円を買った。洗濯はいつも手洗いだ。今日は下宿に戻ったら洗濯するつもりだ。洗濯機は使えるけれど、下着類は毎日こまめに手洗いする。溜めてしまうと大変で時間もかかる。洗濯すると、それ自体も気分転換になって、気分がすっきりする。廊下のハンガーに吊して終わりだ。

下宿に戻って、加藤一郎の『不法行為』にとりかかる。不法行為理論は、権利侵害から違法性を重視するように変わっていった。法律上保護すべき利益の違法な侵害が不法行為だ。不法行為の場合に問題となるのは、抽象的過失だ。その人の平常の注意、つまり、具体的過失は問題とならない。あくまで抽象的に一般人・標準人としてなすべき注意を怠ったことを問題とする。これを善良な管理者としての注意、善管注意《ぜんかんちゅうい》と略称する、これを怠ったことが不法行為の発生原因だ。うむ、なんだか難しいね。ぼくは読み終わって、ふうっと、大きく息を吐いた。やっぱり溜め息《ためいき》だよね、これって……。加藤一郎は若き東大総長として、老齢で判断力の衰えた大河内一男にとってかわって東大闘争をなんとか終結にもっていった立て役者だ。外見からすると大柄な加藤一郎は、アメリカ仕込みの雑駁《ざっぱく》な論理立てをするかと思うと、さすがに名著として定評ある本だけに、精緻《せいち》な論理が展開されていて、思わず引き込まれる。

両手を広げて深呼吸していると、廊下から静かに声がかかった。何だろう。廊下に出てみると、老婦人がいつにも増してにこやかな笑顔で白い封筒を渡してくれた。誰からかな……。手づくり和紙の封筒に書かれた宛名の筆跡を見て、すぐに彼女からの手紙だと分かった。老婦人の笑顔は、彼女からラブレターが来て良かったですねと言ってくれている気がした。お礼を言って、すぐにひっこみ、机に向かって封を切った。手が震えるほど待ち焦《こ》がれていた手紙だ。

「お誕生日、おめでとうございます。沖縄で革新勢力が勝利し、チリでもアジェンデ革新政権が誕生しました。その反面、三島事件が起きたり、ますます激しい情勢です。そんな中で迎えた22歳。黙々と勉学に励んでおられることと思います。目標を見失うことなく、今はしっかり勉強をがんばってください」

彼女の励ましが心に沁《し》みる。そうなんだ、今は、黙々と勉学するときなんだ……。そのあと、彼女は近況報告を書いている。職場で起きたこと、感じたこと、両親との葛藤、いろいろあっているようだ。狭い下宿の一室にじっと閉じ籠っているぼくと違って、彼女は実社会とガップリ四つに組んで格闘中なんだね。ひしひしとそのことが伝わってくる。読むほどに力が湧いてくる。もう一度、初めから読み返し、そっと頬ずりをして机の引き出しにそっとしまった。おおいに空気が入ったぞ。さあ、勉強再開だ。東大総長、加藤一郎、なにするものぞ、だ。意気高く頁をめくる。

夕食を摂りに弥生門から本郷構内に入ると、なんだか息苦しい。気のせいだろうか。いや、きっとスモッグだ。東京の大気汚染も深刻だよね……。

12月18日（金）

今日は授業がないので、朝から下宿で加藤の不法行為だ。責任能力は10歳ないし12歳から、意思能力は6歳か7歳から10歳くらいまでより上で認められる。また、民法711条にあげられている「被害者の父母、配偶者および子」は限定的列挙でなく、例示である。なるほど、なるほど、と読みすすめる。昼は下宿近くの中華料理店で焼きソバを食べる。麺類は、どれもぼくの大好物だ。そういえば、このところスパゲッティを食べていないな……。下宿に戻ると、部屋に入る前に老婦人が届いていますよと言って現金書留を渡してくれた。親からの仕送り3万円が入っている。ありがたい。高校生のときには、生意気にもぼくは親を小馬鹿にしていた。まったくの間違いだった。馬鹿なのは、ぼくのほうだった。大学へ入ってすぐ、セツルメントに入って、セツラーの自己紹介で親との関わりをみんながが話すのを聞いていて、親には親の人生があることが次第に分かっていった。そして、ぼくの考えがいかに浅薄だったのか自覚させられた。この3万円のおかげで、下宿生活をしながら、アルバイトをすることもなく受験勉強にこうやって専念できている。この申し訳ない気持ちは、結果を出して返すしかない。

加藤の不法行為は相当因果関係に進んだ。民法416条を不法行為に類推適用するかしないかという問題があり、加藤は自説を変えている。学者って、改説することもあるんだね。夕食に「メトロ」でカツライスを食べる。薄っぺらなトンカツだ。トンカチーフという別名があるのも、うべなるかな、だ。夕刊に京浜安保共闘の3人組が未明に板橋区内の派出所を襲撃したという記事がデカデカと載っている。ピストル奪取を狙ったようだ。逆にピストルで撃たれて、横浜国大生一人が死んだ。鉄砲から革命へということかもしれないが、とんでもないことだ。心を静めて下宿に戻り、再び加藤の不法行為に取りかかる。共同不法行為のときには不真正《ふしんせい》連帯債務としたほうが被害者にとっては有利となる。ふうん、そうなんだー……。夜遅く、ようやく『不法行為』を読み終えた。今日は朝からがんばって160頁読んだ。不法行為とは何か、ようやく理解できた気がする。加藤一郎の文章は明快で、すっきりしていて分かりやすい。

寝る前に点検表を机の引き出しから取り出す。昨日から毎日の生活と勉強の進捗状況をグラフに記録することをはじめた。1日の勉強時間、読んだ法律書の頁数など、なるべく数字にし、また赤い棒グラフと青の折れ線グラフで書き込む。毎日、夜寝る前に記録し、今日一日の行動と成果を振り返る。怠け心を起こさないように、心の振幅がひどくならないように、一目見ただけで状況が分かるようにする。そして、この点検表を今日からは机の前にピンで留めて貼り出しておく。ぼくだけが分かるスケジュール管理表だ。

12月19日（土）

忘年コンパ

今朝は冷え込んだ。昨日まで少し暖かすぎた。これで冬らしくなった。朝8時半から31番教室で平井の民法2部の授業を受け、売主の担保責任を学ぶ。午前10時半からは四宮の民法4部で、こちらは相続法で、遺産分割だ。必死にノートを取る。午後、いったん下宿に戻ってノートを清書する。結構これに時間がかかるし、かけている。

夕方になろうかとする時間帯に川崎へ出かける。今日は仕事ではなく、コンパに参加する。ぼくの所属していたセツルメントの若者パートのセツラーたちが忘年コンパに誘ってくれた。勉強時間が削られるけれど、それより後輩セツラーたちと久しぶりに話せるほうをぼくは優先させた。たまには法律書を離れて、人間らしい、人と人の温かい触れあいを味わいたい。

居酒屋の和室で、後輩セツラーたちと他愛もない話をして、ひとしきり笑いころげる。ぼくが卒業したあと、セツルメントはさらに発展している。文集をつくったのもすばらしい。ぼくが書いて送った恥ずかしい詩のような文章も載っている。果林《かりん》がぼくの座っているテーブルにやってきた。果林はぼくと一緒にセツルメントを卒業して、今は社会人として働いている。アルコールは前からかなりいける口だったが、今夜はいつにも増して陽気で職場の様子を面白おかしく話してくれた。ぼくは帰ってから勉強する気だったので、ビールを一口、二口飲んだくらいで果林の話の聞き役に徹した。職場での苦労話や失敗談をあっけらかんと話す果林の笑顔につい見とれてしまった。

「あら、私の顔に何かついているかしら」

果林が口に手をあてて微笑《ほほえ》んだ。ぼくは軽く首を横に振った。

「くちびるには歌よね」。果林は文集を読んでいたらしく、ぼくのフレーズを引用してくれた。ぼくは悪い気はしなかった。腹の底から何のわだかまりもなく笑ったのは久しぶりだった。とかく受験生活には笑いがない。

コンパも終わりかけて、ぼくがそろそろ引き揚げようかと考えていると、キタローが悪酔いでもしたのか、周囲のセツラーに何かしきりにからんでいる。欲求不満がたまっているのだろうか……。キタローは、いずれ法学部に進学してくるけれど、今はまだ駒場の学生だ。ふだんは言葉も少なく、いかにも真面目な学生で、成績もいいみたい。ぼくにも何か言って、からみかかってきたけれど、ぼくは聞こえなかったふりをして、トイレに行く口実で席を立ち、逃げるのに成功した。ぼくは小学生のときから小売酒屋で育ったから、酒乱の大人たちの行状は見慣れている。せっかくの楽しい雰囲気が台無しになってしまうのが残念だ。やはり、お酒は楽しく飲まないといけない。飲み込まれてしまったら意味がない。ぼくはキタローたちを置いて早めに退散することにした。居酒屋の出口で果林がぼくの腕をそっとつかんで、「明日のお昼ごちそうするから、うちに来てね」と耳元で囁《ささや》いた。

「うん、行くよ」とぼくは即答して店を出た。

下宿に戻ると、我妻『物権法』を開いた。占有権は、占有という事実を法律要件とする物権である。ううむ、今日は眠たい。やはり、アルコールが少しでも入ってしまうとダメだね。頭が空回りしていて、先へ進めない。18頁だけ読みすすめたところでダウンした。それでも寝る前、ちゃんと点検記録表へ書き込むのは忘れなかった。

12月20日（日）

昨日は不完全燃焼の気分だった。今朝は、いつもと同じ時間に起きて、午前中は我妻『物権法』を読んだけれど、なんとなく集中力が欠けている気がする。お昼ちょうどに川崎へ着けるよう、下宿を出た。果林《かりん》の誘いは魅惑的だった。果林は川崎で働いている元セツラーだ。果林の本当の名前は花村という。セツルメントではお互いをセツラー名で呼びあう。花村を花林、かりんと読みかえて、つけられた。ぼくは高校生までの坊主頭から長髪に切り換える途中のイガグリ頭だったので、イガグリと名付けられた。少年マンガの主人公でもあるので悪い気はしなかった。果林は女子短大を卒業して、地方公務員になっている。木造アパートの2階に住んでいて、ぼくが昼すぎに到着したときには、鶏肉の唐揚げとポテトサラダの豪華な昼食が待っていた。果林の部屋は、いかにも若い女性の住む部屋そのもので、色とりどりの飾り付けがあって、ぼくの下宿のように殺風景ではない。

ぼくは気持ちよく美味しい食事をいただき、セツルメント時代の出来事を話題にして、楽しいひときを過ごした。ぼくにとって果林は元セツラー同士の親しい仲間同士という関係であって、それ以上の恋愛感情はない。ひとしきり話し終えると、ぼくは早々に退散した。果林は、ぼくをバス停まで見送ってくれたが、そのとき、「明日は早番なの。それで、夕食をつくって待ってるから、明日も来てね」と誘った。ぼくは、深く考えもせず、「うん、ありがとう」と返事した。

バスの中から果林が小さく右手を小刻みに振って笑顔で見送ってくれるのを見て、ひょっとして果林はぼくに好意をもっているのかな、ふと、そう思った。いやいや、そんな思い上がりはいけないな。ぼくは軽く頭を左右に振った。そんなことはないだろう。それは、ぼくの自惚《うぬぼ》れというか、思い過ごしにすぎない。果林は単に受験生のぼくを励まし、栄養をつけてやろうとしてくれているだけだ。ぼくは自分にそう言い聞かせた。

下宿に戻ると、ぼくは我妻『物権法』に取りかかった。所有権というのは、法令の制限内において自由に目的物を使用、収益、処分することができることだ。なるほど、なるほど。夕食は軽くすませよう。近くの中華料理店に入ると、朝刊に日弁連がきのう総会を開いて司法の独立を守れと決議したことが大きく報道されている。札幌地裁の福島判事を「訴追猶予」した裁判官訴追委員会の決定は不当、最高裁は司法の独立を守れという内容だ。ぼくも大賛成だ。弁護士がぎっしり座っている写真は迫力がある。早くぼくも、そこに座れるようになりたいな……。下宿に戻って我妻民法を再開し、相隣関係《そうりんかんけい》など、今日は47頁だけ読みすすめた。

12月21日（月）

午前中は鴻の商法2部、そして新堂の民事訴訟法の授業を受ける。昼食をすますと下宿に帰って、講義ノートの見直しに励む。基本書と照らし合わせて、講義内容をきちんと確認しておきたい。

新聞に沖縄のコザ市で「反米焼打ち」という大きな記事が載っている。アメリカ兵の事故処理に憤激した群衆5000人が街頭で暴れたようだ。アメリカの支配が続いていることに根本的な原因がある。夕方になる前に川崎へ出かける。果林《かりん》宅へ向かうときの口実は栄養補給だ。それ以外にはありえないし、考えられない。本当に、いま栄養補給が必要なのかという根源的な問いかけはシャットアウトした。夕方、もう薄暗くなっているなか、果林の下宿に到着した。よく暖房がきいている。果林はフリルのついた白いブラウスを着ていて胸がはち切れそうに盛り上がっているので、ぼくは目のやり場に困った。素知らぬ様子でブレザーを脱いでテーブルに就く。待っていた夕食は、昨日の昼食よりはるかに豪華版だ。トンカツの肉は分厚いし、野菜サラダも大きいトマトの新鮮な赤さとレタスの濃い緑色に、ぼくは声も出ないほど圧倒された。もちろん、外観だけでなく、食べてみると文句なしに美味しい。「いやあ、こんなに美味しいのは、久しぶりだよ」、これは単にお世辞で言ったつもりはない。ただ、ぼくのなかに、もう一方の内心の声が問いかけてくる。「あんたは、今、ここで、こんなことしてて本当にいいのか……」

ビール瓶を開けて、果林はぐいぐい飲んだ。ぼくは下宿に戻ったら勉強する予定があるので、今日もコップ一杯だけのつもりだ。果林は次にお酒を温めて飲みはじめた。ぼくはおちょこ一杯だけつきあった。果林は食事の最中、職場の近況をニコニコしながら、あれこれ話した。そのうち、それがぼくの耳にあまり入らなくなってきた。ぼくが相槌を打つのが間遠になって、果林も少し困った表情を示した。あまりに鈍感なぼくも、さすがに、その意味するところを今日は機敏に察知した。

やはり、ここは早目に切り上げるべきなんだ……。今のぼくには当面やるべきことがある。今は、若い女性と密室で二人きりでお酒を飲みながら食事を楽しんでいるような場合ではない。ぼくは人恋しさのあまり脇見をしすぎている。深刻に反省していると、ほんのり赫《あか》い顔になった果林が急に目を伏せて小さな声で言った。「わたし、いいのよ」。

「えっ」、ぼくは聞こえないふりをした。そして、急に大切な用事を思い出したかのように立ち上がった。果林は「仕方がないわね」と、明らかに落胆した表情を見せた。後片付けがあるからと言って、果林は下宿の出入り口で立ち止まり、ぼくを見送った。ぼくも、そのほうが良かった。助かったと思った。うん、今日の出来事は忘れよう。今はそれどころではないんだ……。

下宿に戻ると、すぐに我妻『物権法』を開いた。でも、うまく進まないうちに眠気が強まった。もう寝るしかない。

12月22日（火）

朝8時半からの平井の民法2部は瑕疵担保《かしたんぽ》責任の続きだった。授業が終わると、下宿に戻ってノートを清書しながら、基本書を参照し、しっかり復習した。お昼に肉うどんを食べて、午後1時から藤木の刑法2部を受ける。下宿に戻って、今度は団藤『刑法綱要』を横に置いて、授業ノートを清書しながら復習する。

夕食をすませて「メトロ」から階段をあがって銀杏並木に出たところで太田氏に出会った。太田氏は本人こそ司法試験の受験生でないものの、身近に合格者や弁護士の知り合いが何人もいるらしく、ときどき司法試験に向けたアドバイスをしてくれる、ありがたい先輩でもある。

「司法試験法という法律があるって知ってるかな」

太田氏がニッコリ笑って話しかけてきた。ぼくは、もちろん、そんな法律があるなんて知らない。太田氏は続けた。

「司法試験法6条5項で、司法試験では知識を有するかどうかの判定に偏することなく、理解力、推理力、判断等の判定に意を用いなければならないとされているんだ。ここで、推理力というのがわざわざ入っているということは、試験にもそれを求める設問があるということ。これも頭の片隅には入れておいたほうがいいよ。もちろん、これって推理小説をたくさん読めということなんかじゃない」

そして、具体的に時間配分というか、力の配り方を教えてくれた。

「憲法・民法・刑法の3科目を勉強するときには、時間を4等分して、民法に半分の時間をかけ、憲法と刑法に4分の1ずつ時間を割りあてたらいいよ。そして、刑法はその4分の1のうちを3等分して、総論に3分の2、各論に3分の1という配分にしたらいい」

なるほどね、ぼくは貴重なアドバイスだと思った。太田氏はぼくが素直に受けとめたので、気を良くして、さらに続ける。

「短答式試験は法律的な勘《かん》を試すものなので、どうやって法律的な勘を養うかが問題となるんだよ。それで、勘を養うのに一番いいのは、たくさんの過去問にあたっておくことだね。次の論文式試験では文章力が大きく要求される。それで日頃から手紙をどんどん書いて自分の頭にあることを、そのまま表現できるように訓練しておいたほうがいい。自分の考えていることを、そのまま思い通りにペンを走らせられるか、これがパスする秘訣《ひけつ》なんだよ。最後の口述式試験では若い人ほど試験官に好まれるようなので、きみだったら学生服を着て口頭試験を受けるんだね。まあ、あんまり若さを強調しすぎて馴《な》れ馴《な》れしい口調で臨《のぞ》むと反感もたれることもあるらしいから、その点は気をつけてね、まあ、きみは大丈夫と思うけど……」

太田氏のアドバイスは具体的で、ぼくも十分納得できるものだった。短い立ち話だったけれど、ぼくは頭を深々と下げてお礼を言った。これは本心からのお礼だ。

今日は冬至《とうじ》だ。「冬至冬なか冬はじめ」という言葉があるそうだ。いよいよこれから本格的な寒さに突入するのだろう。今年も残り少なくなってきた。師走とか年の瀬というのは、今のぼくにはまったく関係ない。しかし、時間がないのは間違いない。うろうろ、ぼやぼやしていると、時間だけはどんどん過ぎていく。民法をちゃんと理解したと言える状況ではまったくない。きのうまで3日間のふらふらした行動をぼくは深く反省した。心を引き締めないと大変だ。中途半端な気持ちではいけない。夜は、我妻『物権法』を必死に読んだ。いかにも骨のある論述が続き、とても読み飛ばせるような代物《しろもの》ではない。そして疲れる。果林のことは申し訳ないことをしたのではないかと思いつつ、早く忘れるしかない。そう考えることにした。

12月23日（水）

午前中は受けるべき授業がないので、下宿で我妻『物権法』を読む。机に向かっていると奥歯がしくしく痛む。あれれ、虫歯かもしれない。これは大変だ。歯磨きはきちんとしているし、甘いものもそんなに食べてはいないはずなのに、どうしたんだろう。夜食だって、あまりとっていないのになあ。とはいっても、紅茶に蜂蜜はたっぷりすぎるほど入れて飲んでいる。これは身体が甘いものを求めるのだから仕方がないんだけど……。ともかく歯科に行こう。

午後1時から25番教室で四宮の民法4部の授業を受ける。今日は相続財産の管理、相続の放棄と承認だ。実務ではよく問題になるらしい。授業のあと、同じ本郷構内にある歯科診療所に行く。学生証を示すと、それほど待たされることもなく、診察を受ける。今日は様子を見るだけにするので1月にまた来るようにと言われた。これで治療費はいくらかかるんだろう。そんなにお金もってきていないんだけどなあ……。帰りに請求された治療費は、なんと230円だった。びっくりした。安い、安過ぎる。安いのに文句をつけるわけにはいかないけれど、驚きのあまり、受付の女性に丁寧にお礼を言うのを忘れてしまった。

「メトロ」で昼食をとりながら昨日の夕刊を読む。交通事故による死者が年間1万6000人を超えたという。大変な状況だ。弁護士になったら交通事故も扱うことになるのだろう。典型的な不法行為として損害賠償を請求するわけだ。

夜、銭湯に行き、湯舟で手足を伸ばして、ほっと一息ついた。頭髪を石鹸つけてごしごし洗うと、気分がすっきりする。我妻『物権法』は、共有だ。共有と総有の違い、共有物の分割。準共有というのは、所有権以外の財産権を共有するときのこと。次に地上権。これは取得時効がありうる。法定地上権というものがある。今日は、なんとか48頁すすんだ。さあ、寝よう。明日もがんばるぞ。

12月24日（木）

朝8時半から藤木の刑法2部を31番教室で受ける。正犯とは、実行行為すなわち構成要件に該当する行為を行う者である。共犯は、基本的構成要件の実行行為そのものを行うものではなく、それ以外の行為をもって、これに加功《かこう》するものである。教唆《きょうさ》行為とは、被教唆者に基本的構成要件についての実行の決意をさせる行為。幇助《ほうじょ》行為とは、被幇助者の基本的構成要件についての実行行為を容易にする行為。

午前10時30分からは新堂の民事訴訟法2部が25番教室である。クリスマスイブなんて関係ない。「メトロ」に飾り付けはしてあるけれど、まったく別世界だ。午後は下宿で我妻『物権法』を読む。地役権《ちえき》は、一定の土地（要役地《ようえき》）の利用価値を増すために他の土地（承役地《しょうえき》）の上に支配を及ぼす権利だ。夕食は90円のタンメンですませた。歯の痛みはすっかりなくなったが、少し用心しておいた。夕刊の一面トップは、鹿児島地裁の飯守重任《いいもりしげとう》所長に対して、最高裁長官が公開質問状を撤回するよう指示したことだ。天皇制度、修正資本主義の是非、階級闘争の評価を地裁の全裁判官に回答を求めたという。とんでもない所長だ。最高裁の撤回指示は当然のこと。こんな人物がよく地裁所長になれたものだ。腹が立って仕方がない。本日の支出は、食事代の320円のみ。よしよし、これで良し。

夜、再び我妻『物権法』に挑戦する。なんとか今日中に読み終わろう。入会権《いりあい》などの説明があり、ようやく読了した。今日は最後は少し飛ばして、41頁だけ読んだ。この読了を自分へのクリスマスプレゼントにしよう。ともかく我妻『物権法』を読みあげたことで、少し心が軽くなった。予定を消化した達成感がある。

12月25日（金）

今日は受けるべき授業はないので外に出ず、下宿で机に向かう。我妻『物権法』をきのう終了したけれど物権変動のところは、もう一度読んでおこうと思って、本を開いた。登記がなければ対抗できない第三者は、登記の欠缺《けんけつ》を主張するについて正当な利益を有する第三者だ。

下宿を出て弥生門に向かうと空から白いものがチラホラ降ってくる。弥生門から本郷構内に入ると、うっすら白くなっている。初雪だ。「メトロ」に入って飾り付けを見て、あっ、今日はクリスマスだったと思い至った。カレーライスを食べたあと、購買部で大学ノートと切手を220円分だけ買い求めた。一日中、難しい漢字の並んでいる法律書を読んでいると、無性《むしょう》に手書き文章が恋しい。手紙を手にすると、温かい人肌に接している気すらしてくる。ぼくは手紙をもらうためにも、どんどん手紙を書き、また返事を書いて送っている。そして、手紙を書くのは太田氏が言ったように論文式試験にも役に立つと信じて疑わない。

下宿に戻って我妻『物権法』を読む。公信《こうしん》の原則は、真実の法律関係が存在するかのような外形を信頼した者を保護する制度の一つだ。夜も引き続き、我妻『物権法』だ。即時取得は、即時に動産の上に行使する権利を取得するということ。我妻民法を閉じて、ふうっと大きく息を吐いた。難しいね、これって……。

夕食をとりに「メトロ」へ行き、新聞を読む。自分の会社が公害を出していると告発のビラを出した労働者を解雇したのを京都府地労委が復職させるよう会社に命じたという。労働者の行動がどこまで許されるのか、憲法や労働法と現実とのギャップは大きいのだろうと漠然と推測した。あっ、夕刊に鹿児島地裁の飯守所長を最高裁が解任したという記事がデカデカと大きな記事になっている。当然だよね。心のつかえがすっと落ちて、すっきりした気分になった。寝る前に、机の引き出しに大切にしまっていた彼女からの誕生祝いの手紙を取り出し、読み返して少し心が温まった。がんばらなくっちゃ……。

12月26日（土）

今朝の冷え込みはすごかった。この冬一番の寒さだ。今日まで授業はある。朝8時半から31番教室で平井の民法2部の授業を聴く。消費貸借の要物性《ようぶつ》だ。そして午前10時半から四宮の民法4部の授業を受ける。嫡出子《ちゃくしゅつし》とは、婚姻関係にある男女のあいだに生まれた子をいう。内縁関係にある男女のあいだに生まれた子は嫡出子ではない。父または母が任意になす認知を任意認知という。嫡出でない子も、結局、その父母が正当な夫婦関係にいったときには嫡出子として扱われる。これを準正《じゅんせい》という。

午後から受験生仲間の大池君が下宿を引っ越すというので、手伝いに行く。駒込に初めて行った。学生相手の下宿が多いところだ。引っ越しといっても、たいして荷物があるわけではない。ぼくより少し多いくらいだ。映画サークルにいたというので、その関係の雑誌などがダンボール一箱に詰まっていた。受験勉強を始めてからは、なるべく見ないようにしているけれど、それでもたまには気分転換に手にとって眺めることがあるという。引っ越しは夕方には完了した。大池君がお礼に夕食をおごってくれるという。定食屋に入って、遠慮なく大盛りのトンカツ定食を注文して食べた。夕食代が浮いて助かる。下宿に帰る途中、小売酒屋を見かけたので、日本酒のワンカップ1個を買う。夜、寝る前に飲んでみよう。

今日から「ダットサン」民法を読みはじめる。我妻民法のエッセンスが凝縮されている定評あるコンパクト本だ。去年9月に挑戦したけれど、そのときは未完に終わった。まだ読み手のぼくに読むだけの力がついていなかったからだ。今度は、我妻の『民法講義』を一応は読み終えたので、ちゃんと理解できるはずだ。それを信じて、ともかく年内に読了しよう。未完のままで終わるなんてことは、今回は許されない。

我妻の「ダットサン」は、親族・相続のⅢを除いて通読し、自分のものにする。民法の全体を見通し俯瞰《ふかん》する。部分的に深めておくことも欠かせないけれど、やはり全体像を頭の中にしっかり叩き込んでおく必要がある。我妻民法の奥は深いので、果たしてどこまで理解できるのか、大いに不安だけれど、ともかくものにするしかない。「ダットサン」の文章は一見すると、とても平易に書かれている。ところが、その内容はとんでもなく意味深重なのだ……。

12月27日（日）

今朝も昨日ほどではないけれど冷え込んでいた。起きると台所で湯を沸かして即席うどんに生卵を割ってのせて朝食とする。お腹が温まると元気も出てくる。この勢いで「ダットサン」を年内になんとか読みあげよう。

お昼にカツ丼、夕食にサバ煮定食をいつもの定食屋で食べる。そのほかは、ひたすら部屋で「ダットサン」にかじりつく。夜、銭湯に行った。幸い、それほど混みあっていないので、湯舟にゆっくり浸《ひた》って、手足を伸ばす。いつものように「ああ、極楽、極楽」と、おまじないのようにつぶやく。さっぱりしたところで、再び下宿で「ダットサン」に取りかかる。不動産物件変動の対抗要件は登記である。第三者に対抗できないというのは、物権変動の当事者およびその包括承継人（相続人など）以外の者には対抗できないということ。しかし、判例は、不法行為者のように、何ら正当な利益をもたない第三者には登記がなくても対抗できるとしている。

12月28日（月）

いよいよ年の瀬も押し詰まってきた。正月は、もちろん勉強三昧《ざんまい》のつもりだ。ただ、年末年始に店が閉まってしまったら、食事がとれなくなる。それだけは心配だ。それに備えての食料品、お湯を沸かしたらすぐに食べられるような即席、インスタント食品を少し買い込んでおこう。お酒も買って、正月気分を人並みに、ちょっぴりだけ味わうことにしよう。

ともかく、「ダットサン」をひたすら一日中読む。私法関係は、すべての人、これを自然人という、と法律の認めた法人とを主体として構成されている。法人とは、自然人以外のもので権利能力を有するものである。社団法人と財団法人の二種がある。

12月29日（火）

夕食を早目にすませると、上野のアメ屋横丁へ足をのばした。アメ横《よこ》は前から気になっているところだった。歳末大売り出しでにぎわうというから、一度はのぞいてみたかった。初めて行って、その人出のものすごさに驚かされた。こうこうと裸電球をつけた店先で威勢のいい呼び込みが客を惹《ひ》きつけている。太々とした新巻鮭《あらまきしゃけ》が何十本となく吊り下げられていて、いかにも新鮮で美味しそうなプリプリしたイクラが山盛りだ。ぐぐっと惹かれて目を近づけると、とても今のぼくが手を出せるような値段ではない。第一、量が多すぎて、一人では絶対に食べきれない。雑踏にもまれるだけで、何も買わずに帰路についた。人混みを見に行ったようなものだ。

帰ってから下宿でひたすら「ダットサン」を読む。隣人との相隣関係《そうりんかんけい》で、枝と根では法的な扱いが異なる。境界線をこえる竹林の枝は剪除《せんじょ》を請求できるにとどまるが、根は自ら切除することができる。だから、うちの庭に出てきたタケノコは掘り出して自分のものにできるけれど、隣の家の枝がわが家に張り出してきたときに勝手に切り取ることは法律上は認められていない。

12月30日（水）

いよいよ1970年も、今日と明日の2日間だけになってしまった。今年の夏以降は、司法試験の勉強にどっぷりはまって、人との交わりがとても浅くなってしまった。一日中、人とまともに話すことがほとんどないという生活を過ごしていると、なんだか実社会に生きているという実感が湧いてこない。昨夜のアメ屋横丁で見聞した大雑踏というのは、別世界の最たるものだ。

朝は即席ソバ、昼はホットケーキを下宿の台所で焼いて食べる。夕食に出たとき、食料品の補給をしておこう。150円の焼き肉定食をいただく。夜、早目に銭湯へ行き、一年分の垢《あか》を落とす。

夜、「ダットサン」Iをようやく読了し、すぐにIIに移った。債権者代位権は債務者の権利を代わって行使することが債権の保全に必要だということが要件となる。代位権の行使は、債権者が自己の名において債務者の権利を行使するのであって、債務者の代理人となるのではない。95頁、詐害《さがい》行為取消権のところまで進んで、本日は終了のゴングを鳴らした。

12月31日（木）

今日は、きのうと朝と昼を入れ換えてみた。朝食に、たっぷりの蜂蜜を塗ったホットケーキと紅茶。そして昼食に生卵をのせた即席ソバ。今のぼくにできる生活の変化といったら、せいぜいこれくらいだ。夕食は近くの中華料理店でレバニラ・ライスをたべる。帰りに食料品を少し買い足した。

今夜も銭湯へ行き、身体を洗い清める。本日の支出は８７４円。下宿に戻って、「ダットサン」の続きを読む。「ダットサン」Ⅰは昨日なんとか読了したが、Ⅱのほうは理解するのが難しいところがあり、途中で何度もひっかかってしまったため、もう少しのところで時間切れ、未完となった。消費貸借は借主が金銭その他の物を受け取ることによってはじめて成立する。したがって、この契約からは、単に借主の返還義務が生ずるだけであって、貸主の義務は生じない。すなわち片務《へんむ》契約である。賃利息を支払うべきときは有償契約となるが、その場合にも片務契約であることには変わりがない。賃貸借のところまで読了したが、あと雇傭、そして不法行為などが残っている。残念だ。でも、他の科目もあるので仕方がない。自分で決めたスケジュールにしたがい、決められた時間にきちんと就寝することも、基本書読みと同じ比重で大切なことだ。そう言い聞かせて、今年は終わりとする。除夜の鐘の音を聞いた直後に布団に潜《もぐ》り込む。

1月1日（金）

今日から1971年。お正月といっても受験生にとっては何が変わるわけでもない。いつものように朝起きて温かい紅茶を飲む。きのう持ち越した「ダットサン」の続きを読んでいると、ガラス戸を軽く叩いて、下宿の老婦人が顔を出す。新年の挨拶をかわしたあと、出された請求書にしたがい下宿代を支払う。電気代611円に均等割りのガス代200円を加えて7811円。「ダットサン」を終えて鈴木竹雄『会社法』に移る。会社は営利を目的とする社団法人である。定款があり、特別法、商法、商慣習法、民法にしたがう。14頁まで読んだところで、本日は終了とする。お昼は湯を沸かして軽くソバを食べる。夕食はセツラー仲間だった市村君にお呼ばれして、正月のお節料理をいただくことになっている。きのう市村君が下宿に電話してきてくれた。どうせぼくが一人下宿に籠っていると見込んで、せめて正月の気分を味わってほしいという温かいお誘いだ。勉強に気分が乗っていなかったので、誘いを受けると即座にOKした。

国電と私鉄を乗り換えて市村君宅に着くと、手づくりのお正月料理がテーブルに並んでいる。アルコールも少々いただいて、お腹が一杯になると、たちまち眠たくなった。テレビを見てお正月気分にどっぷり浸ってしまうと、そこから頭を切り換えるのが大変になるので、持ってきた鈴木『会社法』を開くこともなく、市村君の部屋で布団に入った。

幸せそのものの夢を見た。結婚して家庭生活のひとこまのようだ。彼女と居間で楽しそうに会話している。そのうち、ぼくは詩集を読みはじめた。

誰か来たりて　わを愛せ
喜びをともにせん
わが恋人よ　はらからよ

ああ、今のぼくにぴったりの詩だな。そう思って詩集を閉じる。ああ、楽しいなと思って入るうちに目が覚めた。一月一日の夜に見る夢は本当は初夢ではないらしい。それでもいいや、楽しかったから……。

1月2日（土）

市村君宅から早々に弥生町の下宿に戻った。なんとか早く正月気分を脱して勉強する気分にならないといけない。けれども気ばかり焦《あせ》って、まだ頭のなかは正月気分、休養日が続いている。鈴木『会社法』を開いてみても、しっかり頭に入ってこない。よし、気分転換しよう。

外は快晴だ。風が冷たいけれど、歩いているうちに煙草屋の店先に赤い公衆電話を見つけた。ぼくは思い切って彼女に電話をかけることにした。正月は実家にいると聞いていた。呼び出し音が鳴ると、すぐに母親らしき年配の女性が出てきた。ぼくは前に一度だけ彼女の家に行ったことがあり、母親とも会っている。ぼくが名乗ると、すぐに彼女を呼んで代わってくれた。

新年の挨拶をかわしたあと、ぼくは、いきなり「今日、これから会ってくれませんか」と切り出した。あとで考えて、ぼくがどこまで本気だったのか分からない。というのも法律の勉強が遅れていることは分かっているのだから、客観的には彼女とのんびりデートなんかしている時間があるはずはなかった。法律の勉強がすすまず、モヤモヤ感がぼくを捉えて苦しめていることから逃げ出したかったのだろう。彼女は、ぼくに対して、「とんでもない」と一言で断った。その口調がぼくにはとても冷酷なものに聞こえた。ぼくは、いくらかあった正月の浮ついた気分が吹き飛び、奈落《ならく》の底に突き落とされた気分になった。まさか彼女がこんな言葉をぼくにぶつけるはずはない。そう信じたかった。ぼくの心に鋭く突き刺さった。これはあまりにも信義誠実の原則に反する。とうとう最終的訣別《けつべつ》のときが来た。これからは、彼女に振られてしまった、彼女を追い求めることはしないと公言せざるをえない。不可解な謎を残したまま、ぼくは彼女と別れる。ここまでで青春の一つのエポックは終わる。次にまた青春は歩きはじめるかもしれないが、かの言葉は凍結された。ぼくが寝る前に書きつけた、この「かの言葉」とは何なのか、あとで読み返しても、ぼくにはもう思い出すことができない。ぼくは、彼女に何と言って電話を切ったのか覚えていない。ぼくは、いったん下宿に戻ることにした。晴れて、寒々とした午後だった。抜けるような青空が頭上に広がっている。東京名物のスモッグが消えて雲ひとつない青空だ。

下宿に戻ると、畳の上にそのまま寝ころがって天井を仰ぎ見つめた。天井の模様がゆれ動いて見える。今の気持ちを吐き出してしまわないと頭が変になりそうだ。誰かに話を聞いてもらおう。ぼくは手帳を取り出し、誰か東京の下宿に残っていそうな学生はいないか、考えてみた。そうだ、卒論に取りかかっている鳥羽さんなら会ってくれるかもしれない。鳥羽さんもセツルメント活動を一緒にやった元セツラーの一人だ。外の公衆電話から電話をかけると、鳥羽さんは気軽に承知してくれた。国電の赤羽駅で待ち合わせて、そこから連れだって歩いて鳥羽さんの下宿に向かった。学生向けの下宿屋の一室に入ると、いかにも若い女性らしい飾り付けの部屋になっている。卒論の最後の仕上げで苦闘している最中だという。ぼくにとって鳥羽さんは恋愛感情の対象の女性ではなく、気兼ねなく話せる親しい友人の一人だ。鳥羽さんがぼくのことをどう思っているかまでは気がまわらないが、恐らく同じではないか……。ぼくは卒論の構想を聞き、どこで苦労しているのかと尋ねた。戦前の女性の地位向上運動がテーマで、ぼくの知らない女性の名前が次々に出てくる。その解説はあまりに専門的にすぎて、ぼくはよく理解できなかった。ぼくは自分の司法試験の勉強の壁について話した。苦しい壁を知らない人に向かって話すと、誰でもぶつかるものだと自分でも思えてきて、話しているうちに気が軽くなってきた。若い女性の下宿に長居するのは邪魔だと思い、熱々のコーヒーがすっかり冷めたところで、ぼくは引き揚げた。

下宿に戻ると、すぐに机に向かって鈴木『会社法』を開いた。株式とは、割合的単位の形式をとった社員の地位をいう。また、その社員を株主と呼ぶ。今日は14頁から37頁まで23頁分だけ、それでもなんとか進むことができた。

受験生活胸突き八丁

1月3日（日）

朝、目が覚めたとき、ぼくは大いに反省していた。昨日は、ほとんど勉強しなかった。正月だからといって受験生が遊んでいていいわけがない。彼女の言葉に落ち込んで気分が乗らず、それを口実として、ぼんやり過ごしてしまった。これはまずいぞ。気を引き締めて勉強しないといけない。

今朝の新聞には佐藤栄作首相が7年も続いていて、戦後では最長政権になろうとしているという。なかなか世の中は変わらないいんだね。佐藤首相といえば、東大入試の中止を決めた悪い奴なんだけどさ。正月三ヶ日は、店もまだ開いていない。だから、今日は、あらかじめ買っておいたものを下宿で一人食べるしかない。朝はソバ、昼はホットケーキに蜂蜜をたっぷり塗りたくって、夜は赤飯とシチューを袋のまま温めて食べる。

午前中は鈴木『会社法』を読む。株式の譲渡とは、法律行為によって株主の地位を移転すること。株式譲渡の自由、これが原則だ。しかし、法律によって株式譲渡を制限することがある。たとえば、自己株式の取得の制限だ。また、定款によって制限することもある。むずかしいね。小説を読むようにはすすめられない。昼から、一度だけ外をぶらっと歩いてみる。曇り空で、冷えている。まさか雪なんて降らないよね……。

夜、机に向かって基本書を読んでいると、部屋がますます冷えてきた。電気ストーブをさらに近づけ、ドテラの上に何かないかと押入を探してみる。あった、あった。彼女からもらった青い毛糸のマフラーが出てきたので首に二重に巻きつけた。外に白いものがチラホラ見えてきた。あれ、何だろう。雪だ。雪が降りはじめたんだ。寒い。底冷えのする寒さだ。今日は、それでも156頁まで一気に120頁分も読み進めることができた。今夜は、ほどほどで止めて、早いとこ布団のなかに逃げ込もう。明日があるさ、明日が……。

1月4日（月）

朝、目が覚めると、外は真っ白だ。一面の雪景色で、静かな町並みも余計に風情がある。ようやく正月三ヶ日が明けて、店もはじまる。助かるな。朝は、部屋で生卵を割って入れたナメタケソバを一人すする。昼は同じくスパゲティを温めてウィンナーソーセージもつけて食べる。昨日に続いて鈴木『会社法』を読む。新株引受権とは、会社が新株を発行するときに、その新株を優先的に引き受けることのできる権利。新株発行が無効となるのは、重大な法令違反または定款《ていかん》違反のとき。資本主義を支える会社の仕組みを頭に叩き込まなければいけないのだけど、実社会に出たこともないぼくには、会社の運営について具体的なイメージがないので、もどかしい。

夕方、早目に下宿を出て、今日から銭湯もやっているので、歩いて向かう。路面に雪が残っていて滑りやすいので用心しながら歩いた。久しぶりに湯に浸《つ》かるとすっきりした気分だ。やっぱり風呂はいいね。身も心も温まる。銭湯は混んでいるかと心配したけれど、時間が早かったせいか、混みあうということもない。郷里から東京に戻ってくる客で、国電の駅はどこも大混雑しているらしい。浴槽でゆっくり手足を伸ばせたし、洗い場でもたっぷり石鹸を身体に塗りたくって、隅々まで垢を洗い落とす。ああ、さっぱりした。帰りも滑らないように気をつけて、ゆっくり歩く。というか、下宿へまっすぐ帰るのではなく、寄り道をして中華料理店に入り、熱々のラーメンとニンニクたっぷりのギョウザをいただく。200円したけど正月らしい贅沢《ぜいたく》だ。これくらいは今のぼくにも許せるだろう。

風呂に入り、ラーメン・ギョウザを食べてすっかり満足したぼくは、机に向かって『会社法』を読みはじめたものの、245頁まで読みすすめて睡魔《すいま》に襲われた。とても抗《あらが》うことは出来ない。今日は90頁だけ進み、打ち止めとする。

1月5日（火）

今朝も冷え込みは厳しい。布団から抜け出すのが辛かったけれど、受験生なんだから贅沢は言っていられないと自分を戒《いまし》めた。朝は電気ポットで湯を温めて昨日と同じようにソバを食べる。さすがに飽《あ》きてしまった。早く「メトロ」が開店してほしい。午前中は、引き続き『会社法』を読む。相変わらず難しい。こんなことで、合格答案が書けるのだろうか、ふと弱気になる。それでも気をとり直して、ようやく区切りがついたところで、散歩というか気分転換を兼ねて正門前にある定食屋へ向かう。銀杏並木には雪がまだ残っている。昼は160円のメンチカツだ。歯ごたえがいいので、メンチカツは、ぼくの大好物のひとつだ。昼食をすますと、一直線に下宿に戻る。寄り道は許されない。

午後、一人、机に向かってうんうんうなっていると、下宿の老婦人がガラス戸を叩いて合図する。何だろう。手に白い封筒を持って静かに微笑《ほほえ》んでいる。あなたの彼女から手紙が来てますよ。黙って差し出す、その優しい目付きが物語っていた。手紙を受けとり、裏をみて差出人を確認する。間違いない、彼女からの手紙だ。ぼくは机の上の基本書を脇に寄せて、ゆっくり開封した。いつものように流麗なタッチで彼女は新年の挨拶をはじめる。あの「とんでもない」ショックは、ぼくのなかで、たちまち飛んで消え去った。

「お便り、ありがとうございました。ずいぶん、きびしいお正月のようですね」

これは、ぼくが大晦日に出した手紙についての返信だ。ぼくは、さんざん泣き言を並べたてて彼女に甘えていた。

「大学の受験勉強と同じという気持ち、よく分かるような気がします」

受験勉強の厳しさは、もちろん彼女も体験している。共通の体験があることが分かりあえる第一歩だ。

「人生って、いろいろなことがある。そして、それぞれが青春なんだと思うようになりました。そのときを精一杯に生きていく。それが青春。大切なことなのではないでしょうか。一歩ふみ出してください」

彼女は、ぼくの受験生活の苦しみをしっかり受けとめてくれ、そして、それも青春なんだから、がんばるしかないと言っている。ぼくの努力を肯定してくれているんだ……。

「でも、部屋の温かさくらいは保ってください。人間の叫び、暖かさとまでは言いません。私も、それは持ちあわせていませんから。まるで人間の生活じゃないとしか思えません。衣食住の確保、文化的な生活を送ってほしいと思います、体だけは大切にしてほしいのです」

ぼくは、泣き言を言っているだけではいけないと、今の生活を反省した。このまま下宿でひとり籠って勉強を続けるのはまずいんじゃないか、反省した。彼女の手紙を読みながら、衣はともかく温かい食住の保証されている寮に入ろう、そう考えた。

「司法試験へ向かって突進してください。私がお会いしても何の力にもなれそうにありません。男のお友達を大切にして、力強く踏み出してください」

うむむ、そんなことはない。彼女と会えたら、会って話せたら百倍力なんだけど……。でも、客観的に見ると、いま頭がのぼせてしまったら、苦しい受験勉強に身がはいらなくなることは目に見えている。今は「男のお友達」に頼るしかないんだ……。彼女は、最後にこう書いていた。

「また、お便り差し上げます」

そうなんだ。ぼくは決して彼女から見捨てられたわけじゃないんだ。それがぼくにとって大きな救いだった。ぼくは、手紙を何度も読み返した。今のぼくにとって、彼女と会うことは、有害でしかない。時間だけでなく、心があっちへふわふわと漂い去って、目の前の難解な法律論に頭が向かわなくなる。これではまずいんだ。目を閉じて、そして畳の上に横になって頭を冷やすことにした。部屋の中は寒々としている。でも、ぼくの身体の芯には燃えるものを感じることができた。

起き上がって、手紙を机の中にそっとしまった。もう読まないようにしよう。今、読むべきは、目の前にある『会社法』なんだ。合名会社は無限責任社員のみから成る会社で、合資会社は無限責任社員と有限責任社員とから成る会社だ。なんとか『会社法』を読了した。

夕方まで必死に勉強し、お腹が空いたので、再び定食屋へ向かった。夕食は200円のスタミナ定食。レバニラ炒《いた》めだ。駒場寮にいたとき、近くの定食屋へ出かけて栄養補給と称して、よく食べた。

今日の出費は、2回の外食だけだから360円也。家計当座帳にメモした。今夜は心安らかに眠れそうだ。手紙に書いてあった彼女の言葉を思い出しながら、冷たい布団に入って目を閉じた。

1月6日（水）

今朝も冷えている。寒々とした部屋が凍りついている気がする。今日は「寒《かん》の入り」で、この冬一番の冷え込みだ。今日から東大生協購買部がオープンする。待ってましたよ。下宿から弥生門を通って安田講堂の裏手の坂道をのぼるとき、危うく滑りそうになった。危ない、危ない、本番の試験で滑らないように注意しよう。「メトロ」でカツライスを食べたあと、購買部で食料品を買い込んだ。大量に買う必要はないが、同じものばかり食べていると、どうしても飽きてしまう。

司法試験の受験生が集まった勉強会を再開することになった。とりあえずは不法行為だ。「ダットサン」、加藤一郎の『不法行為』をそばにおいて『民法演習』をテキストに議論する。チューターの高濱氏は議論をリードすることもなく、黙って議論の行方を見守り、必要なときだけ助言してくれる。分かったようでも、口に出して表現すると、たちまち底の浅い理解だったと自覚するほかない。それでも10月の集中合宿のときとは違って、何とか法律の議論らしくはなっている。

午後1時から法文1号館の25番教室で四宮の民法4部の授業に出る。新年早々でも教室は満席とまではいかなくても埋まっている。授業は受けるなら全部出る、欠かしてはいけないことを真面目な学生は分かっている。今日は相続の限定承認と単純承認の違いだ。言葉では分かったつもりになったものの、実際には微妙なところがある気がした。

1月7日（木）

今朝も寒い。曇り空だけど、これはひょっとしてスモッグかもしれない。正月三ヶ日は、東京に青空が戻ったことがニュースになった。煙を出す工場が操業していなかったし、道路を走る自動車も極端に少なかった。ところが、みんなが正月気分も脱けて仕事をはじめたとたんにスモッグが東京の空を覆ったというわけだ。

朝8時半から31番教室で藤木の刑法2部の授業を聴く。責任能力とは、行為の是非を弁別し、かつその弁別にしたがって行動を制御することのできる能力をいう。精神機能の障害によって、この能力を欠くものが心神喪失《そうしつ》者として責任無能力者とされる。また、この能力がいちじるしく減弱《げんじゃく》している者が心神耗弱《こうじゃく》者として限定責任能力者とされる。

自白の撤回は自白が真実に反し、かつ錯誤に出されたことを証明するときに認められるとするのが通説。判例は、真実に反するという証明がなされたら、錯誤に出たものと認め、要件を軽減している。

続いて午前10時半から新堂の民事訴訟法2部の授業を25番教室で受ける。

午後から法学部の第7演習室で、『民法演習』をつかって不法行為の設問で議論する。今日も高濱氏がチューターとして加わってくれた。ぼくは、はっきり言って議論は得意ではない。ただ、その論点が、どの本のどの頁に書いてあるというのを探し出して、その学説を紹介することはできる。そして、分かったことを文章にするのは得意とするところだ。勉強会のあと、いったん解散して、夕方から中華料理の店でコンパすることになった。たまには気のあった受験生仲間でコンパでも気晴らししなくてはやってられないな。みな同じ思いだ。高濱氏は用事があるといって帰っていった。青法協の準備会がはじまっているらしい。コンパのときには、司法試験の難しさを愚痴りあった。日頃、腹のうちに溜まっているものを吐き出す。コンパは、そのためにこそあるのだ。コンパは550円、これで気分がすっきりすると思えば、安いものだ。少しくらいビールを飲んだからといって誰も酔っ払ってはいない。

下宿に戻ると、まずは午後の『民法演習』を復習し、それから『会社法』に取りかかった。すぐに寝るわけには行かない。本日分の予定をきちんと消化しなければいけない。

1月8日（金）

今日も曇っている。寒いけれど心もち寒波もゆるんだ気がする。でも、本当の寒さは、これからだろう。今日は受けるべき授業はないので、午前中は、法学部の第4演習室で『民法演習』をテキストにして議論した。同じレベルの受験生ばかりだと議論が堂々めぐりしてしまうことがある。これだと論点の把握としては有効だけど、やはり正解を知りたい。高濱氏は思考過程が大切だから、あまり正解はどれかを気にすべきではない、何度もそう言う。だけど、受験生のぼくらは正しいものはどれか、間違っているのはどれかを知りたい。それでも、高濱氏は必要最少限度のことしか助言しない。

午後からは下宿に籠って、会社法に挑む。いや、その合間に、明日の『民法演習』の予習もしなくては……。予習と復習をきちんとしないで議論ばかりしていると、空中戦になって、まるで身につかない。分かったことを身につけるには、予習も復習も必要だ。『民法演習』の余白に細かな字でポイントを書きつける。本日の出費は夕食に「メトロ」で焼き魚定食を食べて、そのとき食料品を買っただけなので499円だ。贅沢《ぜいたく》はできない。

1月9日（土）

曇り空で、気分は晴れない。ときに冷たい北風が吹き渡っていく。朝8時半から31番教室で平井の民法2部の授業を受ける。今日は賃貸借だ。あと5回で、今期の授業は終わるという。続いて午前10時半から四宮の民法4部の授業に出る。親は未成熟の子に対して、これを哺育《ほいく》・監護《かんご》・教育すべき地位にある。これは権利だというよりも、権利と義務の融合した一種の職分であり、国家社会に対する重大な義務でもある。親権の行使は濫用されてはならない。

午後から今日も第4演習室で議論した。法律論をたたかわせると、いかに自分がよく理解していないか、実感する。『会社法』が遅々として進まないのは、実は会社の実体なるものが、まったくイメージをつかめないからだろう。今日の出費は、ランチと夕食の食事代にプラスして36円の卵を買っただけなので、４５６円だ。まあまあ出費を抑えられて良かった……。

1月10日（日）

今朝は、朝からラーメンにした。お湯を電気ポットで沸かすだけなので、簡単だ。それにしても、ラーメンはやっぱり豚骨《とんこつ》味だよね。醤油《しょうゆ》味のラーメンなんて、水っぽくて食べた気がしない。ただ、薄味なので、健康にはいいのかもしれない……。

今日は日曜日なので、勉強会はなし。昼はスパゲッティを茹《ゆ》でて食べる。まあ、いつもの味だ。野菜不足かな。午後から、『会社法』を読むのに飽きると、明日の勉強会に向けて、『民法演習』を少し予習する。やはり、勉強会で少しは議論に参加できるようにならなくてはいけない。これまで発言が少なすぎるのを反省する。もう少しみんなと一緒に法律論を論理展開できるようにならないとダメだろう。くやしいけれど、まだまだ議論に追いつけていない現実がある。

夜、下宿を抜け出して銭湯に向かう。湯舟に浸って手足をのばし、「極楽、極楽」と叫んで天国にいる気分を想像して味わう。洗い場で頭髪を洗って、気分がすっきりする。

1月11日（月）

今朝はよく晴れている。だから冷え込みも一番で、下宿の外に出ると、思わず身震いした。下宿の部屋は蛍光灯をつけても薄暗いし、寒い。外は明るいけれど、同じような寒さだ。冬の重苦しさはたまらない。午前10時半から25番教室で新堂の民事訴訟法2部の授業を受ける。訴《うったえ》の変更は、当事者の同一を前提とするもので、当事者を変更するものは訴の変更ではない。訴の変更とは、審判の対象すなわち訴訟物の変更である。

午後から法学部の第9演習室で民法の債権各論について議論する。なかなか難しくて、つい議論が堂々巡りしてしまう。自分のレポート分担を発表すると、鋭い質問が飛んできて、うまく答えることができず、焦《あせ》る。要は、まだぼくの理解が本当に浅すぎるということだ。これは大変だと思うけれど、ともかく地道に基本書を読み、勉強会で議論していくしかない。下宿に戻り、机に向かう。『会社法』を早く終わらせよう。夕食は、弥生門から入って「メトロ」でとる。肉を食べたくて焼き肉定食にする。本郷構内の銀杏並木をゆっくり歩くのが、息抜きを兼ねた、ぼくのささやかな楽しみだ。

1月12日（火）

晴れた。寒さも少し和らいだ気がする。まだまだ春は先のこと。朝8時半からの平井の民法2部の授業にはぎりぎり間にあった。31番教室の螺旋《らせん》階段を駆け足で上がったため、机に向かったときにぺンを持つ手が震えて困った。賃借人の義務、賃借権の譲渡、転貸を学ぶ。いったん下宿に戻って復習し、昼食を「メトロ」でとったあと、午後1時から同じ31番教室で藤木の刑法2部の授業に出る。そのあと、法学部の第7演習室で勉強会に参加する。『民法演習』をひととおり最後までやる予定だったけれど、そう簡単にはすすまない。今日は高濱氏が参加していなかった。そのせいかもしれない。

解散する前に、大池君がもう勉強会をやめようと言い出した。議論も大切だけど、その前提として基本書を十分に読みこなしておかないといけないけれど、それができていないから無駄が多いと理由を言う。たしかに、それも一理ある。自分の立てた予定を消化して、きちんと基本書の内容を身につけるには、勉強会をやっている時間はもったいない。それでも議論して身につけておく必要もあるし……。ぼくは日頃にまして曖昧な態度をとった。とりあえず、次の勉強会は15日にやることを確認して、大池君たちと別れた。昼食と夕食を東大生協の「メトロ」でとったので、本日の出費は435円だ。まあ、こんなものだろう。

1月13日（水）

朝は電気ポットで湯を沸かして紅茶を飲むだけにして、朝食は抜いた。朝刊にタカ派外交官として鳴らした下田武三が最高裁判事に就任するというので、その抱負が紹介されている。最高裁が支配者寄りの存在であることを露骨に示している、嫌《いや》な人事だ。朝刊には、このほかに都知事選挙が4月にあり、美濃部都知事の再選を目指す運動がはじまっていることも紹介されている。美濃部陣営のシンボルカラーは青、ライトブルーだ。正月三ヶ日の東京の青空を取り戻すことをイメージしている。今度の相手は秦野《はたの》という元警察官僚だ。負けるわけにはいかない。とはいっても、司法試験の受験生として動けない身なので、ぼくは心の中で応援するだけだ。

昼は「メトロ」で140円の焼肉ランチを食べる。そして、隣の書籍コーナーで法律書を買った。午後1時から25番教室で四宮の民法4部の授業を受ける。遺言、公正証書遺言。遺言しようとする人が署名できないときにはどうするか、また、遺留分《いりゅうぶん》について学ぶ。遺留分というのは文字としては理解できるけれど、実際にはその計算は複雑になるのではないかと不安を感じた。

「健康友の会」の新聞づくりを手伝う約束をしていたので、川崎まで電車に乗って出かける。気分転換にもなっていいかなと思ってはじめたことだけど、もうそろそろ時間のことを考えて苦痛になってきた。編集責任者の萩坂氏は素人の絵本作家だし、よく昔話をしてくれるので、その話を聞くのは楽しい。作業を終えると、穴山さんがぼくを誘ってバス停近くの定食屋に行き、早目の夕食をおごってくれた。一緒にトンカツ定食を食べながら、いろいろ励ましてくれたので、すっきりした気分で下宿に戻った。

下宿に戻ると、ぼく宛の手紙が届いていた。セツルメント活動で参加していた若者サークルにいた津田さんが青森から手紙を書いて送ってくれたのだ。津田さんは集団就職で青森から出てきて、川崎の電機工場でトランジスターの部品をつくって働いていた。やがて親に呼び戻されて郷里へ帰っていった。あとで判明したことだけど、会社側からアカ攻撃を受けていた。ぼくなんか、赤くも何ともないんだけれど……。今は資格をとるため美容学校に行っているという。ぼくが弁護士を目指して正月返上で勉強していると書いていたので、「大変ですね、応援してます」と書いてある。そのうえ、「お正月も、年齢《とし》も取らずに勉強したのですから、去年と同じ年齢ですね、エへへ……」とユーモアあふれている。そして、ぼくへのカンパとして千円札が同封してあった。津田さんの気持ちがとてもうれしい。ぼくという存在が、実社会とまだ結びついていることを実感させてくれる瞬間だ。手紙を読み、カンパの千円札を手にすると、先ほどまであった疲労感が一気に吹き飛んでしまった。

1月14日（木）

目が覚めると、外はよく晴れている。食欲がないので、今朝も電気ポットで湯を沸かして紅茶を飲むだけにする。いや、梅干しを2個だけかじった。疲れているときには朝に梅干しを入れた濃い番茶を飲むといいと、先輩セツラーの畑山氏が教えてくれたことを思い出した。

朝8時半から31番教室で藤木の刑法2部の授業を受ける。続いて、午前10時半から25番教室で新堂の民事訴訟法2部の授業を聴く。昼は、「メトロ」で140円の魚フライランチを食べる。ぶらぶらとゆっくり歩いて、まっすぐ下宿に戻る。回り道も寄り道もしない。というか、そんな余裕はまったくない。午後は下宿の部屋で机に向かう。今日から鈴木竹雄の『手形法・小切手法』にとりかかる。有斐閣の法律学全集で370頁ある。昭和32年に初版が出て、10年たって補遺として付録が2頁だけ付いている。26日までに仕上げる計画だ。手形も小切手も、ぼくは現物を見たことがないし、見るつもりもない。ともかく、観念の世界で、理論をしっかり身につけること。鈴木竹雄の言っていることは、とてもすっきりしていて分かりやすい。ぼくは、そう思った。昨日までの同じ著者の会社法より、よほどすっきり、くっきりしている。理論で割りきる世界なのがとても気に入った。無因《むいん》証券とは、証券作成の原因となった法律関係から切りはなされた抽象的な権利を表章する有価証券のこと。株券は有因《ゆういん》証券で、これは証券の作成前にすでに存在する権利を表章するにすぎない有価証券。倉庫証券は有因証券と無因証券の中間的なもの。

夕食をとりに、再び安田講堂の脇を通って「メトロ」に向かう。今度は150円のカツライス。それで本日の出費は290円のみ。

1月15日（金）

今日は成人の日だ。20歳の成人式はセツルメントでみんなと一緒に祝ってもらった。みんなで歌をうたい、決意というか20歳になった抱負を語りあった。うれしかったな、大人の仲間入りができて。でも、大人になったら、就職という関門がある。どんな仕事をするのか、会社に入るのか、ぼくのように資格を取るのか、どちらにしても簡単なことではない。東大闘争の渦中に投げ込まれて、ぼくは深刻に考えざるをえなかった。

授業がないので午前中に、法学部の第7演習室で、いつものように同じメンバーで勉強会をした。前回やめようと言った大池君も当然のような顔をして参加している。基本書を読むことと、議論することとは両立させるしかないということだ。また、この二つを両立させきれなかったら、確かに司法試験に合格するのはむずかしいだろう。とはいうものの、チューターの高濱氏がいないときの法律議論は、正解が見えないから空回りすることが多い。ただ、議論の仕方が前より少しはましになった。ぼくだって、少しはまともに意見らしきものを述べられるようになっている。

昼食をすませて、髪の毛が伸びすぎているのが気になっていたので、下宿から少し足をのばして理容店に散髪に行く。頭髪を短くして、気分がすっきりした。320円を払って、いい気分で下宿に戻ると、ハガキが届いていた。元セツラーの雨宮さんからだ。赤いクレヨンで大きく太陽が描かれていて、「寒い、寒いと言うので、暖かいお日様をプレゼントします」と書いている。寒い下宿で勉強してると書いて送ったぼくの手紙の返事だ。こんな励ましのハガキもうれしいよね。

鈴木竹雄『手形法・小切手法』を35頁だけ読んだあと、三ヶ月章『民事訴訟法』を併行して読みはじめた。三ヶ月の民訴理論は明快で、ぼくの頭にすっと入ってきた。ぼくも少しは法理論になじめたのだろうか……。三ヶ月は私的紛争は不可避なものであるが、それは二重の性格を有しているという。一方で、純然たる私益をめぐる紛争として現れつつも、それが紛争として露呈することによって直ちに公益の面につらなっていくという面があるというのだ。それは、私人間の関係を規律することを目的とする私法法規が、上下服従の次元に立脚する権力の発動として営まれる国家の制度としての裁判制度規範として作用するという事実にあらわれている。また、私的紛争処理の一方式とみるべき訴訟制度を規制する法である民事訴訟法が公法として観念されて怪しまれないことも、こうした私的紛争の二重性格を反映している。うむむ、難しい表現だけど、なんとなく分かる説明だよね。そして、私的紛争処理には二段階があると三ヶ月は言う。第一に、どちらが正しいかを観念的に判定するという機能。第二は、その判定を前提として、その結果を事実として実現するという機能。後者において、国は私人による自力救済をきびしく禁圧し、国家が独占しようとする。ふむふむ、三ヶ月の言ってることは、よく分かる気がする。いや、気がするだけではダメなんだ。それにしても疲れる。

1月16日（土）

朝8時半からの平井の民法2部の授業は借地人の保護がテーマだった。引き続き、四宮の民法4部の授業を昼まで受ける。父または母が親権を濫用し、または著しく不行跡であるときには、家庭裁判所は、子の親族または検察官の請求によって、その親権の喪失を宣告することができる。

「メトロ」で70円の肉うどんを食べる。お腹が空《す》いているはずなのに、あまり食欲がないのは頭がぼおっとしているせいだ。食事をすませると、まっすぐ下宿へ戻ったが、何だか疲労感がある。くたびれた感じだ。まだまだ先とはいえ、司法試験の本番は5月にはじまるので、そんなに余裕があるわけではない。でも、ともかく疲労感がある。くたびれたなあ、そう思って、机に向かったまま両手を上に上げて背伸びしていると、ガラス戸をコツコツと叩いて下宿の老婦人が廊下に来ていた。年賀状が故郷から回送されて届いた。彼女の年賀状だった。「猪突猛進！　そんな仕事ぶり、惚れ込み方をしたいものです。ご自分の目標に向かって、がんばってください」とある。うん、そのとおりだ。彼女からの年賀状を見てがんばらなくっちゃと思った。でも、ひと休みも必要だ。ちょっと横になって休もうと思って布団を敷いて潜《もぐ》り込んだ。すぐに起き上がるつもりだったのに、目を覚ましたときには夕方になっていた。仕方がない。早目に夕食を摂って、夜はがんばろう。そう思って「メトロ」に行き、150円の焼き肉定食をいただく。そして、帰りに260円分の食料品を仕入れる。下宿に戻って、机の上のスタンドをつけた。ところが、どうにも『手形法・小切手法』を読む気にならない。「受験新報」の体験記にスランプ脱出法がないか探して拾い読みする。なんだか、だらだらと時間が過ぎていく。もうダメだ。こんなときは寝よう、寝よう。結局、今日は基本書を1頁も読まなかった。

腕立て伏せ

1月17日（日）

昨日は早く寝たので、朝の9時にすっきり目が覚めた。日曜日なので「メトロ」はお休み。朝食は湯を沸かしてソバにする。午前中は鈴木『手形法・小切手法』に集中した。約束手形とは、発行者（振出人）が一定の金額を支払うべきことを約束する形式の手形。手形行為とは、書面を通じてなされる意見表示である。手形行為独立の原則とは……。手形行為は同じ一通の手形の上に、いくつも重畳《ちょうじょう》的になされうるが、そのときにも各手形行為は、手形面上の記載を内容としてなされた、それぞれ別個独立の行為である。60頁だけ読みすすめたところで、お昼にする。昼食は、買い置きの餅を温めて食べる。

午後からは、三ヶ月『民事訴訟法』に挑む。中立なければ裁判なし。これが民事訴訟にあっては本質的な要請である。すっきりした理論なので、ぼくの頭に違和感が少なくて助かる。夕食は、正門前の定食屋まで出かけて、１７０円の焼肉定食とする。スタミナをつけようと考えた。下宿に戻ると、なんだかお腹がしまらない気がする。どうしてだろうか……。気が少し緩んでいるのかもしれない。何とか気を引き締めなくては……。夜は、引き続き三ヶ月『民事訴訟法』を続ける。訴訟物については、訴訟物理論と新訴訟物理論がある。訴訟上の請求としての権利主張は、「相手方に対する権利」を「裁判所に向かって」主張するものである点で、その方向において二重の面がある。１１６頁まで進んだ。４５０頁の本だから、ようやく4分の1だ。基本書2冊あわせて今日は１３０頁読んだ。

夜、寝る前に腕立て伏せをはじめることにした。毎日がんばり、それを記録していく。やはり、運動不足はよくない。せめて、これくらいしよう。そうは思っても、初日の今日は30回がやっとだった。まあ、これで良し、記録として書き込んだとき、ぼくは一人つぶやいた。

1月18日（月）

目を覚ますと、外はいい天気のようだ。つられて外に出てみると、雲ひとつない抜けるような青空が広がっている。両手を伸ばして、大きく背伸びしてみた。さわやかな朝だ。今日も勉強がうまくすすんでくれることを願う。今日は東大はロックアウトされて立入禁止。仕方がないので、お湯を沸かして部屋でスパゲティを食べる。午前中は、鈴木『手形法・小切手法』読みに専念しようとするが、白地手形のあたりで足踏みして、進まない。昼はホットケーキを焼いて、蜂蜜をたっぷり塗っていただく。午後は、気分を変えて三ヶ月『民事訴訟法』を読む。訴の併合、訴の変更そして反訴だ。

午前・午後と下宿に籠りきりだったので、少し気分転換したくなった。夕食は外でとろう。弥生門から入れないので、散歩がてら農学部のほうから正門までぶらぶらと歩いていく。ピッピッピッという音が遠くから聞こえてくる。この笛の音を聞くと身体が必ず反応する。ドキドキして、胸が苦しくなってきた。いい思い出ではない。痛い目にこそあわなかったけれど、殴りあい、暴力が横行する現場は何回も目撃した。心がすさむ記憶は早く消し去りたいけれど、そう簡単に消しゴムで消せるようなものではない。東大闘争で安田講堂の攻防戦があってから、もう2年がたつ。馬鹿馬鹿しい茶番劇だった。あんなので革命が起きるはずもないし、また、あんな暴力で革命が起きてもらっても困る。東大闘争というと安田講堂攻防戦しかないように世間から見られていることに我慢できないし、納得できない。

今日は、全共闘の二派が安田講堂前で集会を開くというので、当局が東大本郷全体をロックアウトして学生の立ち入りを禁止した。開いているのは東大病院へ通じる竜岡門《たつおかもん》だけ。ピッピッピッという音を聞くたびに、図書館前の暗闇でぼくら駒場の学生が何百人も最前線でスクラムを組んでいるところに全共闘のゲバ隊がやたら長い角材をもって突っ込んできた状況を思い出す。あのときは本当に怖かった。このとき、大池君は持っていた角材が折れて、全共闘の長い角材が手に当たってケガをした。世間には誤解している人がいるけれど、短い樫《かし》の棒を持っていたのではない。大池君の手には、その傷跡が今も残っている。暴力はいけないよな……。ぼくは、正門前をウロウロするのはやめて、下宿のほうに戻り、少し足をのばして中華料理の店を見つけて入った。野菜炒め定食120円をいただく。下宿に戻って、何とか気を静めて三ヶ月『民事訴訟法』に取りかかる。既判力は、一事不再理の理念のあらわれである。紛争解決の一回性の理念。夜、寝る前に腕立て伏せをする。今日も30回。身体が温まったところで、すぐに布団に入る。

1月19日（火）

今日もいい天気だ。雨は久しく降っていない。弥生門から大学に入る。昨日の今日だけど、何事もなく平穏だ。朝8時半からの平井の民法2部は借家法と使用貸借をテーマとした。必死にノートを取っていると、奥歯の具合が悪い。我慢して、もっとひどくなったら大変だ。虫歯だったら、早いところ治療してもらおう。午後1時からの藤木の刑法2部の授業のあと、大学構内にある歯科診療所に行く。そこで今回は歯だけのレントゲンを撮られた。顎《あご》のあたりだけをレントゲン撮影できるのを初めて知る。次回に抜歯することになった。

夕食をすませてから、銭湯へ行く。今日は気分を変えて、別の銭湯に行ってみたら、そこはなんと48円もする。いつもの店より10円も高い。もう、この銭湯はやめておこう。下宿に戻って、三ヶ月『民事訴訟法』を読む。前に授業で習った裁判官の釈明権とは、訴訟関係を明瞭ならしめるため、事実上および法律上の事項に関して当事者に問いを発し、または立証を促す裁判官の権能をいう。今日は、何だか疲れた、日和見したい気分だ。26頁だけ読んだら、あとが続かない。

ぼくは、受験勉強の励みになるよう、ぼくのがんばりを視覚化している。毎日、棒グラフや折れ線グラフをつける。一日の勉強時間を10時間とし、1時間に基本書を10頁読めるとすると、1日に10

0頁読める。これは机上の計算であって、実際には1時間に10頁を読むのは難しい。毎日寝る前に読破したページ数を棒グラフで書き込む。そうすると、ともすれば怠惰《たいだ》な気持ちに流れようとする怠け心が刺激を受ける。こうやって目に見えるようにすると、今日はここまでやったという達成感があり、励みになる。このグラフがなるべく大きくジグザグせず、小さな幅のなかで収まることが望ましい。ある日はとても頑張ったけれど、翌日はダメだったというのではまずいのだ。毎日毎日、淡々と基本書を読み続けることが大切だ。

ところが、今日はどうしても気乗りがしない。こりゃあ、まずいな。でも、どうしようもない。早目に布団に入ろう。寝る前の腕立て伏せも、7回やっただけでダウンした。もうダメだ。無理しない、無理しない。7回と記録票に書きつけて、早々と布団を敷いて潜《もぐ》り込む。ああ、寝るより楽はなかりけり、だ。

1月20日（水）

朝食を摂《と》りに、弥生門から入る。今日もよく晴れている。乾燥しているから、火の元に用心しろと新聞に書いている。午前中は下宿で三ヶ月『民事訴訟法』を読む。

午後1時から四宮の民法4部の授業を受けた。今日は遺言の撤回など。遺留分を取り戻すことを減殺《げんさい》という。授業のあと緑会委員会室に立ち寄った。先輩の太田氏がぼくの顔を見て、「おい、元気にやってるか。顔色よくないぞ」と、声をかけてきた。ありがたいことだ。健康管理には、ぼくもそれなりに気をつけている。冬になって風邪をひかないように、夏のうちから体力をつけるように努めてきた。幸い、カゼはひいていない。エキスパンダーやら鉄アレイを借りてきて、部屋のなかでやってみた。ただ、どちらも面白いものではないので、すぐに飽きてしまった。次に挑戦したのが腕立て伏せだ。場所をとらず、道具も使わないので、面白くはないけれど、正月に一念発起して始めてみたが、今のところ、夜、寝る前に挑戦している。回数を毎晩記録するので、励みになる。ぼくは、なるべく歩くようにはしていて、バスにもあまり乗らない。

「疲れたら休めよ。友も、そう遠くは行くまいって……」。太田氏の言葉はありがたく、胸に沁《し》みる。太田氏自身は司法試験組ではないけれど、人を動かす立場でやってきた活動家なので、ぼくは素直に忠告を受け入れた。太田氏は、勉強のすすめ方も口にした。「司法試験勉強の敵はマンネリ化だ。工夫が大切だ。格好よく勉強したってつまらんぞ。それを捨てないと合格できない。泥まみれになって勉強する覚悟が必要だ」

司法試験の勉強って、まるで格好のいいものじゃない。それは、ぼくの実感だ。

「凡人が人並みに勉強していたって合格できるはずはない。他人《ひと》が楽しく遊んでいるときに、それを忘れて机に向かって勉強するしかない」

たしかに、凡人のぼくは、人並み以上にがんばるしかない。

「基本書をこれと決めたら、変に浮気なんかせず、その基本書一冊を5回読むんだ。そうすると、道は開けてくる」

基本書読み5回か。うん、よし、やるぞ。太田氏に発破をかけられ、空気が入った。ぼくは下宿に戻って、再び三ヶ月『民事訴訟法』を読みはじめる。当事者能力とは、訴訟法律関係の主体となり、訴訟法上の諸効果の帰属主体となりうる能力のこと。訴訟能力は、訴訟当事者として自ら有効に訴訟行為をし、相手方または裁判所の訴訟行為を有効に受ける能力をいう。空気が入ったおかげで、少し理解がすすんだ気がする。230頁まで60頁分よみすすむことができた。

夕食は、気分を変えようと思い、赤門前にあるカレー専門店に入って170円のカレーライスをいただく。値段が高いだけあって、コクのある美味しいカレーだ。たまには美味しいものも食べたいよね。日和見気分があって、なんか疲れを感じる。それでも、腕立て伏せは23回がんばれた。

1月21日（木）

今日は大寒《たいかん》だ。とはいうものの、そんなに寒くはないな。外は曇っている。雨でも降るのかなと思っていると、本当に雨が降ってきた。そして、やがて久しぶりの大雨になった。大寒なんだから、本当は雪が降ってもおかしくないところなんだけどね。

朝8時半から31番教室で藤木の刑法2部の授業を受ける。午前10時半からは新堂の民事訴訟法2部の授業だ。昼食のあと、生協でクリーニングに出しておいたものを受けとり、100円を支払う。今日、人と話したのは、そのときの短い会話だけだった。食事のときは、お金を支払って料理を受けとるだけなので、会話する必要はない。なんだか寂しい。これじゃあ、言葉を忘れてしまいそうだ。失語症と言ったっけかな。

下宿に戻って午後は鈴木『手形法・小切手法』を読む。裏書《うらがき》とは、手形上の権利を譲渡する行為だ。次に三ヶ月『民事訴訟法』を読む。今日は、弁論主義が少し分かった。なんでも主義と名づけるのが面白い、というか、おかしい。同じ主義でも、マルクス主義とは全然違うものだ。弁論主義というと、裁判は口頭弁論を主としてすすめていくのを原則とするかのようなイメージだけど、そんな単純な話ではない。弁論主義の内容には、三つある。一つは、主要事実は弁論にあらわれない限り裁判上斟酌《しんしゃく》できないということ。二つは、当事者の自白は拘束力を持つということ。三つには、職権証拠調は原則としてできないこと。そうなのか、民事訴訟って、裁判所は一歩うしろに身を退《ひ》いているんだね。民事訴訟法のことが少し分かった気がする。理解できると、やる気も湧《わ》く。元気が出てきた。腕立て伏せは31回できた。やったぜ、ベイビー。

1月22日（金）

昨日は一日中、雨が降っていたけれど、今日は朝から雨は降っていない。下宿に閉じ籠って勉強していても、外で雨が降っていると、なんだか憂鬱《ゆううつ》だ。かといって、外が快晴だと、何でそれなのに薄暗い下宿に閉じ籠って辛気《しんき》くさい法律書なんか読んでるんだって、そんな気分にもなってくるけど……。人間って、ホント身勝手なものだ。

午前中は、法学部の第3演習室に、いつもの勉強会メンバーが集まって民法演習。なかなか議論についていけない。次回の日程を決めないまま散会した。お互いスケジュールが切羽詰《せっぱつ》まってきた。終わって、「メトロ」で１２０円のサービスランチ、カツカレーを食べる。そのあと生協購買部に入って食料を３４０円分だけ調達し、ノートを買ったので５００円を支払う。そして、店を出ようとしたとき、夜食用のパンを見つけて買った。

午後は下宿に籠って鈴木『手形法・小切手法』。手形の裏書には、その実質的効力として、権利移転効力と担保的効力がある。夕食は、また、「メトロ」へやってきた。そして、いったん下宿に戻り、早目にいつもの銭湯へ出かける。38円だ。本日の出費は以上合計で１２７３円。今日はちょっと使い過ぎだな。少し反省する。

下宿に帰って、夜、寝るまでは三ヶ月『民事訴訟法』に取り組む。また二重起訴の禁止が出てきた。起訴っていったら、普通は検察官が被告人について何らかの犯罪で起訴するということだ。ところが、民事訴訟では、似ているけれど違う意味で使われる。犯罪の話ではない。二重起訴の禁止とは、同一事件について重複して裁判による公権的解決を求めさせるのは無駄だから、当事者の意向にかかわらず、最初の訴えは取り上げてやるけれど、後の訴えは取り上げてやらないという制度のことだ。ところが、では同一事件とは何か、が問題となる。これは訴訟物論争に関わっている。学界では今まさに熾烈《しれつ》な論争が繰り返されている問題なので、どういう立場をとるかで、その答えも違ってくる。ふむふむ、まあ、受験生にとっては学界の論争なんて無縁の世界だ。要は基礎をしっかり身につけるだけのことで、それを論理的に文章展開できれば合格答案が書ける。それ以上のことは何も必要はない。民事訴訟法が少しは分かりかけてきた気はするけれど、今日は、もうひとつ空気が入らない。どうしよう……。腕立て伏せは昨日と同じ31回。まあまあだな。今夜は、これで良しとする。

1月23日（土）

朝8時半から平井の民法2部の授業に出る。今期最後の授業で、借家法が改正され、内縁の妻も借家人として保護されることになったことを知る。続いて25番教室で午前10時半から民法4部の授業を聴く。朝は曇り空だったけれど、午後から晴れあがった。

川崎へ出かける。セツルメント活動の余波として、「健康友の会」の新聞づくりを編集長の萩坂氏が高齢のため実務作業の下働きをするのだ。萩坂氏は、作業の合間に、東京都の革新知事が老人や子どもにいいことをやってくれている、美濃部知事は偉いと高く評価する話を聞かせてくれた。学者でも立派に知事はつとまる、警察官僚なんかに都政は任せられない、ぼくと意見が一致した。久しぶりに政治談義して、少し元気が出てきた。

「ところで」と、萩坂氏が声をひそめた。「青法協の会員が裁判官にふさわしくないって、本当かい？」

いま、裁判所では真面目な裁判官の少なくない人が憲法擁護を掲げる青法協に入っているのが問題にされている。ぼくは、最高裁による思想統制、裁判官統制が進んでいるということを少しだけ解説した。

「そうだよね。憲法を守ろうっていう組織に裁判官が入れない、入っていたらダメだなんて、おかしいよね」

萩坂氏とは、この点でも意見が一致して、ぼくはうれしくなった。といっても、受験生のぼくは、そんなことで浮かれているわけにはいかない。もう、そろそろ限界だよね。いま必要なのは法律の基本書を読了することであって、社会勉強ではない。早く、なんとかケリをつけなくてはいかん……。

下宿にたどり着く前にスキムミルク115円を買う。

夕方、早目に夕食をすませて、夜は下宿で三ヶ月『民事訴訟法』に取り組む。午後から貴重な時間を削られたという思いが真剣さを生み出してくれた。遅れを挽回しようと、必死になる。グラフをつけていると、今日だけ穴を開けておくわけにはいかない。今夜は、責問権という言葉が目新しかった。いったい何と読むんだろうか、初めは分からなかった。せきもんけん、だ。日常用語ではない、耳慣れない難しい言葉だ。責問権は、訴訟手続の違背《いはい》があったときに異議を述べて、その無効を主張する当事者の権能で、裁判上の手続が適式に行われるように監視する機能を当事者に与えたもの。裁判手続が適式に行われることは、決して当事者だけの関心事ではない。国家としてもそれに大いに関心を持つべき事柄だ。だから、どんな違背があるのかも分からないうちに、あらかじめ責問権を放棄してしまうというのでは、当事者から決断の自由を奪い、法が責問権を当事者に与えている趣旨が没却される。うむむ、なんだか分かったような、分からないような……。ぼくは基本書を閉じながら、つい溜め息をついてしまった。寝る前の腕立て伏せは33回。今日は少しだけがんばった。

1月24日（日）

よく晴れた日曜日だ。かといって、ぼくは天気とは関係なく、陽当たりの悪い薄暗い下宿に籠って三ヶ月『民事訴訟法』にいそしむ。食事のために、朝・昼・夕の3回だけ下宿を出る。そのときだけ、ほんの束の間、自由を味わう。何もしない自由だ。とはいうものの、限られた時間、限られたコースで、時間のロスは許されない。昨日の遅れを取り戻そうと、朝から真面目に取り組んだ。

夕方から夜にかけては三ヶ月『民事訴訟法』に専念する。今日は挙証責任だ。挙証責任が大きな役割を演じるのは、訴訟の終局段階にあって、裁判官が当事者の主張する事実を真偽いずれとも判定できないというときのこと。ただし、審理の途中でも、挙証責任分配の法則は重要な役割を果たす。

ぼくは、裁判所の法廷というものを映画でしか知らない。まだ裁判所の建物に足を踏み入れたことはない。高校時代、同じクラスにいた生徒の父親が弁護士だというのは、高校を卒業してから知った。弁護士なる人と話したこともない。裁判の現実を知らなくても民事訴訟法を理解し、答案は書ける。いや、かえって余計なことを知らないほうが、答案を書くには都合がいいかもしれない。余計なことを書かないのは書けないからだ。単なる裁判の手続き法だと考えていた民事訴訟法も実は奥が深いということが次第に分かってきた。寝る前の腕立て伏せは昨日と同じ33回だった。

1月25日（月）

目が覚めると、部屋は凍えるように冷えている。寒い、寒い。電気ストーブをつける。外は晴れている。寒《かん》が戻ったようだ。午前10時半の授業まで、薄暗い下宿で鈴木『手形法・小切手法』を勉強する。現実の商取引にもとづかず、単に金融を受ける必要から振り出された手形を融通《ゆうずう》手形という。手形貸付とは、手形を担保として金銭の貸付をすること。

午前10時半から25番教室で新堂の民事訴訟法の授業を受ける。昼食は「メトロ」でとる。帰りに横の生協購買部で本を買う。判例百選など、1115円の支出。

午後からは下宿で、三ヶ月『民事訴訟法』。再び既判力《きはんりょく》が出てきた。既判力は民事訴訟法のなかでもっとも重要な概念のひとつだ。確定判決によって終局的に解決されるはずの紛争が蒸し返されるようなことがあっては困るので、既判力によって確定された権利関係を、既判力の基準時より前に生じた事由を持ち出して再び争うことは認めるべきではないとされている。学者はいろんな点で議論しているが、この点ばかりは学説で一致している。

夕食の後、下宿で三ヶ月『民事訴訟法』を読んでいたが、身体が冷えているので落ち着かない。そうだ、銭湯へ行こう。あまり遅く行くと、帰りに湯冷《ゆざ》めして風邪でもひいたら大変だ。身体を湯舟に沈めると、芯《しん》から温まる。うーん、お風呂はいつだって本当にいいよね。試験が終わったら、どこか温泉でも入って、のんびり浸っていたいな。下宿に戻ると、ありったけ着込んで三ヶ月『民事訴訟法』に取り組む。寝る前の腕立て伏せは34回。さあ、寝よう。

1月26日（火）

新聞に沖縄が来年4月に返還される見通しだという。そうか、沖縄はまだアメリカ軍政下にあるんだよね。同じ日本なのに、沖縄に行くためにはパスポートがいるんだって……、おかしなことだ。まだ、日本は完全に独立していないんだな。ぜひ沖縄に行ってみたいね。アメリカのベトナム戦争では、沖縄の基地からアメリカ空軍の爆撃機B52が飛び立っているから、いわば最前線基地になっているんだよね。アメリカのベトナム侵略戦争反対と何度叫んだことだろうか。新聞記事を読んで心は熱くなってきたが、部屋のなかは相変わらず寒々としている。電気ストーブひとつでは、どうしようもない寒さだ。外に出ると風が冷たい。曇り空の下、北風が吹くと体感温度がぐっと下がる。

午前中、何とか鈴木『手形法・小切手法』を読了した。小切手は、発行者（振出人）が第三者に宛てて一定金額を支払うべきことを委任する形式の有価証券で、もっぱら支払の手段として用いられる。十分に理解できたとは思えないけれど、時間がない。今日でやりあげたことにしよう。

昼、「メトロ」で食事をしていると、工学部の佐藤君が通りかかった。駒場寮で向かいの部屋にいたし、東大闘争中は授業がないので暇だからといってセツルメント活動に参加し、子ども会で活動していた。本郷では学部が違うので、久しぶりに出会った。ぼくは、いいことを思いついた。工学部生だけあって、モノづくりを趣味としていて、秋葉原によく行っていると聞いていた。「ステレオを買いたいんだけど、一緒に秋葉原に行ってくれない？」と尋ねてみる。「うん、いいよ。

いつ行く？」。佐藤君は即座にＯＫした。昔から本当に人が好《よ》い性格をしているし、目的がステレオ購入だから、佐藤君にとって断わる理由がなかったのだろう。

「ありがとう。勉強ばっかりしているから、たまにはいい音を聞きたくなってさ」

ぼくは佐藤君に礼を言って、28日に行くことを約束した。午後も夜も、三ヶ月『民事訴訟法』にどっぷり浸った。鈴木『手形法・小切手法』をやっつけたら、あとは民事訴訟法だ。かなり分かりかけてきた気がする。準備書面とは、当事者が口頭弁論において陳述しようとする事項を予告的に記載して裁判所に提出する書面。今日は、三食を「メトロ」でとり、その合計３７０円が本日の総支出。これでよし。寝るまで、ひたすら三ヶ月『民事訴訟法』を読む。寝る前の腕立て伏せは36回。少しがんばった。身体が温まると、すぐさま布団に潜《もぐ》り込む。

1月27日（水）

朝刊に、裁判官は青法協を脱退すべきだと、申し合わせなのか指導なのか、よく分からないけれど、裁判所内で裁判官統制が強まっているという記事が出ている。青法協って憲法擁護の団体なのに、となんでもないことだ。こうやって、裁判所のなかでは自由にモノがいえなくなっていくんだろうね。なんとかしたいけれど、今のぼくは受験生だから身動きがとれない。司法試験に合格することが、すべての先決だ。まあ、仕方がない、黙って様子を見ているしかない。

午前中は引き続き三ヶ月『民事訴訟法』を読む。口頭弁論とは、公開の法廷で受訴裁判所の面前で行われる手続をさす。準備書面を提出しなかった、あるいは記載していなかったとき、相手方が法廷にいないときには口頭弁論で陳述を許されない。準備書面は、あくまでも口頭弁論を準備するためのもので、それに代わるものではない。したがって準備書面を出さなかったからといって、口頭弁論でまったく主張できなくなるわけのものではない。だから、相手方が出席しているならば、たとえ準備書面に記載してない事項でも、口頭弁論で述べることは当然許される。もう少しで終わりそうだ。昼食をとりに弥生門から入っていくと、白色と黄色の水仙の花が咲いているのを見かけた。そうか、もう水仙の季節なのか……。よく晴れている。

午後1時から法文2号館の31番教室で星野英一の民法3部の授業を受ける。債権総論だ。解除、債務不履行、履行遅滞へすすんでいく。我妻『民法講義』を読んでいるので、なんとかついていける。授業のあと、構内にある歯科診療所に行くと、今日は、すぐに抜歯された。子どもみたいに泣くかと心配したけれど、まあまあ何とか我慢できた。学生なので、治療費はびっくりするほど安い。助かった。夕食は無理かなと心配したけれど、普通に食事できてよかった。

午後遅い時間に、部屋のガラス戸をコツコツと叩いて、下宿の老婦人が廊下に立っている。「荷物が届いてますよ」。誰から来たのかな。小さくもない包みを受け取り、差出人を見ると、故郷の次姉が革靴を送ってくれたのだった。暮れに、ぼくは今はいている革靴の底に穴があいて困っていることを手紙に書いて親に送っていた。一生懸命、倹約しながら勉強しているという近況報告のつもりだったけれど、客観的には送金を催促したようなものだ。ぼくの手紙を読んで同情して、お年玉（5000円入っていた）と一緒に革靴を送ってくれたのだ。うれしいね。サイズはもちろんぴったりあう。ただ、ずっと下宿にいるのだから、あまり革靴をはく機会もない。5月からはじまる司法試験のときに、この革靴を履いていこう。

夜、ついに三ヶ月『民事訴訟法』を読了した。どれだけ理解できたかは心もとないけれど、ともかくじっくり腰を落ち着けて熟読したことは間違いない。目次から最終頁までの450頁を、全文ともかく読み通した。これが肝心だ。全文といっても比重に濃淡をつけて要領よく読んだつもり。読み終えたあと、腕立て伏せは40回までできた。

1月28日（木）

ステレオセット購入

新聞に東大闘争の過程で逮捕起訴された学生たちの刑事裁判に加藤一郎総長が証人として出廷するという記事があるのを見つけた。加藤一郎は民法学者として不法行為法の権威だけど、証人として、どういう立場で何と言うんだろうか。まさか秩序維持のために学生に厳罰を望むだなんて言わないだろうね……。東大当局が、見かけに反して全共闘に甘かったこと、全共闘部の指導部と太いパイプをつないでいたことは東大闘争の過程でも見え見えだった。今さら、全共闘を切って捨てるなんて信義に反するよね……。

「メトロ」で昼食をとったあと、工学部の佐藤君と二人して秋葉原へステレオセットを買いに出かけた。佐藤君はさすがに詳しい。スピーカーとプレイヤーはこの店で買ったらいいと勧めてくれる。ぼくは値段のことだけ心配していればよかった。二つあわせて1万5600円支払う。アンプは、別の店で、佐藤君の言うまま5900円のものを買う。そして接続テープは、また別の店にいって買う。220円。秋葉原には、部品だけを売っている店がたくさんあるのに驚く。佐藤君は、どこの店にも一度は行ったことがあるようで、それにも驚いてしまう。全部で2万2000円ほどの出費だけど、これでいい音が聞けるのなら、何の文句もない。帰りは、買ったステレオのパーツを運ばないといけないので店の前でタクシーをつかまえた。

下宿に戻ってステレオセットを運び込むと、佐藤君は早速パーツを組み立てはじめた。ぼくは横で腕を組んで眺めているだけだ。佐藤君は慣れた手つきで配線をつないでいく。やがて音が出るようにしてくれた。見事なものだ。ぼくは部屋にある数少ないクラシックのLP盤をのせた。いやあ、たしかに音質が抜群に良い。もう、これからはラジオの音楽で我慢することもない。たまにはステレオでいい音楽を聞いて心を休めよう。フォークソングなんていいよね。ずっと音楽を聴いて勉強時間がなくなる、なんてことのないように心がける必要がありそうだ。ぼくは、佐藤君に言葉でありがとうと言っただけだった。彼も、当たり前のことをしただけという感じで帰っていった。友達は本当にありがたい。

1月29日（金）

今日も一日勉強だ。ひたすら本を読む。いや、昨日までと違って、勉強の合間にレコードをかけて音質のいい音楽を聴ける。森山良子のレコードをかけた。「この広い野原いっぱい……」。いい声しているね、これまでより格段に音質がいい。まるでコンサート会場にいて、ナマのライブ演奏と歌を聞いている気がしてくる。でも、ＬＰ盤に入っている全曲を聴くことは、今のぼくには許されていない。2曲だけ聴いて、レコード盤をしまった。

郷里の母からハガキが届いた。次姉が靴とお年玉を送っているので、お礼状を出すよう促していた。そうだった、まだ、お礼状を書いていなかった。すぐに出そう。「やさしい良い姉ちゃんをもって幸せと思いなさい」と書いてあるのは、少し押しつけがましいけれど、本当だから感謝するばかり。「ぜひ試験にパスしてください」と最後に書いてある。うん、そのとおりだ。

午後から歯科診療所に行き、抜歯したあとを診てもらう。「順調です。心配いりません」。若い医師が優しい口調で宣告してくれた。ひと安心する。会計窓口で請求されたのは、60円。えっ、と思った。申し訳ないほど安い。金欠病《きんけつびょう》の学生としては大いに助かる。それで気が大きくなり、その足で生協購買部に行って本を1冊、そして洗剤も買った。夕食代も含めて、本日の出費は１０２０円。まずまずだね。少なくとも贅沢《ぜいたく》はしていない。夜は冷え込んできた。腕立て伏せは41回、だんだん調子が出てきた。

1月30日（土）

昨日は晴れていたが、今日は朝から曇っている。冷え込んできたので、雪でも降るのかな……。

朝8時半から31番教室で新堂の民事訴訟法1部の授業を受ける。抗弁事実とは、原告の訴訟上の請求を理由なからしめるために被告が主張責任、挙証責任を負う事実をいう。これに対して否認は、相手方が挙証責任を負う事実の反対主張である。引き続き同じ教室で午前10時半から星野の民法3部を聴く。不完全履行、事情変更による契約内容の改変……。お昼に「メトロ」で豚肉の生姜焼きランチを食べたあと、25番教室での法学部の大衆交渉に参加する。参加者は多くない。帰りに明日の朝食用のパン、85円を買う。夕食をふくめて、本日の４４５円也。

夜、新堂の民事訴訟法講義ノートを見直すことにした。争点効理論をきちんと勉強しておかないといけない。そんな気がする。既判力は判決主文中の判断にのみ生じるものであって、判決理由中の判断には既判力は働かない。しかし、前訴で主要な争点として争われ、理由中で判断されていることについては、後訴で同一の争点が争われたときには、前訴の判断と矛盾する判断を禁止するというのが争点効だ。つまり、判決理由中の判断に何らかの形で拘束力を認めようという点に争点効の理論の特徴がある。紛争解決の一同性を徹底させるものとして新訴訟物理論と考えが共通する。たとえ新堂が東大教授であり、有力な学説だとしても、これがそのまま司法試験に出題されることはないだろう。でも、その問題意識を反映した出題がなされることはありうる。ぼくはその予感がした。

手形法・小切手法を終え、民事訴訟法も何とか終えて、計画どおりすすんでいることで、ぼくはなんだか自信がついてきた。寝る前の腕立て伏せは35回。今日は、まあこんなものかな。無理しない、無理しない。

1月31日（日）

朝食はきのう買ったパンを、お湯を沸かしてスキムミルクを溶かし、熱々のミルクと一緒に食べる。午前中は、三ヶ月章の『自習民訴40問』を勉強する。この40問を3日間でやっつけるつもりだ。昼食は近くの中華料理店まで歩いていく。晴れているが、北風が強く吹いて寒い。昼食にタンメンとギョウザを食べたあと、ちょっと気分転換に都電に乗ってみた。でも、こんなことをしている場合ではないと思い直して、20円、一駅だけで降りて、歩いて下宿に戻る。そして、午後も、夜も、ひたすら三ヶ月『自習民訴』に取り組む。夕食は、昼と同じ中華料理店でレバニラ炒め定食をとる。本日の支出は320円。

法律学を学ぶことの意味の一つに、物事を体系的に整理し、しかも、これを適確に表現する力を養うことにある。このような文章に出会った。なるほどと、ぼくは納得した。頭のなかにあるバラバラの知識を集めて組み立て、それを体系的に筋道を立てて考える力を身につけられたら、それは大切なことだ。しかも、それをうまく文章にして表現できるようになれたら、どんなにか素晴らしいことだろう。人間として、一財産、身につけたことになる。法律学の勉強って、決して無味乾燥なものではない。ぼくも少しずつ、それが分かりかけてきた。夜寝る前の腕立て伏せは42回。正月からはじめて安定してきた。いいぞ、この調子だ。身体も心も温まって、安心して冷えた布団に潜《もぐ》りこむ。

2月1日（月）

寒い、寒い。目が覚めたとき、冷凍庫で寝ているのかと思ったほど、部屋は冷え込んでいる。今日も一日中、寒いんだろうな。えいっと声をかけ、ぬくぬくの布団から起き上がる。

午前中、机に向かって『自習民事訴訟法』を読んでいると、ガラス戸をそっと叩く音がする。下宿の老婦人が来たときの合図だ。部屋代の請求書を手にもって静かに微笑《ほほえ》んでいる。余計なことは決して話しかけてこない。受験生の勉強を邪魔したくないという気配りなのだろう。７６４１円を支払う。一日中、電気ストーブを使っているから高くなるけれど、これは仕方がない。

午後1時から31番教室で新堂の民事訴訟法1部の授業を聴く。不変期間の代表的なものは、上訴期間。判決の送達後2週間以内に控訴か上告をしないと、判決は確定してしまう。授業のあと地階へおりて、生協購買部でレコード盤を買う。せっかくステレオを買って部屋に据え付けたというのに、聴けるレコード盤があまりに少ない。勉強の合間に疲れた脳を休めるには、やはりクラシック音楽だよね。大型のＬＰ盤をあたっていると、ビゼー作曲「アルルの女」を見つけたので、ちょっと贅沢《ぜいたく》かなとは思ったけれど、６００円でレコードを買い求める。小学生のとき、ぼくはレコード係として昼休みにレコードをまわしていたが、そのときの音楽はこの曲に決まっていた。フルートの音《ね》が心地よい。仲良しのゆう君と二人一組でレコードをかけていたが、一度まちがって昼休みではなく、その前の休み時間にレコードをかけてしまったことがある。ぼくもゆう君もイタズラでしたことではない。本気で昼休みだと思っていたことなので、担任の教師は苦笑しただけで強く叱ることもなかった。それはともかく、このフルートの曲を聞くと、ぼくは一気に小学生に戻った気分になり、なつかしい。あれから、ずい分と時は過ぎ去った。心に沁《し》みるフルートの音色に、つい涙がこぼれそうになる。

下宿に戻って、団藤重光『刑法綱要総論』を読みはじめる。分厚い本だけど、読みこなすしかない。寝る前の腕立て伏せは46回。気分転換と体力保持に役立つから続けよう。

2月2日（火）

午前中、三ヶ月『自習民事訴訟訴』をなんとか読み終えて弥生門から大学構内に入ると、北風がひゅうっと吹き抜け、身体を震わせる。寒いね。暖冬だなんて、とんでもないやね。薄明るい空は、冬そのもの。昼食を終えて、今日も生協のレコードコーナーに足が向いた。フォークソングがたくさんあるのに目が惹きつけられる。尾崎紀代彦もいいよね、セツルメントの若者サークルで美声を聞かせてくれた穴山さんの歌を思い出す。「また逢う日まで、逢える時まで……」、いいねえ、しびれるね。いやいや、いま心をかき立てるような音楽を聴いていたら、そちらに心が奪われて、勉強時間が足りなくなってしまう。あくまで勉強の合間の気分転換、頭休めのためなんだから、フォークソングはやめてクラシック音楽にしておこう。

部屋に戻って、畳に寝ころがってヴィヴァルディの「四季」を聴く。たしかに四季の移ろいを感じさせる。さあ、勉強だ。曲の途中で、ぼくはレコード盤の針をあげた。そして机に向かい団藤『刑法綱要』の続きを読む。罪刑法定主義の内容として、罪刑が法定されていること、罪刑が均衡していること、類推解釈が禁止されていること、遡及《そきゅう》効果の禁止がある。今日は38頁まで、わずか8頁しかすすまなかったのに、なんだか頭がくらくらしてきた。もう寝よう。腕立て伏せは寝る前に42回だけ。

2月3日（水）

外はよく晴れている。今日も寒い。午前中は授業を受けず下宿に籠って、机にかじりついて団藤『刑法綱要』を読み続ける。昼食のあと、「メトロ」の出口あたりで海苔《のり》を売っているのが目に入った。有明海の海苔かな、なつかしいな……。手にとってみると、産地は違っていた。まあ、いいか、買って部屋で食べてみよう。40円を払った。

2階に上がって、午後1時から31番教室で星野英一の民法3部の授業を受ける。今日は危険負担がテーマだ。双務契約において、滅失毀損《めっしつきそん》が両当事者の責《せめ》に帰すべからざる事由によって生じたときは、債務者主義をとる。すなわち滅失のときには反対給付請求権が消滅し、毀損のときには減縮する。下宿に戻って団藤『刑法綱要』を再開する。原因において自由な行為とは、みずからを泥酔や睡眠など、責任無能力な状態におとしいれて、その状態で犯罪の結果をひき起こすこと。間接正犯と同じ論理構造にあると言える。今日は朝昼晩とがんばったので、127頁まで一挙に90頁もすすんだ。寝る前の腕立て伏せは47回。

2月4日（木）

今日も晴れ、寒い、寒い。今日は出るべき授業はない。団藤『刑法綱要』を読む。

昼食のあと、生協のレコードコーナーに足が向いた。今日はSP盤のコーナーに惹《ひ》き寄せられる。いつもクラシック音楽だけど、やはり飽きてしまう。たまにはフォークソングとかも聴いてみたいよね。演歌はいやだけど、気持ちが軽くなるのがいいね。少しレパートリーも増やしたいし……。あっ、ジョーン・バエズのレコードがある。アメリカの反戦歌もいいね。SP盤だと時間も長くないからいいか。3枚買って、1120円を支払う。昨日の決意は崩れてしまった。男心も微妙に揺れるのだ。

夕食後、薄暗いなかを銭湯に向かう。そうだった。今日は立春だ。でも春なんて、まだまだ。寒い、寒い。広い湯舟で手足を伸ばし、身体を温める。これが最高の骨休めだよね。

下宿に戻って、引き続き団藤『刑法綱要』にあたる。未必《みひつ》の故意とは何か……。認容がある以上、結果の発生を確定的なものとして表象することまでは必要なく、単に可能なものとして表象すれば足りる。すなわち、結果が発生するかもしれないということを知っており、しかも発生すればしてもよいという認容があるときには、故意が成立する。今日は、258頁まで、昨日よりさらに多く一気に130頁よむことができた。夜の銭湯代をふくめ、本日の出費は1668円也。寝る前の腕立て伏せは50回。

2月5日（金）

朝、起きたときは相変わらず冷え込んでいたけれど、昼、本郷構内を歩いているときの陽射《ひざ》しは暖かさを感じる。立春を過ぎると、やはり春が近いことを実感させてくれるようになるみたい。

今日は、三度の食事以外には何も支出なし。したがって、３５０円也。まことに安上がりな生活だ。

今日も一日中、団藤『刑法綱要』を読む。共謀共同正犯。大審院判例は、二人以上の者が共謀のうえ、そのなかの一人に実行させたときには、全員が共同正犯になるとした。この点、団藤説は、個人責任の原則に反するので、謀議にとどまる者は、教唆《きょうさ》犯または幇助《ほうじょ》犯にすぎないと解すべきだとする。

寝る前の腕立て伏せは53回。

2月6日（土）

部屋のなかも冷え冷えとしているけれど、外に出ると風が冷たい。それでも、日向《ひなた》に出ると少しは暖かさを感じる。新聞にアメリカが打ち上げたアポロ14号が月に着陸して、飛行士が月面を歩いている様子が紹介されている。すごいよね、人間が月世界を歩けるんだね。月にはウサギが棲《す》んでいるはずなんだけど、出会ったかな……。

朝８時半から31番教室での新堂の民事訴訟法１部の授業を受け、引き続き午前10時半からは星野の民法３部を聴く。星野の民法は、今日は消費貸借、準消費貸借、使用貸借、賃貸借をテーマとしていて、難しかった。昼食のあとは下宿で団藤『刑法綱要』をがんばって読む。刑罰制度に関して団藤は、現在の行為者人格について犯罪への非難可能性の大小を考えるべきだとする。すなわち、刑罰は、行為者の社会的危険性ないしは社会的適応性を標準とするべきではなく、犯罪行為およびこれを裏付ける人格形成における非難可能性を標準とするべきだという。今日は、405頁まで42頁しか進めることができなかった。夕食を摂った帰りに、明日の日曜日の朝食用のパンを買う。75円。これをふくめて本日の支出は525円。寝る前の腕立て伏せは46回。

2月7日（日）

今朝も冷え込んだ。朝食は、きのう買ったパンをトースターで焼き、ポットで湯を沸かして温かいスキムミルクを飲みながら食べる。食後すぐに団藤『刑法綱要』に取りかかる。刑の加重・減軽が論じられている。自首とは犯罪事実と犯人が捜査機関に発覚する前に出頭し申告することを指し、任意的な減軽事由とされている。昼と夕食は少し足をのばし、正門近くの定食屋まで出かける。昼は焼きサバ定食、夜は野菜炒《いた》め定食。食べたら、そそくさと下宿に戻る。夜、冷え込んでいるなか、銭湯へ出かけて身と心を温める。本日の出費は338円也。

なんとか午後のうちに団藤『刑法綱要総論』を読了することができた。引き続き各論に移る。『刑法綱要各論』もハードカバーで554頁もあり、ずっしり重たく、溜《た》め息をつきたくなる。そこをぐっと我慢して1頁から読んでいく。内乱・外患に関する罪では予備・陰謀・幇助《ほうじょ》も罪となる。あまり司法試験に出そうなテーマではないな、読み飛ばそう。初日の各論は32頁までしか進めなかった。寝る前、今日は63回も腕立て伏せをがんばった。

2月8日（月）

今日も晴天、寒い。雨は久しく降らない。午後1時から31番教室で新堂の民事訴訟法1部の授業を受ける。もういいはずだけど、念のために授業が終わって歯科診療所へ出かけた。本番の試験最中に歯が痛みだしたら困るからね。待たされることもなく診察を受ける。若い男性の医師から、「大丈夫です。なんともありません」と言われて、すっかり安心した。窓口で料金を支払おうとすると、75円だという。その安さに今日も驚き、ありがたいと思った。しかも、診療所を出てまもなく、100円玉が道端に落ちているのを見つけて拾う。誰も見てないので、さっと身をかがめて拾い上げ、ポケットに入れた。そして、自問自答する。ぼくのこの行為には何罪が成立するか……。占有離脱物横領罪が成立するはずだな。では、いったい、いつ、その着手があったことになるのか、身をかがめたときか、コインに手が触れたときか。はたまた、既遂になるのはいつか。誰かに見られていると思ってポケットに入れたときか、歩きだしたときか。コインを拾い上げなかったら、どうなるのか。未遂は罰せられるのか。そのコインが百円玉ではなくて、オモチャだったとしても犯罪が成立するのか……。いかにも司法試験の受験生らしい想定問答だ。しかし、これこそ今のぼくに必要な団藤刑法を身につけるための思考実験だ。ぼくは歩きながら、自分に言い聞かせる。

夕食のとき、東京は久しく雨が降らずカラカラに乾燥しているので火事と風邪に気をつけましょうと食堂にあるテレビが言っているのが聞こえてきた。学級閉鎖まであっているらしい。たしかに風邪をひかないように気をつけよう。団藤刑法に誣告《ぶこく》罪が出てきた。難しい言葉がつかわれているけれど、要するに嘘を言って第三者を処罰してもらおうとしたら犯罪が成立するということ。これは国家的作用に関する罪なので、被誣告者の承諾があっても、本罪は成立する。虚偽の申告とは、偽証罪のときとは異なり、客観的な真実に反することをいう。111頁まで80頁ほど前進した。寝る前の腕立て伏せは50回にとどめた。無理しない、無理しない。

2月9日（火）

生協の食堂「メトロ」で工学部の佐藤君と出会った。一緒に秋葉原までステレオ購入に行ってくれたお礼を言うと、彼はそんなの当たり前、礼を言うには及ばないと手を左右に軽く振りつつ、それよりレコード盤の手入れが必要だとぼくを諭《さと》した。

「いい音を聴き続けたいなら、やはり日頃の手入れが大切なんだよ」

こまごまと、いかにも技術屋らしく注意してくれる。なるほど、なるほど、ありがたい忠告だ。なので食堂を出ると、すぐにレコードコーナーへ行き、520円のレコードクリーナーを購入した。ぼくはそれまでレコードクリーナーがあるなんて思ったこともなかった。下宿に戻る途中、陽射《ひざ》しに暖かさを感じた。風が吹かないと、確かに春の近さを感じる。ぼくにも本物の春が来てくれるかな……。

夜まで団藤刑法の世界に浸《ひた》る。贈収賄罪《ぞうしゅうわい》のなかには、他の公務員をして職務上不正の行為をさせることの対価として報酬を得る斡旋収賄罪《あっせんしゅうわい》というものがある。今日は、213頁まで100頁もすすむことができた。本日の出費はレコードクリーナーをふくめて935円。寝る前に63回も腕立て伏せをがんばった。

2月10日（水）

今日も晴れ。昼食を「メトロ」でとる。いつものキャベツを中心として野菜と豚肉がたっぷりの焼き肉ランチだ。午後1時から31番教室で星野の民法3部の授業を受ける。そのあと、同じ31番教室で法学部の学生大会が開かれるので、そのまま残った。東大闘争のころのように参加者で満杯になるという状況ではないけれど、まあまあの学生が残り、なんとか定足数を上回った。学生は、議題にそれほど関心がなくても義理で参加する。議案は緑会委員会の提案が無事に承認された。ほっとして、階段をおりていると勉強会のチューターをお願いしている高濱氏を見かけたので声をかけた。短答式試験に備えた勉強はいつからはじめたらいいのかと問いかけると、高濱氏は腕を組んで答えた。

「そうだねえ、司法試験の中心は論文式試験なので、やっぱりそれを中心として勉強したほうがいいよね。問題集にあたって基本書で確かめるというのを3回ほど繰り返したらいいんじゃないかな。4月からでいいとぼくは思うけれど、心配なら3月半ばからはじめたらいいよ」

そうか、今はともかく法律5科目の基本書読みを早いところ終える必要があるってことなんだね。

じゃあ、３月半ばから短答式試験に向けた勉強に取りかかることにしよう。下宿に戻って団藤『刑法綱要各論』を読む。偽造と変造の違いを正確に覚えておかなければいけない。偽造は、権限なしに他人、これには公務所も含む、の印章、署名を作り出すこと。変造は、権限なしに真正な他人名義の文書に変更を加えることだ。今日は３０６頁まで、なんとか86頁すすんだ。今夜の腕立て伏せは51回でダウンした。

2月11日（木）

午後から川崎へ出かける。「健康友の会」のニュースの編集作業の手伝いだ。セツルメント関係で時間をつぶすのは、もうそろそろ止めないといけない。そう思いつつ、なかなか言い出しきれず、最後にできない。電車に座って、晴れた外の景色を眺めながら、いつ、どうやって切り出そうか、あれこれ悩む。気の小さいぼくは、ぐじゅぐじゅといつまでも思い悩んでしまう。

下宿に戻ったとき、消耗感があったが、それでもすぐに机に向かう。団藤『刑法綱要各論』は案の定、難しい。傷害致死罪とは、傷害罪の結果的加重犯《かちょう》である。業務妨害罪においては、業務の執行じたいの妨害にかぎらず、ひろく業務の経営の阻害をふくむ。業務の執行または経営を阻害する恐れのある状態を発生させれば足り、現実に妨害の結果を生じたことを要しない。不可罰的事後行為《ふかばつてきじごこうい》とは状態犯においては、犯罪完成後に違法状態が続くことがはじめから予想されている。当の構成要件によって予想されている違法状態に包含《ほうがん》されるものであるかぎり、事後の行為が他の構成要件を充足するものであっても、別罪を構成しない。たとえば、窃盗犯が盗品を損壊しても、別に器物損壊罪は成立しない。なかなか進まないぞ。36頁だけ読んで、ついに投げ出してしまった。今日はなんだか疲れていて腕立て伏せする元気もない。明日は必ずしよう。

2月12日（金）

団藤『刑法綱要各論』がなかなか進まない。脅迫罪では害悪の告知があれば足り、それによって被害者が現実に恐怖心を生じたことまでは必要ない。これに対して、強要罪では相手が恐怖心を生じなければ本罪の既遂にはならない。57頁だけ読みすすめた。時間が足りないな。そう思いながら、昼食をとりに弥生門から入る。午前中に、さすがに昼は学生であふれている。いつものように「メトロ」でサービスランチを食べる。小ぶりのハンバーグと焼肉が細長い皿に乗っている。食事が終わって購買部のほうにまわり、万年筆を買った。ボールペンを使っていて指にタコができてしまったのだ。万年筆だと書くのに無用な力が入らないからいいぞ、大池君がそう言っていた。３９０円だった。高級万年筆なんて、今のぼくにはもったいない。

弥生門から入って安田講堂脇を歩いていたときには雨がポツポツという感じだったが、万年筆を買って外に出ると、勢いのない雨が降っている。今夜は冷えて雪に変わるかもしれないと食堂にあるテレビの天気予報が言っていた。そのまま川崎へ向かう。昨日やり残した編集作業を完了させなくてはいけない。勉強時間が足りなくなってしまう。焦りはあるけれど、仕事だから、中途半端にはできない。

川崎から戻り、下宿に帰り着くころ、雨はみぞれに変わった。これはやっぱり雪になるかも……。夜11時すぎ、窓の外を見ると白いものが落ちている。ああ、本当に雪が降りはじめた。寒いわけだ。ぼくは、ドテラの襟をあわせた。団藤『刑法綱要各論』に必死で喰らいつく。名誉毀損罪では、人の社会的評価を害するおそれのある状態を発生させることが要件であって、現実にそれが害されたことまでは必要ない。公然とは、不特定または多数のものが知ることのできる状態をいう。知ることのできる状態というのは、摘示したときに直接に見聞する者が存在したことを要する趣旨ではない。その視聴に達することのできる状態であれば足りる。なんとか33頁だけ前進して今夜は打ち止めとした。それでも昨日の反省から、寝る前、腕立て伏せを52回だけした。

2月13日（土）

雪がドカドカ降ってきた。ドカ雪というのかと思うと、新聞は綿雪《わたゆき》だと呼んでいる。地面はたちまち真っ白になった。滑って転ばないようにしよう。これは本番の試験と同じだ。

朝8時半から31番教室で新堂の民事訴訟法1部の授業を受け、引き続き午前10時半から星野の民法3部を聴く。昼食にハンバーグを食べたあと、生協の書籍コーナーに立ち寄り、『刑法判例百選』を買う。610円もした。

団藤『刑法綱要各論』を読んでいると、少しずつ刑法が面白くなってきた。やはり理解がすすむと、いろいろ違いも分かってきて、それなりに面白いものなんだと実感できるようになった。今日は前にも出てきた、ともに司法権に関わる犯罪である偽証罪と誣告《ぶこく》罪の違いがよく分かった。偽証罪は、すでに発動している司法権の作用を誤らせるもの。これに対して誣告罪のほうは、将来の司法権の発動を誤らせるもの。このように現在と将来という対象の違いがある。それだけではない。偽証罪は、国家の司法権だけを侵害する犯罪であるのに対して、誣告罪は、国家の司法権とともに、個人の権利、とりわけ身体の自由や名誉を侵害する犯罪である。ううむ、この違いは重要だな。

まだあるぞ。偽証罪では虚偽の陳述が問題とされるが、それは記憶に反する陳述であることを言う。客観的真実に反するかどうか、ではない。これに対して誣告罪のほうは虚偽の申告が問題とされるが、それは客観的真実に反する事実を申告したということ。このような両者の違いは、しっかり記憶しておく必要がある。白紙のカードに要点を図解して書き込んだ。

夕食のあと、銭湯に行くことにした。下宿を出ると、外は真っ白。本当に転ばないようにしよう。しんしんと冷える夜だ。広い湯舟は幸い混みあっていないので、ゆっくり手足をのばして身体を温めることができた。やっぱり風呂はいいよね。毎日毎晩、ゆっくり入りたいけれど、受験生の身ではそうもいかない。お金より、時間がもったいない。本日の支出は、本代を入れて１１２８円。寝る前の腕立て伏せは66回、がんばった。あ

2月14日（日）

朝は、きのう買ったパンをトースターで温めて、紅茶と一緒にいただく。今朝も冷え込んでいる。

午前中は団藤『刑法綱要』に必死にかじりつく。昼は下宿を出て、中華料理店で野菜たっぷりのタンメンをいただく。帰りに、街路樹になっている木に白いつぼみを発見する。あっ、コブシの花が咲こうとしているんだ。そうか、春はもうすぐなんだ……。午後も変わらず団藤『刑法綱要各論』、合間にレコードをかける。LP盤だと長いので、SP盤でフォークソングというか、グループサウンズを聴く。「花の首飾り」なんて、いいよね。でもでも、音楽に溺《おぼ》れてしまわないようにしよう。そのあと、また団藤に挑む。親族相盗《しんぞくそうとう》とは窃盗の被害者と犯人とが直系血族や同居の親族そして配偶者の関係にあったときには刑を免除するもの。これは、法律は家庭に立ち入らないという考えによる。

夕食は、正門近くの定食屋まで足をのばす。雪が残っていて歩きにくい。気をつけて、ゆっくり歩いていく。歩いているときでも勉強できるように論点カードを持ち歩くようにしている。基本的な用語、定義は丸暗記する必要がある。ときどき論点カードに書きつけた定義を見ながら、なんとか覚えるように努める。今日は、豚肉の生姜焼き定食、やっぱり肉を食べたいね。今夜の腕立て伏せは52回でダウン。

2月15日（月）

午前中も引き続き団藤『刑法綱要各論』だ。なんとか攻略しよう。ヤマ場は越えた。お昼過ぎ、弥生門から入って安田講堂の脇を通っていると、雨がぽつぽつ降ってきた。傘は持ってきてないので、慌てて「メトロ」へ駆け込む。昼食はカツ丼。やっぱり勝負には勝ちたいよね。食事を終え、クリーニングコーナーでYシャツを100円を支払って引きとる。ついつい書籍コーナーに足が向いてしまう。法律書以外には目を向けないように心がけているけれど、なんとなく足が向いてしまう。いやいや、ダメだよ。自分に言い聞かせる。気が散ってはいけない。法律書コーナーで司法試験受験生に役立ちそうな判例解説本を見つけて買ってしまった。衝動買いだ。675円。基本書を決めたら、浮気をせずにそれ一本でいくことにしているけれど、美人を見かけたら目が奪われるように、ついつい手を出してしまう。

午後1時から31番教室で新堂の民事訴訟法1部の授業を受ける。終わったら、まっすぐ下宿に戻る。受験生仲間の大池君が藤木英雄の可罰的違法性の理論を勉強しておいたほうがいいらしいと「メトロ」で話しかけてきたので、その論文が掲載されている「法学協会雑誌」を借りて読んでみた。

可罰的違法性の理論とは、ある行為について、実質的な違法性が可罰的な程度に至らぬほど微弱であるということを理由として、違法性の阻却《そきゃく》ではなく、行為の構成要件該当《がいとう》性そのものを否定すべき場合があると主張するもの。一見すると類型性はそなえているようでも、実質的に違法性を欠くような行為について、端的に構成要件該当性を欠くとする。社会的相当性の理論とは、その基礎を共通とし、表裏《ひょうり》一体の関係に立つ。ふむふむ、分かったような……。

夕食はスタミナ定食という、焼肉主体の料理で精をつける。本日の支出合計は、1290円也。

夜寝る前の腕立て伏せは76回。今日はがんばった。

2月16日（火）

昼近くになったので下宿を出ると北風が強い。これは、例の春一番だろうか……。もし、そうなら、いよいよ春はもうすぐだということだ。今日、下宿を出たのは三度の食事のときだけ。だから支出は食事代合計390円のみ。

一日中、団藤『刑法綱要各論』にかじりつく。刑法を勉強していると、頭の体操ができる。というか、筋道を通しながらも柔軟な発想が必要なことを痛感する。身分犯。収賄罪《しゅうわい》に問われるのは公務員だけのはず。ところが、公務員でない者、これを非身分者というが、この非身分者が身分者である公務員と共謀して、その職務に関して賄賂《わいろ》を収受したとき、その非身分者も収賄罪の共謀共同正犯となる。つまり、公務員でないにもかかわらず、収賄罪に問われるというわけだ。また、公務員がその妻に賄賂を受け取らせたとき、その公務員は間接正犯となり、妻は幇助犯《ほうじょはん》となる。これは判例の考え方だ。ところが、これに対して我が団藤教授は異論を唱える。公務員でもないのに、身分がないのに収賄罪が成立するのはおかしいと批判する。非公務員は共同実行することがありえないので、幇助犯になる。非公務員に収賄を教唆《きょうさ》したときには教唆犯となる。これはこれで筋が一本通っていて明快だ。なーるほどだよね……。寝る前の腕立て伏せは62回。

2月17日（水）

昼食を摂《と》りに下宿を出ると、強い風がひゅうっと吹き抜けていく。冷たい風だ。世間の風は冷たいと昔から言われるが、頬に手を当てて実感する。どんより曇っているから、雨が降るのかもしれない。昼食は、熱々《あつあつ》のタンメンを食べて野菜を補給する。身体が温まったところで、書籍コーナーにまわる。刑法の判例演習を見つけたので買う。５８５円。よし、これもやってみよう。いつもの浮気心が出てしまった。帰りに夜食用のパンも買う。

午後1時から31番教室で星野の民法2部の授業を聴く。今日のテーマは賃貸借。賃借権は賃貸人の承諾を得たら譲渡できるんだよね。授業中、右目の奥に痛みを感じる。えっ、なんだろう……。やがて、なんとかおさまった。夕食のとき、夕刊の一面に大きく銃砲店が襲われたと報じられているのが目に入った。銃11丁と弾薬が強奪されたという。犯人はまたもや京浜安保共闘らしい。全共闘の暴力の行き着く先は「鉄砲から革命へ」ということだ。おー怖い。帰りは雨になっていた。氷雨《ひさめ》だな、身震いがとまらない。本日の出費は、１１４３円。寝る前の腕立て伏せは55回。今日はがんばれなかった。

2月18日（木）

朝からよく晴れて、いい天気だ。といっても、薄暗い下宿に籠って刑法を読み解く身に晴天は無縁だ。午後、昼食をすませると川崎へ向かう。本郷三丁目へ向かう途中で強い風にあおられた。春一番かな。編集作業がようやく終わった。穴山さんがバス停近くの定食屋で夕食をおごってくれる。好意に甘えて、サンマ定食をいただく。

「もう、そろそろ解放してあげようとは考えているんだよ。いつまでも申し訳ないね」

穴山さんは、もちろんぼくが司法試験の受験生だということを知っている。ぼくの勉強のすすみ具合を心配してくれているのだ。ありがたい。その心づかいが、ぼくには素直にうれしかった。

下宿に戻って、机に向かう。団藤『刑法綱要各論』を読みすすめている途中、ふと思い出した。そうだ、今日は彼女の誕生日だった。朝から気になっていた。出かけて行ってプレゼントを渡すなんてことはハナから考えていない。朝のうちからぼくがひそかに思い悩んでいたのは、彼女の誕生日を祝う手紙を書くかどうかだった。彼女に振られた今、そんな手紙はあまりに未練がましい……。読まれずにゴミ箱へポイ捨てされるかもしれないし……。彼女は、今、何をしているのかな。昨年の今ごろは、まだ彼女に振られていなかったはずだ。何時間も喫茶店で話し込んでいて、しまいにはお尻が痛くなったこともある。井の頭公園の池でボートに乗ったこともあるよね。新宿の中村屋で美味しいカレーも一緒に食べたし……。モヤモヤした思いが頭のなかをぐるぐる廻る。ともかく、これを吐き出してしまわないことには団藤刑法どころではない。頭のなかに入ってくるはずもない。このモヤモヤを文字にしよう。本当に出すかどうかはともかくとして、手紙を書いてみよう。いや、まずはその前に下書きをしよう。ぼくは机の前に立てかけてある大学ノートを開いて書きはじめた。

「いま、あのころを客観的に振り返ることはできませんが、そこには、たしかに生身《なまみ》のぼくという人間がいました。不器用な表現の仕方だったかもしれませんが、好きだという以上に、ぼくの心からの愛をぶつけようとはしていたのです。本人としては本当に真剣でした。……」

こんな内容を書いて、それが誕生祝いになるのか不安だったけれど、ぼくは自分の思いを吐き出すことを優先させることにした。こんな独《ひと》り善《よ》がりが、結局、彼女から振られてしまった原因なのかもしれない。まあ、仕方がない。これがぼくという存在の実体なんだから……。下書きを書き終えると机の引き出しから便箋を取り出し、清書した。封筒に宛名書きをすると、すぐに投函したくなった。ぼくは下宿を抜け出し、近くにある赤い郵便ポストまで歩いていく。外は暗く寒かった。けれど、手紙を投函すると、ぼくは重たい一仕事をやり終えて、すっきりした明るい気分になった。部屋に戻って、すぐに団藤『刑法綱要各論』を開く。貴重な時間をいくらか失ったという気がしていた。必死になると、頭がよく働き、団藤教授の言いたいことがびんびん頭のなかに入ってくる。よし、この調子だ。漫然と本を読んでいてもダメなんだ。といっても、予定よりはかなり遅れている。寝る前の腕立て伏せは60回までやれた。きのうより5回も多い。身体が温まったところで、すぐ布団に潜りこむ。

2月19日（金）

外に出ると薄日《うすび》が射していて、暖かさを感じる。春も、もうすぐの気がする。昼食をすませて書籍コーナーに足を踏み入れたとき、出入り口のワゴンにレーニン選集3巻が下積みされているのが目に入った。ぼくは駒場ではレーニンの本を何冊も読んだし読みふけった。いかにも理知的で、深く洞察された論理展開なので納得することが多かった。つい手に取って、そのままレジのほうへ向かった。555円を支払ったあと、こんなこととしてはいけなかったと反省した。今日は育英会の奨学金が3000円入ってきていて、少しばかり気が大きくなってもいた。下宿に戻って、レーニンの本を開くことはしなかった。申し訳ないねと言いつつ、押し入れにあるダンボール箱にしまい込む。今は、こんな本を読んでいる場合じゃない。一刻も早く団藤『刑法綱要各論』を完読することが先決なのだ。4段ある本箱の本は法律関係だけにしている。

夕食のとき、「メトロ」の定食にレバー炒めがあるのを見て、ぼくはためらうことなく注文した。駒場寮に住んでいたとき、寮の近くにある中華料理屋でレバニラ炒《いた》めを食べるのは、ちょっとした贅沢《ぜいたく》だった。「メトロ」のレバー炒めはレバーが熱々《あつあつ》で、もやしと一緒に美味しかった。深夜1時過ぎ、ようやく団藤『刑法綱要各論』を読み終える目途がついた。寝る前の腕立て伏せ、61回。

2月20日（土）

昨夜は団藤『刑法綱要各論』に遅くまでかじりついていたので、今朝は寝坊してしまった。なんとかもう少しで読み終えるというので、がんばったのだ。なので朝8時半からの新堂の民事訴訟法1部の授業はギリギリすべり込みセーフだった。そして気分が乗らないまま午前10時半から星野の民法3部の授業を受けた。集中できないし、いつもの調子が出ない。やはり、そうならないように、朝はいつものとおり早く起きて、そのためには夜は早く寝るようにしたほうが良い。一日がんばればすむということではないのだから……。

午後からは団藤『刑法綱要各論』に取り組む。やっと、あと少しになった。夜、早目に銭湯に行く。泡がぶくぶく噴き出す湯舟に浸かって「極楽、極楽」とつぶやいているときが本当に天国にでもいるように最高だ。今ぼくに許されているのは、こんなささやかな楽しみだけ。銭湯の帰り、北風に吹かれる。なんだか少し寒さが和らいだかな。部屋に戻って、ようやく団藤『刑法綱要各論』を読み終えた。昨夜遅くまで頑張った甲斐はあった。予定より一日遅れだけど、ともかく目標達成だ。記録帳に記入する。記録帳は達成度が視覚的に一目で分かるので、楽しみだ。これは辛い勉強を楽しみに変える。記録はつけっぱなしではなく、それを日々見て振り返り、点検、確認することが不可欠だ。つけただけでは自己満足に終わる。きのうまでの到達点と今日やったことを比較して評価し、現在のぼくがどういう地点に立っているのかを客観的に冷静に見つめる。そして、明日以降どうすすめるべきか、指針を具体化して実践する。生活パターンは同じでも、やってる中身は毎日違う。それを飽きなく繰り返すための工夫が欠かせないのだ。夜寝る前の腕立て伏せは56回。ほどほどにした。無理は禁物。

2月21日（日）

朝、すっきりと目覚めることができた。やっぱり団藤『刑法綱要』の総論も各論も読了したというのが、気分を良くした。今日から憲法に取りかかる。朝食はきのう買っておいたパンをトースターで温め、紅茶に蜂蜜をたっぷり入れてすます。弥生町はふだんでも静かな裏通りだけど、日曜日はもっと人通りが少ない。こんな静かな環境で経済的に心配せずに勉強できるぼくは幸せだ。とても恵まれている受験生だと思う。親には感謝、感謝あるのみ。

憲法の基本書を読みはじめる。宮澤俊義と清宮四郎の2冊で、今日は清宮の『憲法Ⅰ』だ。『憲法Ⅰ』は統治機構を論じる。国民、天皇、国会、内閣、裁判所だ。憲法とは、国家の根本体制または根本秩序を定める法規範の一体をいう。立憲主義とは、国民参政、基本権の保障、権力の分立、法の支配などの原則を実現する国家体制を要請する近代の政治理念をいう。三種の国民がいる。国家の構成員または所属員としての国民、主権の保持者としての国民、憲法上の機関としての国民。現在の日本には、元首の名に値《あたい》する者はいない。初日の今日は142頁まで読みすすめた。

夕食は、いつもの定食屋でサバのミソ煮定食にする。肉ばかりはまずいと考えたのだ。帰りに店の前を通りかかったとき、甘いものが目について思わずキャラメルを買ってしまった。衝動買いだ。間食はなるべくしないようにしている。運動不足のうえに、甘いものを間食したら太ってしまうのは間違いない。気をつけよう、気をつけよう。本日の支払は384円也。寝る前の腕立て伏せは62回。

2月22日（月）

曇り空で、はっきりしない天気だ。雨が降るのかもしれない。昨日から憲法を読みはじめた。この一週間は憲法に充てる予定だ。清宮の統治行為は、なかなか難しい。意味も分からず読み飛ばすなんて許されない。

午後1時から31番教室で新堂の民事訴訟法1部の授業を受ける。夕方、早目に「メトロ」に行き、焼肉定食を食べ終わると、書籍コーナーに入って短答式問題集を買う。620円。これで本日の出費は950円也になった。夕刊に、成田空港の拡幅工事に、住民の反対派が実力阻止しようとしていて、学生の応援部隊も入れて1500人も集結したという。機動隊が出動して流血の惨事になるのは避けてほしいものだ。この国家権力の行使こそ、統治行為そのものだ。

夜も清宮『憲法I』をじっくり読み続ける。国会議員には不逮捕特権があるが、これは会期中には逮捕されないという特典であって、そもそも訴追されない特典ではない。国会は国政調査権を有する。内閣は連帯責任であって、閣議は多数決ではなく、全員一致による。なんとか170頁すんだ。腕立て伏せをはじめたものの、54回で打ち止めにした。

2月23日（火）

今日は朝から外はミルク状の濃霧に包まれている。すっきりしないどころか、見通しが悪い。交通渋滞が起きないかと他人事《ひとごと》ながら心配になる。といっても、ぼくのほうは下宿と本郷構内を歩いて移動するだけなので、渋滞とは無縁の世界に棲《す》んでいる。

清宮『憲法I』は、もう少しで終わる。政令は内閣が制定する命令。条例は地方公共団体がその自治権にもとづいて制定する自主法または自治法の形式をいう。条約は文書による国家間の合意。協定、協約、議定書、宣言、憲章を含む。憲法優位説が妥当だ。ふうっ、ようやく終わった。続いて宮澤『憲法Ⅱ』に移る。公共の福祉には二つの側面がある。すべて個人の基本的人権は、他の個人の基本的人権と衝突する可能性がある。公共の福祉も、自由国家的側面のほかに、社会国家的側面をもつ。一挙に２６０頁も読みすすめた。夜食用に50円のパンを買ったので、本日の出費は４５０円。まあまあ抑えているよね。寝る前の腕立て伏せ、61回。

2月24日（水）

今朝は冷え込んでいた。ということは晴れると思ったら、案の定、晴天になった。昼食をすませたあと、刑法の解説書を一冊買い足した。ただ、この刑法の解説書は買っただけで使わなかった。いろいろ目移りしても仕方のないことなのだ。焦りから無用の買い物をしてしまったということ。やはり基本書にしている団藤『刑法綱要』から離れるのはまずい。

午後1時から31番教室で星野の民法３部の授業を聴く。今日のテーマは、雇傭、請負、委任だ。授業が終わると、すぐに下宿に戻って宮澤『憲法Ⅱ』を開く。法の下の平等の原理は、単に機械的にあらゆる法的な差別を禁止する趣旨ではなく、民主主義の理念に照らして不合理と考えられる差別を禁止する趣旨である。今日は３７２頁まで１１０頁だけすすんだ。『憲法Ⅰ』よりピッチは早い。

夜、銭湯へ行き、疲れた頭をほぐす。帰りに夜食用のパン50円を買う。寝る前の腕立て伏せは63回。

2月25日（木）

晴れていたのが、次第に曇ってきた。今日も午後から電車に乗って川崎へ向かう。本当にもう終わりにしよう。自分の立てたスケジュールも遅れているし、大変だ、本当に大変だ。

川崎から戻り、弥生町の下宿の近くにネコヤナギの白い芽を見つけた。北風はまだ冷たいけれど、本当に春はすぐ近くまで来ていると実感させられる。夕刊に、成田空港の反対派が暴れて、機動隊と衝突して50人の学生が逮捕されたという記事が載っている。こんなに揉《も》めた空港を使用する人なんているのかな……。

宮澤『憲法Ⅱ』を読む。一般的に財産権の内容を公共の福祉に適合するよう定めた結果として、個々の財産権はそれだけ侵害された結果になることもある。もちろん補償が必要とされることがある。なんとか最後の頁までたどり着いた。寝る前の腕立て伏せは、今日は52回で止めた。

2月26日（金）

朝、起きると外は雪が降っている。そうか、今日は二・二六の日だから同じように雪が降るんだよね。ぼくの母親は家政女学校の修学旅行として東京に来ていて二・二六にぶつかった、そんな話をしていたな。大雪の日だったようだ。午前中、部屋で勉強していると下宿の老婦人が親からの現金書留を届けてくれた。２万５０００円入っている。ありがたい、助かるね。

昼食をすませたあと、少し気が大きくなって短答式問題集を買い込んだ。『借地借家』の本（810円）とあわせて3280円も使ってしまった。だから、本日の支出は4070円也。贅沢したというのではない。仕方のない支出だ。構内を歩いて帰ると、ほのかにいい香りがする。小さい白い花びらが見える。きっと沈丁花《じんちょうげ》だ。春はもうすぐ。ということは、本番まで間がないことも意味している。
寝る前の腕立て伏せは56回。

2月27日（土）

曇り空、昨日より少し暖かい気がする。朝8時半から31番教室で新堂の民事訴訟法1部の授業を受け、引き続き星野の民法3部の授業を聴く。星野は、仲介、寄託、和解のあと、不法行為に入った。挙証責任の転換も論じたが、これは難しい。

昼食後、31番教室で法学部長との大衆団交があるのに参加する。うしろのほうに座って、様子を眺めていると、なんだか他人事《ひとごと》の、遠い世界で起きていることだという気がしてくる。今のぼくがやるべきことは法律の理論構成をしっかり頭に叩き込むことだ。がんばろう、がんばるしかない。

同じ法学部生で、セツラー仲間であり司法試験受験生仲間でもある牛山君が同じ下宿に引っ越してきた。牛山君は東大闘争のときは駒場の学生をまとめてひっぱっていったリーダーだ。ぼくと同じように弁護士を目指している。牛山君は二階だ。同じ下宿に志を同じくしている受験生がいると思うと、少しばかりぼくも心強い。励ましあっていこう。基本書読みは50頁、寝る前の腕立て伏せは55回。

2月28日（日）

朝食はきのう買っておいたパンをトースターで温めて食べる。紅茶にクリープをたっぷり入れる。クリープの香りを味わうと、一瞬だけ幸せな気分だ。佐藤功『自習憲法38問』を朝から必死で読みすすめる。いろいろ知らないことが出てきた。まだまだ本当に勉強不足なことを痛感する。発議と提出とは使い分けられている言葉なんだね。ぼくは驚いた。たとえば、議院に法案を提出するとき、国会議員が出すときには提出とされる。ところが、憲法96条の憲法改正手続を定める条項では、このどちらでもないのに国会が発議するとなっている。また、明治憲法下では両院は対等だった。しかし、日本国憲法の両院制は衆議院の優越性を認めている。これを学者は跛行《はこう》的両院制と呼んでいる。さらに、憲法には、「国民は」とあるところと「何人も」とされているところがある。これは日本国民に限らず、外国人にも保障が及ぶ趣旨に解されている。ただ、本当に厳密に使い分けられているのか疑問を呈している学者もいる。性質上、いわゆる人類普遍的な諸権利について、国民と外国人とのあいだに異なった取り扱いをすることは望ましくない。このような学者の指摘には、ぼくも素直に共感できた。『自習憲法38問』はコンパクトにまとまっていて大変便利だ。ただ、基本的人権を論じている部分が明らかに手薄になっている。全論点をカバーしていないので、これ一冊とするわけにはいかないな。ぼくは『自習憲法38問』は夜までに読了したものの、二度目はないと思った。

昼と夜は、いつもの定食屋に行く。晴れたせいか、寒さも和らいできた。昼はタンメンを食べ、夜は焼き魚定食だ。肉より野菜と魚にしたのは、もちろん健康を考えてのこと。夜になって、銭湯に出かける。寒い夜に湯舟に浸かって手足をのばすのは何よりの楽しみだ。身体が温まると、心までほっこりしてくる。『自習憲法38問』をやりあげたあと、ぼくは大学ノートを取り出した。今日で2月は終わり、明日から3月だ。これまでを振り返り、方針を確認する必要がある。明日からやらないといけないのは、民法は「ダットサン」、そして親族・相続、刑法は判例演習、商法は「赤本」、労働法は『基礎知識』。順番をどうしようか。まず、易《やさ》しそうなものを先にやっつけ、手強《てごわ》いものを後にまわす。つまり、労働法と商法を2日間で手早くやっつけて、そのあと民法に4日間。それから刑法にじっくり2週間かけて取り組むことにしよう。刑法総論と各論という流れで行く。ようやく方針が決まった。大学ノートを閉じて、目の前の本立てにしまい、腕立て伏せに移った。1月17日から始めた腕立て伏せの目標は1日100回だけど、これはなかなか達成困難だ。今日は、なんとかがんばって61回やった。勉強時間とあわせて記録用紙に書き込み、布団に潜《もぐ》りこむ。寝るより楽はなかりけり、だ。

3月1日（月）

今日から3月、弥生《やよい》だ。相変わらず寒いけれど、下宿付近の梅がちらほら咲いている。短答式試験まで、あと残り2ヶ月となった。心を引き締めよう。午前中、労働法を勉強していると、廊下のガラス戸が静かに叩かれた。部屋代7603円の請求書を下宿の老婦人がそっと差し出す。まだまだ寒いので暖房用の電気ストーブ代がかさんでいる。コタツでは勉強できない。机に向かわないと勉強はすすまない。部屋全体を暖められるといいけれど、そんな贅沢は言っておれない。

昼食は「メトロ」へ出かけて、ハンバーグを食べ、すぐに下宿へ戻る。寄り道をしたり、無駄に時間をつぶす暇はない。午後も引き続き『自習労働法』を読み、それが終わったら『労働法の基礎知識』に取りかかる。この2冊とも分厚い基本書ではない。論点整理が行き届いて、とても実戦的だと受験生のあいだでは定評がある。労働法はセツルメント活動のなかで、ほんの少しだけ勉強したこともあり、労働者保護の観点から考えればいいので抵抗がなく、分かりやすい。明日までには予定どおり終えられるだろう。

午後3時、休憩として紅茶を飲んでいるときに、ふと思いついた。そうだ、頭髪を短くしてこよう。耳まで頭髪がかかっていてうっとうしい。正門近くの理髪店に行って、さっぱりした。400円払って、その足で生協に寄り、クリーニングに出していたシャツ類を受けとる。これまた400円を支払う。そして、すぐに下宿に戻る。少し時間を空転させたな。夕食の時間を先にずらして、労働法を読みふける。夕食は正門先の定食屋に入り、豚肉とエビの中華炒め定食をいただく。下宿に戻って、本日の出費を合計すると、8888円となった。ややっ、8が4つも並んだ。8は末広がりで縁起がいい数字だ。吉兆だろうか……。ぼくは、もちろん吉兆と思うことにした。夜ねる前の腕立て伏せは61回。さあ、寝よう。

スランプ

3月2日（火）

朝おきたとき、すっきりした目覚めではない。なんだか、頭がぼやっとして眠たい。それでも勉強しないわけにはいかない。午前中は、会社法だ。「赤本」と呼ばれる薄い本。本文189頁で、問いと答えが細かい字でぎっしり詰め込まれている、東大緑法会の発行するコンパクトな新書版だ。

ぼくは会社に入ったことはないし、アルバイトを少ししたことがあるくらいで働いたこともないので、会社法の展開する舞台がまったく想像できないし、書かれていることのほとんどはピンと来ない。代表取締役が取締役会の決議を経ないでした株主総会の招集行為は無効と解すべきである。しかし、その招集行為が無効になっても、それは株主総会の招集手続の瑕疵《かし》にすぎないから、株主総会決議までも当然に無効とされるものではない。つまり、総会決議の取消事由になるにとどまる。えっ、そ、そうなのかなあ。このようなことが、どうして起きるのか、問題状況がよく分からない。会社の合併と営業譲渡は経済的な観点からは、あまり違いがない。しかし、法律的には大きな違いがある。まず、両者とも株主総会の決議事項とされるという共通点がある。営業譲渡は債権契約であって、債務履行行為を残す。合併は社団法上の契約であって、その効果は物権的であり、あとに履行行為を残さない。合併して吸収された会社は当然に解散して消滅し、あとに清算手続を残さないのに対して、営業譲渡にあっては営業全部を譲渡しても、会社が当然に解散するわけではなく、また譲渡を機会に解散しても後に清算手続をすすめなければならない。さらに、債権者との関係では、合併においては債務者たる地位も当然に移転するので、債権者保護の手続が必要となる。これに対して、営業譲渡の場合には債務引受などの手立てがとられるため、そのような必要はない。

時折襲いかかってくる手強《てごわ》い睡魔とたたかいながら、洗面台で顔を洗ったりして、ともかく会社法「赤本」を読みすすめる。早目に夕食にしようと思って、弥生門から入っていくと甘い匂いが漂っている。なんだろう。曇り空なので余計に薄暗い構内の向こうに小さな白い花が咲いている。沈丁花《じんちょうげ》の花だ。まだ咲いているんだね。「メトロ」で久しぶりに焼肉定食にする。精力をつけよう。今や楽しみは食べることぐらいだな。あっ、もう一つあった。お風呂だ。毎日入れたらいいんだけど……。食事とお風呂、この二つは受験生のぼくにとって貴重な息抜きでもある。本日の支出は1000円ジャスト。家計当座帳に記入して気がついた。

下宿に戻って机に向かうけれど、ともかく眠たい。何度も右手の赤鉛筆を取り落とそうとする。どうしようもなく眠たく、身体に力が入らない。こんなときは気分転換を図るしかない。「赤本」読みを途中で止める。机の前に置いてある大学ノートをひっぱり出し、基本書読み50頁と書きつけたあと、こう書いた。

「夢をもって勉強しよう。卑屈な人生に終わらせまい」。腕立て伏せは55回で止めた。きつい。早く寝よう。布団に入って、こんな夢を見たらいいなと考えた。司法試験に合格したら、フランスへ行こう。フランスへ行って自然を見よう、眺めよう。地方自治体の民主化の実情をつかんでこよう。しばし、夢を描いた。つかの間の頭休めだ。やがて意識が遠のいた。

3月3日（水）

朝7時に起きあがった。目覚まし時計が鳴ると一発で身体を起こした。昨日は一日中、眠たかった。早々に寝たので、睡眠時間はたっぷりだ。やはり寝不足はよくない。頭の働きが悪い。

今日から民法だ。朝は湯を沸かしてソバにする。今日は入試のため、本郷はロックアウトされて構内は立入禁止。まあ、仕方がない。2年前の入試中止は本当に良くなかった。毎年、新入生が入ってきてこそ大学だ。民法は「ダットサン」Ⅰ。物権を学ぶ。物権の本質は、一定のものを直接に支配して利益を受ける排他的な権利という点にある。これは基本中の基本だ。登記に公信力はないから登記簿を絶対的なものとして信頼するのは危険だ。登記のないことを主張するについて、不法行為者のように何ら正当な利益をもたない第三者には登記がなくても対抗できる。このような「背信的悪意者」には、登記がなくても対抗できるというのが最高裁の確立した判例だ。滌除と書いて、「てきじょ」と読む。これは読み方も難しいが、その意味するところも難しい。抵当不動産の第三取得者が抵当不動産の価格を自ら適宜《てきぎ》に評価し、この評価額を弁済することによって抵当権を消滅させせよと抵当権者に挑戦する制度である。

「ダットサン」民法Ⅰは429頁ある。これをきっちり読みこなし、答案として内容を再現できれば司法試験に合格できるし、そのレベルに達していないと合格できないと言われている。ぼくは「ダットサン」の余白に大切だと思うところを書き込んでいった。これ1冊あれば、すべての論点を網羅しているようにしたい。

お昼は下宿でホットケーキを焼いて、紅茶と一緒に食べる。夕食はさすがに外に出て食べることにする。一日中、薄暗い下宿にいて法律書をかじっていると気が滅入ってしまう。冷たい雨の降るなか、歩いて中華料理店に入る。壁のお品書きに大好物のレバニラ炒めを見つけて注文する。ついでにギョーザも注文してやった。ほんのちょっぴりだけの贅沢《ぜいたく》だ。

3月4日（木）

今日も下宿に籠って勉強に励む。他にやることもないし、なるべく気が散らないように心がけている。といっても、今朝の新聞に大阪府知事選挙で社共統一の学者候補が擁立されることになったと報じられているのを読んで、心が少し騒いだ。憲法学の黒田了一教授という。いやあ、すごいぞ、東京と大阪で学者出身の革新知事が誕生したら、日本もぐっと大きく変わるだろう。ぜひ、当選してほしい。ぼくは一度だけ京都府知事選挙の応援に行ったことがある。セツルメント活動のついでに、全セツ連大会があったのだと思うけれど、京都のまちなかでビラ配りをした。蜷川虎三《にながわとらぞう》候補のシンボルカラーが町中に氾濫していて、応援に行ったぼくのほうが逆に大いに励まされた。でもでも、今は選挙に気をとられるわけにはいかない。気分を静めよう。

昼は、「メトロ」で魚フライのランチ、そして夜はシャケのバター焼き定食。食べることしか楽しみがない。いやいや、もうひとつあるんだったよね。夜、下宿を抜け出して銭湯に向かう。洗い場に座って、頭髪をかきむしるように洗うと、頭の中まですっきりした気分だ。そして湯舟で手足を広げて「極楽、極楽」とつぶやく。お風呂は本当にいいね。どこか山奥の温泉にでも行きたいよね。セツルメントの合宿で泊まった奥鬼怒《おくきぬ》温泉なんかどうかな……。だめだめ、妄想はこれくらいにしておこう。

3月5日（金）

薄暗い下宿に籠って一人勉強しているのが、もったいないくらいに外はいい天気だ。ただ、外に出たとき強い風に吹かれると、まだ風は冷たい。

午後も引き続き机に向かって「ダットサン」を読んで勉強していると、廊下のガラス戸をそっと叩く音がする。何だろう。下宿の老婦人が静かに微笑みながら現金書留を手渡してくれた。おや、誰からだろう。今どき親からの送金のはずはない。差出人を見ると長兄だ。陣中見舞いとして大枚《たいまい》5000円が入っている。予想しないことで、びっくりしたし、うれしい。すぐに何に使う当てもないけれど心強いし、長兄の温かい手紙が大いに励みになった。がんばらなくっちゃ……。

不当利得は正当な理由なしに利得をえ、これによって他人に損失を及ぼした者に対して、その利得の償還を命ずる制度である。損失と利得とのあいだには、因果関係がなければならない。

3月6日（土）

朝食をとって机に向かっていると、朝のうちから猛烈な眠気に襲われる。洗面所に行って、顔を洗う。なんとか午前中に「ダットサン」Ⅱを読了し、昼食をとりに「メトロ」へ行く。北風が今日も強い。陽差しのほうは日に日に暖かくなっている。弥生門から入っていくと安田講堂脇の紅梅が咲いていた。梅の香りを近くに寄ってかいで、ほんの少しだけ、いい気分になる。下宿に戻って、少し休憩しようと思い、布団を敷いて、衣服は着たまま横になって毛布をかぶる。しばし、目を瞑《つぶ》る。いや、こんなことはしておれないぞ。予定を消化する必要がある。起きあがって机に向かう。親族・相続は「ダットサン」ではなく、中川善之助の『民法大要』（下巻）を基本書としている。こちらは「ダットサン」より少し大きい体裁で325頁。450頁もある「ダットサン」Ⅲより120頁以上も薄いので助かる。ところが、中川『民法大要』を開いてはみたものの、どうにもはかどらない。頭が回転していないことが自分でも良く分かる。困った、困った、困ったぞ……。いくら洗面台で顔を洗っても、眠気は消え去ることがない。

夕食は野菜たっぷりのタンメンにする。下宿に戻って机に向かうけれど、眠気は依然として続いていて、陥落寸前の状況だ。どうしてこんなに眠たいのかな……。これほどの眠気に襲われたのは、これで二度目だ。やっぱり慣れない勉強をして疲れて入るんだな……。頭の芯がまいっているのだろう。なんとか親族法を終えて相続法に入り、197頁まで、家督相続の廃止まで読んで終わりとする。さあ、腕立て伏せをして寝よう。腕に力が入らないので、54回でダウンし、布団へ直行した。

3月7日（日）

日曜日なので東大生協はお休み。だから朝食はお湯を沸かしてソバをすする。生卵を買っておいたら良かった。午前中も午後からも、ともかく中川『民法大要』にかじりつく。あと120頁だ、がんばって最後まで読みあげよう。

早目に夕食を摂《と》ろうと本郷構内に入り、銀杏並木を通って正門に向かう。風がものすごく冷たい。寒《かん》の戻りだ。風邪なんかひいたら大変だぞ。正門を出て、いつもの定食屋に入る。時間が早かったせいか、座ったらすぐに注文をとりに来た。今日も豚肉の生姜焼き定食を食べて精をつける。

下宿にもどって中川『民法大要』を再開する。相続放棄、遺言、遺留分の減殺、いろいろ難しい。夜10時すぎに、ようやく読み終えることができた。やれやれだ。今日の基本書読みは180頁。予定では、今日から刑法『基礎知識』総論のはずだったので、一日遅れだ。まあ、これくらいのずれなら許容範囲だろう。そう思うことにする。そのあと、試験に出そうな論点として、「共犯と身分」を『総合判例研究叢書《そうしょ》』で勉強する。

夜ねる前の腕立て伏せは62回。もう疲れた、今夜はこの程度で寝ることにしよう。

3月8日（月）

朝、目が覚めたとき、なんだかすっきりしない。眠りが足りないのか、眠たい、眠たい。どうしてこんなに眠たいのだろうか……。なんとか起き上がって、お湯を沸かし、ソバを食べる。

午前中から刑法『基礎知識・総論』を読みはじめる。ところが、机に向かっているのに、頭のなかはまったく動かない。どうしようもなく眠たくて、まるで頭がまわらない。まぶたが自然に閉じてしまう。こりゃあ、だめだ。布団を押入からひっぱり出して敷き、着換えもせず、布団にくるまった。目が覚めたのは午後1時を過ぎていた。ありゃりゃ、大変だ。お昼を食べに「メトロ」へ行く時間なんてないぞ。部屋でホットケーキを焼いて、蜂蜜をたっぷり塗って食べてすます。

午後は、なんとかがんばり刑法にしがみつく。読むスピードは遅い。頭がまわらないと、目が先に進まない。困った、困った。夕食をとりに本郷構内に入る。今日も北風が冷たい。如月寒波《きさらぎ》だという。風の寒さがあたると、思わず身震いする。夕食はスタミナ定食。たっぷり肉を食べて栄養をつける。下宿に帰り着いてズボンの小銭入れをみると、あるはずの100円玉がない。あれれ、どこかに落としてしまったらしい。大損害だ。

夜も睡魔とのたたかいが続く。だめだ、こりゃあ。夜8時すぎ、ギブアップを認める。ボクシングでタオルをリングに投げつけて降参するのと同じだ。読んだ基本書は20頁だけ。寝る前の腕立て伏せも53回でダウン。力尽きた。「今日という日はなかったことにする」。ぼくは大学ノートにこう書きつけて、布団に潜《もぐ》り込んだ。

3月9日（火）

おお寒い。あまりの寒さで午前8時に目が覚めた。今朝の目覚めも快適とは言えない。たっぷり寝たはずなんだけど、なんだか、まだ寝足りない気がする。頭の芯《しん》に疲れを感じる。まるで二日酔いの朝だ。もちろん、このところアルコールなんて一滴も口にしていない。部屋に気付け薬としてブランデーを買って置いておくといいと太田氏が言っていたけど、そんな気の利いたものは置いてない。昨日はともかく一日中、眠たかった。どうしようもなかった。今朝も同じというわけにはいかないぞ。

冷たい水で顔を洗って、刑法『基礎知識』に取り組む。途中、眠たくなったら洗面所に行って顔を洗う。昼間から薄暗い下宿で一人机に向かって本にかじりついていると、何か明かりを求めたい気分になる。明日は何か今日と違って良いことがあるんじゃないか、もっと違った何かが起きるんじゃないかと心の底で期待しつつ、日々刻々を過ごす。だけど、現実には何もありはしない。自分の頭の悪さを呪《のろ》う気持ちが募《つの》るのが関の山。とは言いつつ、やっぱり明日は何かいいことがあるんじゃないか、例えば彼女から熱烈なラブレターが届くなんてことが……。まあ、ないよね、そんなこと。今日は一日中、刑法だ。刑法理論で頭が一杯になった。アップアップしてしまいそう。事後強盗罪《じごごうとう》。窃盗犯が財物を得たあと、その取還《とりかえし》をふせぐため、または逮捕を免《まぬか》れもしくは罪跡《ざいせき》を湮滅《いんめつ》するために暴行・脅迫をしたときは事後強盗となる。居直《いなお》り強盗は事後強盗ではなく、単純な強盗である。基本書読みは170頁を達成した。夜寝る前の腕立て伏せ、今夜はなんと一気に85回もできた。すばらしい。昨日まではせいぜい60回ほどだった。昨日たっぷり寝て、活力を取り戻したからだ。よかった、良かった。継続こそ力なり、だ。よし、がんばるぞ。

3月10日（水）

今朝も冷え込んだが、昨日ほどではない。少しずつ春が近づいているんだ。午前中は今日も刑法を続ける。犯人の身分によって構成すべき犯罪行為とは、身分犯のこと。これには二種類ある。その身分がなければ何らの罪を構成しない真正身分犯と、その身分がなければ法定刑がそれよりも重いか軽い他の罪を構成する不真正身分犯とがある。

昼食は「メトロ」でカツ丼を食べる。力もりもり勝つどんだ。隣の書籍コーナーで刑法の演習本を購入する。そして、その足で川崎へ向かう。これで最後のニュースづくりだ。風が冷たい。セツルメント活動でお世話になった恩返しとしてはじめた手伝いだったけれど、もう時間的に無理だ。スケジュールどおりに勉強が進んでいないし、心がかき乱されるのも困る。セツルメント診療所の武内事務長が出てきて、「がんばりなさいよ」と肩を軽く叩かれた。うん、よし、がんばらなくっちゃ。駅へ向かうバスのなかで吊革を握って立っていると、外は強い風が吹いて砂ぼこりが舞っている。春一番かな……。下宿に戻る前、店先にあったビスケット一箱を２００円で買った。夜、少しばかり甘いものが欲しい。あまりに空腹だと、集中して本も読めなくなる。

下宿に戻って、午後のロスタイムを自覚して刑法『基礎知識』に取り組むと、必死さのせいか、頭のなかに刑法の理論がすいすいと浸みこんできた。うれしいね。でも、基本書は50頁しか読めなかった。夜ねる前の腕立て伏せは53回。今夜は、なんだか調子が出ない。

3月11日（木）

午前中は刑法。刑法『基礎知識』にかじりつく。昼から本郷構内に入ると、春の暖かさを感じる。朝夕は冷え込んでいても、もう春がすぐそこまで来ていると実感する。「メトロ」でハンバーグを食べていると、声をかけられた。頭をあげると、セツルメントの先輩の畑山氏だった。畑山氏は郷里の県庁に就職したけれど、転職しようか、司法試験も考えているとのこと。地方公務員の生活もなにかと大変なようで、一生の仕事として良いのか悩んでいるという。会社勤めをしたことのないぼくには、転職の是非については何も意見を言う資格なんかない。

司法試験は難しいのかという質問に対して、ぼくは苦笑するしかなかった。ともかく、その難しい試験に挑戦中なんだから……。畑山氏は太田氏にあって相談してきたらしい。そのとき、太田氏が勉強会仲間ではぼくが合格に一番有望だと言ったという。意外なコメントだ。誰がどこで、そんな評価をしているのだろうか、なんの根拠があるのだろうか。ぼくは狐に化《ば》かされてる気分になったけれど、悪い気はしない。全然、脈がないわけではないんだ、自分で良いほうに解釈することにした。下宿に戻って、再び刑法に取り組む。頭休めを兼ねて、「錯誤」についての『総合判例研究叢書《そうしょ》』を読んで深める。法律の錯誤、法律の不知は何人をも許さない。事実の錯誤は故意を阻却する。

3月12日（金）

今日も、食事のときに外に出る以外は、一日中、下宿に籠って刑法理論との格闘を続ける。合い間に昨日読みはじめた「錯誤」を読了する。昼食を摂りに「メトロ」へ向かう。よく晴れていると思っていると、みるみる曇ってきた。まだまだ頬をなでる風は冷たい。昼食にタンメンを食べ、そのあとマヨネーズ42円を買う。パンに塗って食べてみよう。夕食は、同じく「メトロ」で焼き魚定食。支出合計は３９２円也。

夜になっても刑法『基礎知識・総論』を読みあげることができない。予定では、昨日までに総論を終えて、今日から各論に入ることになっていた。だから、丸2日分、完全に遅れている。まあ、救いなのは、このところ刑法理論が分かってきた気がしていること、そして本を読むピッチが少しずつ速くなっていること。腕立て伏せは61回でやめた。もう少しがんばれそうだったけれど……。

3月13日（土）

朝、お湯を沸かして紅茶を飲む。クリープをどっさり入れた。刑法『基礎知識』が、ようやく総論から各論に移る。たくさんの犯罪類型があるので、その論点を理解するのは大変だ。本郷構内に入ると、すっかり春の陽射《ひざ》しだ。なんとなくうれしい気分になる。カニクリームコロッケを食べた。そのあと、『刑法判例解説』を買う。325円。

夜、寝る前に、いつものように腕立て伏せをはじめる。おっ、今日は調子がいいぞ。そう思って、少し無理することにした。いつもなら60回でくたびれるのが、もう少しやれそう。70回をこえ、80回に達した。あと少しできそう。目標の100回まで届きそうだ。がんばれ、がんばれと心のなかで叫んでいるうちに、101回までできた。すごい。目標の100回をついに達成できたぞ。うれしい、うれしいね。よし、この調子だ。がんばろう、がんばるぞ。

3月14日（日）

朝は、いつもの日曜日と同じくソバを食べる。お湯を沸かすだけで、すぐに食べられるのがいい。

午前中は刑法各論に必死にかじりつく。現住建造物放火罪においては、人の住居にされていれば人の現在を要せず、また、人が現在すれば人の住居に使用されていることを要しない。そして、居住者を全部殺したうえでその家屋に放火するのは、非現住建造物放火罪にあたるというのが判例だ。団藤説は、この判例に疑問を呈している。

昼食も夕食も正門近くの定食屋へ行く。昼は焼き魚ランチ、夜はマヨネーズたっぷりのシャケ定食。このときくらい外に出ないと窒息してしまいそう。夜にもう1回、外に出た。楽しみの銭湯だ。やはり風呂はいい。これで本日の出費は383円也。寝る前の腕立て伏せは70回で力尽きてしまった。毎晩100回というわけにはいかないね。

3月15日（月）

刑法各論もいよいよ最終盤。昼食を摂りに本郷構内に入る。うららかな春の陽射《ひざ》しが心地よい。青空が広がっている。やっぱり春はいいよね。人生の春も迎えたいものだ。下宿に戻って刑法各論を再開する。窃盗罪は他人の占有する他人の財物《ざいぶつ》を盗ったということなので、自己の財物でも他人の占有に属しているとき、また公務所の命令により他人の看守するものについては他人の財物とみなされる。

早目に「メトロ」で夕食をすます。大好物のメンチカツ定食を食べて満足。帰りに遠回りして八百屋の前を通ると、美味しそうなミカンが並んでいる。１００円だ。安い。ビタミンCを補給しよう。これで本日の出費は４８５円。夜、ようやく刑法『基礎知識』各論を読了した。やった、やった、やったぞ。完全にモノにできたとは言いがたいけれど、ともかく読み切った。スケジュールは切迫していて、あとがない。腕立て伏せは71回。昨夜より1回だけ増やした。

短答式試験に向けて

3月16日（火）

今日から短答式問題集にあたる。いやあ、これは大変だ。まったく歯が立たない。1問につき5肢あるうちに確信をもって答えられるものがほとんどない。基本書を読んで大切なところは理解しているつもりになっていたのに、微妙なところの違いが分からない。なので、どの肢にもつまづいてしまう。これじゃあダメだな。あたって正解を基本書で確認するなんて生易《なまやさ》しい状況ではない。どうしよう、どうしようと思いつつ、それでも問題集をやってみる。すると、ともかく時間がかかり、遅々としてすすまない。正解をみて、なるほどと思い、基本書を開いて確認する。これは予想以上に時間がかかる。

合格体験記によると、選択肢が5つあるときには3番目が正解であることが多い。また、出題者が漏れのない答えにしようとすると一番長い文になり、明快にしようとすると一番短い文になるので、いずれかが正解になる確率が高いという。なるほど、人間の心理からすると、そうかもしれないな。しかし、今は、こんな確率の問題ではない。そんなことに目を奪われず、一つ一つ確実な知識をもつことが先決だ。それが残念ながら全然できていない。

短答式試験の傾向を探るという記事が「受験新報」に載っている。民法編を読むと、昨年は債権各論から8題も出題されている。債権総論の4題をあわせると債権法から12題だ。これに対して物権法は、わずか2題にすぎない。これはあまりに債権法にかたよりすぎていると評されている。それはともかくとして短答式試験では債権法が重要な出題分野となっているということだ。ちなみに事例問題は9題だった。

昼、銀杏並木をそぞろ歩き。南風の暖かさが頬をなでていくのも心地よい。春の到来を実感するけれど、頭のなかは焦《あせ》りばかり。生協でYシャツのクリーニングを受けとる。220円。夕食をふくめて、本日の支出は560円也。寝る前の腕立て伏せは72回。今日も昨夜より1回だけ多くしてみた。

3月17日（水）

昼食を摂《と》りに本郷構内に入ると、ポカポカ陽気で、なんとなく気分が浮き浮きしてくる。やっぱり春はいいよね。東京都知事選挙がはじまった。今度も美濃部《みのべ》さんに勝って欲しいな。警察官僚なんかに負けたらいけない。昼なお薄暗い下宿に戻って、短答式問題集に取り組む。まさに穴蔵に籠って勉強するという気分だ。春だといって外に浮かれ出る余裕はない。刑法が弱いと自覚して藤木英雄『刑法（全）』の総論だけ100頁あまりを読む。基本書は団藤『刑法綱要』と決めているけれど、藤木刑法は薄いので全体を一覧するのにはちょうど良い。

短答式試験で理論・学説を知らないと答えられない問題が毎年12題ほど出題されている。ただし、これは基本書に書いてある程度の理論をたずねているもので、学術的な専門書や論文集を読んでいないと解けないというレベルのものではない。基本書を丹念に読んでいれば、ほとんどの設問は解ける。

基本書にしても、自分が決めた本以外まで読むまでの必要はない。どの基本書にも書いていることしか出題されない。そうは言うものの、ほんのちょっと設問でひねられると、今はつまづいてしまうのが実際だ。本日の出費は三食合計の330円のみ。寝る前の腕立て伏せは73回。今夜も昨夜より1回だけ多い。まあまあ、がんばったかな……。

3月18日（木）

今日も暖かい。春ののどけさを感じる。外に出るのは、三度の食事のために本郷構内に入るときだけ。せめて、三回は外に出ないと息が詰まりそうで、気分が集中しなくなる。やはり、少しばかりの無駄は必要なのだ。お昼にハンバーグを食べて、生協の購買部でパンとバターを買う。175円。夕食は、野菜炒め定食。夜は銭湯へ行く。気分転換になる。

「受験新報」によると、短答式試験では条文ストレートの問題は平均して6問くらい。そして、簡単な理論・学説を理解していて条文の知識があれば、16問は解ける。したがって、いかに条文を正確に記憶しておくかが短答式試験では重要となる。そこで、どうやって条文を正確に暗記するかだが、条文だけを丸暗記しようとしても、それは多くの場合、労多くしてすぐ忘却して実りが少ない。基本書を読むときに条文が引用されていれば、面倒くさがらず、そのつど六法を参照する習慣を身につける。そうすると、自然に条文は頭に入り、またそれが血となり肉となるだろう。同時に、できるだけ関連条文を基本書から拾い出して書きとめておくと能率的に記憶することができる。そうは言っても、条文の暗記って、簡単なことではない。
本日の出費は６４３円。今夜も昨夜より1回だけ多い74回、腕立て伏せをがんばった。

3月19日（金）

今日も外は青空が広がり、いい天気だ。暖かい。下宿の底冷えがなくなって助かる。薄暗い下宿にひとり机にかじりつく。短答式問題集にとりかかっているけれど、相変わらずぞくぞくするほど正答率が低い。我ながら恐ろしい。思わず身震いする。なんだ、これはちっとも分かっていないってことなのか……。もっと気を引き締めなくてはいけないぞ。

問　連帯債務につき、次のうち正しいものはどれか。
（1）連帯債務の債権者がその特定の債務者に対する債権を譲渡することはできない。
（2）債務者の一人に対する連帯の免除はその債務者の負担部分につき他の債務者の利益のためにも、その効力を生ずる。
（3）連帯債務の原因となった契約を解除する場合、債務者の一人のみに対し解除の意思表示をすることはできない。
（4）債権者がその債権を第三者に譲渡した場合、債務者の一人に対する譲渡の通知は他の債務者に対してもその効力を生ずる。

（5）連帯債務者の一人が遅滞に陥れば他の債務者も全員遅滞となる。

連帯債務は、いつも少しごちゃごちゃしている感じで、ぼくの頭のなかがすっきりしていない。（1）は債権譲渡ができないことはないだろうから、恐らく間違いだよね。（2）は連帯の免除って、債務の免除とは違うはず。ここでは連帯の免除なのだから、それが他の債務者の利益になるとは考えられないいんじゃないかな。でも、ちょっと自信がない。（3）は、契約解除の意思表示は一人だけにしてもダメって、本当かなあ……。そうかもしれないけれど確信もてないな。とりあえずハテナマークをつけて先に進もう。（4）は、債権譲渡の通知は他の人に対しても効力が及んでもよさそうだよね。とりあえずハテナマークをつけておこう。（5）は、一人の遅滞が全員の遅滞になるというのはおかしい気がするけど、どうなんだろう……。これもハテナマークをつける。ハテナマークを3つもつけてしまった。さあ、どうしよう。これって民法の条文をみたら、すぐに分かるレベルなんだろうね……。残念なことに、ぼくはそのレベルに達していない。

夜ねる前の腕立て伏せ、75回。明日もやるぞ。少し自信をつけて布団に潜《もぐ》る。

3月20日（土）

今日も晴れ。歩きながらだって勉強はできる。時間がないんだから、論点カードを持ち歩いて、歩きながらも定義の暗記に努めよう。ともかく、一日中、頭のなかは法律論で埋めてしまうしかない。

奨学金3000円が入った。でも、これはいずれは返さなければいけないお金だ。返還義務のない5000円をもらいたかった。人材育成のために、政府はもっと大学生を大切にしてほしいものだ。

東大入試の合格者発表があった。相変わらず灘《なだ》高がトップだ。現役合格が半分をこえた(55・7%)。昨年は46・7%で半分いかなかったので、これはいいことだと思う。そして、私立高校が上位を占め、都立の日比谷高校などがランクを下げている。九州の片田舎の県立高校出身者としては、あまり有名私立高ばかりであって欲しくない気はするんだけど……。そんなことより、目下のところ短答式予想問題だ。分かったつもりになっていても、微妙な違いを問われると、つい間違ってしまう。

事例形式の問題、ごく簡単な具体的事実を示して、受験生の応用力をためす設問が毎年10題前後は出されている。条文や基礎理論の理解を問うのに適当と考えられているからだろう。事例問題では何を訊《き》かれているのかを見きわめることが回答するポイント。それが分かれば、かえって取りつきやすいとも言える。これも「受験新報」のコメント。そうだろうか……。寝る前の腕立て伏せは76回。

3月21日(日)

春分の日。暖かいからか、小雨が降って曇っている。短答式問題には依然として苦戦している。とりわけ刑法の理解がすすんでいない。いよいよピンチ、絶体絶命の寸前にある。これをなんとかしなければいけないな。お昼はタンメンにする。野菜たっぷりのあっさりスープ。とんこつ味のラーメンは久しく食べてないね。下宿に帰る前にビスケット(80円)を買う。甘いものが欲しい。夜、銭湯に行く途中も論点カードを手にして、条文そして定義の暗記に努める。

短答式試験問題のなかで民法総則は出題分野としてはトップ。代理と時効が多い。物権では抵当権、所有権の取得、即時取得が多い。なぜか物権変動に関する問題が少ない。これは学説の対立が激しいからか。債権総論からは保証債務と債権譲渡が多い。保証債務では連帯保証、債権譲渡からは異議なき承諾をからませた問題が多い。相殺が少ないのは、判例と学説の対立が激しいからか。債権各論は、売買・賃貸借が多い。不法行為からの出題も毎年数多い。親族・相続については、毎年3問以上は出題されている。婚姻、親子、相続人が多い。寝る前の腕立て伏せは77回。

3月22日（月）

朝からずっと短答式問題集に取り組む。なんとか刑法をクリアーしよう。曇り空の下、本郷構内に入る。コロッケランチを食べたあと、生協でクリーニングに出していたシャツ類を受けとる。ついでにパン35円も買う。夕食とあわせて、本日の支出は875円。

「受験新報」の分析の続き。短答式試験では、前年度に出題された分野からは出題されない傾向がはっきり認められる。前年度と設問が重複しないように気が配られている。親族・相続の分野については、親族に関して婚姻と親子関係が多く、相続人に関するものが圧倒的に多い。民法では「ダットサン」だけを読んでいて答えの出るものがほとんど、と書いてあるものの、最近の傾向を踏まえた対策として、最新の重要判例の紹介もしている。ということは、「ダットサン」だけでは足りないのかな……。寝る前、腕立て伏せは78回。

3月23日（火）

朝、起きると久しぶりに雨が降っている。少し肌寒い。菜種《なたね》梅雨と呼ぶらしい。今朝の新聞に、きのう加藤一郎総長が裁判所で証言をして、東大構内に警官を導入したのは必要だったと言ったという。導入をしたのは大河内総長であって加藤総長ではないのだけれど、学生への当局の対応はひどかったとしか言いようがない。まあ、東大解体を叫んで暴れまわって官憲を導き入れた全共闘にも大いに反省してもらう必要があるとは思うけれど……。

三島事件が裁判になっているのを知って驚いた。三島由紀夫が自衛隊に乱入して割腹《かっぷく》自殺したのは昨年11月25日のこと。そのとき首を介錯《かいしゃく》したのが嘱託《しょくたく》殺人にあたるという。はあ、そうなるのか……。なるほど、刑法上は、たしかにそうなるのかもしれない。江戸時代ならともかく、割腹自殺をしたり首を切り落とすだなんて、今どき信じられない事件が起きたものだ。三島は気が狂っていたんだろう。その周囲にいた人間もおかしかった。生きた刑法の勉強になる話ではあるけれど……。

午後から川崎へ出かける。新聞づくりの手伝いは終わったけれど、セツルメント診療所の職員の皆さんにきちんと挨拶していなかった。診療所は、いつものように患者さんで混みあっていたが、武内事務長、斉田看護婦長に挨拶できた。「しっかりがんばりなさいよ」と、口々に言ってもらってうれしかった。ぼくの司法試験合格を期待し、待ってくれる人が、こんなにいる。そう思うと、胸が熱くなった。診療所には30分も滞在せず、下宿に戻る。貴重な勉強時間が削られたとは考えない。これだけ励まされて、やる気がしっかり出てきたので、やっぱり川崎へ最後の挨拶に行って良かった。とはいうものの、最後には、ぼくの執念というか気迫が司法試験の合否を決めるんだよね。

下宿に戻る途中、中華料理店に入り、大好物のレバニラ炒めを食べる。今晩も短答式問題に頭を悩まし続け、夜12時なったので打ち止めとした。寝る前の腕立て伏せは、がんばって79回できた。なんとか80の大台に乗りそうだ。

3月24日（水）

寒さが戻ってきた。早目に昼食をとろうと「メトロ」でカレーライスを食べていると、司法試験受験組ではない同級生たちと一緒になった。彼らは就職が決まって気楽な感じではあるけれど、会社に入ってからは苦労するんだろうね。ぼくは組織のなかの歯車になれる自信はない。しかも、あくまで利潤追求本位の組織の一員になるわけなので、そのときの個人の良心は、いったいどこまで守れるのだろうか……。資格試験も大変だけど、就職組も一見すると気楽なようで、実は大変なのかもしれない。ふと、気楽そうな彼らの表情の下にあるものを感じた。

昼食後、追分寮《おいわけ》へ出かける。入寮面接を受けるためだ。追分寮は東大の正門を出て、農学部寄りにある。表通りから少し引っ込んでいるので、騒音は心配ない。古ぼけた木造平屋建てが何棟かあって中庭を囲んでいる。部屋は2人一室。何よりありがたいのは食堂があり、風呂もあること。もちろん寮費は安い。面接するのは東大の職員ではなく、寮生だ。ここも駒場寮と同じ自治寮なので、寮の運営は寮生にまかされている。世間話のような気楽さで、どうでも良いような趣味のことまで尋ねられた。別に悪気はなさそうなので、ぼくも安心して答えて終了した。活動家部屋というのはなさそうなので、一安心だ。あまり騒々しいのは困る。今のぼくに必要なのは勉強に専念できる環境だ。面接の結果はいつ分かるのかを尋ねると、なんとも無責任な答えが返ってきて、少しイラッとする。これも短答式問題集が難航しているので、気持ちの余裕を喪《うしな》っているからだろう。

下宿に戻って「ダットサン」に取りかかる。今回は6日間で読みあげる計画だ。日本の民法には、三大原則というものがある。一つは個人財産権の絶対、二は契約の自由、三は過失責任。なるほど、いかにも短答式問題として出てきそうだな……。ぼくは「ダットサン」の欄外余白に書き込んだ。時効制度の存在理由は、社会の取引の安全を主眼にし、証拠関係の不明瞭を避けるため。権利の上に眠っていた者には法の保護を拒否し、それまで永続してきた事実関係をそのまま保護するということ。なるほどね、権利の上に眠っていてはいけないんだ。民法は時効によって債権は消滅し、所有権は取得するというように、権利の得喪を生じるとしている。「権利のための闘争」という本がたしかあったよね。権利は与えられるものではなくて、たたかいとるものなんだ……。

「ダットサン」Ⅱは95頁の詐害《さがい》行為取消権まで進んだ。短答式問題は今夜もつまづいてばかりだった。溜め息をついて終了とする。やっとのことで腕立て伏せは80回を達成した。これで安心して眠ることができる。

3月25日（木）

午前中は下宿で「ダットサン」の続きにしがみついた。昼食をとりに「メトロ」へ向かう。良く晴れて、少しうすら寒い。ひらひらした蝶の羽のような白いコブシの花が咲いている。今日も野菜炒めランチを食べ、そのあと緑会委員会室に顔を出す。ちょうど常任委員会が終わったようで、ぼくが顔を出すと議論が再燃した。その議論に口をはさもうとすると、人並みの会話をするのが久しぶりなので、言葉がうまく出てこないのに、我ながら驚く。今や、ぼくの頭のなかは、法律用語の定義と場合分け、そして少しばかりの法律理論の展開で占められていて、そのあおりをくらったのか普通の社会人としての言葉が頭の中から追い払われている。それでも人並みのダベリングに30分も加わっていると、随分と気が楽になった気がする。終わって、一緒に階段をおりながら先輩の太田氏に「なんだか失語症にでもなったみたいな気がするんですよ」と弱音を吐いた。すると、太田氏は、ガハハと高笑いし、「そんなの心配には及ばないな。それくらいすぐに取り戻せるから、何の心配もいらない。大丈夫、大丈夫」、そう言ってぼくの背中をドンと叩いた。ぼくは急に目が覚める思いだった。なるほど、そんなものなんだろう。

下宿に戻って、「ダットサン」に戻る。自然債務という概念がある。債務者が任意に履行するときには債権者はこれを受領しても良いのだけど、債務者が弁済しないときであっても債権者は裁判に訴えることができない。そして、もらったものは不当利得とはならないので、支払った債務者から、あとで返還を求められることはない。債務と責任は違うもの。この違いをしっかり認識しておかなければばいけない。債権にもとづき債務者が給付の義務を負うとき、それを債務という。これに対して、債務者の財産を、執行の目的となるものとして、責任という。「ダットサン」は193頁の免除・混同まで終わった。短答式問題に相変わらず苦戦する。寝る前の腕立て伏せ、81回。

3月26日（金）

午前中、下宿の部屋にいると寒《かん》の戻りをひしひしと感じる。昼食をとるため本郷構内に入るや、意外にも生暖《なまあたた》かい南風が頬をなでていった。カツカレーを食べ終わり、赤い公衆電話から追分寮に電話をかける。昼間なので学生はいないかもしれないと心配していたけれど、ちゃんと話が通じた。平日の昼間に寮にいるなんて、いったい何をしている学生だろう……。入寮面接の結果を知りたいと言うと、「大丈夫ですよ」という返事が返ってきた。やれやれだ。ひと安心する。二人部屋なので、相棒との相性《あいしょう》が心配だけど、そこはなんとか我慢するしかない。どうせ、こちらは一日中、今と同じように机にかじりついているのだから……。相棒になった学生が友人を部屋に引っぱり込んで飲み会、酒盛りをしようとしたら、やめてもらうようお願いするしかない。いよいよダメなら、その時には司法試験の受験生だという事情を寮委員に話して部屋替えを申し出ることにしよう。寮は、何より食事付きなのが助かる。今のように食事のたびに外に出かける必要がない。外に出るのは気分転換にはなるけれど、本番の試験がいよいよ迫ってきたので、行き帰りの時間すらもったいなくなってきた。

夜、下宿で勉強していると、夕食が早かったせいか、お腹が空《す》いてたまらない。思い切って外に出る。近くの中華料理店で熱々《あつあつ》のタンメンを食べて、人心地《ひとごこち》を取り戻す。１２０円を支払って満足して下宿に戻る。それでも本日の支出は５００円也。再び「ダットサン」Ⅱに挑む。債権法だ。債権法の総則と各種の契約を論じている。契約とは、相対立する2個以上の意思表示の合致した法律行為であって、債権の発生を目的とするもの。契約の一般的な効力発生要件は三つ。一つは、内容が可能であること。二つは、確定し得べきものであること。三は、適法かつ社会的妥当性があるもの。相当因果関係というのが、ようやく分かってきた。民法の考え方として基本中の基本と言ってよいものだ。ある債務不履行から実際に生じた損害のうち、その場合に特有な損害はこれを除き、そのような債務不履行があるときには、通常、債権者がこうむるであろうと考えられる通常の損害だけを賠償させるべきだとする。これは、風が吹けば桶屋がもうかる式に、実際上いくらでも果てしのない因果関係を、通常生じる因果関係の進展という基準で限定しようとするもの。なるほど、そういうことなのか……。今夜は短答式問題集は意外に、いい調子だった。このまま上り調子が続けばいいんだけど……。さあ、腕立て伏せして寝よう。今夜は82回。よし、がんばった。いいぞ。

3月27日（土）

朝起きて、朝食を摂《と》りに「メトロ」へ向かう。小雨が降っているけれど、もうすぐ止みそうだ。食堂のカウンターに生《なま》のタラコが並んでいて美味しそう。気をそそられて、つい手をのばして小皿をとった。だから、いつもは90円の朝食なのに、今朝は１４０円もかけてしまった。ちょっと朝から贅沢したかな。夕食は倹約しよう。下宿に戻り、「ダットサン」に取り組む。なんとかものにするしかない。履行不能と不完全履行の違いは微妙だけど、この違いははっきり認識しておく必要がある。履行不能は債権が成立したあとに履行が不能になったということ。ここでいう不能とは、物理的なものというより、社会観念によって定められるものであり、物理的観念より少し広い概念だ。不完全履行とは、債務者がその責《せめ》に帰すべき事由により積極的に不完全な給付をなし、損害を蒙らせたことを言う。この不完全履行は期限とは関係がない。なるほど、そういうことか……。

夕食は、一番安いサバの照り焼き定食、110円にする。帰りにインスタントラーメン140円とパン60円を買う。昨夜のように外に出るのは時間がもったいない。これで本日の支出は590円也。こんな支出も、寮に入ったらないはずだ。「ダットサン」に戻る。消費貸借と似たものとして、準消費貸借というものがある。消費貸借の特色は、借主がその目的物の処分権を取得し、他の同価値のものを返せばよいというところにある。そして、この消費貸借は要物《ようぶつ》契約とされる。つまり、金銭その他のものを借主が現実に受け取っていることを要する。物が動いていることを要物という。これに対して、既に借主が債務を負っている場合には、これをいきなり消費貸借に切り替えても良いと定めている。これが準消費貸借だ。切り替えを認めるということは、物が動いていない、つまり、要物性がないということ。短答式問題にあたると、やはり楽勝続きとはいかない。谷底深く落ち込んだり、浮き沈みの波が大きく、安定していない。それでも、まあなんとか今夜もがんばったぞ。さあ、腕立て伏せをしよう。昨夜より1回だけ増やして83回。よし、寝よう、寝よう。

3月28日（日）

追分寮へは、明日、引っ越すことにした。下宿の老婦人に引っ越しのことを伝える。「お勉強、がんばってくださいね」と励ましを受けたのがうれしかった。生協の購買部で不要なダンボール箱をいくつかもらった。セツルメント活動の記録は小さなダンボール箱に詰め込んで押入の奥にある。もちろん、青春をかけた記録として大切なものだから、捨てることなく持っていくつもりだ。本を持っているといっても、それほどではない。なんとか部屋のなかを片付けて、銭湯に行く。追分寮に入ったら、もう銭湯に行く必要はないから、これが最後かな。そう思いながら、ゆったりとした気分で広い湯舟に身を沈める。

「ダットサン」も、もう少しだ。事務管理という法律用語がある。日常用語に似ているけれど、その意味するところは、まったく異なっている。法律用語としては、義務がないのに他人の事務を処理する行為を指す。ああ、そうなのか、義務があるので、その義務の履行として他人の事務を処理したときには事務管理とは言わないんだね。この事務管理が認められたら、事務処理に要した費用の償還を請求できる。では、いったいどこまでの費用の請求が認められるのだろうか。ああ、そうか、相当因果関係の範囲内だな。善良なる管理者の注意という言葉がある。ここでいう「善良な」というのは、政治家が街頭で「善良なる市民の皆さん」と呼びかけるのとは、まるで意味が異なる。そこには道徳的な要素はまったく含まれていない。社会の一般人として取引上要求される程度の注意ということ。ううむ、社会の一般人のレベルというのも、分かったような分からない言葉だよね。

短答式問題集は遅々としてすすまないので頭をかかえてしまう。腕立て伏せも今夜が最後、84回、がんばった。

3月29日（月）

追分寮

午前中のうちに追分寮に引っ越す。まずは下宿代の精算をしよう。下宿の老婦人が600円でいいというので、言われるまま支払った。ありがたい。ぼくは部屋を荒らしていない自信がある。それこそ善良なる管理者たる下宿人だった。引っ越し作業には、今日も工学部の佐藤君が手伝ってくれた。どこからかリヤカーを調達して引っぱってきてくれたので机を乗せる。これは長兄から譲り受けた机だ。セツルメント活動をしているときには川崎市内で何回も下宿を移った。そのときにはかさばる荷物は布団包みくらいだったので、タクシーをつかまえたら、一度で引っ越しは完了した。今回は机もあり、本も少しは増えているので、タクシーで一回というわけにはいかない。構内をリヤカーに机や布団袋、そして本などをのせて運ぶ。曇り空で南風が吹いていて、暑くもなく寒くもなく、ちょうどよい気候だ。正門を出て追分寮にたどり着く前、横を氏名だけを連呼する車がひっきりなしに通過していく。東京の区議会議員選挙がはじまったのだ。政策抜きに氏名を連呼するだけというのは、いかにも有権者を馬鹿にした選挙運動じゃないだろうか。これで当選したら、今度は威張り散らす偉い議員先生になるのだろう。うるさいなあ、吐き捨てるように、ぼくはつぶやいた。

追分寮に無事にたどり着いた。二人部屋だけど、今日のところは空き部屋だ。あと一人は、まもなく入寮予定だという。工学部の学生らしい。引っ越しを手伝ってくれた佐藤君は荷物を部屋に運び込むと、さっさとリヤカーごと引き揚げていった。今日も言葉だけのお礼ですませる。申し訳ないね。

そんなわけで、本日の支出合計は1000円のみ。

寮の部屋で荷物開きをし、「ダットサン」の続きに取りかかる。使用貸借は賃貸借に似ているけれど違う。賃貸借だと借賃を支払う。これに対して、使用賃貸は借賃を支払わない、無償だ。そして、貸主は借主に対して目的物の使用収益を許容する義務がある。ただし、借賃をもらう賃貸人は、目的物を修繕して利用に適するようにしてやらなければいけない。この点、使用貸借だと貸主は、そこまでしてやる積極的な義務はない。また、借主は、使用収益権を有するが、借賃の支払義務こそ負わないものの、善良な管理者の注意をもって目的物を保管する義務を負う。短答式問題集を開く。今夜こそと必勝の意気込みではじめたものの、たちまち挫折する。残念無念。

3月30日（火）

午前中は寮で「ダットサン」に取り組む。もう少しで終わりだ。昼食を摂りに「メトロ」へ行く。

昨日は暖かったけれど、風が強いせいか、寒さを感じるほどだ。雨でも降りそうな曇り空になっている。気象庁が東京で桜が咲いたと宣言した。よく見ると、本郷構内でも桜の花のつぼみが開きはじめている。お昼は焼き魚ランチ。隣の生協購買部で寮生活に必要なスリッパなどを購入する。不要のダンボール箱をしまうためのテープも買って、合計640円を支払う。

ベトナムのソンミ虐殺事件でカリー中尉に有罪評決が出たという。陪審員の評決だ。ぼくは駒場の学生のとき、アメリカによるベトナム侵略戦争反対を街頭で何回叫んだことだろうか……。

正門を出たところにある八百屋の店先に美味しそうな小粒のミカンが並んでいる。甘いものが欲しいな。すぐに手にとった。150円を支払う。結局、本日の支出はトータル1290円也。

寮に戻って「ダットサン」を続ける。物権は一定の物を直接に支配して、利益を受ける排他的な権利である。これに対して債権は、特定の人に対し、一定の財貨または労力を給付することを要求する権利だ。この両者の違いをしっかり頭に叩き込み、いつでも文章で書きあらわす必要がある。「ダットサン」を初めて通読したのは昨年暮れで、やさしそうな記述なのだが、実は一言一句に深い意味が込められていて、あだやおろそかにできる文章ではない。ところが、通読したといっても活字の上をただ視線が流れていき、脳細胞に文章が入りこんで定着したとまでは言えない。今度は、そんなわけにはいかない。夜遅く、ようやく「ダットサン」Ⅱを完読した。だから、短答式問題はほんの数問しかやれなかった。

3月31日（水）

今日で3月も終わり。いよいよ明日からは4月。5月の短答式試験まで1ヶ月あまりになってしまった。自分でたてたスケジュールの消化状況は、とても順調とは言えない。曇り空から小雨に変わった。昼食をとりに正門から本郷構内に入ると、黄色いレンギョウの花がたくさん咲いて華やかな雰囲気だ。春だね。小雨が降って冷たい春時雨《しぐれ》だ。

短答式試験問題集にあたるけれど、正答率は依然として低迷している。短答式試験は、ぼくらのときは知識量で合否が分かれると言われていた。だから、量がすり切れるまで勉強すれば合格する。一度、短答式試験に合格したら、あとは続けて合格するのが当たり前だとされていた。ところが、これが1983年（昭和58年）ころから、現場思考を必要とする問題が増えてきたと指摘されるように傾向が変化した。とくに憲法にその傾向が著しい。どんなに膨大な知識量をもっていたとしても、現場において丁寧に問題文を読み、素直に出題者の要求にそって考えることができなければ合格は難しい。また、一度合格したからといって翌年以降も合格するとは限らなくなっている。単なる知識だけでは解くのは非常に困難。法務省が要求する現場思考力に長《た》けていれば、以前よりも少ない勉強で受かることが可能になった。これも若い合格者が増えている要因の一つだろう。このように「受験新報」は指摘している。

4月1日（木）

追分寮では1寮3番の部屋に入ることが正式に決まった。大きな荷物なんて何もないといっても、すっきり片付けるのに半日近くかかった。ぼくは昔から整理整頓は大好きだ。頭の中まですっきりして気分が良くなる。入寮費1000円、寮費1300円、食費1700円を寮委員に支払う。

寮の食事は、まだ春休み中なので食べられないから、朝は昨日買っておいたパンを食べ、昼食140円、夕食160円は「メトロ」でとる。帰りに50円のパンを買い、あわせてミルクとジャム165円を買う。寒《かん》の戻りなのだろう、少し肌寒い。正門から出ると区議会議員選挙の候補者カーが走っていく。政策抜きに氏名の連呼ばかりでうるさいのは相変わらずだ。本日の出費は4515円也。

短答式問題集は落とし穴がつくってあるのばかりじゃないのかな。本番と同じレベルなのかな。ともかく、どの設問にも大いに迷う。

4月2日（金）

午前中は、寮の部屋で「ダットサン」にとりくむ。危険負担の中心問題は、双務契約の一方の債務の履行不能が、火事とか交通杜絶《とぜつ》とかいうように両当事者のいずれの責《せめ》にも帰すべからざる事由によって生じた場合に関するものである。特定物に関する物権の設定または移転を目的とする双務契約については原則として債権者主義をとる。債務者は常に反対給付の全部を請求する権利を失わない。ふうむ、分かったような分からないような。事例をあげて考えると難しいぞ、これは。

寮の食堂は月曜日からはじまるので、それまでは外食するしかない。昼は正門から銀杏並木を通って「メトロ」へ向かう。良く晴れて暖かく、空は白い靄《もや》に覆われている。濃霧に包まれているのだ。野菜炒めランチ140円を食べたあと、クリーニング代220円を支払ってYシャツを受け取る。ついでにチリ紙と牛乳を買う。205円。午後も「ダットサン」読みを続ける。夕食は、ちょっぴり贅沢して、170円の焼肉定食で精をつける。夕刊にカリー中尉が釈放されたというニュースが載っている。ベトナムのソンミ村で罪なき人々を何百人も虐殺した軍人を、ニクソン大統領が無罪放免してやったも同然だ。ひどい話で、許せない、怒りがこみ上げてくる。帰りに八百屋の前を通ると、夏ミカンが並んでいる。ひと山150円だ。ビタミンCを補給して気を静めよう。甘酸っぱい味は、懐《なつ》かしい故郷の子ども時代の記憶と結びついている。寝るまで短答式問題にあたる。正答率が良くなったかと思うと次は惨敗したり、依然として苦戦・苦悩状態が続く。

4月3日（水）

追分寮は、いかにも古い木造建築で、6畳の部屋には窓側に机を二つ並べ、あいだに本棚を置いて間仕切りとしている。カーテンで完全に仕切っている部屋が多い。畳の部屋で、押入が両側についているので、二人部屋でも、お互い干渉せずに生活することができる。ぼくの部屋は朝日が射し込んできて暖かい。西日が射し込まないので夏も大丈夫だろう。トイレは水洗だ。もちろん部屋にあるわけではなく、寮生全員が共同で使用する。ぼくの部屋はトイレに近くて便利なようで、実は近すぎて出入りする音がうるさい。そして、トイレがときどき故障するのに閉口する。お風呂は週3日たてられる。ただ、近くに銭湯もある。ぼくは棚を作ろうと思い、生協の購買部で棚板325円を買い、延長コードも買って、帰ってきてから棚をこしらえた。

生協の書籍コーナーで「受験新報」を買って、司法試験に関する情報を見落とさないように努める。東大生は他大学の学生より司法試験についての情報をたくさん持っていると言われているけれど、下宿とか寮に籠って一人で勉強しているだけだと、そんなことは通用しない。

夜、部屋で机に向かって「ダットサン」で物権を勉強していると、寒くてたまらないので、押入からコタツを取り出して、コタツに入って勉強する。下宿のときには、よほど寒かったけれど、コタツはほとんど使わなかった。昼間は暖かいのに、夜は4月に入ったとは思えないほどの冷え込みだ。短答式問題集は時間ばかりかかって、なかなか先にすすまない。

4月4日（日）

朝は昨日買っておいたパンを食べる。寮の部屋で、「ダットサン」で民法の担保物権について勉強する。債務者あるいは抵当権設定者に対する関係では、抵当権が被担保債権とは独立に時効消滅することはない。それ以外の者に対する関係では、抵当権が被担保債権とは独立に20年の消滅時効にかかるとするのが判例で、学説は反対している。根抵当権とは、一定の範囲に属する不特定債権を、極度額の限度において担保する抵当権である。根抵当権が確定すると、確定時に存在した債権のみが被担保債権となる。根抵当権は、確定時に被担保債権がまったく存在しなければ消滅する。

昼は正門近くの定食屋に出かける。外は少し寒いけれど、桜が見頃になってきた。都知事選挙が近づき、美濃部候補の青空マークが町のあちこちに目立つ。定食屋に入って、ハンバーグランチ150

円を食べる。店に置いてある新聞に、宮本裁判官の再任を拒否した理由を最高裁は明らかにすべきだという日弁連会長談話がトップで大きな記事になっている。当然だと思った。寮に帰ってからも民法を続ける。夕食も同じ定食屋に行き、今度はトンカツ定食を食べる。だから合計して300円也。夜も、担保物権をものにすべく必死でがんばり、短答式問題集にあたる時間にまで喰い込んでしまった。

4月5日（月）

今日から、いよいよ寮食にありつける。朝食は湯気の立つ味噌汁に塩サバ。美味しい。

午前中から、民法の親族・相続法にとりかかる。今日一日は中川『民法大要（下）』で親族・相続法だ。相続の放棄は、その効果として、放棄者はその相続に関しては、はじめから相続人とならなかったものとみなされる。したがって遺産に属するもろもろの積極的財産も債務その他の消極的財産もすべてを承継しなかったことになる。昼食は、いつもの「メトロ」で140円のコロッケランチ、帰りに洗剤175円を買う。良く晴れたなか、早々に寮に戻り、親族・相続法を続ける。

夕方6時になった。さあ、待望の夕食だ。時間になって一番に食堂へ駆けつける。肉じゃがだった。たっぷり牛肉が入っていて、濃い味付け、その美味《おい》しさに舌が震える。あとで聞くと、炊事を担当しているおじさんが少しでも安くて美味しいものを寮生に食べさせようと、遠くの市場まで買い出しに行くなど苦労しているという。それで、追分寮の食事は他のどこの寮よりも美味しいのだ。感謝、感謝だ。うれしい。明日も一番に食堂に来よう。なにしろ、今はこれしか楽しみがないのだから……。

食堂に置いてある新聞を見ると、23期司法修習生の終了式が2分で終了したという。なんだか変だな。せっかく美味しい夕食で幸せな気分になっていたのに、急に不安を覚えた。司法修習生は2年間の研修を終えて、2回試験と呼ばれる卒業試験に合格したら終了する。毎年500人ほどの司法修習生のうち判事になるのが70人から80人、検事が40人から50人。400人前後は弁護士となる。それが志望別に分離して研修させたらどうかという声の根拠になっている。民間で働く弁護士をなぜ国の費用で養成するのか、という問いかけだ。しかし、ぼくは司法界の質を保つためにも、国民に奉仕する司法制度とするためにも今の統一修習制度を維持したほうが良いと思う。

なんとか親族・相続法をやっつけ、短答式問題集にとりかかったものの、いやはや、どれもこれも迷うばかりで時間がやたらとかかる。どうしよう、どうしよう……。

4月6日（火）

朝から心をひきしめて短答式問題集に挑戦する。「受験新報」によると、基本書を丁寧に読んでおけば8割は正解が出せる。そして、少し頭を働かせたら、全問正解だって不可能ではない。だから、基本書の精読こそ、短答式試験に合格する秘訣だという。しかし、実際に短答式試験の問題集にあたってみると、基本書を本当に精読したと言えるのか、疑問続出だ。理解しているつもりでも、あやふやなところがあまりにも多い。

昼食をとりに正門から本郷構内にいると、桜の花が満開だ。ただ、今のぼくは満開の桜の花を見ても、きれいだなと思うものの、浮かれた気分になることは許されていない。桜散る、サクラチルとならないように頑張るのみ。「メトロ」で焼き魚ランチを食べた。帰りにお菓子を買って、寮に戻る。部屋で机に向かって短答式問題集に向かっていると、猛然と眠たい。こりゃ、たまらん。ちょっとだけならいいか……。30分ほど横になろう。布団を敷いて、パジャマに着替えることもなく、布団をかぶったら、目が覚めたときには、30分どころか、なんと1時間半も昼寝してしまっていた。だから午後の予定はほとんど消化しきれなかった。大変だ、こんな気のゆるみは、許されないんだけど……。

4月7日（水）

寮の部屋で朝から机に向かっていると、部屋の明かりがチラチラとして気になる。きっと寿命がきているのだ。寮委員に申告するより、さっさと自分で取り換えよう。気が散って、勉強の効率を妨げられても困る。午後、昼食をとりに出たとき、蛍光管を買ってこよう。「メトロ」で、メンチカツ１４０円を食べたあと、蛍光管を買う。２１０円。そのまま、緑会委員会室に入り、そこにいた先輩の太田氏から司法研修所で何が起きているのか情報を仕入れ、都知事選挙の情勢についてダベる。胸のなかにたまっていたモヤモヤを吐き出して、すっきりした。たまには、こんな話をしないと気が変になりそうだ。

司法試験の受験勉強のすすめ方が話題になった。勉強時間が多いか少ないかが、どれくらい問題になるのかという点で太田氏が、社会人になって勤めながら勉強して司法試験に合格した人を何人も知っていると言い出した。その人たちは勉強する時間が絶対的に少ないという不利な条件があった。それでも彼らは、その不利な条件をバネにして、それだけ真剣に集中したから合格した。勉強時間の多い少ないで合否が決まるのなら、学生はみんな合格することになる。そんなことがないのは、誰でも知っているとおりだ。学生がもっている多い時間をのんべんだらりと過ごしていたら、時間の濃密度で社会人にかなわなくなる。

そばで黙って聞いていた学者志望の吉山君がつぶやいた。知ってる先輩は新聞を読むのもやめて、ともかく一日中、司法試験のことを考える。歩きながら考え、メシを食いながら考え、銭湯の湯舟に浸《つ》かりながら考える。夢のなかまでとは言わないけれど、ともかく起きているあいだは、ずっと司法試験のことばかりを考えるようにした、こう言っていたよ。

いやいやと太田氏が、大きく手を左右に振りながら新聞くらいは読んだほうがいいんだよと反論する。受験生は、社会で何が問題になっているかについても目を配っておくべきなんだ。裁判の判決で話題になっているのも注意しておいたほうがいい。それと、今、自分が勉強しているのが、どう関わっているのか、どう考えたらよいのか説明できるように理解を深めておくべきなんだよ。これは基本書に忠実に、六法を絶えず参照することと決して矛盾はしない。新聞も読まず、テレビも見ない、ラジオも聴かないなんて、そんな受験生活を過ごしたらいけない。

吉山君が、その点は同感だと認めた。立派な法律家になるためには、いま世間で話題にされている事件、話題になった裁判の判決について、基本書との関連で理解し、ちゃんと解説できるようにしておくべきだよ。太田氏が腕を組んで、総括した。うん、そうそう、例えば公害に関連する問題が出題されたとき、予想外の設問だとして慌てるようであってはいけないんだよ。ぼくは、おおいに発破《はっぱ》をかけられた気分で寮に戻った。そして、部屋で椅子に乗って蛍光管を取り換えた。

このままのやり方で果たして短答式試験を乗りこえることができるのだろうか、とても心配だ。明日よく考えてみよう。ぼくは布団に入って真剣に反省した。

4月8日（木）

方針大転換

起きるとすぐから机に向かう。今日は憲法の基本書をざっと読んだあと短答式問題集にあたるつもりだ。お昼を食べに「メトロ」に向かう。うららかな春の陽射《ひざ》しで、風が頬《ほほ》にあたっても気持ちがいい。春たけなわだ。今日もちょっとだけ昼寝したいよね。サービスランチはアジのフライだ。寮食に比べると、心がこもっていない気がする。気に舌が肥えたのか……。帰りに夜の空腹を満たすために80円のせんべいを買う。それで、本日の出費は220円也。

午後も憲法を続ける。夕食にホルモン炒めが出てきた。栄養満点だ。食堂の夕刊に、最高裁が日弁連会長談話に文書で抗議したという記事が載っている。理由も示さず再任拒否しておきながら、日弁連に抗議して対決するなんて、最高裁の居丈高《いたけだか》な態度は腹立たしいばかりだ。なんとか気を静めて、短答式問題集に取りかかろう。これまでは基本書読みをあくまで重点としてきた。しかし、今日からは方針を大転換し、新しいやり方で行くことにする。短答式問題には独特の要領というかコツがある。それを身につけるのには、数をこなして体で覚えるしかない。とにかく問題集にあたって数をこなす。正解がどれか迷ったときには無理して自分勝手に判断せず、すぐに正解を知り、基本書に戻ってそれを確実に自分の知識とする。この方針でやってみよう。ともかく、できるだけたくさんの問題にあたる。これが今のぼくに求められている。毎日、何問あたったか、寝る前に記録することにしよう。実績が目に見えると励みにもなる。初日の今日は25問しかできなかった。

4月9日（金）

朝から短答式問題集にあたる。微妙な違いを見分けないといけないので、やはり難しい。設問にあたるときには、一問一肢のすべてを大切にする。単に答えがあっていれば良しとはしない。問題を解く時間よりも、答えあわせにむしろたっぷり時間をかけるつもりですすめる。間違えやすいところ、よく問題になるところは整理して論点カードに書き込む。短答式試験は、判例を知らないと解けない問題、知っていたら容易に答えられる問題が毎年、2題か3題は出る。そして、この判例といっても、基本書に引用されているようなものであって、注にこまかい活字で書いてあったり、重要なものとして基本書に引用されているようなものばかりだから、判例に血まなこになってあたるより、基本書を丁寧に読むことのほうが大切だ。「受験新報」は、判例は試験本番の直前に「判例時報」の年間総まとめの目次を拾うくらいで足りると書いている。だけど、「判例時報」の年間総まとめは持っていない。そもそも、「判例時報」なんて、ぼくは読んでいないし、とってもいない。今からとっても間に合うはずがない。

昼は寮から出て、「メトロ」に向かう。小雨が降って風が強いので、桜が散っている。１４０円の豚肉の生姜焼きランチを食べ、帰りに牛乳20円を飲む。だから、本日の出費は１６０円。今日は短答式問題は、がんばって１００問あたれた。やれやれだ。

4月10日（土）

今日も朝起きてからすぐに短答式問題集にあたるけれど苦戦するばかり。あやふやな知識では正解できない。もっと大量にあたらなければいけないな。昼、生協で問題集を買い込んでこよう。

昼食に１３０円のカツカレーを食べたあと、書籍コーナーで短答式問題集を買い込んだ。過去問と予想問題集と2種類、１７３０円もした。そして、カードバインダー１６０円を買って要点をカードに書き込み、綴《と》じることにする。また、明日のパン１５０円も買ったので、本日の支出は２０７０円也。

寮に戻って、短答式問題に取り組む。短答式試験問題にあたるのにスピードが必要だけれど、かといって拙速《せっそく》ではいけない。やはり、一問一肢、すべてを大切にして問題文をよく読む。また、間違った答えを覚えないようにする。これも大切なことだ。

問　債権者代位権に関する次の記述のうち、正しいものはどれか。
（1）債権者代位権によって保全される権利に物権的請求権は含まれない。
（2）債権の譲受人は譲渡人に代位して債権譲渡の通知をなし得ない。
（3）債務者の権利行使の結果が債権者にとって不利な場合、債権者はあらためてその権利を代位行使できる。
（4）保全される権利の履行期が到来していない場合には、債権者は代位行使できない。
（5）債権者代位権は裁判上行使しなければならない。

債権者代位権は民法423条に定められている、民法の最重要論点の一つだ。（1）は、物権的請求権が含まれないはずはないので、明らかに間違っている。（2）は、譲受人が譲渡の通知を譲渡人に変わって出せないというのは基本書に書いてあったので、これが正しいだろう。念のため、あと（3）、（4）、（5）の設問もみておこう。（3）は、どういう状況が具体的に考えられるのか、よく分からないけれど、2回も権利行使ができるはずはないので代位権行使できるというのは間違いだ。（4）は履行期の到来の有無は権利の代位行使とは関係ないから、誤りだろう。（5）は、裁判上の行使に限定されていないはずなので間違いだ。すると、正解は、やっぱり（2）だな。よし、これでいこう。この設問は比較的易しいほうだよね。

夜までかかっても、今日は50問しかできなかった。合い間には気分転換を兼ねて、憲法の基本書ざっと読みを少しだけした。これは、しばしの息抜きにもなる。

4月11日（日）

今日は、神奈川県知事選挙の投票日だ。投票は権利であって、ぼくにとっては義務でもある。大切な一票を受験勉強を口実にして棄権するなんて考えられもしない。よく晴れた日曜日で、電車に乗りバスに乗って住民票をそのままにしてあった川崎に行き、投票をすませる。そしてセツルメント診療所に立ち寄ると、武内事務長から「勉強がんばりなさいよ」と背中を強く叩かれて励まされ、思わずむせてしまった。だけど、うれしいよね。この期待にこたえなくてはいけないとぼくは思った。途中でお昼にカツ丼を食べ、寮に戻ると、ただ川崎へ往復しただけだというのに疲労感がある。久しぶりに人混みに入って気疲れしたのだろうか……。それでも気をとり直して、短答式問題にあたるけれど、いつもよりスピードがのろい。頭が回っていない。

夕食は精をつけようと思って、いつもの定食屋で野菜炒め定食にギョウザをつけた。１９０円。これで少しがんばれるかと思ったけれど、32問しかできなかった。反省するしかない。こんな日は早く寝るに限る。明日は、がんばるぞ。

4月12日（月）

気持ちよく目が覚めた。外は晴れ、今日はきっと何かいいことがあるだろう。食堂のテレビが東京で美濃部さんが大差で再選、そして大阪で黒田了一革新知事が誕生していることを告げている。うれしい。胸が熱くなった。選挙の結果は早く知りたかったが、かといってラジオで開票速報を聴くといった、そんな余裕はない。知事選挙の結果はどうなったのかなと期待と不安のまま昨夜は寝た。朝も、いつものように起きた。受験生として、生活のペースを乱すわけにはいかない。夕刊が楽しみだ。おかげで、午前中の短答式問題集まで調子が良かった。よし、この調子でいこう。お昼は、「メトロ」で140円のカツ丼をいただく。ささやかなお祝いだ。午後も短答式問題にじっくり取り組む。上っすべりにならないように気をひきしめる。

夕食は一番に食堂に乗り込み、まず夕刊を手にする。美濃部さんは大差で元警察官僚を引き離し、大阪は接戦で現職をふり切った。「公害知事さん、さようなら。憲法知事さん、こんにちは」というスローガンは気にいった。何回も勝利を伝える紙面を見直した。この喜びを司法試験合格のバネにしよう。世の中はこうやって動いていくんだ。ぼくも、このような世の中の動きに乗って進んでいきたい。今度の選挙で、ぼくが何をしたということでもないけれど、世の中がこうやって変わっていく、良い方向に動いているんだから、ぼくもその流れに身を投じたい。とにかく、ものすごくうれしくて頭に血がのぼって卒倒してしまうかと自分でも心配するほどだ。閉塞感の強い状況のなかで、今日は朝から強烈な光り輝く太陽の光が射し込んできた。その目映《まばゆ》さには目が眩《くら》みそうだ。でも、今のぼくは、一票でも多くではなく、一問でも多くの問題にあたり、必勝の意気込みで、最終盤のデッドヒートを勝ち抜いて、逆転勝利にもっていかなければいけない。もりもり元気が出て、短答式問題集にあたるぼくの鼻息は荒く、そのせいか不思議なほど正解が続く。夜までずっと短答式問題にあたり、結局、125問をこなすことができた。これまでで最高の数だ。よし、この調子でいこう。

4月13日（火）

今日も一日、寮の部屋に籠って勉強に励む。午前中に団藤『刑法綱要』をざっと読み返した。昼食の時だけは息抜きを兼ねて正門から入って銀杏並木を歩く。構内の桜はもうすっかり散って葉の緑が目立つ。「メトロ」で140円のスーパイコランチを食べる。土曜日に寮の夕食にも出てきたけれど、断然、寮食のほうが味がいい。調理人の腕というか熱意が違うと、こんなにも味が違ってくるものなんだね……。受験生仲間の大池君が近寄ってきて、「司法修習生が一人、罷免されたんだってよ」と話しかけてきた。ぼくは朝、きちんと新聞を読んでいなかった。暗い気分になった。司法研修所の終了式を混乱させたというので、クラス委員長だった阪口徳雄修習生が罷免された。とんでもないことだ。午後から短答式問題にあたる。短答式試験の設問には、正解のない、いわゆるゼロ回答がある。ただし、せいぜい2問か3問だと言われているから基本的にゼロ回答はなく、どれかが正解と考えてよいというのが「受験新報」の教えるところだ。

寮の夕食は煮魚定食だ。でっかい魚が皿に盛られて出てきた。骨はあるけれど、身はとても美味しい。寮生活に食べる楽しみがあるのはうれしいことだ。食堂の夕刊に宮本判事補の再任拒否が決定したと一面に大きく載っている。内閣が閣議決定したという。ひどい話だ。

夜、短答式問題の答えあわせをしているとき、昨日より誤解答が目立ったので、一瞬、弱気に襲われた。今年、落ちたらどうしよう……。今年、落ちたら、もう受からないと思え。ぼくの内心の声は、きっぱりぼくに命じた。永久に受からないんじゃないか、このまま頭がボケて、廃人になってしまうんじゃないか……、ときに、そんな気持ちに襲われる。いやいや、そんな弱気でどうするんだ。もう一人のぼくが、ぼくを叱りつける。司法試験は長い人生の、ほんの一コマに過ぎない。それは人生の最終目標ではないし、また、そうなってはいけない。そして、司法試験に合格することが最大の価値であってもならない。しかし、自分のもてる力のすべてを燃やし尽くさなければ、合格しない。それは事実なんだ……。結局、夜までに73問しかできなかった。昨日ほどやれなかったのは残念だ。明日は、もっとがんばろう。

4月14日（水）

今日も一日、追分寮に籠って机に向かう。午前中は、団藤『刑法綱要』を短答式問題でひっかかったところに限って拾い読みする。お昼に「メトロ」で１４０円のハンバーグを食べたあと、「法学セミナー」３６５円、シャンプー２２０円、牛乳20円を生協で買った。寮に戻ると、寮委員が部屋にやってきて、後半の寮食費２２１０円を請求したので、机の中に用意しておいた現金を取り出して支払う。

午後からは短答式試験の過去問《かこもん》にいそしむ。ところが今日は間違いが多い。おかしい。気を抜いたつもりはないのだけど。間違った解答をしたときには、脳の思考回路が間違った答えを正解であるかのように思い込む危険がある。それでいくと、二度目にも同じ間違いをしてしまう。そうならないように、意識的に思考回路を正しく設定しておかなければいけない。

寮の夕食には定刻の午後6時前から寮生が詰めかける。いい匂いが漂ってきたぞ。時間ジャストに出てきたのは揚げたてのアジフライ、肉厚の魚肉がカラリと揚げてある。歯ごたえ十分で、いかにも美味しい。満足、満足、大満足。熱々のフライを味わえるのは一番乗りの効果だ。今日は、がんばったつもりだったけれど、結局、90問しかできなかった。

4月15日（木）

外は曇り。雨が降りそうだな。午前中は団藤『刑法綱要』のざっと読みを続ける。刑法は苦手だとか弱いという意識は克服する必要がある。合格するには一つでも取りこぼしの科目がないように、万遍《まんべん》なく点数を確保しておかないといけない。小雨が降るなか銀杏並木《いちょうなみき》を通って「メトロ」へ行き、150円のサービスランチ、今日は肉団子の酢豚だ。帰りに牛乳1本20円を買う。だから本日の出費は170円。寮に戻ってからは、ひたすら短答式問題集にあたる。今日は、昨日ほどポカはしなかったけど波があるのは、まずいよね。

夕食は一番乗り。ナスとひき肉の炒めもの。食堂においてある新聞に我妻栄が宮本判事補の再任拒否について「最高裁に望む」という長文を載せている。かなり皮肉たっぷりだ。

最高裁の主張は、すこぶる明快、寸分の隙《すき》もなく、つじつまが見事にあっていて、これを違法だと反論するのは、すこぶる困難だ。だけど、その論理は少しも世の人を納得させていない。これを三百代言《さんびゃくだいげん》とまで言えば、言い過ぎだろう。しかし、承服しがたい。やはり、法律の形式的な適用ではなく、理由は付すべきではないのか……。

たいへん物柔らかい文章だけど、その内実は手厳しい最高裁批判だ。受験生であるぼくにとって神様のような至高の存在が、堂々と最高裁に抗してモノを言っているのに、ぼくは驚き、畏敬《いけい》の念を覚えた。夕食後は寝るまで短答式問題に取り組む。今日は案外はかどって、なんとか130問までたどり着いた。やれやれだ。

4月16日（金）

午前中は、刑法各論をざっと見直す。占有離脱物横領罪は、他人の占有に属しない他人の物を領得する罪である。客体は、遺失物・漂流物そのほか占有を離れた他人の物である。占有や信頼関係の侵害をともなわず、もっとも単純に他人の所有権を侵害する罪である。業務上横領罪は業務者と占有者という二重の身分が要求される身分犯である。業務とは、社会生活上の地位にもとづいて継続または反覆しておこなう事務である。生計維持のための業務であることを要せず、業務の公私を問わない。

昼は、息抜きと運動を兼ねて、しとしと雨の降るなかを傘をさして正門から「メトロ」に向かう。カレーライス110円を食べると、すぐに寮に戻った。だから、本日の出費は110円のみ。

午後からは、ひたすら短答式試験の過去問《かこもん》つぶしに精を出す。過去問とは、前に実際に司法試験で出題された問題を集めた問題集のこと。相変わらず間違いはあるし、よくつっかえるけれど、正答率は昨日よりはさらにましになった。上向いてきたかな……。夕食は魚フライのあんかけ、美味しい。部屋に戻って、勉強再開。少し調子が出てきた気がする。139問を達成。

4月17日（土）

このところ雨が降り続いている。雨天は、なんとなく気分が重たくなって、嫌な感じがする。これを春の長雨というんだろうね。午前中は、短答式過去問つぶしを中断して、弱点の一つである担保物権について星野英一の『担保物権・講義ノート』を読み返した。

譲渡担保とは、担保とする物の所有権を一定の限度で譲渡担保設定者から譲渡担保権者に移転させ、被担保債務が弁済等により消滅すれば、移転した所有権が譲渡担保設定者に復帰するという形態の非典型担保である。譲渡担保権者は、被担保債権の弁済期前においては、債権担保の目的を達するのに必要な範囲内で担保目的物の所有権を取得するにすぎない。そのため、譲渡担保設定者にも所有権の権能の一部が留保されている。

傘をさして、「メトロ」を目ざす。ハンバーグランチ140円を食べたあと、インスタント食品250円を買い、夜食用とする。本日の出費合計は390円也。午後、そして夜まで短答式問題に取り組む。今日はなぜか調子が出ない。正答率は昨日よりぐっと落ちた。これでは近づいた本番が思いやられる。結局、90問で打ち止めにした。

4月18日（日）

昨日までの雨がやんだけど、なんだか空がどんよりしていて暗い。4月だけど五月闇《さつきやみ》というらしい。朝おきると、牛乳1本を飲んで、すぐに短答式問題集にあたる。今日は調子がいいぞ、と思ったら、その次は散々だったりして、本当に人生は山あり谷ありだということを実感させられる。

日曜日だから、寮食堂はお休み。正門近くの定食屋へ行き、150円のカツ丼を食べる。まあまあの味だ。午後もひたすら短答式問題集を続ける。間違った答えを覚えないよう、よくよく気をつけよう。あやふやなところは基本書に戻って、いちいち確認するので、そう簡単には先へ進められない。夕方、早目に夕食をとろうとして寮を抜け出し、定食屋に向かう。170円のミックスフライ定食をいただく。少し衣が厚いかな……。本日の支出は合計して340円。まあ、節約しているよね。

夜、部屋の外に明るいものが見える。何だろう。窓を開けて外を見ると、下弦の月が見事に光り輝いている。うん、そうだ。いつも受験勉強の記録を記入している大学ノートに記入しよう。カット絵のように三日月を鉛筆で書き、赤鉛筆で彩色してみた。今日はがんばって、137問までいった。よしよし、よくやった。この調子だ。

4月19日（月）

今日から午前中は民法を完全にモノにするよう時間をとる。何といっても民法が基本なので、民法に苦手意識が残っているのはまずい。「ダットサン」を急ぎ足で読みすすめる。昼は歩いて「メトロ」へ向かう。晴れ間もある曇り空だ。桜が終わって、ツツジの季節になっている。サバの塩焼きランチ150円を食べる。本日の出費はこれだけ。寮に戻って短答式問題集に精を出す。昨日よりさらに調子が出ている気がしてうれしい。

次のうち、相続権のまったくない者はどれか。①甥《おい》または姪《めい》の子、②養子の子で、養子縁組前に生まれた子、③被相続人の死亡後、認知された子、④被相続人に対し重大な侮辱を加えた者、⑤相続財産の一部をひそかに費消した者。

甥や姪の子は代襲《だいしゅう》相続がありうる。②は怪しいな。認知されたら相続権はあるはずだ。侮辱したり、費消してもそれだけで相続権がすぐになくなるはずはない。②に戻って条文を考えてみる。民法887条2項但書は被相続人の直系卑属でない者は代襲相続人となれないとしているから、これが相続権のない者になる。寮食堂に今日も一番乗り。常連は決まっている。久しぶりに肉ジャガだ。玉ネギが甘いのに驚く。今日は牛肉ではなく豚肉がたっぷり入っていて、本当に美味しい。ありがたい、ありがたい。まかないのおじさんたちに感謝するばかりだ。夜は、がんばって数もこなし、ついに178問をやっつけた。よし、やったぞ、過去最高だ。この調子でがんばろう。

4月20日（火）

今日も、午前中は「ダットサン」。何回読んでも新鮮なところがある。これって、いいのか、悪いのか。まあ、理解が進んだと思うことにしよう。昼になったので、晴れた銀杏並木を歩いて「メトロ」へ向かう。白いユキヤナギが目に入ってきた。春だね。ナスの肉味噌炒めランチ１４０円を食べたあと、甘いものが欲しいので購買部へまわって、お菓子79円を買う。だから本日の支出は２１９円也。まっすぐ寮に戻って、短答式問題集にあたる。問題文と肢が長文になると、すべて条文どおりとはいかないので、少しばかり時間がかかる。

肥料10袋の売買で、運搬途中に従業員の過失で雨に濡れて8袋は商品価値がなくなったので、買い主は8袋の受け取りを拒否した。このとき買い主は、代金減額請求、損害賠償請求、契約解除、別の8袋の引き渡しを要求できる、のどれが正しいか。これは不完全履行の問題だな。問題文に引き渡しの期限を定めておらず、引渡の請求もしていなかったというのだから、あらためて8袋を請求できるはずだ、うん。

夕食は鰯《いわし》の煮つけ。生姜《しょうが》たっぷりで味付けが濃くて美味しい。夜も短答式問題集にとりくむ。答えを間違ったところは、きちんと正しいことを覚えるようカードに書き込んだりして、誤った思考回路が定着しないようにする。今日は１６１問にとどまった。それでも、何とか上向いている気がする。

4月21日（水）

午前中は「ダットサン」の続きを読む。いかにも平易でやさしい文章なんだけど、書いてあることは、ものすごく奥深い。このレベルを答案で再現しなければいけない。昼に本郷構内に入ると、よく晴れた銀杏並木には学生ではない市民も混じっている気がする。「メトロ」で野菜炒めランチを食べる。そそくさと寮に戻り、部屋で短答式問題の過去問《かこもん》にあたる。ともかく、第一の関門である短答式試験を突破しなければいけない。

寮の夕食はオムライス。ケチャップをたくさんつけて美味しくいただく。すぐに部屋に戻って戦闘開始。ところが今夜は好調とは言えない。過去問で正答率が高くないとは、とんでもないことだ。冷《ひ》や冷《ひ》やと、心が凍る思いがしてきた。まだ心が浮ついているのだろう。これはまずい。間違ったところを基本書に戻ったりして丁寧に見返していると、結局、75問しかやれなかった。大いに反省する。

4月22日（木）

朝のうちは、昨日の反省もふまえて「ダットサン」の精読につとめる。お昼は「メトロ」で150円のメンチカツを食べたあと、頭髪が気になっていたので、正門を出て、理髪店に入る。散髪してもらって、350円を支払う。頭髪が軽くなって、気分は爽快だ。食料品店の前を通ったとき、カッパエビセンの袋が目に入った。同じ弥生町の下宿にいた受験生仲間の牛山君が勉強疲れを癒《いや》すのに絶好だとすすめてくれた。45円。勉強の合い間に三時のおやつとして食べてみよう。寮に戻り、短答式試験の過去問にあたる。ともかく数をこなして勘を養おう。間違った答えを覚えないように心がけながら、どんどん設問をこなす。あっ、もう夕食の時間だ。いつも一番乗りというわけではないが、早いほうの常連だ。出来たて熱々《あつあつ》のものが断然美味しい。今夜は野菜の天ぷらだ。どうして、こんなにうまいんだろう。大満足して部屋に戻る。過去問を次々にこなしていく。夜寝るまでに160問をなんとか達成した。ちょっとは挽回できたかな……。短答式試験問題をたくさんやると、設問と正解には、一定のパターンがあることが分かってきた。口に出しては表現しにくいけれど、このパターンを捕まえないことには合格は保障されない。基本書でおおまかに理解していただけのところを、こまかく確かな理解で補充して埋めていった。そろそろ時間配分というか、ペースも考えよう。60問を2時間で終わらせるというペースが一番いいように思う。これを身につけておくと、本番のとき少しは心に余裕ができるはずだ。

4月23日（金）

今朝も民法、「ダットサン」のざっと読みだ。昼は「メトロ」で140円のカツカレーを食べる。購買部でチューブ入りの歯磨きを買う。75円。晴天のもと、正門を出て八百屋の前を通ると、赤くて美味しそうなイチゴが並んでいる。春の味覚だ。よし、食べてみよう。140円払って、部屋に持ち帰る。コンデンスミルクも砂糖もかけず、そのまま味わう。少し甘酸っぱいのが、まさしく春の味だ。

故郷《ふるさと》の小川のそばのイチゴ畑をしばし思い出す。よし、短答式問題をがんばろう。

寮の夕食は、鯛《たい》のような白身魚の煮付け。まさか鯛ではないだろう。付け合わせの生姜《しょうが》も、がじがじとかじって食べた。生姜はお腹にいいらしい。食堂に置いてある夕刊に、再任を拒否された宮本裁判官が簡裁判事としては残り、あくまで再任を求める意向だという記事が載っている。頼もしい裁判官だ。部屋に戻ると、伝言メモがはさんである。鈴木君から電話が入っていた。セツルメントを一緒にやっていた元セツラーだ。寮を出て近くの公衆電話まで行って、鈴木君と電話で話す。レポートづくりで忙しいようだ。こちらは短答式の過去問で、毎日うんうん唸っているよと近況報告する。何ということもなかったが、少し長電話になったので、10円玉を4枚つかってしまった。ほっと一息ついて、部屋に戻り、過去問にあたる。寝るまでに118問。まあ、がんばったかな……。

4月24日（土）

朝、起きてすぐから短答式問題集にあたる。今日は一日中、問題集にアタックする。いよいよ本番が近づいてきた。本当に大丈夫だろうかという焦りが、たしかにある。かといって、なんとかなるはずだという楽観論もあって、心中は波が立っていないわけではない。この揺れ方は乙女心《おとめごころ》と同じだな、きっと……。今日もよく晴れていて、銀杏並木を歩くのも気持ちがいい。お昼は「メトロ」で140円の鯨肉の生姜焼きランチ。生協で食料を少し調達する。そして、牛乳1本20円。

寮費は月1300円、そして、朝夕の食費が4400円なので、合計5700円になる。昼は14

0円のランチだから、30日として4200円。このほか、日曜日は寮の食事がないので、その日の食事を300円だとすると、月4回で1200円。だから、寮にじっといて勉強だけしていると、月に1万1000円ほどで生活できる。まことに安上がりで、受験生にとっては最高の環境だ。

午後からも、ずっと飽きることなく、次から次に短答式問題にあたっていく。今日はじっくり考えさせる難問にあたることが多く、そのつど基本書に戻って、その周辺まで見たりして時間がかかった。

夕食はチキンカツだ。よし、やったー……。食堂に置いてある夕刊に、ソ連が宇宙ステーションづくりを目指して、3人乗り宇宙船ソユーズ10号を打ち上げたという記事を見つけた。よく見ると昨日の夕刊だった。宇宙ステーションなんて夢物語かと思っていたのに、現実のものになるなんて、信じられない……。部屋に戻り、再び短答式問題集に取り組む。ううむ、今日は、なかなかはかどらず、数がこなせない。仕方がない。一問一肢を大切にするしかない。焦って先に進んで、間違った答えを正解と錯覚して覚えないようにしよう。結局、寝るまでに80問しかできなかった。これで良かったのかな、いや、やっぱり少ない。明日こそ……。

4月25日（日）

今日は、一斉地方選挙の投票日なので、川崎まで出かける。住民票をそのままにしてあるから仕方がない。保守市長が7選を目ざすなんて許せない。社共統一候補にぜひ勝ってほしいね。

行き帰りの電車の車中は論点カードを持参して、定義の暗記などに努め、時間が無駄にならないようにした。電車代320円。昼は、駅近くの店で100円のカレーを食べる。そして、帰りに金物屋に寄ってカーテンレールを購入する。198円。寮の部屋のカーテンレールがこわれていた。部屋に戻って、自分で取りつける。そのあとは、すぐさま短答式問題にとりくむ。夕食のとき、一息つくためにも寮の外に出て、正門近くへ行き、定食屋に入る。今日は165円の焼き魚定食。寮の夕食になじんだ舌からすると、心がこもっていない気がする。帰りにクラッカー50円、そして牛乳20円を買って部屋にもって帰る。夜までになんとか100問をやっつけた。正答率もあがり、かなり自信がついてきた。

4月26日（月）

今日から、憲法、刑法、民法の3科目は、短答式問題にあたるだけでなく、基本書の読み返しも同時併行でする計画だ。今日は憲法。憲法99条に憲法を尊重し擁護する義務を負うものとして国民があげられていないことは、国民にその義務がないことを示すものではなく、むしろ、ここにあげられている国会議員その他の公務員にその義務を命ずる主体が国民であるということを示している。

昼に140円のカツカレーと牛乳1本20円。本日の支出は、160円のみ。まことに寮生活はありがたい。短答式問題は60問しかやれなかったが、これも計画のうちだから仕方がない。

食堂の夕刊に、川崎で革新市長が誕生したと大きく報じられている。一票を投じたので、素直にうれしい。川崎が公害で有名なんて、ほめられたことじゃないし、本当に良かった。これで京浜に革新ベルトが誕生した。東京、川崎、横浜、横須賀、鎌倉が革新市長となった。やっぱり世の中は動いていくんだよね。ぼくも、そのうねりのなかに身を投じたい。

民法125条の法定追認となる事項は、履・更・請・担の譲・強「りこうせいたんのじょうきょう」と読んで覚えておくといいと「受験新報」が書いている。これは覚えやすいぞ……。

4月27日（火）

今日は、午前中は刑法をざっとみることにしている。贓物《そうぶつ》罪は故意犯なので贓物であることの認識が必要である。贓物とは、財産罪たる犯罪行為によって領得された財物で被害者が法律上追求することのできるものをいう。親族相盗によって刑が免除される場合であっても贓物性は否定されない。故買《こばい》とは、売買・交換など有償で取得すること。牙保《がほ》とは、贓物の法律上の処分（売買・交換・質入れなど）を媒介周旋すること。有償であると無償であるとは問わない。

昼は「メトロ」で、80円のタンメン。あまりお腹が空いていなかった。そのかわり、お菓子を79円出して買う。甘いものがどうしても欲しくなる。曇り空が怪しくなってきた。強い北風が吹いて、小雨が降りそうなので、足早に寮に戻る。午後からも刑法を続け、途中から短答式問題集に切り換える。夕食は鶏肉の唐揚げだ。本当に、ここは味付けがいい。結局、120問やっつけた。数をこなすだけではいけないけれど、勘を身につけるには数も必要だ。そのかねあいが難しい。

4月28日（水）

午前中は刑法の基本書ざっと読み。昼近くになったので、寮を出て大学へ向かう。正門あたり、そして安田講堂付近では、「沖縄デー」ということで、集会やデモがあっているのを横目で見ながら地階の「メトロ」へおりていく。ハンバーグランチを食べたあと、隣の書籍コーナーで最新版の岩波「基本六法」を買う。2430円もする。高いけれど、仕方がない。さっきまで晴れていたのに、曇ってきた。午後、部屋で勉強していると、親から現金書留で1万5000円が届いた。これで一安心だ。贅沢《ぜいたく》する時間も心の余裕もないので、これで当分お金の心配はいらない。夕食は野菜たっぷりの煮付け。寮生の健康を気遣ってくれているのだろう。

次の行為のうち、意思表示となるものはどれか。①取消し得べき行為の追認、②履行の催告、③債務の承認、④債権譲渡の通知、⑤弁済。意思表示とは何か、だね。正しいのは①だ。今日も120問、なんとか達成した。

4月29日（木）

今日の午前中は民法、「ダットサン」にあたる。午後からは、短答式問題集をやっつける予定だ。寮の食堂と風呂が臨時休業なので、昼は「メトロ」でタンメンですまし、夕食は、久しぶりに雨のなか傘をさして定食屋へ行き、170円の焼き肉定食。午後から予定どおり短答式問題集に挑む。あわてず確実に正解を得るようにしよう。全問正解は無理でも、８割正解を目ざす。間違った答えを覚え込まないよう、今日も心がける。

夜は早目に銭湯に出かける。番台のおばちゃんに38円を払って入り、着ているものを脱ぐ。身体を洗って湯舟に浸かると、心身が温まり、すっきりする。本当にお風呂はいい。心が安まる。寮の風呂は週に３日だ。本当は毎日でも浴槽に浸《ひた》りたいけれど、受験生の身ではそうもいかない。銭湯まで歩いていく時間、湯舟に入っている時間が惜しいと感じることはない。むしろ、かえって効率が上がり、勉強に集中できる。今日も１２０問を予定どおりやり切った。どんどん正答率が上がってきているのを実感できて、うれしい。

4月30日（金）

午前中に「ダットサン」を終える。昨日は雨が降ったけれど、今日は気持ちよく晴れ上がった。昼食をとりに「メトロ」に向かう。１４０円のチキンカツランチをとり、夜食用の食料品を少し購入する。寮に戻ると、留守中に駒場で同じクラスだった同級生の大谷君から電話が入っているという紙片が部屋の入口にはさまっていた。公衆電話から電話をかけてみる。何か用事があったというより、励ましの電話だった。うれしいね。

４月も終わりだ。いよいよ短答式試験が迫ってきた。今日も昨日と同じ１２０問をやりとげた。自信がついてきて、短答式試験が怖くなくなった。よし、やってやるぞ。

5月1日（土）

いよいよ今日から5月。今日はメーデーだな。朝食をとろうとして、寮の中庭に出て上を仰ぎ見ると、抜けるような青空が広がっている。でも、ぼくは朝食をすませたら、そそくさと昼なお薄暗い寮の一室に戻り、そこに一人籠って勉強するしかない。メーデーだ、労働者の祭典だ、なんて浮かれている場合ではない。寮の食費1870円を支払い、食券をもらう。昼は、「メトロ」でいつもよりちょっぴり高い160円の肉たっぷりのスペシャルランチBにする。たまに、これくらいの贅沢はしてもいいだろう。なにしろ、今日は労働者の祭典なんだから。いやいや、そんなの関係ないか……。帰りに本のコーナーに立ち寄り、憲法の判例コンメンタールを買う。1585円もした、高いな。

寮に戻って短答式問題集で120問をやっつける。そろそろ、答練を終わらせて、基本書精読に戻ろう。カードに書き込む作業もして、論点カードの整理をする。これも大切なことだ。短答式問題は累積すると2900問近くにあたった。これだけやると、やり残している分野はない。これは基本書を隅から隅まで全範囲に目を通しているようなものだ。そう思うと自信がみなぎる。

5月2日（日）

今日も晴れている。寮の部屋から見える木々の新緑が光に輝き、眩《まぶ》しい。短答式試験が一週間後に迫ったので、今日は短答式の答案練習は60問にとどめ、今日から基本書オンリーに戻る。まずは憲法だ。午後から清宮四郎『憲法I』を読みはじめよう。今日一日でこの一冊を完読するつもりだ。国会の議決が成立するためには、両議院の意思の一致が必要である。法律案の議決、予算の議決、条約の承認、内閣総理大臣の指名という4つの場合において衆議院の優越が認められている。

寮の食堂は日曜日だから休みなので、昼食も夕食も寮の近くの定食屋へ出かける。日曜日も休めない受験生にとって、食堂が休みなのは困るだけ。いつものように150円のカツライスを食べて、すぐさま急ぎ足で寮に戻る。帰る途中で30円のパンを夜食用に買う。

夜になっても、なかなか『憲法I』を読み終わらない。252頁まで来たけれど、あと110頁もある。仕方がない。明日に持ちこそう。睡眠時間の確保は勉強と同じくらいに大切だ。深夜1時で中断し、寝る。

5月3日（月）

朝から昨日に続いて『憲法I』を読みはじめ、昼前ようやく終える。そのあと、引き続いて宮澤俊義『憲法II』に着手する。大学の自治とは、大学の運営が原則として大学における研究者ないし教授者の自主的判断に任されるべきものとする原理をいう。そういう大学の自治を認めるのでなければ、大学における学問の自由の保障は完全でないと考えられるからである。団結する権利とは、労働条件の維持改善を目的として使用者と対等の交渉力を有する団体をつくる権利であり、労働組合を組織し、及びこれに加入する権利をいう。昼は少し疲れた気分があったので、散歩がてら本郷構内に入って、「メトロ」で、いつもよりワンランク上の170円のスペシャルランチAにする。それなりに厚いステーキが皿に乗っている。30円だけの贅沢だ。午後も引き続いて寮に籠もって『憲法Ⅱ』を精読する。ううん、なんだか気合いが入らないな。よし、決めた。夕食は外に出よう。夜7時すぎ、近くの中華料理店で、久しぶりに大好物のレバニラ炒めを食べる。215円もする。ニラのシャキシャキ感がたまらない。レバーで栄養をとって、精をつけた気分になる。帰りにビタミンC補給の名目で夏ミカンを買う。150円。寮に戻って机に向かい、ひとり夏ミカンを食べる。このところ、太った気がして寮の風呂の脱衣所にある体重計に乗った。なんと62キロもある。駒場にいたときは、ずっと50キロ台だったのに、すっかり太ってしまった。おかげでズボンがきつい。

短答式試験まで、あとわずかになったが、身体の調子はよいから、試験に落ちる気がしない。まあ、これで落ちてしまったら、やはり実力不足だったということになるだろうな。それも悔いなしだ。我が青春に悔いなし。そんな映画があったっけ……。夜遅く、『憲法Ⅱ』をなんとかやっつけて寝ることができた。

5月4日（火）

空を見上げると、どんより曇っていて、今にも雨が降りそうだ。曇り空だと頭が痛くなる人が多いらしい。幸い、頭は清明で、すっきりしている。今日と明日は民法だ。朝から「ダットサン」Ⅰにとりかかる。昨年8月に読みはじめたときには、なかなか理解できなかったし、読むスピードも遅かったが、今回は何とか今日一日で読み終えられそうだ。

昼は東大正門から入って「メトロ」に行き、140円のトンカツを食べる。帰りに夜食用のパン(80円)を買う。寮に戻ると、良質の和紙で出来た封筒が届いていた。元セツラーの彼女からだ。胸の底にずんと熱いものがあふれてきた。封筒を開け、読む前に便箋の匂いをかぐ。セツルメント活動に打ち込んでいたころが、懐《なつ》かしくよみがえってくる。それは、もう遠い過去のこと。一瞬そう思った。本当はセツルメントを卒業して、まだ1年もたっていないのに、司法試験の受験勉強をはじめて法律書ばかり読んでいると、まったく別の世界、異界の地に迷い込んだ気分になっている。ぼくは手紙を手にとって、口の中で声を出して読みはじめた。

「とうとう五月がやってきましたね。最後の追い込みの調子はどうですか。どうしても合格してください」。彼女の流れるような筆跡は、ぼくの心を激しく揺さぶる。うんうん、そうなんだよね。どうしても合格しなければ……。彼女は、5月1日のメーデーに参加したこと、会場には都知事選挙に向けて革新統一の美濃部陣営が使っている青空バッヂ、青空マークがあふれていたことを紹介し、そのあと一転して、奈良に友人と旅行してきたこと、そこで古代の文化に触れて心が洗われる思いだったことを書きつづっていた。そうか、奈良か……、もう久しくぼくは行ってない。ぜひ行って、華麗な仏像を拝みたいものだ。阿修羅像《あしゅらぞう》なんて、いいよね。

「余計なおしゃべりをしてしまいました。自分の力を十分出しきって、ぜひ合格してくださいね」

うん、うん、自分の力を十分出しきろう。ぼくは彼女の手紙を封筒に戻すと、両頬にかわるがわる当てた。力強さをもらった気分だ。でも、今は自力でやり抜くしかない。「ダットサン」Ⅰをなんとか読み終えようと必死になっていると、いつのまにか寮の風呂の時間を過ぎていた。近くの銭湯へ出かけ（38円）、気分がさっぱりした。寝るまでに「ダットサン」Ⅰをなんとか読み終える。

5月5日（水）

外は小雨が降っている。今日は子どもの日だけど、鯉のぼりを外に出して飾るのは無理だろうな。朝から「ダットサン」Ⅱに挑む。今日も一日かけて、夜までには読み終えるつもりだ。昼食をとりに東大正門から入ると、銀杏並木のそばに紅いツツジの花があちこちに咲いているのが目に入った。あぁ、花を賞《め》でて愛するという気分から遠ざかっているな、ふと、そう思った。人間らしい、人並みの感覚を喪っているというか、奪われている。残念だけど、本番まで、もうあと少しだ。今は泣き言なんかいわずに、がんばるしかない。

「メトロ」で食事をしていると太田氏から、根津《ねづ》神社のツツジがきれいだから見てきたら、とすすめられ、ついその気になって見に行くことにした。境内いっぱいに咲き誇るツツジは美しく見事だ。目の保養、心の保養になった。寮の部屋に籠って「ダットサン」Ⅱを必死に読み、何とか区切りのいいところまで読み切ろうとがんばっていると、ついに食事の時間を過ぎてしまった。仕方がないので、区切りがついたところで、外に出て、いつもの定食屋で食事する。１６０円の魚フライ定食だ。夜遅く、といっても昨夜よりは早目に、「ダットサン」Ⅱを読み終えることができた。これで、安心して眠ることができる。明日は刑法だ。

5月6日（木）

今日も外は小雨が降っている。朝から団藤『刑法綱要総論』に取りかかった。５００頁近い分厚い本だし、こまかい注釈がたくさんついている。初めのころには、この本一冊を読み終えるのに1ヶ月かかった。それを今日は一日で読み終える。それもざっと流し読みするのではなく、じっくり精読しようというのだ。はてさて、できるだろうか。いや、できるかなんて問いかけは許されない。やらねばならない、それだけのこと。

昼食は気分転換も兼ねて、東大正門から入って銀杏並木を歩いて「メトロ」でとる。１４０円の焼肉ランチだ。あとは寮にずっと籠っていた。だから、本日の出費は１４０円のみ。

団藤『刑法綱要』は歯ごたえ十分の本だ。ともかく刑法全体像をつかむには、今日と明日、団藤『刑法綱要』総論・各論の2冊を読了するしかない。ぼくは必死になって頁をめくっていった。夜中12時近くなって、ようやく団藤『刑法綱要総論』を完読できる目途が立った。よし、もう、あと一息だ。午前0時25分に読み終える。達成感を胸にいだいて布団に入り、安らかな気分で眠った。安眠を確保するのも勉強のひとつだ。

5月7日（金）

今日は朝から久しぶりに快晴。まさしく五月晴れだ。団藤『刑法綱要各論』を昨日の『総論』にひき続いて一日で読みあげるのが本日の課題だ。昨日やれたのだから、今日、やれないはずがない。気を引き締めて取りかかる。机の上には気が散らないよう、「基本六法」以外の本は置いていない。なにしろ刑法各論だから、たくさんの条文があり、いくつもの罪名が登場する。５５４頁もある分厚い本なので、果たして一日で読み終えることができるだろうか。

昼過ぎ、いつもより遅めに寮を出て本郷構内に入る。昼食は、いつものとおり「メトロ」で１４０円のミックスフライ・ランチだ。帰る前に夜食用のパン40円を買う。銀杏並木を歩いていると、向こうから同じ高校出身の守中君がやってくる。たしか工学部だったよな、と思っていると、黙って素知らぬ顔をして通り過ぎようとする。ええっ、なんで、どうして……。喧嘩した覚えもないのに、ぼくを無視するなんて、いったいどうしたことか。ぼくが声をかけると、びっくりした顔でまじまじとぼくを見つめる。

「ええっ、きみだったの……。顔が丸くなってるから、分からなかったよ。太ったんだね」

呆《あき》れたと言わんばかりの笑顔でそう言われると、ぼくは返す言葉もない。ショックだった。たしかに運動不足なのは間違いない。そして、体重は、62キロになっている。それにしても、高校の同級生が、そしてセツルメント活動も駒場で一緒にやってきた守中君が、ぼくの顔を見間違えるなんて、とても信じられない。そんなにぼくの容貌が変わっているのだろうか……。

守中君は「司法試験、大変だね、がんばってね」、ぼくを励まし、ゆっくり立ち去っていった。いやはや、人間性まで変わったということにならないようにしよう……。夜12時になる前、団藤『刑法綱要各論』をついにやっつけた。やったぞ、やった。

5月8日（土）

いよいよ明日が本番だ。今日は、憲法・民法・刑法の3科目全部をざっと目を通すことにする。やはり全体な見通しをもつ、腑観《ふかん》することが大切だ。憲法は基本書というより『判例百選』にした。思想および良心の自由のコロラリイとして、沈黙の自由は認める必要がある。沈黙の自由を保障するのは、人間としてのものの考え方ないし見方は、いわばその人格の中核であるから、それを理由として特別な不利益を受けることのないようにしようとの趣旨であるから、それは必ずしも事実に関する知識ないし技術的知識の陳述を拒否する自由を含まないと解すべきである。うむむ、難しいね、これって……。午前中に何とか読み終えた。

お昼は、いつものように大学構内に出かける。天気は良く、吹いてくる風も心地よい。そうだ、土曜日だし明日に備えて少し精をつけておこう。正門を出て、いつもの定食屋に入る。ちょっぴり贅沢して170円のメンチカツを食べる。帰りに80円のパンと185円のジャムを買う。少し甘いものがほしかった。寮に戻ってから今月分の寮費1300円を支払う。午後から残り2科目、民法と刑法に取りかかる。ざっと目を通すだけのつもりだったが、それでも夜12時までには終わらなかった。

基本書を一日一冊のペースで読み切ることができた。これで、なんとか法律を理解できたという自信がついた。しかも、全範囲に目を通すことができた。総仕上げを達成し、やり残したものは何もない。これで短答式試験に対して何ら負い目を感じるものがなくなった。これで万が一にも落ちたら、何かの間違いが起きたというだけだ。落ちるはずがない。なんだか絶対的な自信がぼくの胸の内にそそり立った。よし、やってやろうじゃないの……。

短答式試験

5月9日（日）

朝は自然に目が覚めた。念のために午前10時に目覚まし時計をセットしておいたけれど、うるさい音が鳴り出す前に目を開けた。まだ午前9時を少しまわったところだった。ぐっすり眠れたので、頭はすっきりしている。しばらく布団の中にそのままじっとしていたが、どこにも身体に異常がないことを確認して起き出す。いよいよ本番だ。決戦の日を迎えた。

寮の食堂はもう終わっているので、牛乳1本飲んで朝食にした。お腹にぐっと力を入れて、いざ出陣。ぼくの試験会場は国士舘大学だ。右翼学生の総本山だというけれど、そんなことは関係ない。下見したとおり電車で行く。天気もいいし、車内はどこかへ行楽に行こうとする家族連れでにぎわっている。うらやましい限りだけど、今のぼくには無縁の世界だ。1月に次姉が送ってくれた革靴をはいている。1週間前から革靴をはいて慣らしておいた。これは靴ずれができて試験会場で痛くて集中できないなんてことにならない用心からだ。

昼食は、駅から大学へ行く途中の店で軽くカレーライスを食べる。せっかくの２００円のカレーだけど、今日は少し食べ残した。空きっ腹では気が散ってしまうけれど、お腹一杯というのも眠たくなったりして集中力を減殺するので良くない。そんなことでは戦えない。

短答式試験は、午後2時から5時まで、３時間かけて60問を解く。以前は75問を３時間半かけて解くということだった。それが昭和39年度から60問を３時間で解く方式が続いている。そして、ぼくが試験を受けた翌年の昭和47年度から60問が一挙に90問に増えた。試験時間は３時間で変わらないので、1問あたりにかけられる時間がぐっと少なくなったことになる。これは、法的知識だけでなく、迅速な事務処理能力が問われていることを意味している。そして、昭和57年度に同じ３時間で90問を75問に減らした。さらに昭和61年度には60問になった。そのうえ、平成２年度から同じ60問を３時間ではなく30分だけ延長して３時間30分とされた。どうして、こんなに変えるのだろうか、不思議でならない。５肢択一式のパターンは不変だ。

短答式試験の合格者人数も年によって変動している。昭和50年には２３４３人だったのが、翌51年には３１５２人と、一挙に８００人も増えた。その後も、少しずつ増えていき、昭和55年には４４０４人の合格者を出した。平成に入ると、２万５０００人の受験生のうち５０００人が合格するようになった。受験生のなかには法学部を卒業した記念として軽い気持ちで受験する人もいるとみられ、実質的な競争率は4倍だと言われる。

設問の並び方にも変遷がある。ぼくが受けたときは、60問がおよそ憲法・民法・刑法というように入りまじって並んでいた。それを、昭和61年から20問までは憲法、21問から40問までが民法、そして残る41問から60問までが刑法というように科目ごとにまとめられた。科目が入りまじっていると、設問に応じて頭の切り替えをする必要がある。だから、そうならないように、色鉛筆を使って、設問のあたまにある番号を科目ごとに赤、青そして黒と塗り分ける人がいるらしい。ぼくは、かえって気分転換になり、新鮮な気分で一問一問にあたることができるので、素直に一問から解いていくつもりだ。

教室に入り、自分の番号の席を探す。早く来たつもりだったけれど、もう半分以上の席は埋まっている。試験開始まで時間はたっぷりあるので、慌てることはない。腕時計をはずして机の上の左隅に置く。そして、カバンから岩波「基本六法」とカードを取り出して、机の上に並べる。まずは、自作の重要論点カードをパラパラとめくっていく。そのあと、条文を眺める。今さら精読なんてできないから、いわば気安めだ。

まだ時間に十分余裕があることを確認してトイレに立った。他の教室でもたくさんの受験生が机に向かって一心に基本書などに取り組んでいる。ひょいと顔見知りの東大生の河合君と目が合った。軽く手をあげ、目で笑いあった。なんとなく気持ちがほぐれる。戦友がいると思うと心強い。試験は河合君たちと戦うのではない。あくまで自分自身と戦うのだ。今日は最後まで粘り強く、喰《くら》いついて離さないぞ。ぼくは生来《せいらい》、どちらかというと執念深いほうだ。その本領を思う存分に今日は発揮しよう。

開始時間が迫ってきた。カードをカバンに仕舞う前に昨晩仕上げた心得三ヶ条を確認する。

すべて一度、頭を真っ白にする。そして、第一に確実な知識、第二に論理整合性、第三に常識。この順番で自分の頭ですべてを考える。「これはやったことがある」といって、すぐに飛びついたりして、軽はずみな失敗をしないようにしよう。

試験開始の合図があった。ぼくは恐る恐る問題冊子を開ける。第1問は憲法だ。1問目は難しい問題が出ることが多いので、2問目から始めたほうがいいという先輩からの申し送りを聞いたことがある。そして、易しそうな問題からやっていく人、同じ科目だけを飛び飛びにやっていく人、いろいろいるらしい。ただ、それをすると、答えを書き移すときに間違えないように注意しなければいけない。ぼくは1問から順にあたっていき、そのつど解答用紙に正解を書き込んでいくつもりだ。

憲法1問は、居住・移転および職業選択の自由に関して正しいものを選べという。ぼくは正しいものを選べという問題文の下にアンダーラインを引いた。「誤っているものはどれか」ではない。正しいものが5肢のうち一つあるわけだ。正解のないゼロ回答は少ないので、正解が一つあるという気持ちで解いていく。順番に設問の肢を読みすすめる。憲法の条文と憲法重要判例の範囲内で解ける基本的な問題だと分かって、迷うことなく正解を得ることができた。1問目だから難しいとは限らないのだな。さあ、次へ進もう。ぼくは、いつもの答案練習のように60問を2時間ちょっとでやり終えるというペースで解いていくつもりだ。問題文のポイントにアンダーラインを引いて要点を全部おさえたうえで、答えの各肢に全部あたっていく。どうしても分からない、正解に自信がなくて迷うときには、一応答えは書いたうえで横にハテナマーク「?」をつけて、次に進む。結局、最後には、初めの直感を尊重して答える。このほうが間違いが少ない。

第2問は民法だ。相殺《そうさい》について基本的なことを問うている。民法の条文を正確に知っていたら解ける問題だと思った。この設問は「誤っているものはどれか」なので、肢のうち4肢は正しいはずだ。条文を思い出し、鉛筆で横に棒線を引きながら、一つ一つ正誤を確認していく。抗弁権がついている債権は相殺できないはずだ。うん、これが間違いだな。なんとなく順調な滑り出しだぞ……。

第3問は刑法で、累犯加重《るいはんかちょう》について、「正しいものはどれか」と問うている。そうすると、4肢は間違っているか、みんな間違いだ。ぼくは、ゼロ回答は基本的にないという合格体験記を思い出し、それを信じてどれか一つは正しいはずだと考えて、5肢を一つ一つ細かく見ていく。

「判決が出て確定したあと、累犯者であることが判明したときには、もはや累犯加重されることはない」

これは刑法というより、その前に憲法39条の一事不再理からくるものだ。よし、これが正しい。憲法、民法、刑法とすすんできた。このように入りまじっていると、頭のモードをいちいち切り換えなくてはいけないので大変だという受験生がいるというけれど、ぼくにとってはバラエティがあって短答式試験のような瞬発力を求められるテストでは好ましいことだ。

第4問は憲法かと思うと、そうではなく民法だった。必ず憲法・民法・刑法の順番で設問がまわっていくということでもないようだ。民法は質権について、誤りの肢があるかと問うている。「賃借権を質権の目的とすることはできない」。むむ、そんなことはないぞ。賃借権というのは、転借権という言葉があるように、貸主の承諾があれば譲渡できるものなので、これが誤っているのは間違いない。ぼくは肢4に自信をもって×印をつけた。解答用紙には、そのつど答えを書き込む。あとでまとめて解答用紙に書き込む方式では転記の間違いが起こりやすいし、万一、時間不足のときには、それこそゼロ回答じゃなくて、回答ゼロになりかねない。せっかく問題文を正しく解いたのに、解答用紙に書き間違えてしまったら、長く苦しい受験勉強が水の泡になって、泣くに泣けない。ぼくは解答用紙に答えを書き込むまでを1問3分以内という制限時間を自らに課した。

問5は憲法。婚姻について、正しいものを選べという。

「婚姻した女子は夫の氏を称するとするのは憲法に違反しない」

えええっ、そんな馬鹿な……。これは明らかに間違いだ。

「市長が収入役と婚姻したら、収入役は当然その地位を失うと定めても憲法に違反しない」

うむむ、これはどうなんだろうか。こんな規定が許されるのだろうか。市長と収入役という地方自治体の役職について、両者が婚姻するなんて、法の予想していない場面ではないだろうか。いったい夫婦がそれぞれ市長と収入役であって何が悪いのだろう……。いや、ひょっとして家庭内で実際に収入役と同等の地位、つまり大蔵大臣をしているのと同じことを地方自治体に認めてしまったら公私混同を起こしてしまう危険があるから、その制限は合理的かもしれない。そうすると、これは憲法に違反しないことになって、正しいのかもしれない。ぼくは大いに迷った。残る肢3つを見てみよう。ぼくは残りの肢を見てみたが、いずれも正しいとはとても思えない。そうすると、残るのは先ほどの肢3が正しいのか、それとも正解なし、ゼロ解答なのか……。迷ったときには初めの直感を大切にすることにしているから、ぼくは、とりあえず肢3も間違いだとしてゼロ解答にした。

先に進もう。予定した1問に3分間というのをとっくに過ぎている。ぼくはすっかり割り切った心境だ。これは決して投げやりな気分というのではない。必死に問題文にしがみつきながらも、どこかに冷めた思いも残しつつ設問に向かっていった。

合格体験記によると、60問のうち正答率が5割いかない難問が1割ほどの6問から8問はあり、正答率が3割を下まわるような超難問が1問か2問はあるとされている。そんな難問、超難問に直面したときには、その設問にはあまり時間をかけずに、それで足をひっぱられることなく、えいやっと第一印象を尊重して先にすすむ。そして、先輩たちは、自分は絶対に合格できると信じ込んで受験すると、それだけで1点か2点は余計に獲得できると強調している。今年は受からないかも……なんて弱気でいると、さんざん悩んだあげくに誤りの肢を選んで、結果が裏目に出てしまうという。受験生にとって、弱気は不倶戴天《ふぐたいてん》の敵なのだ。

問10にたどり着いた。机上の腕時計を見ると、試験開始から30分はまだたっていない。ペースに問題はないぞ。よし、この調子でいこう。このまま全力をあげて突進するのだ。問10は刑法の設問だ。ここでは名誉毀損罪がテーマになっている。「誤っているのはどれか」なので、誤っている肢が二つとはないはずだ。そして、全部正しいことだってありうる。ぼくは順番につぶしていくことにする。

「公衆浴場で、放火犯人は甲だとしゃべったけれど、数人いた客の誰もその話を聞いていなかったときには、名誉毀損の罪は成立しない」

えっ、名誉毀損罪の成立要件というのは事実を摘示することと公然性があることだ。だから、話を誰も聞いていなかったとか、誰も信用していなかったとしても、犯罪自体は成立するはずだ。あとは、そんな状況だったら、誰かが告訴したり告発するという現実的な可能性がないということだけ。ここでは抽象的にというか観念的に、つまり理論上のレベルで犯罪が成立するのかどうかが問われているのだから、罪にならないという肢は明らかに間違いだ。ぼくは自信をもってこの肢に大きくバツ印をつけて、ほかの肢にもあたったうえで解答用紙に書き込んだ。

ようやく半分、問30にたどり着いた。机上の腕時計を手にとって見ると、午後3時26分を過ぎたところだ。試験開始から1時間半が経過しようとしている。1問3分間以内という制限時間を守ることはできているが、60問を2時間以内で、というペースよりは遅れている。やはり本番だけに少し慎重になっているな。それはともかく、ここまでは何とか切り抜けてきた。難問はいくつもあったし、正解かどうか迷うのは少なくなかったが、かといってまったく歯が立たないという超難問にはまだ出会っていない。いや、あったのかもしれない。自分ひとりの思い込みから、易しいとみて答えてしまっただけかもしれない。改めて気を引き締めて問30の設問をじっくり眺めた。憲法だ。裁判と裁判官について正しい記述はどれかと問うている。だから、ほとんどの肢は間違っているわけだ。

「裁判の対審は常に公開しなければならない」

いや、これはダメだ。憲法82条は、公序良俗を害するおそれがあるときには、公開しないで裁判はやれると明記している。

「裁判官は弾劾《だんがい》裁判所によって罷免される他は絶対に罷免されない」

いえいえ、憲法79条には国民審査で多数が罷免を可としたら罷免されると明記されている。だからバツ。憲法の設問は、これまでのところ条文を正確に覚えておけば正解を得られるものだった。妙にひねくりまわした設問ではないので、ぼくは安心して次に進んだ。

問50にたどり着く。刑法だ。これをやっつけたら、残りは10問。腕時計をみると、午後4時23分をまわったところ。試験終了まで、あと37分だ。予定した制限時間をなんとか守ってやってきた。先ほどから尿意があり、トイレに行きたい気分になっていたので、ぼくは一瞬考えて決断した。そっと右手をあげると係員が音もなく近づいてくる。係員の耳に口を寄せてトイレに行きたいとささやくと、小さな声で「どうぞ」とＯＫが出る。

なるべく音を立てないようにして静かに席を立ちトイレに向かう。廊下で同じようにトイレに行く人、帰ってくる人とすれ違う。もちろん、みな無言だ。トイレでカンニングペーパーを見ようなんて気はもちろんないので、用を足すと、そそくさと席に戻る。すっきりした気分になったので、やっぱり我慢しなくて良かった。ただし、時間はあと30分足らずだ。これで10問をやりあげないといけない。

問50の刑法は、正しい記述はどれかと問うているから、おおかたは誤っているわけだ。不作為による犯罪が成立するのは、どんな場合かが問われている。何もしないことが犯罪になるというのは、よほどのことなので、その前に何かをしていたときにだけ犯罪が成立するというのが原則だ。ぼくは一つひとつ肢をつぶしていった。自信のない肢にぶつかったので、それに小さなハテナマークをつけて、いちおうバツとした。しかし、そうすると、ゼロ解答になる。「受験新報」の分析として、長文の設問の場合にはゼロ解答はほとんどないと書かれているのを、ぼくは思い出した。ゼロ解答は多くて３問、平均すると２問。事例をあげて問うているときにはゼロ解答はまずない。だから、原則としてゼロ解答はないと考えてあたるべきだと書かれていた。そこで、ぼくはもう一度、肢を初めから順にみていくことにした。すると、最後の肢は正しいと思えた。よし、これでいこう。

ついに問60、最後の設問にたどり着いた。終了時間まであと６分。３分以内でやっても、残るは３

分だけ。とても見直しなんてできそうもない。まあ、仕方がない。そんなことより、最後の憲法を落とさないようにしよう。正しいものを選べというから、ほとんどの記述が間違っているわけだ。

「法律解釈について最高裁判例があるときには、下級裁判所は拘束される」

ええっ、そんなことはないだろう。それだと下級審の存在意義が乏しくなってしまう。いろいろな下級審の判断があってこそ判例は生成発展していくはずだ。もちろん先例は尊重されるべきだが、拘束されてしまうと言い切ったら間違い。次の肢も間違っている。最後の肢だけが正しい。確信した。

ついに終わった。試験終了までもうわずか、とても見直す時間はない。念のため、解答用紙の名前と解答欄の記入の仕方に形式的な誤りがないかをチェックする。そして、ハテナマークがついた設問だけを見直すことにした。しかし、迷ったところをもう一度読み返しても、結局それを訂正することはしなかった。焦《あせ》って手直しすると、かえって間違うことの方が多いという高濱氏のアドバイスにしたがうことにする。

ハテナマークのついている設問が10問ほどある。これは間違っている可能性が高いものだ。肢のほうに小さくハテナマークをつけたものもある。憲法にはほとんどハテナマークはついておらず、刑法に多く、民法がそれに次ぐ。刑法はやはり勉強不足だった。正解に自信のないものが多い。見直したって同じことだ。民法のほうは見直しているうちに先の答えを訂正したのが1問だけあった。これは、訂正に自信があった。正しいものはどれかというのに誤っているものを選びだすという取り違えをしたものは、さすがになかった。そんな取り違えは、まったく歯が立たない肢ばかり並んでいるときにしか起こりえない。あれかこれか思い悩んだ設問はいくつもあったけれど、５つの肢のうち４つも迷ったというのは幸いにもなかった。ぼくは、ともかく60問全部を投げ出すことなく、あたり切った。やり遂げることができた。

短答式試験は、もちろん全問正解が求められているわけではない。6割をこえ、7割近い正答率であればパスできるはずだ。60問中40問を正解したらパスできるはずなのだ。ぼくはハテナマークをつけた10問全部がダメだったとしても、40問はクリアーしているだろうと、最後には楽観論者になった。

終了時間の午後5時まで、あと30秒になった。ぼくは万年筆を机の上に静かに置き、両手を膝にあてて解答用紙の自分の名前をじっと見つめた。気分は落ち着いている。やるべきことはやり尽くした。もう試験問題はぼくの手を離れた。死力を尽くして考えたあげく答えを出したのだから、あとは自分を信じるしかない。室内に何人かいる係員は静止して自分の腕時計を見て、終了の合図を待っている。正面に立っている若い係員が静かに、しかしよく通る声を発した。「はい、時間です。筆記用具を置いて下さい」。試験会場内は一瞬だけざわついた。係員が解答用紙と問題冊子を回収していく。問題冊子の持ち帰りは許されていない。「受験新報」が問題文の設問を紹介しているが、これは受験した千数百人が分担・手分けして記憶によって再現しているという。それで、たまに「本問再現不完全」という注記がついていることがある。本気の受験生にそんな余裕はないはずだ。ぼくは先ほどまでの時間に追われていた状況をふまえて、問題文を記憶しておくなんて信じられない。係員が冊子を回収して立ち去っていく後ろ姿を見ながら、ああ、これで今年の短答式試験は終わってしまった。もう、来年5月まで、この試験を受けたくても受けられない。いや、それでいいんだ。なんだかサバサバした気分になった。試験会場の教室をみな一斉に出ていく。終わった、終わった。ついに終わったのだ。

3時間という長丁場の試験がようやく終了した。やりきった。疲れた。

まだ明るい夕方5時。このあと、どうしよう。頭のなかは、まだかっかと火照《ほて》っている。ぶすぶすと燠《おき》が燻《くすぶ》っている。すぐにでも火がおきあがりそうなほど熱い。興奮冷《さ》めやらないとは、今のぼくの状態を指すのは間違いない。この熱いばかりの頭をともかく冷ます必要がある。

うん、そうしよう。ぼくは試験会場の大学からまっすぐ新宿駅に向かった。新宿駅西口を出て、食堂の前を通るとき、急に空腹を感じた。腹ごしらえするのも悪くない。中に入って150円の親子丼を注文した。空腹感を解消して映画館に入る。『男はつらいよ』だ。こんなときは寅さん映画に限る。山田洋次監督による渥美清主演の『男はつらいよ』シリーズが始まったのは、ぼくが大学3年生のとき、2年前からだ。五月祭のとき、東大本郷の25番教室は満員盛況、大爆笑の連続だった。以来、年に2回、お盆と正月に封切られ、いつだって大入り満員。寅さんの失恋が心憎い展開で演じられる。現実にはありえないお茶の間シーンだからこそ観客の心を惹きつける。大笑いしながら、ほろりとさせられる。落語の素養も深い山田洋次監督の演出もすごいけれど、やはりなんといっても四角い顔の寅さんの表情に魅せられる。今日は4月末に封切されたばかりの『男はつらいよ・奮闘編』で、マドンナは榊原るみ。葛飾柴又の草だんご屋に一度は行ってみたいよね。心の底から観客の一人として大笑いしていると、先ほどまで司法試験で苦しんでいたことなんか、すっかり忘れてしまう。映画館を出るときには、笑いすぎて涙目になって心は軽い。身体に残っていた火照りは、どこかへ消え去っている。寅さんはマドンナから振られても、最後のシーンは、いつだって青空の下でタンカ売《ばい》を元気よくしている、ドン底からはい上がった寅さんだ。いつまでも傷心《しょうしん》のままくよくよするなんて寅さんらしくはない。ぼくだって失恋の悩みで、いつまでもうじうじしていてはいけないんだ……。新宿駅付近はいつだって大群衆が通りを埋めていて、まっすぐに歩けない。通行人をよけながら駅まで歩いていくうちに、自分の足が地についている感覚、当たり前の感覚を取り戻している実感がしてきた。

寮に戻っても、もちろん夕食はない。映画をみる前に親子丼を食べたけれど、空腹感がある。寮の近くの定食屋の前を素通りすることはできず、なかに入ってビールと刺身を注文した。ひとり、お疲れさまと自分にねぎらいの言葉をかけて苦いビールを口にする。お勘定の４８５円を支払い、寮に戻る。部屋に入って机の上にある短答式問題集を全部片付けた。もう、これを使うことはない。来年やるにしても、新しい問題集を買うだけ。机のまわりを整理すると、今夜はほかにやることはない。そうだな。銭湯へ行こう。銭湯の洗い場で頭髪を両手でごしごし洗うと、頭のなかのモヤモヤ感まできれいさっぱり洗い流した気分になる。部屋に戻り、早々に布団を敷いて潜《もぐ》りこむ。寝るより楽はなかりけり、だ。

短答式試験の総括

5月10日（月）

目が覚めたのはいつもの時間。習慣は恐ろしい。ゆっくり寝ているつもりだったのに……。とりあえず食堂へ行き、朝食をとることにした。食堂に置いてある朝刊を見ると、昨日の新聞は一面に大きく日弁連が総会を開いて最高裁を批判する決議をあげたことを報じていた。見渡す限りの弁護士が一斉に手をあげて決議に賛成している様子が写真で紹介されている。圧倒的多数の弁護士が最高裁による阪口徳雄修習生の罷免《ひめん》処分を厳しく批判したのだ。昨日までは社会問題全般から距離を置いていたけれど、今朝はじっくり新聞を読む時間だけのゆとりがある。司法修習生の卒業式で、修習生代表として発言しただけの阪口修習生の身分を奪うなんて、最高裁の行き過ぎは明らかだ。政府・自民党の圧力がそんなに怖いものなのか。いったい司法権の独立というのはどこにいったのか。阪口修習生の罷免だけではない。宮本康昭判事補を再任しなかった。司法修習生からの裁判官任官を7人も拒否したが、そのうち6人が青法協会員だった。思想・信条を理由とする、あからさまな差別だ。司法がこんなことをしていて憲法の保障する思想・信条の自由を裁判で守ることができるのか……。ぼくは朝食をとったあとも一心に新聞を読みふけった。身体がカッカと燃えてきた。怒りが沸《わ》き上《あ》がる。こんなひどいことを許してはいけない。ぼくも何かをしたい……。そう思ったけれど、今のぼくは司法試験の受験生でしかない。ここを突破しないことには、どうしようもない。火照《ほて》る思いは部屋に戻ってきても収まらない。どうしよう、うん、もうひと眠りするしかないな。寮の外は天気が良さそうだけど、それより今は睡眠が優先だ。

次に目が覚めたときには午後2時を過ぎていた。午前中の火照り感と昨日までの受験の疲れが心地よい眠りをもたらしたのだ。もう、お昼を食べに出かけるのはよしておこう。外出はせず、夕食まで我慢することにした。だから、本日の支出はゼロ円也。

「受験新報」の合格体験記を手にとって読みはじめる。短答式試験に不合格だったときにどうするかが書かれている。ある人が、「ようやく来年度の最終合格を確実にするスタートが切れたことを喜べ」と書いている。どういうことだろうか……。「その心は、短答式試験に合格した人のうち、少なからぬ人は付け焼き刃の勉強をして、そのあと発表があるまで遊び呆け、多くの人が9月まで勉強できない。その結果が不合格につながる。ところが、いま短答式試験で失敗し、その敗因を総括して真剣に勉強をはじめたら、少なくとも3ヶ月は無駄にならず、有利な立場に立つことができる」

なーるほど、そういうことが言えるのか、何事も、ものは考えようなんだね。ぼくは素直に感心した。もう一つは短答式試験に失敗したからといって、短答式試験の合否にあまり重点を置きすぎないように、というアドバイスだ。これも、なるほどだな、そう思った。たしかに短答式試験の直前の勉強法には特殊なテクニックが必要だ。3時間で60問。憲法・民法・刑法の3科目に各20問。そして、一つの設問に選択すべき肢《あし》が5つある。だから、一科目について、正確には100問あると考えるべきなのだ。これを短時間のうちにやり切る必要があるから、そのための訓練を積まなければいけない。

しかし、かといって、この択一式だけの勉強を続けるのは愚の骨頂だ。択一式だけでも受かればいいなんて気持ちで司法試験を受けてはいけない。択一式をパスしたら、続いて論文式試験もパスする。こういうコースを目ざす必要がある。目前の短答式試験ばかり気をとられ、司法試験が論文7科目の試験であることを絶対に忘れてはいけない。

「受験新報」を読み終えて、ぼくはいったん部屋の畳の上にごろんと横になった。そして天井を仰ぎ見ながら昨日の短答式試験を振り返った。まず言えることは、現時点での自分の実力をすべて出しきった試験だった。何かのために中途半端に終わってしまったということはない。落ちたとしても、それは実力不足のせいなので、まったく悔いはない。でも、天井の染《し》み模様を眺めながら、不思議に落ちるという気はしなかった。四分六分で、ひょっとしたら合格するかもしれない。そういう気がする。いずれにしても、この一年間は、もっと徹底して法律学を自分のものにするよう努めよう。これまでは法律の条文と法律学へのなんとなく恐れがあった。しかし、それはこの1年で払拭《ふっしょく》できた。それは間違いなく言える。あとは、自分の一生の仕事として、職業として弁護士を選び、それをやり抜いていくため、少々のことは我慢して、そのために自分を鍛えていくほかない。ここまで考えがたどり着くと、起きあがって、ぼくは机に向かい、大学ノートを取りだした。総括文を書くのだ。今年を総括して、教訓を引き出し、来年の方針を考えてみる。ぼくは、大学ノートに今日の日付を書いて、次のように書き出した。

「試験である以上、結果は落ちるか受かるか、この二つのどちらかしかない。そして、試験は、一定の方針にしたがって、法則にかなったやり方で勉強してのみ、その道は拓《ひら》かれる。したがって今年の受験をふまえて、その結果はまだ分からないけれど、きちんと総括しておくことは今後にとって格別の意義を有している」

ぼくにとって「総括」という言葉は、3年あまりのセツルメント活動のなかで毎日のように使い、聞かされていたものなので、今ではすっかり血となり肉となっている。なので、ぼくにとって受験生活についての総括文を書くことに何の苦もなく、むしろ自然な、あたりまえのことだった。まずは時期を分けて考えてみようか……。直近の5月からいこう。

5月に入ったら、憲法・民法・刑法の3科目を一日一冊、6日でやりあげ、残りを判例百選と論点カードの復習に充《あ》てる。これは問題集の点検を兼ねる。短答式試験の前日には、条文を総当たり・総ざらいして、暗記につとめる。短答式試験は、条文の知識があれば、かなりの設問で正解を得ることができる。だから、条文を正確に記憶しておく必要がある。ただし、そのとき、条文を丸暗記する努力よりも、基本書を読むときにいちいち六法を参照しておくようにする。つまり、基本書の記述と一緒に、条文をしっかり身につけておくようにしておくことが肝要なのだ。

5月の前、4月に入ったら、1日に120問ペースで短答式問題集をこなし、そこでひっかかったり、大切なところと思ったところは論点カードに書き出しておく。今年は、記録した限りでは266１題をやりあげた。実際には、もっと多かったので、2900題はやったと思う。来年はもっとやろう。今年の実績からすると、4000題を目標としてよい。それくらいはやれるはずだ。真法会、玉成会、早稲田、そして「受験新報」などなど……。問題集のやり方としては、今年とったやり方でよい。しばらく考えて、それでも迷いがあるときには、それ以上の時間をかけても単なる「合理化」にすぎず、むしろ間違ったことを覚えてしまう危険がある。問題とすべきは、どれだけ確実に正答したかということ。迷ったところ、大切なところ、盲点は頭に正解を叩き込むために、基本書に戻り、余白に書き込む、あるいは論点カードに記載する。このどちらかを必ず実行する。さらに、赤い棒線を引いて、あとで見直すようにする。問題としては易《やさ》しかったけれど、大切なところだと思うところも、単に正解したということで終わらせず、十分にマスターするよう基本書に書き込むのを忘れない。

ここまで書いてきたが、これは、まだきちんとした総括にはなっていないのではないか……。単なる感想文ではないか。時計をみると、まだ午後10時だ。同室の相棒の工学部生は明日が早いらしく、もう寝ている。今日は、これから「ダットサン」民法を読むより、もっと本格的に時期を追って時間をかけて総括することのほうが、よほど大切なことではないか。そう考え直して、ぼくは改めて大学ノートに向かった。

試験当日　そして前日

短答式試験の開始は午後2時なので、当日は午前10時に起床する。早起きして、午後ぼおっとなるようなことは避ける。前日は午前2時までに寝て、睡眠時間として8時間を確保する。実際には、興奮と緊張からすぐには眠れないかもしれないが、気にしない。ただし、1週間前から少なくとも7時間の睡眠時間を確保しておく。三日三晩、不眠不休というのでは困るけれど、一晩くらい睡眠時間が5時間に満たなかったとしても、あとは精神力で乗り切る。

食事と睡眠には最大の注意を払う。健康管理も試験勉強の重要な柱の一つであることを忘れない。すべてを試験当日の3時間にベストコンディションで臨めるよう集中する必要がある。「全力集中、一点突破」。このスローガンこそ、今のぼくにふさわしい唯一の正しいものだ。これを徹底すれば、能力の多い少ないは問題にならない。

前日、条文は隅から隅まで目を通し、作っておいた論点カードを読み返す。前日に短答式の答案練習をして、その正誤に一喜一憂するのは心理的に好ましくない。

前々日

判例を総ざらいする。憲法は条文を丸暗記する。刑法は条文を立体的に再構成する。民法は重要条文の丸暗記と関連条文の立体的構成にあたる。条文を書き抜いたカードを日頃から持ち歩き、歩きながら暗記に努める。そして、論点カードでポイントを押さえておく。

3日前から遡及して6日間

基本書である『憲法Ⅰ、Ⅱ』、「ダットサン」民法ⅠとⅡ、そして刑法は団藤『刑法綱要』総論と各論を一日一冊ずつ読みあげる。

5月に入って

短答式の答案練習を一日60問やり、それまでのつまづきをチェックする。論点カードを見直す。そして基本書の一日一冊の精読に移る。

4月

1日から短答式問題集にあたる。今年は一日で最高178問だった。毎日、何問やったか目に見えるように記録し、自らを励ます。来年は今年の実績をふまえて、一日で120問から150問をこなす。そのため、すべての市販の短答式問題集と「受験新報」の設問にあたり尽くす。積み残し、やり残しはないようにする。やり切ったという達成感を自分のものとして、自信をもつ。来年は合計4000問を目指す。マンネリにならないよう目標のハードルを上げる。答案練習のときには、多種多様な視点から論点にアプローチすることを基本とする。一問一答を正解したか否かに決して一喜一憂しない。一問ではなく、一肢が肝要だ。迷いのある設問肢について、一定の思考をすすめても決断のつかないときには「?・」(ハテナマーク)をつけて先に進み、あとで「?・」を忘れず解消する。ペースとしては、60問を2時間でやりあげるピッチでいく。このとき、つかんだ重要なポイントは、基本書に書き込むか、新しくカードを作る。とりわけ重要なものは赤枠で囲んでおく。

カードは、今年は事例集のものまではつくれなかったが、できたらつくったほうがいい。立体的に自分の頭で組み立て、整理しておく。

大学の授業には時間の許す限り出たほうがよい。教授の話を聞くと、雑談をふくめて法律家のものの考え方が理解できるし、頭が整理される。

短答式試験だけ狙った勉強会はやらないほうがいい。結果を他の受験生と比較して一喜一憂するなど心理的に動揺することが生まれかねない。時間としても無駄で、効率が悪い。

3月

4月から短答式試験の問題集に全力投球するためには、論文式試験に向けた勉強は3月までに全部完了しておく必要がある。3月末の最終一週間は、憲法・民法・刑法の基本書の精読、判例読みに集中する。

1月と2月

1月に会社法と手形法・小切手法、そして民事訴訟法をやる。2月からは刑法・憲法・民法に取り組む。2月と3月は、論文式試験に焦点をあてて勉強し、事例で考える頭にする。

12月までに

憲法に1ヶ月、刑法に2ヶ月、民法に3ヶ月かかるとみて、予定を組み立てる。

試験勉強

ながいあいだ、きわめて極限的かつ圧迫された日々を過ごすうえで、精神衛生を健全に保持することがとりわけ大切、不可欠である。毎日の生活を同じパターンで過ごす、単調なものとする。①毎日、朝と夕には新聞をしっかり読み、社会との緊張関係を保持しておく。「俗世間を捨てた仙人」のような頭のなかにはしない。②大学の授業は、司法試験の受験科目に限って最大限出席し、詳細なノートを取る。③勉強会で、気のあった親しい友人たちと議論する。社会科学関係の本は読まず、頭のなかを法律の論理構成で埋め尽くす。人間的な味わい、情感から必然的に遠ざかることが一時的にやむを得ない状況に置かれるので、たまに憂さをすべて笑い飛ばしてしまうことも必要だ。その点、映画『男はつらいよ』シリーズを月一度くらい見るというのも悪くない。むしろ有益だろう。男として女性を求める気持ちがたかぶってきて、モヤモヤすることがある。これも自然現象なのだから、くよくよ悩まずマスターベーションで解消する。ともかく、この一年間は女性と無縁の生活を過ごすしかない。結婚して女性と一緒に生活しながらの受験生活というのは、今のぼくに選択肢としてありえない。「受験新報」の合格体験記を読んでいると、結婚して合格したという人も少なくはないが、よくも気が散らずに受験勉強に集中できたものだ、信じられない。日常生活で生じるわだかまりは、すべて雑念として捨て去り、さっぱりとした頭で過ごす。何事にもくよくよせず、きっぱり決断する。この姿勢でいく。

ぼくは何度も読み返しながら、必死で真剣に総括文を書きつづっていった。セツルメントでの総括文も真面目に書いていたけれど、今夜は、なにしろ自分の一生がかかっているだけに必死さの度合いが格段に違っている。ぼくだって、やるときはやるんだ。書き終わったときには、頭のなかに渦巻いていた、はっきりしないものがみな吹き飛んでいって、すっきりくっきりした気分になっていた。おや、何か白っぽいぞ。窓の外が白い。どうしてだろう。なんだ、夜が明けたのか。もうそんな時間になったんだ。本当に明けない夜はない。ぼくはそう確信して昼から敷いたままにしていた布団にもぐり込んだ。

5月11日（火）

ゆっくり起きた。今日の予定は何もない。気が抜けている。何もする気がなく、再び布団を敷いて寝た。昼過ぎ、お腹が空《す》いたので、寮を出て正門から入って銀杏並木をゆっくり歩いていく。青空が広がり、気持ちの良い天気だ。ハイキングには絶好だね。大学1年生のとき、4月末にセツルメントサークルに入って、5月に若者たちと鎌倉へハイキングに出かけたことを思い出した。みんなで撮った記念の集合写真を見ると、ぼくは高校生時代までの坊主頭から、まだ長髪にはなってなくて、裕次郎刈りとでもいうのか、五分刈りのイガグリ頭で写っている。これが、ぼくのセツラーネームの根拠となった。今となってはいい思い出だ。大切にしよう。

生協で「受験新報」を買い、さらにノートと整髪料を購入する。ノートはもちろん司法試験の勉強用。ぼくの頭髪は長毛で硬いので、整髪料をつけて水でなでつけないと、すぐにてんでんバラバラに主張して、いかにも個性的な頭になってしまう。ゆっくり歩いて寮に戻ると、再び布団を敷いて昼寝をすることにした。寝るより楽はなかりけり、だ。

5月12日（水）

今朝もゆっくり起き出した。朝食の時間は過ぎているので、お茶を飲んで食堂の新聞を読む。時間つぶしには新聞を読むのが一番だ。短答式試験の直前は、ろくに新聞も読んでいないし、読んでも頭に入らなかった。だから、10日間くらいの新聞を引っぱり出して、この間の世の中の動きをたどった。お昼になって、さすがにお腹が空いたので、やおら「メトロ」へ向かう。銀杏並木の脇に黄色い小さな花をたくさんつけた灌木がある。エニシダだね、これは。春はいいね、そう思っていると、急に風が吹いてきて目が痛くなり、涙がポロポロ流れる。あれれ、これって例の光化学スモッグじゃないの、いやだね、まったく……。「メトロ」で80円の月見うどんを一杯だけ食べる。ずっと寝てるから、あまり食欲もない。今は疲労回復期だから、どこかへ出かける元気もない。おとなしく寮に戻って、再び新聞を読みはじめる。そのうち眠たくなったので、ちゃんと布団を敷いて昼寝する。

こんなに昼に寝たら、夜に眠れなくなるんじゃないかと心配していると、夜は夜で、午後10時を過ぎると眠たくなった。じゃあ、寝ようか……。自分でも驚くほど、よく眠れる。

5月13日（木）

朝、目が覚めたとき、少し身体に力が入っていると思った。ようやく少しは法律書を読んで勉強する気になった。朝食をちゃんと摂《と》って部屋に戻ると、星野英一の担保物権についての講義ノートを読み返すことにした。講義ノートは、星野の授業に出て、必死にノートを取ったものを下宿に戻ってから清書し、一冊にきれいにまとめている。清書するときには、基本書にあたって曖昧《あいまい》なことは書かないように努めた。自分のノートなので、授業風景までまざまざと思い出せ、難解な担保物権がそれなりに頭に入ってきやすい。星野ノートは、ぼくが80頁とナンバーリングまでしている。留置権《りゅうちけん》、先取特権《さきどりとっけん》と、抵当権だけではなく担保物権にもいろいろあって、本当に難しい。午前10時20分に清書を完了した。やれやれだ。

お腹が空《す》いたので、ちょっと早目に「メトロ」へ行く。ぼくがスパゲッティナポリタンを食べていると、同じ法学部生の鈴木君がニコニコしながら近づいてきて声をかける。なんだろう。これから鈴木君は企業面接に行くのだけれど、よかったら一緒に行ってみないかという誘いだった。どうやら鈴木君は、一人じゃなくて誰か東大生を誘ってくるように言われているらしい。ぼくは暇《ひま》を持て余していたし、企業面接ってどんなことをするのか知りたいと思い、即座にOKと返事した。つまり、ぼくは鈴木君のノルマ果たしに協力しようというわけだ。別に企業を騙すつもりではない。ぼくにとってもいい経験になるんじゃないかな……。

ぼくは、いったん追分寮に戻り、一張羅《いっちょうら》のブレザーを着込んで鈴木君と二人で地下鉄に乗って、大手町へ出かけた。地上に出るとよく晴れていて、暑いくらいだ。大手町には高層ビルが建ち並び、日本を代表する大手企業の中枢が集中している。そのなかの一つ、少し古ぼけたと言ったら失礼になるかな、貫禄があると言うべきか、中層ビルを構える企業の受付にたどり着く。しゃれた制服を着た美人が二人いて笑顔で声をかけてくるので、ぼくは大いに気後れした。鈴木君の次に、面接室になっている会議室に入る。面接担当の社員は3人で、みな30代くらいだと思った。真ん中の社員が、にこやかに志望動機を訊《き》くので、正直に司法試験の受験生であり、短答式試験が終わったばかりだと話した。入社することを期待されても困るので、牽制球《けんせいきゅう》を投げたつもりだ。人生の大事に二叉《ふたまた》をかけるのは、ぼくの主義主張に反する。

面接官は、すぐに了解してくれて、「それはがんばってくださいね」と、好意的な言葉をかけてくれた。あとは、当たり障《さわ》りのない世間話のような雑談になって、あっという間に終わった。面接官は、ぼくについて「見込みなし」とメモしたはずだ。それでも、ぼくらが帰ろうとすると、会社概要という大判のパンフレットなどの会社説明書をどっさり手渡された。ぼくは、どうせ読まないんだけど……と思いつつ、お礼を言って退出した。会社概要パンフレットは、その後も大型封筒で大量に送られてきた。

ビルを出たあと、ビル全体を振り返ってみた。大企業に就職するっていうことは、こんな大きなビルに入って、毎日そこで働くということなんだね……。ぼくは、就職して働くということを初めて具体的なイメージでつかむことができた。いかめしい、大きな建物は、連綿と続いている老舗企業の一つの象徴だと思えた。ただ、実際にぼくが足を踏み入れたのは、面接室となった会議室だけで、社員が働く現場でも事務室内部でもない。ただ、それにしても、三人並んだ面接官の態度・表情からは、なんとなく堅苦しいというか、息苦しいという気分にさせる。しかし、これもまた単なる想像だ。今日の企業面接は、ぼくにとって、どこかの企業に入社するっていうことはないと確信させた。大企業に入ってサラリーマンになるっていう選択は、ぼくには、やっぱりないんだよね。そのことを確信させる企業面接に誘ってくれた鈴木君に心のなかで大いに感謝した。

5月14日（金）

朝、すっきり目が覚めた。本格的に勉強を再開しよう。いつまでも時間を無為に過ごすわけにはいかない。まずは会社法からはじめる。午前中は「赤本」と呼ばれる、司法試験向けと定評のある手引書を読む。薄い本なので、ざっと読むと会社法の全体像、主要な論点を大まかにつかむことができる。昼食を摂ろうと思って、よく晴れた空の下、正門から入ると、本郷構内は人の波だ。今日から五月祭《ごがつさい》が始まったのだ。これじゃあ、昼食は行列に並ばなくてはいけないかな……。「メトロ」は混雑していたけれど、行列に並ぶほどではない。90円のかき揚げうどん一杯を食べると、早いところ寮に引き上げよう。お祭り気分に浸っているわけにはいかない。正門を出てしばらく行った路上に光るものを見つけた。１００円硬貨だ。すぐに身をかがめ、すばやくポケットに入れる。昼食は90円だったから、本日は支出ゼロどころか、差引10円の収入超過になった。ありがたい。

午後は、寮に戻って基本書である鈴木竹雄『会社法』を読みはじめる。こちらは「赤本」と違い、さすがに骨が折れる。ざっと読み通して終わり、というわけにはいかない。会社法を腰を落ち着けて読むのは2回目だったにもかかわらず、なんだか初めて読んでいるとしか思えない。会社法の根底には民法があるけれど、会社の設立、株主総会や取締役会の運営など、会社運営に関する具体的な手法を定めた条文がたくさんあって、簡単、容易に分かるというものではない。久しぶりに難解な法理論に接して頭がくらくらしてきた。

寮の食堂で夕食を摂る。今夜は白身魚の切り身の煮付けだ。骨があるのがうっとうしいが、味付けは、いつもながら抜群だ。テレビで私鉄のストライキで大混乱が起きている状況を報道している。国電のほうは乗客が慣れて混乱は起きていないらしい。ストライキというと、何が争われているのかを抜きに、乗客がいかに迷惑を受けているかどうかばかりをマスコミが報道するのは疑問だ。ストライキは憲法に明記された権利なのを忘れてもらっては困る。寝るまで鈴木『会社法』を読み続ける。

5月15日（土）

午前中は真面目に寮に籠って鈴木『会社法』の続きを読む。お腹が空いてきた。なんだか勉強に気乗りがしない。本郷は五月祭で人が溢《あふ》れている。よし、新宿まで出かけよう。駅前の食堂で100円の月見うどんを食べ、映画館に入る。「寅さん」映画だ。本当に男はつらいんだよね。今日は第3作の『フーテンの寅』で、マドンナは新珠三千代だ。四日市と湯の山温泉が出てきた。腹の底から大笑いし、ちょっぴりホロリとする。映画館内の観客みんなが一斉に笑うので、安心しきって素《す》の自分が出せる。しみじみ心に沁《し》みる、本当に素晴らしい映画だ。こんないい映画を１００円で楽しめるなんて、なんと幸せなことだろう。

寮の夕食の時間に間に合うように戻る。野菜のテンプラを美味しくいただく。テレビで横綱大鵬《たいほう》が引退するといっている。巨人、大鵬、卵焼き。この三つはいつも並べられる、子どもの好きなものだ。その大鵬が引退するなんて、信じられない。

寮委員に１ヶ月の食費２２１０円を支払う。そうだ、勉強する前に、世間の垢《あか》を落としてこよう。今日は寮の風呂はないから、外の銭湯へ行く。広い湯舟に浸かって手足を伸ばすし、極楽の気分をしばし味わう。まっすぐ寮に戻って部屋で法律書と真剣に取り組む。

5月16日（日）

今日まで本郷は五月祭だ。浮かれ気分が感染したら困るので、本郷構内には近づかないことにする。昼も夜も近くの定食屋に通う。お昼は魚フライランチ、夜は豚肉の生姜《しょうが》焼き定食だ。そして、夜食用のパン30円を確保したので、本日の支出は３３０円也。

鈴木『会社法』を読み続ける。株主は各株式ごとに一個の議決権を有する。一株一議決権の原則という。議決権とは、株式会社の均等な割合的単位としての株式の担い手たる株主が、株主総会に出席して総会の決議に加わる権利である。株主は、企業の実質的所有者として、その持分にもとづき議決権を有するものであるから、本来、自己のために議決権を行使しうる。議決権は代理行使が認められる。株式の譲渡は法令上の制限と定款による制限とがある。株式の譲渡は、株主に投下資本回収のみちを与えるものであり、原則として、その自由は保障されている。会社の経営方針に反対な株主には、株式譲渡による投下資本の回収という手段を与えている。商法は、株式の自由譲渡性を強行法規的に確立したが、他面、特殊な場合について、明文をもってこれを制限している。

5月17日（月）

午前中は、寮で鈴木『会社法』を読む。ようやく読み終わる目途がついた。取締役は、善良な管理者として会社のために忠実にその職務を遂行する義務を負う。取締役が自己または第三者のために会社の営業の部類に属する取引をするには、その取引について重要な事実を開示し、株主総会の事前認許を受けなければならない。また、取締役が自己のため、もしくは他人の代理ないし代表して第三者のために会社と取引するには、取締役会の承認を必要とする。これは代表取締役でない場合にも適用される。

お昼に本郷構内に行くとき、曇り空で怪しいので傘をもっていく。光化学スモッグ注意報が出ているという。それを聞いたためか、目が少し痛い。気のせいかもしれない。ぼくは昔から他人の影響を受けやすいのだ。「メトロ」で180円の酢豚ランチを食べる。ちょっと贅沢しすぎたようで、反省する。購買部にまわって歯ブラシはともかく、お菓子まで買ったので、本日の出費は465円になった。

午後には終わらず、夜までかけてようやく鈴木『会社法』を読み終えることができた。これで本当に会社法が分かったのか、司法試験の答案が書けるのかと問われると、正直言ってまったく自信がない。それでも、限られた時間のなかで精一杯やっているのだから、これしかないと、自分に言い聞かせる。

5月18日（火）

朝から三ヶ月章『民事訴訟法』を読みはじめる。難しい取っかかりの文章を読んでいるからか、もう一つ気合いが入ってこない。なんとかしなくては……。それでも我慢して読んでいくと、手続法ではあるが、理論的に対立しているところについての説明が、それなりに論理的に一貫性があることも分かってきて、民事訴訟法のあれこれを議論することの面白さも感じられるようになった。

お昼は、いつものように「メトロ」で１４０円の野菜炒めランチをとる。テレビで私鉄が第二波ストライキに突入して、一時的に混乱し、車も大渋滞だという。たしかに渋滞に巻き込まれたら、ストライキを恨みたくはなるだろうけど……。Yシャツのボタンがとれて、ボタンが行方不明になっているので、生協でボタン36円を買った。寮の部屋に戻って、自分で針と糸をつかってボタンをYシャツに縫いつける。ぼくは手先が器用ということではないけれど、それくらいのことはできる。気分転換にもなった。

5月19日（水）

朝、目が覚めると外は雨が降っている。久しぶりの雨だ。午前中は寮にいて新堂の民事訴訟法の講義ノートを読み返した。このノートは、きちんと清書しているので、読みやすい。新堂の争点効理論は、それなりに筋の通る話だと思うけれど、学界では、肯定・否定、どのように評価されているのだろうか。講義ノートは、自分が大教室で直に授業を聞いてノートに書き取ったものだけに、教授の思考過程がよく分かり、答案用紙に再現しやすいことは間違いない。

昼になっても雨が降り続いているので、大学構内まで行くのは断念し、寮の近くにあるいつもと違う食堂へ行き、70円の月見うどんを食べる。食堂のテレビが沖縄でゼネストに突入したと報じている。ゼネラルストライキって、すごいよね。本土より沖縄のほうが進んでいるな。

5月20日（木）

朝から寮の部屋で勉強していると、ぼくに現金書留が届いたという。親からのはずはない。いったい誰からだろう。送り主の名前を見ると、長兄からだった。長兄も司法試験を1回だけ受けている。合格できなかったので、方向転換してメーカー系の会社に就職した。父親も戦前の司法試験を受けていたというのは、あとで聞いた話で、このときはまだ知らない。長兄が、陣中見舞として５０００円を贈ってきてくれた。励ましの手紙もついている。いつだって金欠病に悩まされているぼくは、お金も手紙もうれしかった。

昼は「メトロ」でテレビを見ながら100円の肉うどんを食べる。うどんは消化がいいらしい。これ以上太ってしまったら、このあいだ高校以来の友人である守中君がぼくを見間違えたように人間性まで変わってしまわないか心配だ。昨日、沖縄はゼネスト突入で、騒然とした状態になったらしい。東京は国鉄労組がストに突入して「空前のマヒ」が起きたという。ヤレヤレ迷惑な……、という報道ばかりで、目を背《そむ》けたくなった。

書籍コーナーにまわり、司法試験用六法を買う。コンパクトサイズの小六法で、これと同じものが論文式試験会場の机上に置いてあるようだ。この小六法には、岩波「基本六法」のような参照条文は載っておらず、ただ条文が並んでいるだけ。しかし、どの条文がどの頁のどんなところにあるか、この小六法を引き慣れておくと、本番のときに時間の節約になるし、まごつかなくてすむ。これから本番まで大いに活用しよう。午後からも寮の部屋で勉強を続ける。

5月21日（金）

大学の定期試験がはじまった。司法試験で受験する科目だけ受ける。今日は民法と民事訴訟法。さすがに司法試験の勉強をしているので、どちらもなんとか答案は書けた。優がとれなくても、不可となることはないだろう。試験が、午後も早目に終わったので上野まで足を伸ばす。学生セツルメント活動をしていたときの後輩セツラーの女性、仲田さんに会いたくなって昨晩、電話を入れておいた。

上野駅で待ち合わせて、駅前の喫茶店で1時間ほど話した。お互いの近況報告をしあったようなものだったけれど、ぼくにとってはいい息抜きになる。ぼくが寅さん映画を先日みたこと、「腹の底から笑えるいい映画だよね」と言うと、仲田さんは、ちょっと首をかしげた。「そうじゃなくて、泣くべきか笑ってよいのか、微妙な線をいっているところに、あの映画は味わい深いものがあると思うの……」。なるほど、そう言われると、もっともだ。手放しで笑ってばかりはおれない、じゃあ、笑っている自分はどうなんだと自問自答すると、泣きたくなるところも確かにある。ふむふむ、いろんな見方があるんだね、さすがに大学院で英文学を勉強しているだけある……。それはともかく、たまには女性との楽しい語らいの場があってほしいよね。とは言っても、果林《かりん》のときのような深入りは禁物だ。あくまで表面的な語らいにとどめておこう。店の外に出たとき、パラパラと雨が降っている。まあ、にわか雨だろう。さっきまで晴れていたんだし……。

5月22日（土）

午前中は寮で新堂の民事訴訟法講義ノートを読んで勉強する。4月に東大出版会教材部から刊行されたばかりだ。債務名義とは、内容として一定の私法上の給付義務の存在を証明し、その効果として、法により執行力が付与されているものをいう。例えば、確定判決だ。これにもとづく強制執行手続に対して、対抗するときには請求異議の訴とか第三者異議の訴がある。また、家財道具などについては、差押禁止財産も定められている。

昼からは、なんとなくお尻がむずむずして落ち着かないので、寮を出て新宿に出かけた。短答式試験の合格発表の日が近づいてきて、勉強に集中できなくなった。こんなときには「寅さん」映画をみるに限る。この前と同じ映画館で、第2作の「寅さん」映画を再上映中だということは分かっている。新宿駅から歩くと暑いくらいだった。『続・男はつらいよ』だ。葛飾柴又の草だんご屋を舞台とする、なんとも言えない人情味あふれる話の展開に、いい知れず心が惹《ひ》かれる。そこでは、人間が本当に泣いて笑って、本気で怒り、そして人々が暮らしている。今回のマドンナは佐藤オリエだ。美人というより親しみやすい女の子というイメージだね。ただ、今日は映画館内の観客が前回ほど盛り上がらないので、なんだか物足りない。「寅さん」の映画は、なんといっても、観客みんなが涙の出るほど声をあげて大笑いして笑いころげるのが一番だ。腕を組んだまま睨《にら》みつけるように見てはいけない。

5月23日（日）

なんとなく落ち着かない。新堂の民事訴訟法講義ノートを読み返していても、目が上滑りしている。当事者の主張に対する相手方の対応は、否認、不知、自白、沈黙のいずれかである。否認は、相手方の主張事実を否定する陳述。不知の陳述をした者は、その事実を争ったものと推定される。自白は、自己に不利益な相手方の主張事実を真実と認める陳述であり、これについては証拠を要せず裁判の基礎となる。沈黙は、相手方の主張事実を争わないことをいい、弁論の全趣旨から争ったものと認められる場合を除いて、自白と同じように扱われる（擬制《ぎせい》自白）。

お昼は、いつもの定食屋で185円の中華定食にしたので、夕食は100円のラーメン一杯のみとする。本日の支出は325円也。蒸し暑い。川崎では大気汚染注意報が発令された。明日の商法の試験のために基本書を復習していると、なんだか眠たい。早く寝よう。果報は寝て待てだ。

5月24日（月）

今日も大学の定期試験を受ける。今日は、商法1部と商法2部だ。商法1部では「一人《いちにん》会社」が訊《き》かれ、商法2部では株主総会決議無効確認の訴を問われた。商法は本当に勉強不足なことを実感する、実感させられる。まさか不可にはならないだろうが……。本番では、実力不足、勉強不足をぼくのもっている筆力で、なんとか破綻をきたさないように補うしかない。

お昼に、「メトロ」で70円の月見うどんを食べる。心、ここにあらずなので、味覚もおかしくなっていて、ちっとも美味しいと思えない。今は宝くじの当選発表を待っているような気分だ。ひょっとしたら当選、合格しているかな、そう思う反面、やっぱりダメだったかなという不安が奇妙に入り混じっている。といっても、ぼくの本音《ほんね》は、待ち遠しく思っている。それが半ば以上だ。きっと合格しているはずだ、そう秘《ひそ》かに期待している。でも、こんなに気持ちが揺れていると、法律の勉強に集中は無理だ。夕食のとき、食堂で若い女性の連続殺人事件が大きなニュースになっているのを読む。ひどい事件だね、若い女性をだまして車で連れまわして殺すだなんて……。世間に悪名高い大久保清事件だ。夜食を食べたくなって、寮の外へ傘をもって出た。珍しいハサミ・センベイなるものを食べた。

１７０円。満腹になって寮にもどり、新堂の民事訴訟法ノートの続きを読む。少しは気持ちも落ち着いた。

5月25日（火）

ついに明日が合格発表だ。胸が詰まって、空腹感がどこかへ飛んでいってしまった。連日、昼はうどんを食べている。どんより曇って暗い感じの銀杏並木を歩いて、今日も「メトロ」へ行き70円の月見うどんを食べた。食べ終わって外へ出ると、晴れている。風が強い。日本列島を強い風が吹きまわっているという。

寮に戻る途中、正門近くの八百屋の店先にミカンがひとやま盛ってあるのを見つけた。ええっ、ミカンって、冬にコタツに入って食べるものじゃなかったかしらん。１５０円を払ってひと盛り買って寮で食べよう。ビタミンCを補給し、あわせて、ささやかながら前祝いとしよう。おやおや、本当に前祝いになってくれたら、うれしいんだけれど……。

5月26日（水）

短答式試験に合格

夕方、短答式試験の合格発表がある。場所は霞ヶ関の法務省中庭だ。掲示板に合格者の氏名と番号が貼り出されるらしい。午前中は、逸《はや》る心を抑えつけて、なんとか新堂の民事訴訟法ノートを読んだ。昼は「メトロ」で140円のミックスフライを食べ、書籍コーナーで社会政策の「解答シリーズ」を買った。アンチョコ本として親しまれている本だ。帰りにクレマチスの花が塀にそって咲いているのを見かける。それに気がつくほど心に落ち着きを取り戻した。寮に戻ってから、明日の定期試験に備えて社会政策のアンチョコ本を読む。薄い本なので1時間ほどで読み終えた。そのあと午前中に引き続いて民事訴訟法の講義ノートを読む。目が活字を追うだけだという気もしたけれど、仕方がない。商法Ⅲは、目次をぱらぱら眺めるだけにした。

夕方6時、寮食堂に一番乗りして夕食をいただく。太刀魚《たちうお》の煮付けだった。じっくり味わうという気分ではない。腹が減っては戦《いくさ》はできないという例《たと》えのとおり、空腹感のまま発表を見に行きたくないというだけのこと。食べ終わってから地下鉄で霞ヶ関へ出かける。地上へ出ると、駅からぞろぞろと法務省に向かう人の波ができている。話し声が聞こえてきた。短答式試験の発表時間が例年より遅れたという。どうしてなのかな……。

「今年の合格点は43点らしいよ」

「60問だから、7割以上とってないとダメっていうことだね」

「うん、例年より少し問題が易《やさ》しかった結果なんだって」

「ふうん、そうなの……、厳しいね」

耳をそばだてるまでもなく、聞こえてくる。えっ、いつもの6割じゃなくて、7割が合格ラインなのか……。40点ではダメだというと、ぼくはどうなるのかな。いささか不安に駆られる。いやいや、何を今さら心配するか。もう、どうにもなりゃしないんだから……。

中庭に着いた。いかにも俄《にわか》づくりの木製掲示板の前に人だかりがしている。ぼくは、それをかき分けて、掲示板の前に進み出た。あるだろうか、あるはずだ。あるだろうか、いや、あってほしい。自分の名前を、受験票を手にして、自分の番号を探す。すると、突然、目の前にぼくの名前があった。名前を先に、そして次に番号を見つけた。簡単だった。あっという間のことだった。あった、あった。ついに見つけた。間違いない。やれやれだ。ほっと胸をなでおろす。あるはずのものがなかったら、どうしよう。それぱかりを先ほどまで心配していた。

ぼくは、自分の名前と番号がたしかに掲示板にあることを再確認すると、今度はようやく周囲に目が向いた。見知った顔の受験生が何人もいて、それぞれ自分の合格を確認して、ほっとした顔をしている。良かったね、よかったよ。でも、本番はこれからだよね。浮かれていちゃあ、つまらんよ。まだ第一関門を突破しただけなんだからね。第二の関門がヤマなんだよ。今、そうそう喜んでばかり、有頂天《うちょうてん》になっていたらいけないんだ。大池君が笑顔で近づいてきた。もちろん合格している。ぼくらは、うなずきあった。

発表の場所に長居《ながい》は無用だ。さあ、引き揚げよう。駅に戻る途中の公衆電話は、みな使われている。

話し中だし、後ろにも何人か順番待ちしている。仕方がない。別の公衆電話を探そう。

ぼくは少し遠回りして、ようやく使われていない公衆電話を見つけた。まずは故郷の両親に知らせるのが筋だ。何といっても経済的な支えがなければ受験勉強に専念することはできなかった。その恩を忘れてはいけない。ただし、最終合格したと誤解されてはいけない。ぼくは、本番は次の論文試験なんだと繰り返し強調した。そして、なるべく素っ気ない調子で話したつもりだった。それでも、母親が素直に喜んでいる声に接して、次第にぼくのほうまで胸が高ぶってきた。長距離電話なので、10円玉がどんどん落ちていき、結局は持っていた10円を全部使い切った。10円玉をたくさん用意していて良かった。もう、10円玉がなくなるからと言って、ぼくのほうから電話を切った。

寮に戻ると、机の中にあった10円玉をかき集めて寮を出て、近くの公衆電話を探す。煙草屋の店先に赤い公衆電話がある。ぼくは彼女に電話を入れた。幸い彼女は自宅にいて、受話器をとってくれた。ぼくは今度もなるべく素っ気ない調子で短答式試験に合格したことを伝えた。すると、はずんだ声が返ってきた。

「わあ、良かった。やりましたね」

彼女も母親と同じで、素直に喜びの声をあげた。それで、ぼくの素っ気なさは一挙に吹き飛んだ。

彼女は、はずむ声で続けた。

「自分の力で受かったんですものね……」

うん、そうなんだ。みんなに暖かく支えられたけれど、最終的には、ぼくが、ぼく自身の持てる力を発揮して短答式試験を突破したんだ。それは間違いない。

「うん、ありがとう。これからが本番の論文式試験なんだ。がんばるよ」

彼女の温かい励ましは、ぼくの力の源泉だ。胸いっぱいになり、ぼくはもう、それ以上は言えなかった。寮に戻り、机に向かう。今夜は気分が高ぶっていて、とても法律書を読もうという気にならない。ぼくは机の引き出しから大学ノートを取り出した。短答式試験に合格した結果をふまえて総括しよう。これを書くことによって論文式試験に合格する展望をつかむのだ。

「短答式試験に合格した」。ぼくはまず、こう書き出した。これで論文式試験を受験する資格を獲得した。そして、論文式試験こそ司法試験の核心をなすものであり、これを突破しないことにはどうにもならない。しかし、それはともかくとして、今日は短答式試験に合格したことを総括し、論文式試験に備えることにする。

勝因は何か……。それは心身のベストコンディションをそのまま試験会場に持ち込み、持てる力をすべて発揮したことに尽きる。次に、最後の直前一週間の驚異的とも言える追い込みが効果を上げた。その勢いと気迫でもって本番に臨んだことは大きかった。

正直に言って4月初めの時点では、まだまだ、とても合格できるレベルではなかった。そして、途中でもダレたことがあった。それをなんとか2900問まで解いて、最後まであきらめることなく粘った。それが合格につながったのだと思う。

精神面では先輩の太田氏の言葉、きみが一番有望だよ、これがきみの青春なんだよ、これは大きかったし、彼女の励ましの手紙や声が支えになった。この苦しい受験生活が自分の青春なんだ、そう割り切ろうと努めたのは、良かった。その割り切りで、あれこれ外に脇見をしないようになった。これからは、すべてを7月1日から5日間の本番、論文式試験に向けて準備をすすめる。今度は、短答式試験以上に体力の消耗戦でもあるから、十分に心身のコンディションを調整しながら、気を緩《ゆる》めることなく、一気に合格の壁をよじのぼる気構えでやっていこう。当面、司法試験と重なる科目の定期試験に全力を集中する。そのなかでは、疑問点を氷解させておく。そして、定期試験の終わる6月3日の時点で、残る7月1日までの日数をいかに過ごすか、作戦を十分に練り直そう。そのため、それまでにできるだけ多く、先輩の合格体験談を聞き、また読むことにしよう。

最後に、昨夏から受験勉強を始めたばかりなんだから、今年は合格しなくても当たり前、なんて口実で自分を甘やかすのはやめる。その甘え、気の緩みを自分自身の最大の敵として、それを克服する構えでスケジュールを立て、自信をもって勉強していくことにする。

よし、今日は、ここまでにしよう。時計を見ると、もう午前1時を過ぎている。明日のある受験生にとって、もう寝る時間だ。寝よう、寝よう。おやすみなさい。

5月27日（木）

午前中は大学の定期試験で商法3部を受ける。運送契約について訊かれた。きちんと勉強したというのにはほど遠いけれど、なんとか不可にならないですむつもりの答案は書けた。

お昼は、いつものように「メトロ」で１４０円のモヤシ炒めランチを食べる。午後から、もう一つ、社会政策の試験を受ける。労働組合の機能について述べよという。これこそまさしく付け焼き刃の典型だ。昨日買った「解答シリーズ」でちょっと勉強したのを、みんな吐き出してしまうような答案を書いて提出した。まさか不可にはならないだろう。

帰りに生協に立ち寄り、社会政策の本を買い足した。そのあと、少し甘いものが欲しい気分だったので、お菓子をいくつか買って、すぐに寮へ直行した。残る午後は、鈴木竹雄の『手形法・小切手法』を読む。夕食は太刀魚《たちうお》の塩焼きだった。食堂の新聞で、大久保清の自白どおりに女性の遺体が発見されたと報じられている。むごいことするよね……。

夜、引き続き鈴木『手形法・小切手法』の勉強をはじめたけれど、途中で昨晩の総括文に少し書き足りないところがあるという気がしてきたので、基本書を横に置いて、机の引き出しから昨日の大学ノートを取り出した。

「今年は、とても素直な問題が多くて良かった。これまでは、単に条文とか知識があるかを問う問題が多かったけれど、今年は理論的な問題が多く出た。これはとても良いことだと思う。

民法だったら、条文をずっと読んで身につけていたら、その知識だけで解ける問題が多かった。だから、民法は、条文をよく読んでおくことだと思った」

ここまで書きつけると、なんだか全部吐き出してすっきりした気分になり、ぼくは再び鈴木『手形法・小切手法』に取りかかった。１４７頁まで読んで終わりにする。そのあと、明日の試験に備えて三ヶ月『民事訴訟法』の目次だけ眺めて、早々に寝た。

5月28日（金）

午前中は定期試験を受ける。民事訴訟法で、強制執行に関する問題だったので、なんとか書けた。お昼は「メトロ」で140円の焼き魚ランチを食べる。さて、午後は何をしようか……。頭に手をあてると、頭髪が伸びすぎている。耳に髪の毛がかかると、うっとうしい。よし、散髪してこよう。気分が晴れるだろう。目がチカチカして痛い。今日も光化学スモッグが出ているのだろう。正門から出て、すぐ近くにあるいつもの理容店に入る。バリカンもつかって頭髪を短めに刈り上げてもらう。なんだか頭が涼しくなって、気分がすっきりする。350円払って、いい気分になった。

寮に戻る途中、八百屋の前にみずみずしく美味しそうなキュウリがひと山60円で売られているのを見る。よしよし、夜、お腹が空いたときの夜食にしよう。味塩を振りかけてかじったら最高だ。キュウリだったら太ることもないだろう。キュウリを買って寮に戻る。寝るまでに鈴木『手形法・小切手法』を257頁まで読みすすめた。

5月29日（土）

今日は定期試験はないので、寮に籠って勉強する。昼は傘をさして「メトロ」へ出かけ、140円のチキンカツを食べる。帰りに日曜日の朝食用のパン50円を買い、さらに昨日の八百屋で今度はリンゴひと山150円を買い求め、寮に戻る。

ともかく鈴木『手形法・小切手法』をものにしよう。がんばるぞ。手形は、指図式のものはもちろん、単なる記名式のものも、原則として裏書によりこれを譲渡することができる。裏書きする者を裏書人、裏書を受ける者を被裏書人という。裏書によって、手形に表章されているすべての権利を被裏書人に譲渡することになる。裏書による譲渡は、一般の債権譲渡よりも手続的に簡単である。裏書人が手形上に記載をして手形を被裏書人に交付すればよく、債務者にそれを対抗するため特別の手続をとる必要がない。また、裏書には、人的抗弁を切断する効力が認められる。

5月30日（日）

朝は牛乳1本（20円）と昨日買っておいたパンに蜂蜜を塗って食べる。今日中に鈴木『手形法・小切手法』を読み終えたい。午前中は寮の自室で必死にかじりつく。昼食をとりに寮の外へ出る。少しは気分転換もしないと、かえって効率が良くない。いつもの定食屋で190円の焼き肉ランチを食べる。よく見ると牛肉ではなく豚肉だ。少し味付けが濃いのは若者向けだからだろう。

寮に戻って鴻《おおとり》の講義ノート商法2部、そして鈴木『手形法・小切手法』を読みはじめる。東大出版会教材部が4月に発刊したばかりの講義ノートだ。話し言葉になっているので、難しい内容でも頭になじみやすいのが助かる。手形外観解釈の原則とは、手形行為は、その外観にしたがって判断されるということ。また、先行する手形行為の効力の有無は、後の手形行為の効力に影響を及ぼさないのを手形行為独立の原則という。

夕食も、昼と同じ定食屋に行く。あまり遠くへ行きたくない。時間がもったいない。お昼より安い160円の塩サンマ定食にする。これで本日の出費は370円。寮に戻って、鈴木『手形法・小切手法』に再び取りかかる。夜、寝る前に、なんとか鈴木『手形法・小切手法』を読み終えることができた。やれやれ、だ。これで、ぐっすり安心して眠ることができるぞ。明日の民法の試験は今さらじたばたしてもはじまらない。そう開き直った。

5月31日（月）

午前中は定期試験を受ける。民法だ。請負工事契約と表見《ひょうけん》代理をめぐる問題だったので、なんとか答案は書けた。お昼は「メトロ」で120円のサービスランチのハンバーグを食べる。寮に直行して、鴻の商法2部の手形法・小切手法ノートを読む。白地手形とは、手形が発行されるときに、手形要件の一部を空白にしておいて、将来、補充・完成されることを予定して、未完成のまま発行されるもの。そして、人的抗弁の切断とは、手形の流通保護の必要上、手形債務者が手形取得者の前者に対して有した抗弁事由を手形取得者に主張することを制限したもの。

鴻の手形法・小切手法を読んだので、鈴木『手形法・小切手法』を取り出して、もう一度、ざっと通読しておくことにする。寮の夕食は、久しぶりに肉ジャガだ。本当に美味しくて、心の中まで幸福な満腹感で一杯になる。夜は、鴻の商法講義ノートで、少し商法総則を勉強することにした。支配人、営業譲渡あたりがポイントのようだ。石井照久『商法総則』を参照しながら深めることにしよう。

6月1日（火）

大学の定期試験を受ける。司法試験科目にしぼっているから本番の予行演習のつもりで臨む。午前中は星野英一の民法3部。譲渡担保をめぐる設問で、なかなか難しい問いかけだ。債権法について、星野は何でも利益衡量《りえきこうりょう》を強調するという印象を受ける。本当にそれでいいのかな。疑問を感じながら、ともかく答案を書きすすめる。これじゃあ、とても「優」をとるのは無理だろうな。書きながら、そう思った。

「メトロ」でお昼にカレーうどんを食べる。そのあと、反対側の書籍コーナーで商法の本を買い、「ジュリスト」臨時増刊号とあわせて2410円を支払う。医学書は高いというけれど、法律書だって安くはない。あわせて赤鉛筆を2本買い足した。勉強のために本を読むときには赤鉛筆が必携だ。一回目は大切だと思ったところに赤鉛筆で薄く棒線を引く。二回目に読んだときに、やはりここは大切だと思ったら、さらに上から赤鉛筆でなぞるので、本当に大切なところは次第に濃い赤になっていく。それで重要度レベルは一目で分かる。

午後は四宮和夫の民法4部、親族・相続法だ。こちらは東大出版会教材部に清書した講義ノートを売り込みに行ったくらいなので、「優」をぜひとりたい。そう意気込んで臨んだものの、答案のほうはあまりうまくいかなかった。これじゃあ、「優」は望むべくもない。

本郷構内を出たところに大きな木が白い花を咲かせている。あっ、泰山木《たいざんぼく》だな。もうそんな時期になったんだ。寮に戻る。今日から4日間は手形法・小切手法、そして商法をやっつける。支払を受けるための呈示をしなければ、手形の所持人であっても償還請求権を失う。手形を持っているだけではダメで、呈示という行動をする必要があるんだよね。

夕食はアジフライだ。肉厚でボリュームがあって味付けも良くて大満足。本当に美味しい。食後、食券を買う。2210円。部屋に戻ると「受験新報」にある論文式試験の心構えを読んで反省させられた。初学者は早い段階に正しい論文の書き方を学ぶことによって早期合格が可能になる。論文式試験で求められているのは、法解釈能力、法的思考能力があることを答案上で示すこと。つまり、事案に即したバランスの良い答案、採点者の要求にこたえる見事なホームラン答案が自然に書けるようになること、これが求められる。

司法試験は基本的な知識と現場思考能力があれば、暗記が苦手でも十分に合格しうる試験だ。そこでは基礎からの思考があくまで大切で、それで足りる。正攻法こそが最高に合理的な勉強法である。合格のために要求される知識量が最も少なくていいのは論文式試験であって、短答式試験でも口述式試験でもない。基本問題であるほど差がついてしまうのは、知識ではなく法解釈の基礎を守っているかどうかに原因がある。そして、試験で問われているのは解答者の法律解釈であって、その個人的見解が問われているのではない。答案のなかでは「通説」という言葉を使ってはいけない。これが通説だと指摘しても何の役にも立たない。

なるほど、なるほど、そうなんだね……。さあ、鈴木『手形法・小切手法』をやろう。

6月2日（水）

午前中は新堂幸司の民事訴訟法の試験を受ける。今度こそ、なんとか「優」をとろうと思ったけれど、直接証拠と間接証拠、本証と反証の相違点を訊《き》かれると説明に窮《きゅう》してしまい、答案を書きはじめて、たちまち、まだまだ勉強不足だと痛感する。

お昼に「メトロ」で酢豚ランチ140円。食堂を出たところに美味しそうなフランスパンを売っている。つい、ふらふらと近づいて買い求めた。60円。いつかきっと、パリへ行って本場のフランスパン、バゲットとやらを食べてみたいね。外側の皮の部分はパリパリと固く、内側はソフトに柔らかく、ほんのり塩っ気もあるという。日本で売られているフランスパンは外側の皮から固くないどころか、ふわふわだ。

午後からは鴻《おおとり》常夫の商法2部、手形法・小切手法だ。こちらは、何とか答案は書けたけれど、もう「優」をとるなんていう高望みはしないでおこう。銀杏並木を歩いていると目がチカチカする。気のせいか、それとも光化学スモッグによるものだろうか……。寮に戻って、部屋に入る前に寮委員から声をかけられ、寮費1300円を支払う。部屋で鈴木『手形法・小切手法』を読む。夕食の時間になると、真っ先に食堂に乗り込む。出来たての料理はいつだって美味しい。今夜は茄子《なす》と豚肉の炒めもの。いつにも増して美味だ。幸福感に満たされて部屋に戻り、昨日に引き続き受験生の心構えを読む。

司法試験は真剣に勉強を始めてから3年目ぐらいが、その人にとっての合格率が一番高い。それ以上長く勉強を続けると、知識量や答案練習会での成績は上がっていくのに、その人の合格可能性はかえって下がりはじめるという不思議な現象が起きる。勉強歴の浅い人の答案は基本事項をしっかり書き込んでいるので、それが評価される。難解な論点で攻めることはないから、ウソのない答案、守りの答案ができあがり、減点されることが少ない。このような、説得的で、減点されにくい答案を受験生は目指すべきだ。

事実を条文にあてはめて結論を出す。つまり、事例に含まれている問題を提起し、それに事案をあてはめ、結論を出す。事案を理解し、問題となる事実をとりあげ、適用の可否や、要件・効果が問題となる条文をあげ、適用可能か不可能かの結論あるいは適用のための要件を決定し、最後に、その決定を前提として条文に事実をあてはめて結論を導き出す。これを定式化すると、事実→条文→趣旨→条文→事実という流れになる。条文の提示を忘れてはいけない。

バランスのよい答案を心がける。趣旨からの理由づけと、そのような解釈の許容性を示す解釈技術上の理由づけの二つがある。なるほどね、ぼくは大いに参考にすることにした。今夜も鈴木『手形法・小切手法』、そして同じ鈴木『会社法』をがんばるぞ。

6月3日（木）

午前中に矢沢惇の商法1部の試験を受ける。株式の払い込みと「見せ金」を論じなければいけない。なかなかの難問だ。午後からは兵藤釗《つとむ》の社会政策の試験を受ける。産業別組合の特徴・意義を論ぜよという。いやはや困ったぞ……。やれやれ、ともかくこれで定期試験は終了する。

定期試験の結果をここで明らかにしておくと、全部「良」だった。「優」は一つも取れなかった。残念だったけれど、実力が反映されているのだろう。でも、答案が書けたこと、手も足も出ない惨《みじ》めな気分を味わうことがなかったことで良しとしよう。答案としての法的な論理展開力が、きっと弱いのだ。これは明らかに実力不足の反映なので、仕方がない。

お昼に「メトロ」で１４０円のハンバーグを食べたあと、書籍コーナーに立ち寄り、『憲法演習』６３０円を買った。やれないかもしれないと思いつつ、不安な気分からつい手を出してしまった。あれこれ手を広げてはいけないんだけど……。小雨が降っていて、傘をさして追分寮に戻る途中、八百屋の前で新ジャガが売られているのを見て、ついつい買ってしまう。30円と安かったので衝動買いした。三時のおやつに部屋で茹《ゆ》でて、食塩をふりかけて食べてみよう。例年より1週間も早く梅雨入り宣言が店先のテレビでニュースとして流れていた。

定期試験が終わったので、これからは基本的に寮に籠って勉強しよう。6月の前半は、論文式試験科目のうち、ほとんど、いや、まったく手をつけていない科目を先にやっつけることにする。そして6月半ばから、憲法・民法・刑法の3科目に重点を置き、残る4科目はさらっと仕上げる。6月後半は、ともかく憲法・民法・刑法を徹底してやっつけることにする。よし、これでいこう。さあ、鈴木『手形法・小切手法』だ。

論文式試験に向けて

6月4日（金）

定期試験が終わり、しばらく授業がない。だから、1日を自分の立てたスケジュールで動いていくことにする。朝は午前9時半に起床。午前10時から午後2時までを一単元とする。午後2時から3時までは昼休み。これは「メトロ」の混雑を避けて1時間ずらすということ。昼休みの1時間だって無為に過ごさず、何か計画する。そして、午後3時から夕方6時までの3時間を一単元とする。午後6時になったら寮の食堂に一番乗りして、温かくて美味しい料理で舌とお腹の欲求を満たす。夜7時から午後10時までの3時間と、午後11時から午前2時までの3時間は集中して勉強にがんばる。午後10時から11時までの1時間はお風呂に入ったり、いわゆる「遊び」の時間とする。この日程をこなせたら、1日に13時間は勉強することができる。これを体調に気をつけながら、やりきれるかどうか、それが今のぼくにとって人生の試練ということになる。よし、これでやってみよう。

午前中は、鈴木『手形法・小切手法』をがんばる。お昼は雨の中を出かけて「メトロ」で70円の月見うどんを食べる。食堂で一緒になった大池君とともに緑会委員会室に立ち寄る。学内の諸情勢そして日本内外の動きについて生《なま》の情報が欲しかった。幸い太田氏がいて、いろいろ教えてくれて良く分かった。あまりに情勢呆《ぼ》けになってはいけない。

午後から同じく鈴木『会社法』を読む。寮食堂で夕刊を読むと参議院の選挙がはじまったことがトップニュースだ。これから23日間、うるさくなるぞ。白身魚のそぼろあんかけを夕食で美味しく食べたあと、頭休みのつもりで司法試験合格体験記を読む。司法試験用六法の活用に目が惹《ひ》かれた。論文式試験のときは試験会場の机上に小型の司法試験用六法が置かれている。つまり、短答式試験とは異なり、条文の丸暗記はまったく必要ないのだ。もちろん条文のみで、参考判例が注記されていることはない。この司法試験用の小六法を日頃から大いに活用して置くことがすすめられている。ぼくは早速とり入れた。これは本番の論文式試験会場で奇跡をひき起こした。ぼくは、司法試験用六法を使いはじめると、そこに見出しをつけたり、判例をコメントしたり、余白にいろいろ大切なポイントを書き込むようにした。すると試験会場にある司法試験用六法の余白は真っ白なのに、日頃見慣れている自分の書き込みが頭のなかにまざまざと思い浮かんできて、まるでカンニングペーパーを持ち込んだかのような効果があった。この錯覚は、予期しない、うれしいものだった。夜は刑法に取り組む。この3日間は刑法だ。

6月5日（土）

今日から5日間は、午前と午後は三ヶ月章『民事訴訟法』だ。そして、夜は刑法に昨日、今日、明日の3日間をあてる。三ヶ月『民事訴訟法』に、論旨明快で小気味の良さを感じられるようになってきた。ただ、読んで分かっても、それを答案用紙に文章として論理展開できるか、それはレベルが違う。午前中に、うんうん唸ったあと、お昼を食べに行く。雨が止んでくれて良かった。今日は「メトロ」で１３０円のかき揚げランチ。野菜たっぷりで身体に良さそう。帰りに60円のパンを夜食用に買う。

午後も民事訴訟法に没頭していると、あっという間に夕食の時間になった。夕食は野菜たっぷりのカレーだ。ニンジンやジャガイモが豪快な姿をあらわし、牛肉の代わりを豚肉がつとめている。本当に美味しい。感謝の気持ちに満たされて部屋に戻り、一服気分で机上の合格体験記を読む。

きみの答案には迫力がない。きみはたくさんの法律知識があるようだが、骨がない。つまり、論点の把握が浅い。これが迫力のなさにつながっている。そして広用力がない。論文、いや答案を書くのに慣れていないのではないか。模範解答をいくら丸写ししても、そんなことはするだけ時間の無駄だ。模範解答を丸写しするなんて愚の骨頂、時間の無駄でしかない。事案に応じて解決法は異なるはずなので、前提条件が異なるのに別の事案についての模範解答を持ち出しても意味はない。要は、法律の基本原理を理解しておき、絶えず原点に戻って答案を書きすすめる。これに尽きる。このことを、きみにはぜひ銘記しておいてもらいたい。なるほど、なるほど……、分かった。さあ、刑法をやろう。

6月6日（日）

日曜日なので、寮の食堂は残念ながら朝からお休み。朝食は抜いて、番茶を飲むだけにする。梅干しを1個だけかじる。梅干しはお腹の調子を整えてくれる、セツルメントで先輩セツラーの畑山氏がそう教えてくれて以来、実践している。午前中は三ヶ月『民事訴訟法』。骨があって、今日は遅々として進まない。お昼は、精をつけようと思い、雨の降る中、傘をさして寮を出る。近くの中華料理店に入り、180円の中華ランチを食べる。鶏肉と野菜たっぷりで、満腹する。午後からも民事訴訟法に引き続き取り組む。夕方、もう一度、寮を抜け出し、別の定食屋で160円のスタミナ定食をいただく。豚肉に加えてレバーも入っていて、精がついた。食事をすますと、一目散に寮に戻る。時間がもったいない。机に向かうと、まずは「受験新報」を読む。

論文式試験では、不正確な論述を避け、嘘は書かないこと。知識の量を誇るのではなく、知識の正確さを優先させる。予想もしていない設問にぶつかって驚いたとき、どうやって切り抜けるか……。まずは基本にさかのぼり、基本的なところを展開する。なるほど、そういう手があったか。「採点する側の視点」に触れたコメントには目を見開かされた。

「採点する側からすると、自分の良く分かっている内容が、さらさらと書いてあり、抵抗なく終わりまですっと読めるようなのが、いい答案だ。決して大論文ではなく、簡にして要をえた答案であってほしい」。ふむふむ、良く分かる気がする。心しよう。答案は鉛筆ではなく、万年筆かボールペンで書く。こんな決まりがあるんだね。注意しておかなくっちゃ、いけないね……。夜は今日まで刑法だ。

6月7日（月）

午前中は今日も三ヶ月『民事訴訟法』。久しぶりに晴れたので、青空もすっきりしている。昼は「メトロ」でかき揚げうどん90円を食べる。書籍コーナーへ入り、憲法の演習本を買う。2390円もした。高いよね、高すぎる。そして、サラダ油130円、歯ミガキ75円も買ったので、本日の支出合計は2685円。

午後も引き続き寮で民事訴訟法。夕食は今日も食堂に一番乗りだ。配膳のおばちゃんと親しく会話する。今夜はおからが入ってボリュームたっぷりのハンバーグ。いやあ、びっくりするほどうまい。笑顔がこぼれる。部屋に戻ると今日も「受験新報」の続きを読む。

問題文を読んだとき、問題の全体状況をよく考えずに、思いついた論点からいきなり順番に答案を書く人がいるが、これはダメ。何を書いて点数を稼ぐかという発想をもつ必要がある。

設問の事例にからませて、そこから導き出せる論点を3つも発見できたら、それで十分。あとは、それをどう順序だてて効率よく論じていくかに頭をしぼる。あらゆる場合を想定して細かく場合分けしていき、完全網羅《もうら》的に論じようなんて考える必要はまったくない。自信をもって書けそうな論点を効率よく並べていくという発想で答案を構成したらいいのだ……。ううむ、なるほどね。

夜は今日から民法だ。民法も刑法と同じく3日間をあてる。民法は範囲が広いから大変。「ダットサン」を基本書とし、演習もので答案構成を考え、民法の講義ノートを読み返すことにしよう。

6月8日（火）

今日は三ヶ月『民事訴訟法』を一日だけ休んで、民法をやる。講義ノートもいろいろあるので大変だ。昼はよく晴れているから、「メトロ」へ行って70円の月見うどんを食べる。生協で暗記用のカードを買い足す。110円。奨学金3000円が入ってきて、気が楽になった。寮に戻る途中、大ぶりのアジサイの青い花が咲いている。梅雨によく似合う、すがすがしい花だ。午後も民法の講義ノート。取得時効において、一般に占有者は所有の意思を持って、平穏・公然・善意に占有するものであり、かつ前後両時において占有した証拠があれば、その間、占有は継続したものと推定される。なお、無過失は推定されない。消滅時効の時効期間は、権利を行使できる時から進行する。

夕食は赤い魚の煮付け。濃い味付けなのは、学生向けだからなのだろう。おかげで食欲モリモリだ。部屋に戻って論文式試験の心構えの続きを読む。合格するためには、基本的な事項できちんと得点する。難しい論点はあっさり触れて、深入りしない。難しい論点について大展開し、思わぬ墓穴を掘ったり、全体として時間不足になって自滅してはいけない。平凡な手順にしたがって、当たり前に書いて、時間内にきっちりまとめあげる。これが肝心で、新奇なことに目を奪われてはいけない。そして妥当な結論が導かれるように考える。結論がおかしいときには、それに至る論理もおかしいのだ。さらに、結論は法律の条文をつかって導いたというかたちをとらなければならない。反対意見に配慮していることも、できたら示してやる。分かりやすい文章で、しかも定義を紹介するなどして法律用語をもちいた答案を書きあげる。なるほど、なるほど、そういうことか……。

夜の時間は、今日も民法。民法は演習もので論点を拾っていく。

6月9日（水）

今日は夜まで三ヶ月『民事訴訟法』だ。ようやく民事訴訟法も終わりが見えてきた。全体が良く分かったと言えるようになるのが目標だ。がんばろう。どんより曇っているなか、お昼は「メトロ」で90円のかき揚げうどん。ぼくなりに太らないように心がけてはいる。昼に歩く以外に、ほとんど運動らしきものをしていないのだから、お腹に入れるものを減らすしかない。夜の食べる楽しみは喪えないので、昼を軽くするしかない。

午後、受験生仲間の大池君に電話をかけて、民事訴訟法の論点についていろいろ教えてもらった。

本日の出費は昼食の90円と電話代の10円の100円のみ。

夕食はサバの生姜焼《しょうがや》きだった。食後に読んだ「受験新報」で、真法会の向江璋悦《むかえしょうえつ》会長が合格答案は頭で書くのではなく、腕で書くものだと書いている。ちょっと理解しにくい表現だけど、受験生の頭のなかで妙にこねくりまわした答案を書いてはいけないということだと、ぼくは受けとめた。要するに、基本書にそって素直に書いた答案が一番だということだろう。まず問題とすべき論点をずばり指摘し、それに理由を書いて結論に至るというパターンで答案は書けともある。うん、うん、きっとそうなんだよね。ただ、分かっていても言うは易し、行うは難しだからね……。夜、三ヶ月『民事訴訟法』は243頁まで進んだ。ということは残るは約半分。あと一息だ。さあ、寝よう。

6月10日（木）

午前中は、労働法を石川吉右衛門《きちえもん》の講義ノートで勉強する。お昼は、生協に行ったものの昼食は抜くことにした。お茶を飲んで我慢しよう。太りすぎはいけない。購買部で切手150円分を買う。励ましの手紙はいくらもらってもいい。本当にうれしい。ありがたいことだ。そして、その返事というか、SOS発信と言うべきか、寂しい思いを吐き出すべく、ぼくはせっせと手紙を書いている。それで手持ちの切手がなくなったので、買い足した。帰る前に夜食用のパン70円を買う。だから、本日の支出は、220円のみ。

今朝、光化学スモッグ注意報の予報があった。それを知ったせいか、いつにも増して目がチカチカする。午後まで労働法をがんばる。夕食はサバの煮付け。まさしく家庭料理だね。昨日もサバだったので、きっと今はサバが安いのだろう。夕食のあと、ようやく三ヶ月『民事訴訟法』を読了することができた。攻撃方法とは訴または反訴を理由あらしめるために原告がなす一切の事実上の主張をいう。防御方法《ぼうぎょ》とは、訴および反訴を排斥するために被告がなす一切の事実上の主張をいう。これから憲法に移る。好きな科目なので、とりこぼしのないように心がけよう。

6月11日（金）

暦の上では入梅となった。今日も午前と午後は労働法。石川の講義ノートを読む。東大出版会教材部が昨年8月に刊行していて、そのころ1回は読んでいる。授業の話し言葉で再現されているので、やはり分かりやすい。労働法の論点の中心は労働基本権だ。個別労働法では労働契約について、団体的労働法では団体交渉、労働協約、不当労働行為が問題になる。

お昼は「メトロ」で90円のキツネうどんを食べる。すぐに寮に戻り、労働法を再開する。夕食は鶏肉にチーズを挟み込んだもの。初めて食べ、その美味しさにびっくりする。おかげで夜の憲法に意気高く取り組むことができた。靖国神社や伊勢神宮が宗教施設であることは明らかであり、これを「宗教」でないとすることは、明治憲法時代の「神社は宗教にあらず」の命題を復活させるものにほかならず、日本国憲法に反することは明らかである。なるほど、そうだよね。

6月12日（土）

今日も、午前と午後は労働法。一日中、蒸し暑い。今日は石川の講義ノートではなく、石川と花見忠の共著『自習労働法30問』（有斐閣）だ。１７０頁の薄い本なのに３５０円もする。１７０頁といっても、うち34頁は設問のみなので、実質は１３０頁ほど。この薄さは受験生がもっとも喜ぶところだ。3月初めに弥生町の下宿で読んでいるから、今回は2回目。ざっと読んで、答案の書き方のコツをつかむ。「法学教室」に載っていた設問と答えが30問にしぼられている。これだけだと、外れる論点があるのかもしれない。でも、とてもコンパクトで、答えも簡潔に要領よくまとまっているので、多くの受験生が好んで愛用している。お昼は、今日も90円の肉うどん。帰りに明日の朝食用のパン80

円を買う。さらに帰る途中の八百屋の店先に並べられていたリンゴを見て、つい150円支払って買ってしまった。これって、いかにも衝動買いだよね……。

午後も『自習労働法30問』に励む。同じ課長であっても、労働組合への加入が認められているかどうかは、その実質的な働きによる。たとえば勤労課長はアウト。しかし、技術課長は一概にアウトとは言えない。その実質的な権限が真に監督的な地位に立っていると認められるかどうかによる。不当労働行為制度は、労働者の団結権を擁護することが目的であるとしても、使用者にそれを侵害する意図、不当労働行為の意思が存在していることが必要だ。そして、この使用者に不当労働行為意思の存在を推定するには、権利を侵害された労働者の組合活動が顕著であり、それを使用者が嫌悪していたことが実証されなければならない。したがって非公然組合員であったり、匿名だったりして、使用者が知ることのできないときには不当労働行為は成り立たない。不当労働行為の成立は、もっぱら事実問題である。なーるほど、だね……。

6月13日（日）

日曜日だからといって安息日のはずはない。本当は今日は朝から社会政策に取りかかる予定だったけれど、午前中は『労働法』を読む。薄い法律学ハンドブック（高文社）なので、全体をざっとおさらいするのに最適だ。お昼は、時折、小雨が降る中を傘をさして出かけた。定食屋で130円のコロッケランチを食べる。ちょっと衣《ころも》が固い、固すぎる。午後から、なんとか社会政策をはじめる。社会政策は大河内一男の薄い本。ところが途中で眠たくなって寝てしまった。布団に潜《もぐ》って20分くらい休憩するつもりだったのに、1時間半も寝ていた。気が緩《ゆる》んでいるのだろうか……。

夕方は、また外に出かけて170円のミックスフライ定食をいただく。ちょっと油っこいかな……。帰りに牛乳1本20円を買ったので、本日の支出はあわせて320円也。夜は刑法に取りかかる。刑法では、学説が激しく対立しているので、勉強しているとき、いろいろの学説の論証、論理展開に振りまわされたり、あれこれ目移りして収拾がつかないなんてことにならないように注意する必要がある。ぼくは刑法は団藤『刑法綱要』一本で行く。刑法の解釈指針は法益保護と人権（自由）保障との調和であることを忘れず、それと関連づけて整理すること。これが多くの本で強調されている。刑法では原則として理論的理由を先に述べて、あとで結果の妥当性を述べるほうが座りの良い答案になる。そして、複数の罪責が認められるときには、罪数処理も忘れないようにする。また、実行行為に気をとられすぎて、主観面の検討を忘れてしまってもいけない。罪刑法定主義の趣旨は、権力の恣意的濫用の防止と処罰の予測可能性の担保、この二つだ。犯罪論の対象は、あくまでも行為である。このことを忘れないように……。

6月14日（月）

軌道修正

今日も曇天、蒸し暑い。午前中は社会政策。社会政策の基本書は受験新報編の薄い1冊とする。新書版よりほんの少しだけ大きいので、ポケット版とでもいうのかな。300頁だけど、内容は濃い。5月26日の短答式合格発表の日に大学の定期試験に向けて買い求めたものだ。アンチョコ本として受験生に好評で定評がある。これを今日と明日の2日間で読了する。それも丸々二日間かけるということではない。社会政策とは何か……。資本制産業社会総体が労働力をその生産要素として、健全な状態で長期にわたって保全再生産するための資本制的合理性をもった手段の体系である。この社会政策は、社会事業とは異なる。社会事業は、資本制経済の欠陥により生じる病理現象を資本制の枠内で社会改良的に解決しようとする社会的組織的活動たる施策であり、労働力から脱落し、または排除された者や、生活困窮者を救済しようとすることを本質とする。現在は、その予防ないし福祉増進計画をもふくむと考えられている。

ここまで来て、大きく息を吐き出した。さあ、お昼を食べに行こう。「メトロ」で140円のサービスランチを食べる。固い焼き肉だった。そのあと購買部で座布団を買う。500円。ずっと机に向かって椅子に座っていると、お尻にクッションのようなものが欲しい。あわせて夜食用のパンとジャムも買った。本日の支出、815円。午後も社会政策。なぜか今日も眠たくて仕方がない。寝過ごさないように気をつけて、少しだけ昼寝をする。夕食は野菜の天ぷら。それこそ一番乗りは正解だった。熱々《あつあつ》の出来たてほど美味しい天ぷらはない。

夜は刑法。昼に「メトロ」で一緒になった大池君も、刑法は学説が激しく対立しているので、自説を展開するにしても、反対説を良く知っておかないといけないと強調していた。そうでないと単なる丸暗記になって、応用がきかなくなるという。なるほど、そうなのか、心しよう。

寝る前に机の引き出しから大学ノートを取り出した。現状と到達点を踏まえると、軌道修正が必要だ。生活リズムについても改めるべきところがある。第一に、新聞をじっくり読むのをやめ、ざっと大見出し、小見出しを眺めて、記事の本文は流し読みにとどめる。第二に、夜は早く寝て、朝早く起きる。そして昼寝はしない。昼間、ぼおっとしている状態が習慣のようになっているのは、本番の試験が朝から午後まであることを考えると、まずい。第三に、一切を試験に集中させる。気が散って、どうしようもないときには、トイレに行き、洗面所で顔を洗って出直す。暑くて頭がぼやっとした状態で勉強しない。大学ノートに文字として書き出すと、気分が引き締まった。最後に死力を尽くすこと、気を引き締めること、1年分を1ヶ月でやり切る、こう書きつけた。よし、これで良し。さあ、寝よう。

6月15日（火）

午前中は昨日に続いてアンチョコ本の『社会政策』を勉強する。この本には100問ほどの問いに対する模範解答が載っている。ぼくが、ついこの前まで打ち込んでいたセツルメント活動のなかで日本の労働者と労働組合運動の状況を少し勉強していたので、とても馴染《なじ》みやすい問題ばかりだ。ずんずん頭に入ってくる。なぜ日本の労働組合は企業別に結成されているのか……。企業別組合は戦後のドッジライン以降の独占資本の労働組合分断政策の下に定着していった。そして、資本のこのような政策を可能にしたのは、根本的には戦前から日本に定着していた終身雇用制、労働者の企業意識だった。

　ぼくの知らなかった目新しい用語が、この本にはいくつも登場する。トラックシステムとは、現物給与制のこと。メリットシステムとは、労働者災害保険における費用負担の料率算定の一方式。ナショナル・ミニマムとは、社会的に認められた、国民の最低限度の生活水準のこと。いやはや、何とも世の中にはぼくの知らないことが、こんなにたくさんある。まだまだ勉強しなくてはいけないってこと……。おそらく弁護士になっても、そうなんだろうね。

　フリンジ・ベネフィットというのは、企業の費用によって設置された診療所、スポーツ施設、住宅、食堂、共済給付（慶弔見舞金など）、社会保障の付加給付などのような、賃金や労働時間などの主要な労働条件以外の労働者のための福祉施設のこと。アメリカにみられる。

　ふうっ、疲れた。時計をみると、もう昼に近い。さあ、昼休みだ。混む前に出かけよう。小雨の降る中を「メトロ」に駆け込み、１４０円のサービスランチを食べる。魚フライだった。帰りに八百屋の店先に美味しそうな赤いイチゴがつやつや輝いているのをみて、つい手を出した。１２０円。お昼の行き帰り、銀杏並木を歩くときには刑法のカードを見て、重要な用語の暗記につとめる。

　午後からは刑法、『基礎知識・総論』を読む。刑法の答案を書くときには構成要件に該当しそうな行為を拾い上げ、それを明示する。これによって事例からの問題提とする。これが原則だ。刑法では、ある学説の立場に立ち、それで一貫させることが大切。一貫した答案であること。そして、それぞれの学説がこだわっているところは書き落とさないように注意する。論点については、学説の対立しているところを、その基礎部分を踏まえて明らかにする。そして、問題点となる要件にしぼって、なるべく刑法体系の順に論じていく。

夕食は焼き魚だ。肉と魚、そして野菜という具合に栄養のかたよらない食事が考えられているよね。部屋に戻る前に寮委員に呼びとめられ、食費２２１０円を支払う。これで本日の支出は２４７０円となる。夜は民法を勉強する。

6月16日（水）

午前中は寮の部屋で鈴木『会社法』に取り組む。雨の降らないうちに「メトロ」へ行き、１４０円のサービスランチ。今日は白身魚のあんかけだ。帰りに夜食用のパン40円を買う。午後は民事訴訟法。講義ノートを読み返し、論点カードをつくる。第１回口頭弁論期日に当事者双方が欠席したときには、双方とも訴訟をやる気がないとみられてもやむを得ないので、３ヶ月以内に期日指定の申請をしないと訴の取下が擬制《ぎせい》される。当事者の一方が欠席したときには、その欠席した者が提出していた準備書面は陳述したものとみなし、出席した者に弁論を命じることができる。控訴審で双方が欠席したときには控訴の取下が擬制され、一審判決の効果は存続する。

夕食は鶏肉の唐揚げだった。ぼくの大好物でもあり、美味しくいただく。夜は民法。『判例演習・民法総則』を読む。「受験新報」の予想によると、民法で難問というと、受領遅滞、危険負担、そして瑕疵担保《かしたんぽ》責任がからんでいることが多い。この分野については、基本的知識をおさえることを前提として条文操作の基本的パターンを踏まえて法解釈の論理にしたがって展開していく。これができるように事例問題に多くあたって、日頃から練習しておく。民法では結果の妥当性が強く要求される。結論を正当化するにあたっては、常に条文の趣旨から考えるという法解釈の基本中の基本を常日頃から意識的に実践しておく必要がある。たまたま結果が妥当だとか不当だとかいう理由だけで条文の適用の可否を判断するような御都合主義に陥ってはならない。あくまで条文の趣旨に照らして普遍的な適用範囲を明らかにしたうえで結論を導き出すようにする。結果が妥当だから条文解釈なしに無制限に適用していいという発想は御都合主義の典型なので、そんなことをしてはいけない。なるほど、もっともな指摘だ。

6月17日（木）

午前中は、寮の部屋で民事訴訟法。新堂幸司の講義ノートを読み、論点カードをつくる。今日も雨の降らないうちに、お昼は「メトロ」で70円の月見うどんをすする。向かいの書籍コーナーに入り、「法学セミナー」を買う。285円。そして生協の購買部で赤鉛筆を買い足した。40円。赤鉛筆の消耗が激しい。それだけ真剣に本を読んで勉強しているということ。いいことだ。地上に出ると陽射《ひざ》しが強いので、銀杏並木の木陰を歩く。

寮の部屋で「法学セミナー」を少し読む。民法を制する者は、司法試験を制す。民法全般について平均した理解力と応用力がついたら、司法試験は半ば合格の門が開かれたと言える。書くことは難しい。自分の知っていることで、話をしたら何でもないことでも、文章にするのは意外と難しい。その対策としては不断に日頃から文章を書いておくこと。毎日、日記をつけるのも大切だ。手紙も良い。ぼくは、これを実践しているつもりだ。毎日、日記をつけているわけではないけれど、折にふれて備忘録のような、総括文のようなものを書いている。そして、手紙も誰彼かまわず書いて送っている。

午後は手形法・小切手法そして会社法。鴻《おおとり》の講義ノートを読む。白地手形は未完成の手形であって、不完全な手形というものではない。白地部分について所持者に補充権が認められている。手形の割引では裏書きの連続が問題になる。手形の偽造は他人の署名を偽《いつわ》るもの。手形の変造とは手形に記載された権利の内容を権限なく変更すること。

夕食は赤身魚の煮付け。魚の名前は知らないけれど、濃い味付けは舌にぴったりなじんで大満足。寮の風呂に入る前、脱衣場で裸になって体重計に載ってみると、なんと64キロもある。これはまずい、大変だ。明らかに太り過ぎ。明日から少し減量しなくては……。明日のお昼はランチをやめてパンにするぞ。節食しよう。夜は民法。論点をつぶしていく。

6月18日（金）

寮の食堂で朝刊を見ると、沖縄の本土復帰が26年ぶりに決まったことが一面に大きく報じられている。4月に実現するという。午前中は民事訴訟法。新堂の講義ノートをじっくり読み返す。

昼は、昨日決意したとおり、ランチはやめて、90円の肉うどん一杯ですます。パンよりこちらが腹もちしそうだ。「メトロ」を出て銀杏並木に立つと青空が広がり、太陽が照りつけている。日光をさえぎろうとして頭髪に手をあてると、伸びすぎだ。本番のときに前髪が顔にかかって気が散ったら困る。今のうちに短くしておこう。正門近くの理容店に行く。頭髪をカットするのは中年の男性だけど顔そりは若い女性がやってくれる。若い女性の手が顔に触れる感触が心地いい。いつも彼女に「ありがとう」と声をかけずに店を出るので、今日こそはお礼の声をかけようと思っていた。ところが、散髪を終えて料金を請求されたとき、５００円だと言われて、ええっ、高いんじゃないのと驚き、手にした財布をまさぐって、なんとか支払いをすますと、お礼の言葉を言うこともなく店を出た。それで若い女性に声をかけるきっかけタイミングを逸《いっ》してしまった。世の中は思うようには展開しないものなんだよね……。

午後は、寮の部屋に籠って憲法にあたる。夕食は今日も一番乗り。鰯《いわし》の生姜煮だ。素材は高くないのかもしれないが、味付けが濃くて、舌に沁《し》みる。しみじみ幸せを味わう。食堂の新聞に連続射殺事件の永山被告に死刑が求刑されたというニュースが載っている。まだ、21歳なのに死刑とは……。部屋に戻って会社法の本を開いて間もなく、電話が入ったという。誰からだろう。電話に出ると長兄だった。長兄も司法試験を受けた経験がある。メーカーに就職して事務系サラリーマンとして働いている長兄は、「日頃の成果を出し惜しみしなければ受かるんだよ」と言って励ましてくれた。ぼくは素直にうれしかった。夜８時から憲法をはじめる。論点には全部あたっておきたい。居住・移転の自由に対する制限の例として、破産者は破産法によって裁判所の許可なくしてその居住地をはなれることを禁じられ、また民法によれば親権者は子の居住を指定する権限を有する。午前２時、今日も一日がんばったという思いで布団に入った。

6月19日（土）

午前中は昨日に続いて民事訴訟法を勉強する。お昼は「メトロ」で野菜炒めランチ130円。夜食用に50円のパンを買ったので、本日の支出は180円也。目がチカチカして痛い。きっと光化学スモッグのせいだな、そう思った。今日は「海開き」の日だというけど、全然暑くない。寮に戻ってからは憲法の論点総当たりを続ける。

夕食は鯨カツだ。食材にお金をかけずに、まだ育ち盛りで食欲旺盛な大学生に美味しいものをたくさん食べさせようというのだから、まかない担当のおじさんたちの苦労に、ぼくは心から感謝する。

夕方からは手形法・小切手法の論点つぶしにがんばる。

夜8時になったので洗面所で顔を洗って心機一転、憲法の論点総当たりの残りを続ける。表現の自由は当然に報道の自由を含むと解すべきである。報道とは、事実をそのまま伝え知らせることをいう。表現の自由は、各人が自由かつ自主的にその考えを構成することを前提とする。この前提を欠く表現の自由は、民主主義がそれから期待する効用をとうていもつことができない。また、実際問題としても、事実を報道することと思想を表明することとを区別することは、きわめてむずかしいからである。

今夜も午前2時になろうかというとき、布団に入った。もっと早く寝て、朝は早く起きるようにしようと反省しつつ、すぐに寝入った。

6月20日（日）

日曜日に寮食堂が開かないのは仕方がないけれど、残念だ。朝起きて牛乳1本を飲んだらすぐに机に向かう。午前中は、まず労働法。そして次に社会政策。1週間前に読んだ本を再読する。何回も読めば答案として再現できるはず。あとはヤマが大きく外れないことを祈るのみだ。

昼は正門近くの定食屋で180円のカツライスを食べる。午後は石川の労働法講義ノートで労働法を復習する。使用者には憲法上、争議権は保障されておらず、また労働組合法8条は労働組合の争議行為に対してのみ民事免責を認めている。したがって使用者側の争議行為たるロックアウトは、労働者側が完全な労務の提供の意思をもっているかぎり、使用者側の賃金支払い義務を免れしめるものではない。夕方、再び昼と同じ定食屋へ行き、160円のミックスフライ定食をいただく。同じ店なので似たような味だけど、遠くの店に行く時間がもったいない。寮に戻って読んだ合格体験記によると、答案の1頁目は念入りに書くべきだという。採点する試験委員は、1頁目を読むと、ある程度の実力が分かると言っている。第一印象が大切なのだ。できるかぎりきれいな字で自分の法的センスと、設問に答えようとしている真剣な姿勢をアピールする。そして、最初の一文は答案全体の流れをつくり出すから、書き出しの文章はよく考えて書くこと。なるほどね……。労働法の続きを再開する。ようやく夜10時前に終了したので、続いて「社会政策」の本をざっと読み、論点を確認する。今夜は午前1時には布団に入れそうだ。

6月21日（月）

いよいよ論文式試験の本番が1週間後に迫ってきた。今日からは憲法・民法・刑法の基本3科目に重点を置いて勉強する計画だ。午前中は刑法、『基礎知識』の総論・各論だ。昼はすっきりしない曇天の下、「メトロ」に行って140円のチャーハンセット。やはり、うどんではお腹がもたない。減量の前に司法試験の突破が至上命令だ。お腹が減っていては勉強に集中できない。少しぐらい太ったって、合格するほうが先決。こんな理屈で自分を納得させ、お昼のランチを復活させた。お昼をしっかり食べたあと、生協の購買部にまわって、ステテコなど夏向きの下着を買う。暑いときには涼しいステテコ姿で勉強するしかない。夜食用に40円のパンとバター150円を購入する。

午後1時から25番教室で来栖《くるす》三郎の民法4部の授業を受ける。民法を理解するのには教授の声を直に聞くというのは予想以上に効果がある。本番直前でも授業は欠かせない。寮に戻る途中、銀杏並木は民法の論点カードを手にして歩いた。寮に戻って、民事訴訟法の新堂講義ノートを少し読み返した。夕食に白身魚の煮付けを美味しくいただいたあと、夜7時からは刑法。「基礎知識」と「演習」そして判例百選を前に並べて、ぼくが赤鉛筆でなぞっているところを重点的に読み返す。あっ、そうだったという新しい発見がいつもある。午前1時すぎ、安らかに就寝。

6月22日（火）

今日も曇天だ。部屋にじっとしていると寒いほどで、これを「ツユ寒《ざむ》」と言うらしい。午前中は刑法。演習と基礎知識そして判例百選は変わらない。ともかく論点を網羅して総当たりする。お昼は「メトロ」で140円のメンチカツ。帰りに今日もパン40円を買ったので、今日の出費は180円になった。午後からも刑法の続きをやり、5時ころから、手形法・小切手法を少しやる。頭の切り換えの訓練みたいなものだ。

夕食の時間になると、急いで寮食堂へ駆け出す。今日はぼくより前に2人もいた。カレーの美味しそうな匂いがする。食後、部屋で「受験新報」を息抜きに読む。真法会の向江会長がラブレターを書くことを受験生にすすめている。受験生にはしゃべる力はあっても、書く力が弱い人が多い。そこで、小説を書き写すなどして文章力を養う必要がある。さらに実益があるのはラブレターだ。電話で恋をささやいているだけではダメ。手紙で真情を吐露《とろ》して迫る必要がある。ぼくはラブレターまがいの手紙をたくさん書いてきたから、その成果が本番であらわれることを願う。

新堂の民事訴訟法講義ノートを1時間ほど読む。気分転換したあと、再び刑法に戻る。『基礎知識』と『重要判例百選』だ。信用毀損罪は、虚偽の風説《ふうせつ》の流布《るふ》か偽計《ぎけい》を用いて経済的信用を低下させたこと。偽計とは、相手方に対すると第三者に対するとを問わず、人を欺罔《ぎもう》・誘惑しあるいは人の錯誤・不知を利用する違法な手段をいう。同じようなものとして、業務妨害罪がある。

6月23日（水）

午前中は民法。『演習』で論点の総当たりだ。時折、小雨がパラつくなか、お昼に「メトロ」へ行って110円の天ぷらうどんを食べる。「メトロ」への往復のときには、カードで民法の論点と定義の暗記につとめているけれど傘をさしたら、それは無理となる。光化学スモッグが発生しそうな気配だ。

午後1時から来栖の民法4部の授業を受ける。扶養義務は自分の財力や労力で生活することができない者が親族に求めるもの。富裕な生活をしている兄に対して、弟が貧しい生活をしているからといって弟自身の生活が成り立っている限り、兄に対して扶養を請求することはできない。これは夫婦の場合とは異なる。扶養義務を当然に負うのは、直系血族と兄弟姉妹。順序は定められていないので、数人いたら全員が同順位で義務者となる。代襲《だいしゅう》相続とは相続人たるべき子が相続放棄以外の理由で相続人にならない場合に、その株を被相続人の孫以下の者に留保して承継させる制度。寮に戻って、再び民法『演習』で論点あたり。夕方、少しだけ『会社法』を読んだあと、時間になったので夕食に駆けつける。今日は野菜炒め。今日も美味しく、しっかり満ち足りた。試験にベストを尽くすということは、当日の体調管理まできちんとするということ。試験開始時間に遅刻するなんて論外だ。開始時間の遅くとも10分前には着席して心を落ち着けておく。そして、試験時間中は全力でがんばり、最後まであきらめることなく、粘り抜くこと。

夕食後は鈴木『手形法・小切手法』を読む。215頁まで読みすすめた。そして、夜は寝るまで民法だ。重要判例にあたって、論点の漏れ落ちがないようにしよう。

6月24日（木）

朝8時半から新堂の民事訴訟法の授業を受ける。ひょっとして出題されるテーマなのかもしれないと思うと、聴かずにはおれない。寮に戻って民法を再開する。お昼は「メトロ」で今日も110円の天ぷらうどん。そして、50円のパンを買う。今日は梅雨の晴れ間だ。午後からも寮で民法を続ける。夕方、小1時間ほど『自習商法』を読む。

夕食は野菜のかき揚げだ。出来たては一段と美味しいね。いつだって、ぼくは先頭集団の一人だ。食欲を幸せに満たしたあと部屋に戻って、まずは合格体験記を引っぱり出した。何か参考になるだろう。論文式の答案は深く突っ込んだ学術論文を書くことが求められているわけではない。通説・判例の立場で一つの説に立って書いたらいい。その論点について、自分の書いている考え方とは別の反対説があることを知っていたら、反対説があることを書いていい。そのとき、反対説の内容に簡単にふれることができたら、なおいい。ただし、論旨の一貫性を優先させるのが先決だから、反対説にはあまり深入りしないほうがいい。

名文を書く必要は全然ない。ただ大量の答案を読んで採点する側の身になって考えてほしい。やはり、読みやすい文章、さっと読める文章のほうが断然いい。つまり、これは息の長い文章は不利だということ。一文はせいぜい2行、できたら1行半くらいという長さが望ましい。なーるほど、そういうことか……。鈴木『手形法・小切手法』を少しやったあと、民法に移る。『演習』をつかって論点の総当たりをする。

6月25日（金）

朝早くは少し小雨がパラついていたけれど、すぐに晴れた。午前中は憲法、『基礎知識』と『重要判例百選』を読んでいく。お昼は少しばかり気分を変えてラーメン90円を「メトロ」で食べた。東京のラーメンは醤油《しょうゆ》味なので、九州の豚骨《とんこつ》ラーメンのようにギラギラ、ギトギトした感じがなく、あっさりして水っぽくて、初めは戸惑うほどだった。それでも慣れてしまえば東京ラーメンだって美味しいと思うようになった。寮に戻ると憲法を再開する。夕食の前は、新堂の民事訴訟法講義ノートを振り返る。

夕食はぼくの大好物のメンチカツだった。肉厚で熱々のメンチカツは最高だね……。食後、1時間ほど鈴木『会社法』を読む。そのあと、憲法に取りかかり、『基礎知識』を再開する。一般的に財産権の内容を公共の福祉に適合するように定めた結果として、個々の財産権はそれだけ侵害された結果になることもある。公共の福祉とは、各人の人権を実質的公平に尊重すべきものとする原理である。正当な補償とは、必ずしも完全な補償を意味するのではなく、そこでの公共目的の性質にかんがみ、社会国家的基準にもとづいて定められる妥当な、または合理的な補償を意味する。その当時の経済状態において成立することが考えられる価格にもとづき、合理的に算出された相当な額をいう。

6月26日（土）

朝8時半から新堂の民事訴訟法の授業を受ける。すぐに始まる本番の試験で出題されるテーマが話されるはずもないが、やはり聴き逃したくはない。寮に戻ると憲法。『基礎知識』と重要判例百選で論点の総あたり。晴れたら何となく梅雨が上がったような気がしてきた。お昼は再びやってきて「メトロ」で110円のかき揚げ肉うどん。そして夜食用のパン50円を買う。

午後も憲法を続ける。夕食の前に新堂の民事訴訟法講義ノートを読み返す。夕食は豚肉の生姜焼き。少し肉が固かったけれど味付けは最高だ。夕食後、少しだけ会社法をやったあと、再び憲法の論点総あたり。昨日に続いて『基礎知識』、そして『重要判例百選』。教育の義務は、その保護する子女に教育を受けさせる義務である。すべての国民に対してこの義務をみとめる制度を義務教育制という。教育の義務とする以上、無償であるべきは当然である。教育基本法は、その趣旨をさらに、「国又は地方公共団体の設置する学校における義務教育については、授業料は、これを徴収しない」と具体化している。明白かつ現在の危険とは、新潟県公安条例において最高裁は「公共の安全に対し明らかな差し迫った危険を及ぼすことが予見されるとき」には、集団示威運動を許可せず、又は禁止することができる旨の規定をもうけても、それをもって直ちに憲法の保障する国民の自由を不当に制限することにはならないと解すべきであるとしている。

6月27日（日）

朝は牛乳1本（20円）を飲むだけにする。今日は基本的に刑法デーなので、藤木『刑法（全）』を読む。参議院議員選挙の投票日だから、電車に乗って川崎まで出かける。本番直前なので投票所に行く時間がもったいないから棄権する、なんてありえない。国民の権利だけど、いわば義務でもあるのだ。暗記カードを手にして川崎まで往復する。駅前に出ると、目がチカチカする。これこそ本場の光化学スモッグだな。川崎に着いたら投票所となっている小学校へ直行し、帰りも寄り道せずに寮に戻る。さすがにセツルメント診療所に寄って雑談する暇はないし、そんな精神的余裕もない。お昼は途中で駅近くの店で１００円のカレーを軽く食べる。

寮に戻ると、刑法を再開する。夕方に少しだけ商法をやり、午後6時を過ぎたので、定食屋へ出かける。コロッケ定食をいただく。ジャガイモばっかりで、あんまり肉は入ってない気がする。寮に戻って、藤木『刑法（全）』を再開する。論文式試験は2時間で2問に答える。つまり、1問にかける時間は1時間。1時間以内で終わらせて、残る1問に時間が足りないという焦《あせ》りが生じないようにする必要がある。焦っていると、思わぬポカミスを招く恐れがある。この1時間の時間配分が重要だ。まず、問題文は長文なことが多いので、よく読み、何が問われているのか、じっくり考える。これにかける時間は5分から10分間ほど。そのあと答案構成を考える。骨子・骨格をメモし、一応の流れを線を引っぱったりして図示してみる。このとき、できたら、定義も要点をさらりと走り書きする。ここまでで、少なくとも15分はかかる。最後に読み返す時間が5分はほしい。となると、実際に答案を書ける時間は40分間ということになる。答案構成がまとまったら、一瀉千里《いっしゃせんり》で、しかもできる限り丁寧な字で答案を書きすすめる。40分間で書ける答案は長くて7枚か8枚。平均的には5枚ほど。長ければいいというものではないし、短すぎて意を尽くせないようでも困る。よし、これでいこう。再び刑法に戻る。夜12時になる寸前、ようやく藤木『刑法（全）』を読みあげた。

6月28日（月）

今日は一日、民法だ。民法こそ司法試験の天王山なのだ。『判例演習・民法総則』を読む。曇天の下、お昼は「メトロ」で110円のかき揚げ肉うどん。そして夜食用の50円のパンを買う。午後1時から来栖の民法4部の授業を受ける。これも受験勉強の一つだ。なにしろ、今日きいたばかりの内容が本番の試験のテーマになるかもしれないのだから……。ぎりぎりまで授業を受けて、損することはない。寮までの往復は銀杏並木の木陰を歩く。早くも初夏になったかと思うほど暑い。30度はあるんじゃないだろうか……。寮に戻って民法をやる。落ち着いて、落ち着いてと自分で自分に声をかける。

夕食のとき、寮食堂のテレビで参院選挙の結果を知る。あまり動揺しないようにしよう。受験生にとっては何より心の平静が大切だ。白身魚のそぼろあんかけを美味しくいただいたあと、部屋に戻って民法を再開する。『判例演習・債権総論』そして『債権各論』を読む。同時履行《どうじりこう》の抗弁権とは、双務契約から生ずる対立した債務のあいだに履行上の牽連《けんれん》関係を認めようとする制度であって公平の原則にもとづくものである。たとえば、弁済と受取証書の交付とは同時履行の関係に立つと解される。合格体験記を読むと、問題文を2問ともまず読み、はじめの35分間で2問とも答案構成する。このとき、第1問から手をつけるのを原則とするが、第1問を5分間考えて分からないときには第2問を先にする。そして、次の40分で、どちらか書きやすい方の問題の答案を書きあげ、その見直しに5分間あてる。そのあと、残る1問の答案構成を確認して40分間で答案を作成する。時間があまれば、見直す。とても合理的な時間配分だとは思うけれど、ぼくは昨日考えたように1問ごとに答案構成して一気に答案を書きあげる方式でいくことにする。とにかく本番の5日間、最後まであきらめずに、伸び伸びとやろう。覚悟を決めたところに道は開かれる。あまり逃げ出すことばかり考えないこと。とにかく、ぶつかれ、ダン！　これは「少年サンデー」に連載されているマンガのタイトルだ。ぼくは寝る前に、いつもの大学ノートにこう書きつけた。

6月29日（火）

食堂の朝刊で参議院選挙の結果を詳しく知った。自民党は議席を少し減らし、社会党が伸びている。共産党は民社党とともに全国区で6人が当選した。

今日は一日で清宮四郎『憲法Ⅰ』をじっくり精読する。天皇、国会、そして司法などの統治行為を扱っている。お昼は「メトロ」で110円のかき揚げ肉うどんを食べた。購買部で赤鉛筆などを130円で買う。そして、暑くなってきたので麦茶の素《もと》45円も仕入れる。寮に戻り、『憲法Ⅰ』を再開する。一事不再議とは、既にひとたび議決した案件については、同一会期中に再びこれを審議しないことをいう。会期の制度と結びついている原則なので、会期が異なれば、この原則の適用はない。予算は一年制をとり一会計年度ごとに作成し、毎年国会の審議を受け、議決を経なければならない。決算とは一会計年度における、国家の現実の収入支出の実績を示す確定的計数を内容とする国家行為の一形式をいう。一般の請願については請願法で定められている。議院に対する請願については、別に国会法で定められている。各議院は、各別に請願を受け、互いに関与しない。夜10時までに360頁を読み上げた。そして『憲法判例百選』まで、ざっとだけど目を通せたので、なんだかうれしくなった。

寝る前に「合格体験記」を読む。自分にとって難しい問題は、他人にとっても難しいはず。だから、難しい問題が出たら、しめしめと思うこと。そして、じっくり簡潔明瞭な答案を心がける。気負わず、淡々と冷静に。答案構成をしっかりとし、説得力あるものにしよう。これに対して、基礎的な思考方法や法に対する考え方を尋ねる問題が出たときには、みんな一応はできる。しかし、実は、ここで大きく差がつくと言われている。法曹になるためには、知識の多寡《たか》より基本的な論理的思考力が求められるからだ。特別むずかしい内容を書く必要はなく、ごくあたりまえの内容を全科目にわたって書くことが合格につながる。よし、これで良し。安心して眠りにつく。

6月30日（水）

いよいよ明日から本番の論文試験がはじまる。世紀の大決戦だ。いざ、戦わん。明日は雨など降ってほしくないね。今日は宮澤俊義『憲法Ⅱ』を1日で読みあげる予定だ。主として人権を扱っている。
お昼は「メトロ」でラーメン１００円にした。そして、いつものように夜食用のパン50円を買う。
午後1時から、25番教室で来栖の民法４部の授業を受ける。いつものように平静な心でペースを乱さずに生活しよう。授業のあと、成城大学へ行ってみる。試験会場に行くのに迷わないように下見しておく。寮に戻って宮澤憲法を再開する。夕食は白菜を敷き詰めたなかに豚肉がはさまっている。夢のような美味しさで、すっかり満足・満腹した。食堂の夕刊にイタイイタイ病公害裁判で、住民側が全面勝訴したことが一面で大きく取り上げられている。これは凄いよね。裁判所も思い切った判決を出したものだ。
5月にあった短答式試験の合格者は２８２１人。2万３０００人の受験者のうちの1割強が論文式試験を受ける。そして、このなかから５００人ほどが合格する。今度の合格率は2割くらいだ。
夜12時までに宮澤憲法を何とか終わらせた。少し急いで上滑りになったかもしれないな。でも、完読したことで良しとする。寝る前に明日からの本番を迎える心構えを確認しておこう。机の引き出しからいつもの大学ノートを取り出した。
昨日まで考えていたスローガンは、
最後まであきらめずに粘り抜くこと
考えて考えて考え抜くこと
この二つだった。そして、今日は、スローガンを一つにしぼることにした。
最後まであきらめずに頑張り抜くこと、これでいこう。そして、当日の心構えをカードにまとめて書き込んだ。本番の前に読むのだ。

問題文をよく読む。2度読む。

論点をつかみ、鉛筆でアウトラインを構成する。これに10分から15分かける。

利益状況に注意して、絶えず見通しをもち、何が問われているのかを考える。

定義をおさえ、制度の趣旨をふまえる。

視点を転換させる。

反対説にも温かく配慮する。

自分の言葉と頭で既知の知識を総動員する。

苦しいときはみな苦しい。最後まであきらめず、力を抜かない。

見直してみて、何かが抜けている。うん、そうだ、励ましの言葉だ。ぼくは、もう一度、書きあらためた。よし、これで良し。さあ、寝よう。

7月1日（木）

論文式試験

憲法・民法

7時に目が覚めた。窓の外は明るい。雨は降っていない。今日も一日蒸し暑くなりそうだ。梅雨明けは、まだだな。いよいよ今日から司法試験の本番、論文式試験がはじまる。追分寮を出るときの気分は上々だ。なんとしてでも今日は答案を書くぞ。やる気満々で、ぼくは地下鉄に乗り、私鉄に乗り換えて成城学園前駅で降りる。片道120円だ。駅から歩いて成城大学に向かう。きのう下見をしているし、いかにも受験生らしい人の流れに乗って歩いていくと、迷うこともなく大学に着いた。

試験会場に入る。教室の窓ガラスの向こうに緑の木々が見える。いい雰囲気の大学だな、そう思うだけの心のゆとりはあった。席に着くと、上着のブレザーを脱いでイスに掛け、白いワイシャツ姿になり袖をまくり上げて臨戦態勢をとる。同じ教室内の受験生のほとんどは半袖シャツだ。教室には冷房がないので熱気がこもっている。みな黙って机の上に置いた法律書を開いて最後の仕上げに余念がない。ピリピリした緊張感をぼくの頬が感じる。

問題冊子が配られそうになるまで、まだ時間がありそうだ。ぼくは持参したカードを取り出し、机の上に置いた。基本書は先ほど机の横のカバンにしまい込んだ。机の上は、左手首からはずした腕時計と万年筆、そして鉛筆だけ。隣のメガネをかけた受験生は、まだ分厚い法律書を離さず、顔をくっつけんばかりの格好でしきりに頁を繰っている。内容はもちろん読みとれないけれど、赤や青の書き込みがたくさんあり、手垢もついてよれよれだ。かなりの年季が入っているな。いわゆるベテラン受験生なんだろう。

取りだしたぼくのメモには、こう書いてある。「力は十分である」。そうなんだ。受験勉強の期間が、たとえ短くても、合格できるだけの力は身につけたはずだ。「問題文を十分読むこと。論点把握で半分合格。何を訊《き》きたいのか。苦しいときが本当の勝負。広い視野で体系上の理解。視点の転換。もう一歩、ひとの気がつかないところまで細かく分析して、やさしい言葉で。基礎からの理由づけ。足が地に着いた議論を。制度趣旨の説明。最低限は必ずおさえること。反対説への配慮。勝つとは、己《おのれ》に勝つこと。気をもって身体に勝つこと。力を出しきれば十分である。もっとも恐ろしいのは恐れること、それ自体である」

試験に立ち会う係りの若い男性が会場前方に立った。男性が話し出す前に、ぼくはカードをカバンにしまい込んだ。問題冊子が配られる。まだ、開いてはいけない。ぼくは両肘《ひじ》を机について両手で顔を覆い、はやる心を静める。

開始が告げられた。問題冊子を開く音が教室中に静かに広がっていく。憲法は、二問とも設問は短い。やったー……、これなら何とか書けそうだ。ぼくはダルマになることを一番恐れていた。手も足も出ない難問が出たら、黙って白紙答案を提出して泣いて帰るしかない。何を書いたらよいのか、さっぱり分からないようなことを訊かれたときは惨《みじ》めな思いをしながら、すごすごと帰るしかない。ところが、憲法の一問目は地方自治体の条例について、二問目は条約と憲法関係について尋ねている。これならぼくだって書けるところがある。ダルマさんになるというレベルではない。よし、やってやろうじゃないの……。憲法一問目は、地方自治体の条例制定権の限界と罰則について問うものだ。これを難問だと言ったら笑われる、基本中の基本だ。だから、勉強時間が長いとか短いとか関係ない。基本について理解しているところを論理的に展開していったらいいわけだ。

ぼくは机上に置かれた小さな司法試験用六法を開いて、地方自治に関して定めている憲法の条文をまず確認した。こまかい条文の表現をたずねるような短答式試験とは違い、論文式試験では机上に小さな司法試験用六法が置かれていて、自由に参照できる。憲法には第8章として地方自治に関する条文が4つある。条例制定に関しては94条に「法律の範囲内で条例を制定することができる」としている。そして、その前に「地方公共団体は、その財産を管理し、事務を処理し、及び行政を執行する権能を有」するとある。そうすると、事務を処理するために条例を制定するというとき、その事務とは何かを明らかにする必要があるだろう。そして、設問は条例制定権の限界をたずねているから、これは、きっと法律との関係が訊《き》かれているのだ。さらに、罰則を条例に定めていいのか論じなければいけない。これは、たしか最高裁判例があったはずだ。条例で罰則を定めるときに、地方議会において何の制約もなく自由に定めることが許されているはずはない。ぼくは、思いついた論点を問題冊子の余白に鉛筆で書き込んだ。余白はたっぷりある。罰則というのは刑罰権ではないか。それは、だから本来、国家に属するもののはずだ。地方自治体が条例違反の人を死刑に処していいはずはない。「法律の範囲内で条例を制定することができる」ということは、地方自治体の条例に罰則を定めるときだって、法律に根拠規定が必要なのではないか。ぼくは問題冊子の余白に思いついた論点を書きあげると、その論述の順番を線で結んで流れを考えた。書き出しは、まず条例とは何か、という定義だな、うん。条例とは、地方公共団体がその自治権にもとづいて制定する自主法または自治法の形式をいう。憲法の基本書としている清宮四郎『憲法Ⅰ』をくっきり思い出して冒頭に書きつけた。

ぼくは、答案用紙に、いつも以上に丁寧に一字一字しっかり書いた。ぼくは答案が書けることがうれしかった。先ほどまで難問に直面して手が凍りついてしまったらどうしよう、そんな不安の塊《かたまり》だったのが嘘みたいだ。万年筆が上滑りにならないようにしよう。心を引き締めた。

条例の罰則規定について、最高裁判例は住民の代議会の議決による民主的立法として条例が認められている以上、懲役2年以下とか罰金10万円以下といった程度の罰則は憲法も許容するところだとしていることも紹介した。この最高裁判例が正確に何年に出たのかまでは不確かだ。それで年月日は書かないことにした。限界として、条例は「法律の範囲内で」国の法令に違反しない限りにおいて認められるとした。

なんとか一問目の答案を書きあげた。机上の腕時計をみると、まだ60分たっていない。良かった。誤字や脱字がないか、目を皿《さら》のようにして答案用紙を見直した。すると、誤字を二つも見つけてしまった。やっぱりあったんだ。あれほど慎重に書いたつもりだったんだけど……。

「受験新報」に、司法試験の論文式試験の答案を採点する試験委員のコメントが紹介されていた。答案に誤字や脱字を発見すると、ガッカリしてしまうというのだ。そして答案の内容の良さと誤字・脱字の少なさには強い相関関係があるとまで書いてあった。だからぼくは、誤字・脱字の少なさで内容もよく書けているという印象を採点する試験委員に与えたいと思った。

やれやれ、小さく息を吐き出した。溜《た》め息《いき》ではない。憲法一問目はなんとか60分以内で、見直しをふくめて終わらせることができた。さあ、二問目に取りかかろう。二問目は条約だ。憲法に適合しない条約の効力が問題とされている。条約とは何か、まずはその定義を明らかにすることから始めなくてはいけないよね。ぼくは、忘れないうちに「条約とは、文書による国家間の合意。日本と外国との文書による合意。協定、協約、議定書、宣言、憲章といった名称によらない」と問題冊子の余白に鉛筆で書き込んだ。そして机上の司法試験用六法を手にとって憲法のなかで条約が登場してくるところを確認した。憲法98条2項に、条約は「これを誠実に遵守することを必要とする」としている。ところが、憲法81条には、最高裁判所が適法に適合しているかどうかを審査する対象に条約を含めていない。したがって条約は憲法より優先するものなのかという疑問が湧《わ》いてくる。これをもっと広く一般化すると、条約のような国際法と国内法とはどのような関係にあるのか、どちらが優先するのか、ということだ。机上の司法試験用六法はもちろん条文のみで何の解釈もない。しかし、実は、ぼくが寮で勉強に使っている司法試験用六法にはたくさん書き込みをしていて、それがまざまざと頭の中によみがえってきた。まるでカンニングでもしている気分だ。

ぼくは、論点を書き出した。そして机上の腕時計を見ると、残り時間が40分ほどになっているのに気がついた。あれっ、これは書いている時間が足りなくなるかもしれないぞ。ぼくは答案構成の流れを明確にするのを忘れて書きはじめた。なんだか急に時間がないという焦燥感がこみあげてきた。それでも、ぼくは、大きくなるべく楷書で丁寧に答案を書いていった。試験委員に気分良く読んでもらわないといけないから、少しでも読みやすい字にしようと考えた。ぼくの答案は、いつも他の人より1枚ほど多い。ダラダラ答案になっているからというより、字間が他の人より大きいから、同じ内容を書いても、どうしても長くなってしまう。ぼくの答案は、今日も5枚では終わらなかった。採点する試験委員から書き賃をもらおうという魂胆がないかという嘘になる。まさか、答案が長過ぎたから減点されるということはないだろう。

ぼくは、条約より憲法が優位するという説を書いた。憲法98条1項そして81条に条約が除外されているのは条約の優位を認めている趣旨ではない。憲法の授権にもとづく条約に憲法に優位する権能を認めるというのは法論理的に不可能なことであり、また、憲法を最高法規とする98条1項の明文にも反する。

机上の腕時計に目をやると、あと残すところ6分ほどになっている。答案を読み返しているときに、改めて設問を読んで急にハッとした。胸がドキドキする。憲法違反の条約の効力が尋ねられているのではない。あくまで憲法に「適合しない」条約の効力が問われている。ところが、ぼくは自分勝手に「適合」を違反だと頭のなかで読みかえて答案を書いた。憲法に適合しない場合というと、手続的な場合と実体的な場合の二つが考えられる。このように論じるべきだった。でも、もう今さらどうしようもない。残り時間はあと4分足らず。今から書き換えようとしたら白紙答案になってしまう。万事休すだ。ぼくは、もう、そこは諦《あきら》めることにした。答案の読み返しは、誤字・脱字がないか、文章としておかしくないか、そこにしぼって点検した。やっぱり答案構成、答案の流れをきちんとしておかないといけなかったんだ。それをしないまま書き出し、走りはじめたのが良くなかった。ぼくは大いに反省した。それでもまあ、読み返してみると、何とか答案の体裁《ていさい》はなしているように思えた。不出来《ふでき》の子ほど可愛いということかもしれない。終了時間の寸前に万年筆を机上に置き、ぼくは深呼吸した。いや、周囲に気どられないように深々と溜め息をついた。問題冊子と答案用紙が回収されていく。賽《さい》は投げられた。そんな気分で自分の答案用紙を目で追った。

午前中の憲法が終わって、昼食は学生食堂で80円のカレーライスを食べる。食堂は混雑していて、なんとか空いている席を見つけて座った。憲法について、ぼくは大失点はなく、なんとか書けたから良しと割り切るようにした。あちこちで受験生があれこれ解答の出来具合を論じているけれど、その輪には入らないようにする。本人がなんとか書けたと思っているのに、実は出来ていなかったことを知って落ち込んでしまってはいけない。ぼくは、一人、持参の論点カードを眺めて、午後に備えた。

午後からは、いよいよ司法試験の天王山とも言うべき民法だ。民法を制する者こそ司法試験を制する。問題冊子が机上に置かれる。ぼくは先ほど午前中と同じカードを黙読したあと、机に両肘《ひじ》をついて両手で目を覆った。午前中と同じで、瞑想《めいそう》して気を充実させるのだ。

おや、何かいい香りがする。何かの匂いが漂っている。悪い香りではない。いかにもベテラン受験生という風情《ふぜい》の隣人が、口をもぐもぐさせている。あっ、これはハッカだな。そうか、ハッカを口にしているのだ。うん、これはいいかもしれない。口中の爽快感《そうかいかん》が、頭の働きまで良くしてくれるかもしれないぞ。明日は、これを試してみようかな……。

合図があり、問題冊子を裏返して表紙を開いてみる。民法の設問は憲法と違って、どちらも事例をあげて答えさせるもので、長文だ。これは問題文をよく読まないといけないな。ぼくは、一問も二問も、ざっと目を通した。一問がとんでもなく難しかったら二問からはじめるつもりだ。いや、大丈夫、一問から順にやっていこう。一問目は、夫婦間に代理権があるのか、不動産の処分は日常家事にふくまれると言えるのか、ふくまれないとしたら表見代理《ひょうけんだいり》が成立することはないか、代理権限をこえた行為は有効か、第三者の取引の安全は保護されるのか、いくつもの論点が頭に浮かんできた。それを問題冊子の余白に鉛筆で書きつけた。そして、問題文をもう一度、読み返し、大切なところに鉛筆でアンダーラインを引いた。だいたいの論点を書き出したら、次は論述の順番、流れを鉛筆で線を引っぱった。論述がゴチャゴチャにならないように、きちんと答案構成しよう。もちろん、答案を書いている最中に新たな論点に気がつくということもあるかもしれない。それでも、主要な論点と思われるところを書き出して、その流れを線で見えるようにしておくと、漏《も》れ落ちが少なくなるし、安心して一気に答案を書きすすめることができる。

妻が夫の代理人として何かをしたとき、代理してなされた法律行為から生じる一切の法律的効果はことごとく直接、本人に帰属する。この設例では、妻は夫から代理権を授与されていないから、いわゆる無権代理《むけんだいり》となる。しかし、無権代理のなかに表見代理がある。つまり本人と無権代理人とのあいだで夫と妻といったような特殊な関係があるときには、本人について代理権をあたえたときと同様の効果を帰属させるのが相当なときがあるのだ。民法110条は、多少の範囲の代理権ある者が、その権限外の行為をした場合に、その相手方が権限内の行為をしているものと信ずべき正当な理由が存在するときに、本人に効果を帰属させるのを許している。では、その正当な理由とは、どういう場合か……。普通人の注意を用いても権限外の行為であるとは看破《かんぱ》できないときと解される。

夫の入院中に妻のした売買契約について、取引相手は妻を夫の正当な代理人と考えることが許されるのか、そもそも、夫に直接ストレートに確認すべきではなかったのか。病院に行くなりして意思確認すればよかったのに、それをしなかった相手方を保護していいのか。いやいや、取引の安全は、一般論として、優先して保護されるべきではないのか。まてよ、夫婦のあいだでは、日常家事債務なら連帯責任、連帯債務になるのではないか。入院費用は、果たして、この日常家事債務に入るのだろうか。金額にもよるのだろうか。いろいろ論点がある。とても全部は書ききれないぞ。口のなかで言葉を反芻《はんすう》させながら、じっくり急いで書きすすめた。なんとか一問目の答案を書き終え、ふうっと大きく息を吐き出した。少しだけ時間をとって誤字がないか点検する。全力で書いたのだから、もう大幅な手直しはしない。だいいち、そんな時間はない。

急いで二問目に移る。二問目も設問は少し長い。売買契約の対象物が焼失してしまったとき、誰が損すべきなのか、だ。つまり、危険負担の問題だ。ぼくは、盲点をつかれたと思った。ここは勉強不足のところで、自信がない。これが致命傷になるかもしれないぞ。いやいや、そんな早合点《はやがてん》をしてはいけない。書く前から簡単にあきらめたり、尻ごみしてはいけない。何事もあたって砕けろだ。なんとか気を持ち直し、ない頭をしぼって、論点を書き出すことにした。

商品の受領を拒んで履行期を経過したというのだから、いわゆる受領遅滞《じゅりょうちたい》だな。債権者には受領すべき義務があるとかないとか、我妻「ダットサン」が論じていたぞ。そして、商品の価格に変動があっているとわざわざ設問にあるということは、どの時点の額を損害賠償すべきか、損害賠償の範囲が問題になるということだろう。これは相当因果関係の範囲の問題と言うこともできる。さらに、失火で商品が類焼してしまったというのだから、失火責任法にも触れておく必要がある。

論点はこれだけだろうか。何か、もっとありそうだな。不安は残るけれど、もう答案を書きはじめないと、時間切れで尻切れトンボになってしまったら元も子もない。たとえ不十分でも最後まで論述しきったほうが点数はもらえるはずだ。机上の腕時計を見ると、もう残すところ50分もない。あと、1時間あると思っていたのに……。ぼくは焦りを感じた。あとで冷静になって考えてみると、論点をあげて答案構成を考えるのに10分間かかっていたのだから、50分間を割ったのは当然のことで、それは予定どおりなので、50分間もあると考えたらいいのに、なぜか急に50分間しかないという焦燥感がぼくの頭を支配していた。きっと試験会場の張りつめた雰囲気に呑み込まれてしまったのだろう。ぼくは焦《あせ》りに満ちた気分で答案用紙に万年筆をもって書きはじめた。隣の受験生の存在も、同じ試験会場にいる大勢の受験生がペンを走らせ、問題冊子や答案用紙をめくったりする音も、まったく目に見えず、耳に入ってこない。ぼくは完全無音の個室で一人テストを受けている気分だ。

まず、定義と問題状況の設定が必要だな。この商品売買においては、特定物売買と考えることができる。特定物売買においては、契約の締結とともに原則として所有権は買主に移転する。危険負担の中心問題は、双務契約における一方の債務の履行不能が、本件の火災による類焼のように両当事者のいずれの責《せめ》にも帰すべからざる事由によって生じた場合に関するものだ。

はじめに定義をきちんと書いておこう。受領遅滞って定義は何だっけ。ぼくの足が一瞬すくんだ。いや、手が凍ってしまった。さっきまで頭のなかで浮かんでいたのに、急に真っ白になってしまった。どうしよう、どうしよう。焦った。仕方がない。頭を切り換えよう。曖昧《あいまい》な定義を書くのはやめて、場合分《わ》けを優先させることにした。売主が商品を提供したのだから、その時点から特定物債権となっている。買主が受領を拒んだのだから、故意による受領遅滞が成立する。となると、債権者の責に帰すべき事由がある場合に該当するはずだ。ぼくは、ここで机上の司法試験用六法に手をのばし、民法の該当条文を探した。536条2項を探しあてたので、この条文を手がかりとして論述することにする。条文を引用しながら答案を書いていくのは、ぼくの得意とするところだ。ようやく気分もおさまり、先ほどの焦燥感《しょうそうかん》が嘘のように消えていた。すると、「ダットサン」における債権者の受領遅滞に関する論述が頭のなかによみがえってきた。従来の通説は、債権者には受領する義務はないとしていた。なぜなら、債権といえども権利であって、その放棄も債務者の意思を問わずに自由になし得るものだから、これを行使すべき義務をともなうべきものとはしないというのだ。しかし、権利といえども、これを正当に行使すべき義務をともなうとするのが、その本質に反するものとは考えられない、我妻栄はこのように主張している。

受領遅滞は法律的な義務違反ではなく、単に債権者と債務者間の信義則から要求される債権者の責任にすぎないとみる考えがある。しかし、債権者の協力義務は、今日では、もはやこれを法律的な義務、すなわち一種の債務とみるのを正当としている。いやしくも債務を負うものが履行期に履行しないときは、みずからそのまったくやむべからざる事情にもとづくことを証明しない以上、責任ありとするのが妥当である。その原因が自己の責に帰すべからざる事由にもとづくことを証明したときには、その責任を免れる。責に帰すべき事由とは、故意または過失および信義則上これと同視されるような事由である。どんどん思い出してきた。書いているうちに「ダットサン」の記述がぼくの頭のなかで次々によみがえってきたのだ。答案を書けて本当にうれしい。民法でダルマさんになってしまったら、今日、ここで沈み込んでしまったら、どうしよう、どうしよう……。そればかりをずっと心配していた。

損害の範囲の点では、民法416条を引用しよう。1項で相当因果関係の原則を定め、2項は、その前提とすべき事情の範囲を定めたものとみることができる。債務不履行による損害には、際限のない因果関係がある。風吹けば桶屋が儲《もう》かる式の発想だ。これに対して、その場合に特有な損害を除いて、そのような債務不履行のあるときには、通常、債権者がこうむるであろうと考えられる通常の損害だけを賠償させるべきと考える。これが相当因果関係の考え方だ。

ぼくは一心に答案を書いていった。論点がたくさんあるから、なんとか書き終わったときには、もう締め切り時間の寸前になっていて、これまでのように答案を見直す時間はなかった。

「時間です。筆記用具を置いてください」。試験終了の声がかかったので、ぼくは未練を断ち切り、机の上に万年筆をそっと置いた。腕時計を左手に巻きつけながら、ともかく書いた、なにか大切な論点を抜かしてしまった気はするけれど、ともかく最後まで設問に答え、なんとか書き終えることができた。内容よりも答案を書けたこと自体に満足することにした。これで一日目が終わったんだ。そっと深呼吸した。溜め息はつかなかった。溜め息をつくのはまだ早い。今、ここであきらめてはいけないんだ。自分によくよく言い聞かせた。

試験会場の教室を抜け出して建物の外に出ると、曇り空の下、庭のあちこちに受験生が集まって群れをなしている。そのなかにぼくの顔見知りも何人かいるのが分かり、軽く手をあげて挨拶した。しかし、それだけで、足を停めることはしなかった。黙って群れのそばを通り過ぎるとき、それでも、ぼくの耳に入ってくる声がある。無意識のうちに耳が話し声を拾ってしまうのだ。受領遅滞の時には買主に通知するんだろ、受領遅滞の要件って、たしか三つくらいあったよな……。ぼくは、あれれ、そんな論点があったのか、抜かしているな。背筋を冷や汗《ひあせ》が流れた。額《ひたい》のほうは外気《がいき》の蒸し暑さのせいで汗をかいていたが、背中はゾクゾクする冷や汗だ。これは困ったな。そうは思っても、もうどうにもならない。今日はともかく答案を書けたこと、大失点はしなかったこと、それで良しとしよう。まだまだ司法試験ははじまったばかりなのだ。ぼくは成城学園前駅まで、もう何も考えずに歩いた。

電車に乗ると、明日の刑法の予習をする気力もなく、ただぼんやり車窓の外を流れる沿線の住宅街の景色を眺めた。寮にたどり着くと、当然のことながら追分寮には人の気配がない。同室の相棒は工学部の真面目な学生だから、平日の午後に寮にいるはずがない。ぼくは押入から敷布団を引っ張り出し、その上にごろんと横になった。目をつぶって今日の試験を振り返る。憲法はなんとか書けた。少なくとも大失敗はしていないはず。民法もそれなりに書けた。二問目については、大きな論点を落としてしまったようだ。それに気がつかなかったのは、今のぼくの実力を反映している。まあ、仕方がない。ひょっとして、これが致命傷になるのかも。いや、まだ一日目だ。他の科目で挽回できないとは言えないぞ。過ぎたことを、いつまでもくよくよ後悔していても始まらない。ぼくは、いったん開けた目を閉じた。神経が興奮していて、とても眠れそうもない。それでも敷布団の上で、身体を休ませておくことにした。やがて、少しずつ気持ちが静まってきた。そうなんだ。大失敗はしなかったんだ。今日の民法のつまづきは、明日の刑法で挽回すればいいんだ。そう考えると、明日が大きなヤマだな。

ガンバロー、がんばるしかない。気持ちを奮《ふる》い立たせる。ガバッと布団から身を起こした。さあ、明日の刑法のために、おさらいしておこう。まずは論点カードの点検から始めることにするか……。

ぼくは夜、寝る前に机の引き出しから大学ノートを取り出した。「今日は大失敗はしなかった。とにかく実力どおりだった。明日が一つのヤマである。ガンバロー！」。文字にあらわしたのはこれだけど、実は非常に控え目な表現だった。内心はもっと喜びに満ちあふれていた。憲法そして民法の問題を見たとき、即座にこれは書ける！と思った。そして、昨年10月、司法試験合格者の名前が法文1号館の掲示板に貼りだされているのを見ていると、その場にいた同級生の鈴木君が「来年はきっと、ここにきみの名前が載《の》っているよ」と、ぼくに話しかけてきたのを思い出した。ぼくが受かるのは既定のコースなんだ。あとは全力をあげること、身体に気をつけること、これを心がけておけば良いのだと思うようになって、心の負担が軽くなった。同時に今日の設問が基本的なものばかりだったことに気がつくと、恐ろしさも感じた。あまりに在学生優先の匂いがする。これで合格したら、まさしく司法反動化の波に乗って合格したことになるのではないだろうか……。いや、それでもいいんだ。

7月2日（金）

刑法・商法

寮の外に出ると、今日も曇り空だ。雨が降るよりはいいや。それほど暑くもない。今日は午前中に刑法、そして午後からは商法だ。昨日の民法の不出来を挽回《ばんかい》しなくてはいけないぞ。試験会場は昨日と同じ教室だ。早目に入って、机に座って心を落ち着ける。開始前30分までは、論点カードをめくってみる。これも安心するための儀式のようなもので、もう頭には入ってこず、眺めているだけ。下手に入ってきて、すでにある知識を外に押し出されても困る。うん、大丈夫だと自分に言い聞かせる。

前15分になったので、もう一度トイレに行く。個室に入り下腹に力をつけて落ち着かせる。前10分になると、机上の司法試験用六法を手にとって開いてみる。流し読みするだけでも気が休まる。そして、今日も持参したカードに書きしるした「心がまえ」を心のなかで声を出して読み上げる。

5分前になった。筆記用具と腕時計以外は、全部、机の側に置いたカバンにしまい込む。あとは、自分の頭ひとつで考えよう。

問題冊子が机上に配られた。まだ冊子を開いて中の設問を見てはいけない。冊子の裏表紙を眺めながら、よし、今日もやってやるぞ、心に誓った。試験開始直前まで、とてつもない不安感に襲われる。はじまってしまえば昨日だって結局、大学の定期試験と同じこと。これで一生が決まるとか変に意識しすぎるから、大変だ、大変だということになる。気にしすぎなんだ。問題冊子を開いて設問を見るまでは、いつだって祈る気持ちだ。どうぞ、ぼくが何も分からないような、何も書けないような論点、設問ではありませんように……。映画でよく見かける、キリスト教徒が教会で膝まずいて両手を合わせて神様に祈るポーズを、この試験会場でもしたい気分だ。

「はじめてください」。かけ声とともに、受験生が問題冊子を一斉に開き、ざざざっと軽いうねり音が広い教室中に広がる。刑法の第一問は、昨日のような長文ではない。いかにも基本を問いかけている設問だ。よかった、良かった。盗られたものを、数日して元の所有者が取り返したときの罪責《ざいせき》が問われている。自救《じきゅう》行為が許されるのかどうかも論点になるのだろうか……。いやいや、その前に、そもそも窃盗罪の成立要件をきちんとおさえて論述しておく必要がある。窃盗罪は、いつの時点で既遂になるのか。「数日後」というのは、占有がまだ移っていないと解する余地があるのか。とてもシンプルな設問だけど、論点はいろいろありそうだ。場合分けしていって、ゴチャゴチャ書いて迷走しないようにしよう。論点を思いつくままにあげるのはいいけれど、迷路に入りこんで、要するに何が言いたいのかと反問されないようにしなくてはいけない。窃盗罪をめぐる論点を全部書いてしまおうなんて、不遜《ふそん》な考えは捨てる。ぼくは思いついた主要な論点を書きあげると、気を引き締めて答案を書きはじめた。

窃盗罪は、他人の所有権および占有の基礎となる権利の侵害を本質とする。窃盗罪における行為の態様は他人の「占有」を侵害すること。この「占有」は必ずしも正権限による占有に限定されない。ただし、「占有」は刑法上の概念であって、必ずしも民法上の「占有」とは一致しない。ぼくは、一問目の答案を早目に書き終わったので、ゆっくり見直し、点検することにした。あれあれ、保護すべき法益は何なのか、事実上の占有なのか真正な所有権なのか、刑法総論の観点からの論述が十分でないことに気がついた。これは大変だ。だけど、今さら書き直し、書き足しなんかしている時間はない。タイムオーバーだ。あと一問あるんだから、そっちに移らざるをえない。背筋がゾクゾクし、お腹がチクチク痛むのを感じながらも、二問目に移ることにした。司法試験に合格する秘訣は、まんべんなく最低点を確保することにあると言われている。一問だけがどんなに良くても二問目が白紙だったら、合格できるはずはない。これは合格した先輩の高濱氏が教えてくれた鉄則だ。それはともかくとして、今日は無難な船出というわけにはいかなかったな……。

二問目は、設問は短いし、一見すると、きわめて単純な事案のようだけど、問題冊子の余白に思いついた論点を鉛筆で書きつけてみると、それに関連した論点が次々に浮かんできた。おやおや、下手すると論述が錯綜してしまいそうだな……。

同居している父親の秘蔵している高価な骨董品《こっとうひん》を盗み出してくれたら高値で買い戻してやると言っ

て盗みをそそのかした悪い息子がいる。そのドラ息子と窃盗の実行犯の刑事責任が問われている。いったい、ドラ息子の狙いは何なのか。オヤジを困らせてやろうというのか、それとも「高く買い戻した」ものを、さらに何倍もの値で売ってもうけようというのか……。いやいや、そんなことを推測している暇はない。推理小説の粗筋《あらすじ》を想像せよというのではないんだ。あくまで法律論が求められている。まず、ドラ息子自身が同居している親のものを盗み出したとき、同居しているのだから住居侵入はまるで問題にならない。そして「盗み出した」といっても、親子の関係にあるときには、親族《しんぞく》相盗《そうとう》といって、刑法244条によって刑が免除される。つまり、ドラ息子が窃盗罪に問われることはない。では、そこに第三者が入ってきたら、住居侵入罪は成立するのか。第三者による窃盗が成立するとして、そそのかしたドラ息子は刑事責任を問われるのか。免除されるという父と子の身分関係は窃盗罪のそそのかし（教唆犯）にどのように影響するのか。そもそも身分犯とは、いったい何なのか。そして、窃盗により得られた賍物故買《ぞうぶつこばい》が成立する要件は何か。これらが成立するとしたら、関連する犯罪として牽連犯《けんれんはん》ということになるのか……。あれれ、牽連って漢字はどう書くんだっけか。索引《さくいん》の「索」を書いたら、それは明らかに間違いだ。正しい漢字を書けないなんて、まずいぞ。ひごろ読む勉強ばかりしていて書く練習が足りなかったな。いやはや、この設問にも、たくさん書くべき論点がありすぎて、収拾のつかない答案になりかねないな。それに答案を書いている最中に、別の論点に思いあたることもありうるんだから、初めに論点をあげて答案構成を考えるのに、そんなに長い時間はかけられない。せいぜい長くても10分間以内にとどめておかないと、あとで時間不足になってお尻に火がついてしまう。10分間以内だと、なんとか安全安心だ。

答案の書きはじめは、まず重要な言葉（用語）の定義を書いておく。そして、それがどうしていま問題とされるのか、全体も問題状況を念頭において自分で立てた答案構成の流れにそって、先も見通しながら論点にひとつずつ触れて、つぶしていく。このとき、自分の説を先に述べ、そのあと必要なときには反対説を紹介し、それを批判し、攻撃する。そのなかで、自説の理由、根拠を補強する。そのためには、自説の長所と批判点、その反論を頭の中で整理しておかなければいけない。

贓物とは、財産罪たる犯罪行為によって領得された財物で被害者が法律上追求することのできるものをいう。贓物罪は、本犯の被害者たる所有者の物に対する追求を困難にするものであり、本犯の行為によって作り出された違法な財産状態を維持するもの。その保護法益は、本犯の目的物たる財物そのもの、その物に対する本犯の被害者の追求権である。そして故買とは、売買や交換などによって有償で取得することで、単純に契約が成立するだけでは足りず、事実上の行為が行われたことを要する。未遂を罰する規定はない。ぼくは説例の問題状況を概説すると、次に論点にズバリ切り込んだ。もたもたしたり、まわりくどい表現は使わない。遠回りなんかしている暇はない。一字一字、できるだけ丁寧に答案用紙を埋めていった。答案を書きあげ、誤字・脱字がないか見直していると、昨日とは違う若い係員が教室の正面で、「終了時間です。筆記用具を置いてください」と甲高い声を響かせた。

刑法も終わった。昨日の民法の大失敗を挽回できたとは思えないが、大失点をしたわけでもないだろう。回収されていく答案用紙を目で追いながら自分に言いきかせた。やるべきこと、やれることはやったんだ。これ以上、何を言うことがあるだろうか。

今日も、昼食は昨日と同じ学生食堂で80円のカレーライスをとる。ぼくは混みあったテーブルの隅のほうに座って、目立たないようにおとなしく一人黙って食事をすませた。雑談なんかする気分ではないし、ましてや刑法を今さら振り返って失点を見つけて落ち込みたくもない。

午後からは商法だ。ぼくは商法には苦手意識が先に立つ。というか、商法は民法と違って、基本書を読んだ回数が圧倒的に少ない。実際、何回か基本書たるべき本を読んだだけなので、応用問題でも問われたら、ダルマさんになるしかない。手も足も出ない。

問題冊子が机上に配られた。合図の声を受けて問題冊子を恐る恐る開く。なんとなんと、憲法と同じような1行、2行の設問が二つ並んでいる。それも基本中の基本を問うものだ。やった!……。応用問題ではない。これなら、ぼくだって何か書けるぞ。ぼくはうれしくなって、内心、大いにほくそ笑んだ。急に気が楽になった。一問目は、株式譲渡の自由とその制限について論ぜよ、というものだ。ぼくは、頭の中で商法の基本書を思い出した。たしか、左側の頁からはじまっていたな。目次の大項目になっているような重要テーマを簡潔に再現したらいいのだ。ぼくは、そう考えた。

株式とは何か、なぜ譲渡が認められているのか。その自由を制限する必要があるのは、どういう場合なのか。株主にとっては、株式譲渡による以外に投下した資本を回収する方法はない。したがって、株式の自由譲渡性は原則として認められなければならない。そして、株式の譲渡は、法律行為によって株主の地位を移転すること、株主の地位の譲渡は株式の譲渡としてあらわれ、株券の交付によって効力を生じる。株式譲渡の制限は、法の規定による制限と定款をもってする制限の二つがある。法律による制限は株券の発行前という時期の制限と、自己株式の取得の禁止というものがある。定款による制限は、取締役会の承認を要するというのみで、これ以外の制限は認められていない。この制限は株券に記載され、制限したときには会社に先買権《さきがいけん》を認めている。

時間はたっぷりある。基本問題だけに基礎的な事項をしっかり答案に書き込むことにしよう。文章もできるだけシンプルで分かりやすくなるよう心がけて答案を書きすすめていく。論点が込みいって複雑になるわけではないので、論述の流れに苦労することもない。すると、憲法・民法・刑法のときとは違って、一問目は予想以上に早く書き終えることができた。ゆっくり落ち着いて見直しても、誤字は見あたらない。

二問目に移る。商法の二問目は、一問目よりさらに基本的なことを問いかけている。為替《かわせ》手形、約束手形そして小切手の異同《いどう》を論ぜよ、という。ぼくは、この三つとも現物を見たことがない。現物を見ていないだけでなく、コピーを見たこともない。だから、実際にどんな形をしているのか、その形式も体裁も知らない。そして、肝心な現実の流通についても何も知らない。だからこそ、ぼくには迷いがない。これは、現実を知らないものの強みだ。現実を知らないことも、ときにはそれが強みになることがあるのだ。空理空論の世界で、論理を一貫させればいいわけだ。

ぼくは、まず、この三つについて定義を書こうと思った。ついさっきまで、頭のなかで、それはたしかにあった。ところが、いざ万年筆をもつ手を動かして定義を答案用紙に書こうとすると、急に頭が真っ白になってしまった。あわわ、為替手形って、なんだっけか……。パニックに陥った。ぼくは、何とか気を静めていったん定義を書くのを先送りして、有価証券とは何かを書くことにした。ところが、これまたさっきまで自信満々、脳中に確固たる言葉として存在していたのに、突如として、そのすべてが雲散霧消してしまっている。あまりに基礎中の基礎なので、それを書けと言われると、急には出てこなくなってしまったのだ。それらしきものを書いてごまかしても百戦錬磨《ひゃくせんれんま》の試験委員だったら当然、ぼくのお粗末な答案の正体を見破るに決まっている。あまりに基礎的な問いかけだったので一瞬ぬか喜びしてしまった。これが良くなかった。足元をすくわれてしまった。まあ、仕方がない。これも実力不足のあらわれとしか言いようがない。つまらぬ弁解をしても始まらない。ぼくは、両肘を机上に置いて両手で両眼をふさいだ。お祈りするつもりではない。いまさら信じてもいない「苦しいときの神だのみ」はしたくない。そうではなくて、心の平静を取り戻すのだ。ようやく心が落ち着いてきた。本来のぼくの地が戻ってきたようだ。

有価証券とは、財産的価値を有する私権を表章する証券であって、権利の発生・移転・行使の全部または一部が証券によってなされるものであることを要する。有価証券においても本体をなすものは、やはり権利であって、証券はこのような権利のための手段に過ぎない。権利の外観を備えている者は同時に権利自体を有するものと推定する。これに対して、権利の外観をそなえていない者は、権利自体を有しないものとする。これが有価証券の根本法理だ。有価証券のことをここまで明確に書けたという自信は実はない。しかし、どんどん頭がクリアーになり、思い出してきた。

手形や小切手は、特定の者またはその指図人を権利者とする者が証券面に記載されている有価証券だ。つまり、二つの手形も小切手も、一定の金額の支払いを目的とする有価証券なのだ。では、為替手形とは何か……。これは発行者である振出人が第三者（支払人）に宛てて一定の金額の支払いを委託する形式のものだ。この点、約束手形は発行者である振出人自身が一定の金額を支払うべきことを約束する形式のものだから、この二つは明らかに相違している。それでは、小切手とは何か……。小切手は、発行者である振出人が第三者に宛てて支払を委託する形式のものだ。法律的には、小切手は為替手形と同じく、第三者に宛てた一定額の支払いを委託する証券だ。小切手は、もっぱら支払の用具として使われているのに対して、二つの手形は、主として信用の用具として使われている。

間違ったことを書いて失点となるのは、まずい。まあ、ギコチないけど、なんとか書けたかな。大失点は免れたぞ。少なくともしばらくは、この気分でいよう。答案を最後に見直す。そのとき、設問に異同を論ぜよ、となっていることに初めて気がついた。「異同」とあるからには、「同」についても、つまり共通点にも触れるべきだったのだろうか……。ぼくの答案は、「異同」の「異」を重点的に論じている。ひょっとしたら、それでは完璧ではなく、やはり、「異」と「同」の二つを同じように論述する必要があったのかもしれない。そんな心配が胸のうちにむくむくと大きくふくらんできた。いやいや、そんなことはないだろう……。それに終了時間は迫っているから、もう手はつけられない。ぼくは観念した。両手を静かに頬に押しあてたあと、誤字・脱字のチェックをはじめたとたん、「はい、試験時間終了です」との宣告がなされた。ぼくは自分の机から、黙ってわが愛すべき分身とも言うべき答案用紙の行方を目だけで追った。

今日もまあ、なんとか答案用紙を5枚以上埋めることができた。ダルマ状態になって泣いて帰ることはなかった。これでいいんだ。そう自分に言い聞かせると、逆に、ぼくは少しばかり欲も出てきた。試験会場を出て門に向かっていると、親族相盗の刑の免除って、贓物罪の場合も適用があるんだっけか……。そんな会話を見知らぬ受験生同士がしているのを通りすがりに聞いてしまった。あわあわ、気がつかなかったぞ。ぼくが落としてしまった論点があったのかもしれないな。ぼくの心に少し暗い影がさした。でも、ぼくは頭を左右に軽く振って成城学園前駅へひとり向かった。

寮にもどってすぐ、部屋の畳に今日はじかにごろんと横になった。別に倒れ込んだわけではない。押入から敷布団を引っぱり出すのが面倒臭かっただけのこと。薄暗い部屋で煤《すす》けた天井を眺めながら今日の試験を振り返った。刑法二問目では、親族相盗の刑の免除のところの論述を抜かしたというか、足りなかったかもしれないな。少なくとも、その点についてきちんと書いたという自信はない。答案を書いているときには、あらかじめ組み立てた答案構成の流れにしたがっていたから迷いはなかった。この論点を落としたことが致命傷になるだろうか。民法の致命傷を挽回するつもりだったのに、致命傷を二つも重ねてしまったのかな。暗い気分が急に押し寄せてきた。いやいや、目を瞑《つぶ》ったまま、ぼくは頭を左右に何回も振って声を出した。「いや、まだダメだと決まったわけじゃないぞ」。うん、そうだ。自分によくよく言い聞かせた。

刑法一問目のほうも心配になってきたな……。刑法総則の観点が弱い論述だったのではないか。そもそも窃盗罪の保護法益は占有なのか、真正な所有権なのか。団藤『刑法綱要』にしたがった論述を展開する必要があった。目の前が急に真っ暗になる。ぼくは横になってしばらく目を瞑ったままじっとしていた。すると、不安な気持ちはやがて薄れていった。不思議なことに今度は2日間、4科目の答案のできあがりに、自分なりの手応《てごた》えを感じるようになった。これは、今年なんとかなるかもしれないぞ。なんとなく、書けた内容は合格答案のレベルに達している気がしてきた。もちろん、具体的な根拠があるわけではない。ぼくの心のなかには、いつだって強気と弱気とが一緒になっていて、それが共存しているのだ。奇妙な気分だった。ともかく、ここで投げ出してはいけない。くじけてもいけないだろう。まだ、あと3日間、3教科ある。がんばるぞ。

7月3日（土）

民事訴訟法

寮の外は曇り空だけど、なんだか梅雨《つゆ》明けが近そうな明るさを感じる。今日は民事訴訟法だ。司法試験の根幹をなす法律科目は今日まで。初日、二日と、なんとか答案を書きあげることができた。ダルマ状態になることだけは幸いにも免れてきた。重要な論点をいくつか落としてしまったようだが、まだ致命傷を負ったわけではないと信じよう。三日目になったからといって安易な気持ちで試験にのぞむのは禁物《きんもつ》だ。

ぼくは、はじまる前にきのう寮の近くの薬屋で買ったハッカをふくみ、口中をスッキリさせた。スースーして頭までシャキッとする感じがうれしい。そして最後に、いつものカードを取り出し、心の中でそれを読みあげた。民事訴訟法は、どちらかというとぼくの好きな科目だ。得意科目だと言い切れないのが残念だけど、その論理的な構造は、ぼくの頭にぴったり入ってくるものがある。

先ほど机上に問題冊子が配られた。どうぞ今日も手も足も出ないような難問ではありませんように……。祈る思いでぼくは目を瞑《つぶ》った。

開始の合図で問題冊子を開く。はじめの設問はわずか一行だ。「判決理由中の判断について説明せよ」。やったー、やったぞ。これって、ひょっとして東大の新堂幸司教授の提唱する争点効理論を意識した設問ではないのか。そうだとすると、この設問は新堂教授の講義を受けた東大生が断然有利だ。いや、待て待て。待てよ、いくら何でも東大生偏重の設問であるはずがない。設問をつくっているのは法務省なのだから……。そして、もちろん争点効理論の是非を論ぜよという設問でもない。だから、いきなり争点効理論に焦点をあてて論じたら、それは大失点となるに決まっている。何でも知ったかぶりをすると、ひどい目にあう。判決と既判力の関係をきちんと考えて論述していかなければならないな、これは……。司法試験用六法を開いて民事訴訟法の条文を確認する。民事訴訟法199条には主文に限って既判力があるとしている。よし、これだな。そもそも既判力とは何か、主要な争点についての判断と傍論との違いにも触れる必要があるのだろう。ぼくは争点効理論を念頭におきながらも、それを露骨には表に出さない答案構成を考えた。そして方針が決まると、自信をもって答案を書きすすめた。足元をすくわれないようにしよう。よくよく自分に言い聞かせる。

既判力とは、私的紛争についての公権的強行的解決制度に内在する一回性の要請のあらわれとして、ひとたび裁判で公権的な解決がはかられた以上、他の裁判所もそれを尊重すべく、これに反する判断はなしえないという形で、後訴の裁判所の判断を内容的に拘束する裁判の効力だ。つまり、これは前の裁判における判断を後の裁判における判断の基礎としなければならない一事不再理の理念のあらわれで、紛争の最終解決の必要という制度的な要請に基礎づけられるもの。既判力の制度は当然に一定の失権効的効果（遮断《しゃだん》効）をともなう。

ぼくは答案を書きながら、ともかく書けることがうれしかった。一問目は、自分で決めた60分間という制限時間内、むしろ早目に終えることができた。それで、心に少し余裕が生まれた。残り時間は

60分以上あると思えた。さあ、二問目に取りかかろう。

二問目の設問は少し長い。訴訟無能力者が訴訟に参加したときに、その訴訟はどのような影響を受けるのかを問うている。いったい、いつ訴訟無能力者になったというのか。裁判のはじまる前なのか、はじまってからのことなのか。そして、その訴訟無能力者だと判明したのはいつなのか。設問は、いずれも特定していない。そうすると、それぞれの場合分けして考える必要がある。さらに、この二つの組み合わせもしなければいけないだろう。法律解釈論では、この場合分けがきわめて大切だ。むしろ、この場合分けをきちんとする能力こそが法律家に求められる資質だ。勉強会のときに、チューターの高濱氏が何回も、その点を繰り返し強調していた。そうなんだ。与えられた条件の曖昧《あいまい》なところを、自分勝手に条件を設定して一方的に論じてはいけないのだ。ぼくは問題冊子の余白に答案構成の流れを鉛筆で書き出した。よし、これで民事訴訟法の答案はなんとか書けそうだな……。

訴訟能力は弁論能力とは異なる概念だ。弁論能力とは、裁判所における訴訟手続に関与して現実に訴訟行為をするために必要な能力のこと。訴訟手続の円滑迅速を図り、司法制度の能率的運用を期するという見地に立脚する概念だ。これに対して訴訟能力は、有効に自らのために訴訟行為をなし得る能力であり、主として当事者保護の観点に立つもの。訴訟能力は、個々の訴訟行為の有効要件だ。したがって、訴訟無能力者の訴訟行為と、これに対する相手方の訴訟行為は無効になる。訴訟能力については裁判所は職権をもって調査すべき事項だ。もし訴訟能力の欠缺《けんけつ》を看過《かんか》して終局判決をしたときには、上訴して争うのはもちろん、確定したあとでも再審理由となり、再審の訴をおこすことができる。二問目については、場合分けに苦労しながらも、何とかぼくなりに満足できる答案を書きあげた。

「はい、時間です。やめてください」。この声がかかったときも、まだぼくは自分の書いた答案の見直しをしていた。二問目は設例にこたえた場合分けをしていたら、意外に時間がかかった。一問目を早く切り上げておいて良かった。やっぱり時間配分は大切だな。尻切れトンボの答案にならずによかった。これは運がいいぞ。ぼくは単純に喜んだ。

今日は、試験は午前中で終わりだ。さすがにお腹が空《す》いた。昼食は大学の外で食べることにして、学食のほうへは行かず、校舎を出た。今日も受験生があちこち立ち止まって群れをなして会話している。顔見知りの安田君を見かけて、ややあと軽く手をあげて挨拶しながら、ぼくは立ちどまることもなく、通り過ぎた。すると、ぼくの耳に中間確認の訴がどうだこうだという声が届いた。ええっ、なんだ、なんだって……。ぼくの身体がその声に反応した。そうだ、たしか当事者がその前提問題についての判断に既判力をもたせようとするときには、民事訴訟法234条に定める中間確認の訴によって、それが可能になるんだった。ぼくは、この条文をすっかり忘れていた。そこまで頭が回らなかった。でも、いまさら後悔しても、反省しても仕方がない。今日の試験は終わったのだ。

駅に向かう途中、小さな喫茶店に入って200円のサービスランチを食べた。カレーにサラダとコーヒーがついている。試験中はお腹がもたれないように昼食は軽くすませることにしていた。成城学園前駅から電車に乗った。雨でも降ったのか、木々の緑が少し濡《ぬ》れている。吊革《つりかわ》につかまり立って車窓の外の景色を眺めながら、先ほどの中間確認の訴について触れなかったことが、どの程度の比重を占めるのか、ぼくなりに考えてみた。あれこれ考えて、行きつ戻りつしたが、これに触れない答案が大失敗になるとは思えなかった。それに触れたら加点されるというレベルなのではないか。ぼくはこのように判断することにした。まだ、ここで気落ちしてはいけないんだ。寮へは直行するつもりだ。寄り道するなんてとんでもない。そんな心の余裕はない。

寮に着くと、今日も部屋の畳にごろんと横になった。答案をなんとか書きあげたという満足感と、中間確認の訴という論点を落としてしまったという反省の念とが入り混じって、頭のなかはぐるぐる空回《からまわ》りした。基本書を開いてみると、中間判決の拘束力は民事訴訟法上、特殊な裁判の拘束力が別な形で制定されているもの、とあった。なるほどね。ぼくは目を瞑《つぶ》った。やがて胸の内も静まってきた。そこで、机に向かって明日の労働法に備えて基本書を読みはじめた。でも、どうにも気乗りがせず、集中できない。静かな部屋で何ものも邪魔していないのに、まだ心の中でザワザワと騒ぐものがある。こんな状態で本を読んでいても頭に入ってくるはずもない。やめよう、やめよう。外へ出かけよう。

ぼくは早目の夕食をとるつもりで寮の外へ出た。今夜は寮の食堂がお休みなのだ。正門近くの定食屋に入り、180円の豚肉の生姜《しょうが》焼き定食を注文する。食後、寮に戻る前に小さな本屋に立ち寄り、店頭にある「受験新報」を手にとってパラパラと流し読みした。うん、買って帰って寮で読んでみよう。

母から「毎日、成功を祈っています」という励ましのハガキが寮に届いていた。うれしいね、ありがたいね。早目に銭湯に出かけた。大きな湯船に首まで浸り、泡がゴボゴボいう音を聞いていると、生身《なまみ》の垢《あか》が抜け落ちていく思いがする。さあ、あと二日だ。最後まで気を引き締めてがんばり抜こう。

7月4日（日）

朝刊の一面に北海道で飛行機が遭難したという記事が出ている。これは大変だ。ぼくはまだ飛行機に乗ったことがない。乗客全員が絶望視されている。試験に落ちるのも困るけれど、乗った飛行機が落ちたら全員死亡だから、よほど怖い。今日は、落ちないように、落とさないようにがんばろう。朝は牛乳1本飲んだだけにする。お腹の調子が悪いわけではない。今日も蒸し暑い。成城学園前駅まで出かけるのも明日までだ。お昼は成城大学の近くにある学生向けの食堂で150円のカレーライスを食べた。今日は労働法だ。もちろん法律科目だけど、民法のように基本書をじっくり何回も読み返したなんてしていない。とてもそんな余裕はなかった。

労働法の設問は、どちらも1行だ。一問目は、労働法における労働者の概念。二問目は、団体交渉の拒否とその救済。いずれも基本中の基本を問うている。これなら答案が書けないということはない。問題は、論述の順番、道筋をどうたてるか、ということ。

労働組合法3条は、労働者を次のように定義している。職業の種類を問わず、賃金、給料その他これに準ずる収入によって生活する者。ここでは、団結の主体としての労働者概念が定立されている。憲法28条には「勤労者」という言葉が用いられているものの、これは同一のものと解されている。一般に労働者とは、他人との間に使用従属関係にあって労働に服し、報酬を受けて生活する者をいう。つまり、使用従属関係があるかないかと、賃金・給料その他の報酬を受けとっているかによって定まる。自営業者はどうなのか、芸能人はどうなるのか、失業者は労働者なのか、その具体的判断は必ずしも容易ではない。

憲法28条は、労働者の団体交渉権を保障している。団体交渉権は、団結権の承認の論理的な帰結であると同時に、争議権に裏付けられた基本的人権だ。団体交渉権を法的に保障するため、刑事免責および不当労働行為としての団交拒否について労働委員会による救済手続が定められている。労働組合は、使用者と自由に団体交渉することを国家権力によって不当に干渉され、妨害を受けることのない自由を有する。また、労働組合は私法上の権利として具体的に団体交渉請求権を有している。なんとか書けた。試験終了の合図を聞いて万年筆を机にそっと置いたとき、ぼくはいい知れぬ満足感に浸っていた。これで落とされることはないだろう。伏せた解答用紙の何も書いていない裏側部分を見ながら、ぼくはひとりごちした。

試験会場の校舎を出ると、目がチカチカする。これはきっと光化学スモッグのせいだな。東京の大気汚染のひどさは困ったものだ。寮に戻ると、部屋で寝ころがって気分の高まりを静める。いよいよ残るは明日一日だ。本当に、本当に、ご苦労さん。自分によくよく言い聞かせた。

夜は、暗くなる前に寮を抜け出し、定食屋でレバニラ定食（２１５円）を食べ、明日に備えて精をつける。

7月5日（月）

寮での目覚めは、昨日までと変わらない。重苦しくもなく、平常心で身支度できた。いよいよ本番の試験も今日までだ。そう思うと気が軽くなってきた。朝刊に、きのう遭難が伝えられた飛行機「ばんだい」号の機体が山中で発見され、やはり生存者はいなかったというニュースが大きく出ていた。飛行機って、やはり怖いね。ぼくも落ちないようにしよう。寮を出て地下鉄の本郷三丁目駅まで歩いていく。この5日間、幸いなことに一日も雨は降らなかった。室内で試験を受けるのだから、雨が降っても関係はないけれど、雨が降ると移動するのが億劫《おっくう》になる。蒸し暑い5日間だった。今日の天気予報は雷に気をつけようと言っていた。カミナリ様がやってきたって、もう怖くもなんともないぞ。成城学園前駅から成城大学までも、足取り軽くとまでは行かないが、かといって重たい足をひきずってたどり着いたというわけでもない。ぼくの気分は上々とまでいうと言い過ぎになるけれど、変に落ち込んでもいない。まずまずの状況だ。これも自分でしっかり心身の状態をコントロールした成果だ。

問題冊子が机の上に配られた。その表紙を見ながら、ぼくは内なる自分に問いかけた。気力はどうか。よしよし、大丈夫。もうひとつの自分が元気に答えた。今日、最後の試験は社会政策だ。まともに本を読んで勉強したとは、とても言えない。薄いアンチョコ本を読んだ程度で、あとはぼくの常識をフル稼働させるしかない。少しこみ入った設問だったら、まさしくダルマさん、手も足も出ない。果たしてどんな設問だろうか。

「はじめ」の声で恐る恐る問題冊子をめくると、第一問は団体交渉制と賃金水準との関係を問うている。まあ、これなら労働法の知識も生かして、なんとか書けるだろう。そして、第二問は老齢保障のために必要な諸条件をたずねている。これも常識をふまえて、答案用紙を埋めることはできるだろう。社会批評ではなく、少しは法律論を語っているかのような装いが必要なんだろうな……。よし、書いてみよう。

労働立法は全国一律に、その効力を及ぼすことができるのに対して、団体交渉による労働条件の規制は交渉主体たる組織内部にしか及ばない。団体交渉による方式は、未組織労働者に及び得ないことが労働立法による規制を必要とする理由である。団体交渉は労働立法によって、その適用範囲を補完される。労働立法は、団体交渉により具体的、個別的な妥当性、機動性、実効性が確保される。一問目は、このように団体交渉制の意義を強調した。

二問目は社会保障の問題だととらえた。だから社会保障一般の意義をまず明らかにしておこう。社会保障は、貧困の防止として、国家財政のなかから国民生活の保障を目的として支出されるものである限り、それは消費的なものである。したがって、資本の蓄積と社会保障とは対立関係にあるとも言える。ところで、国民の貧困は不況期において深化し、拡大し、消費つまり需要の縮小に直ちにつながる。社会保障が十分であれば、これを阻止することができる。社会保障は、経済的には消費の拡大となり、資本蓄積を阻害する作用を有するが、他面において、社会的安定という作用によって資本制を安定させ、資本の蓄積を維持する条件となっている。

2問とも書き終わると、答案の見直しをしている最中から既に、ぼくの胸の中にあったモヤモヤがすっと抜けていく気がしてきた。ついに試験が終わった。終わったぞ。ぼくは心の中で必死に声を振り絞って叫んだ。頭のなかにあるものを全部すっきり吐き出してしまったから、頭のなかはもう何も残っていない、スッカラカンだ。今さら終わった試験をあれこれ論評してもはじまらない。今は、頭のなかをすっかり入れ換え、新鮮な空気を注入する必要がある。それが何より先決だ。

ぼくは成城学園前駅から、まっすぐ新宿駅へ向かった。すぐ寮に戻る気分ではない。新宿駅で降りて、映画館へ向かう。寅さん映画をやっているのを看板で知り、入った。『男はつらいよ』の第一作だった。ばっかだなあと、暗い館内で大笑いしているうちに、さきほどまで試験を受けていたことをすっかり忘れてしまった。もう試験はすんでしまったこと、そんな気分だ。寮に戻り、夕食を食べそこねた寮生に出会い、二人で外に出て定食屋でビールを飲んで刺身の盛り合わせを食べた。テレビのニュースが梅雨が明けたと告げている。明日から暑くなるのだろう。650円を支払って、気分良く帰る途中、甘いものがほしくなり、120円分のお菓子を買って部屋に戻った。

7月6日（火）

論文式試験の総括

朝はゆっくり起きた。朝食は抜いて、二度寝を楽しんだ。小原《おはら》さんじゃないけれど、朝寝、朝酒のうち、朝酒はいらないけれど、朝寝は昔から大好きだ。目が覚めると、昼に近い。お腹も空いているので、早めに昼食をとることにして、寮を抜け出した。正門から入って銀杏並木をゆっくり歩いていく。もうカードを持ち歩くこともない。知った顔の学生がいないか探してみるが、あいにく誰も見かけない。

「メトロ」で140円のビーフカツをゆっくり味わう。頭の重しがとれて、食事が栄養補給のためというより、心の滋養をとり、ゆっくり休息するためのものだと実感できるのがうれしい。食後、書籍コーナーに足を踏み入れる。今日は法律書のほうは見向きもせず、東北への旅行に備えて「東北の旅」ガイドブックを購入した。あわせて半ズボン880円、下着800円も買う。こちらも旅行用だ。ゆっくり寮に戻って、東北旅行の下調べをしようと思い、寝ころがって買ったばかりのガイドブックを開いた。いやいや、その前にやることがある。ぼくは起きあがって机に向かった。これまで折にふれて書きつづってきた大学ノートを机の引き出しから取り出し、自分の書いた最後の文章を読みはじめた。この続きを書かなくては、ぼくはそう思った。

「論文式試験がついに終わった」。ぼくはまずこう書いた。自分の書いた文字を目のあたりにして、試験が終わったことを改めて実感した。すぐに突き上げるような激しい高揚感に包まれ、胸が締めつけられた。ぼくは両肘を机において、両手で顔を覆い、しばし気を静める。

「本当に、ごくろうさん」。ぼくは、次に、こう書きつけた。ぼくは、がんばった。持てる力は十二分に出しきった。悔いはまったくない。あれこれ振り返ると足りなかったところが多々あるようだ。しかし、それは積極ミスではないし、単にぼくの実力不足を反映しているだけだ。それはもう残念ながらというか、申し訳ないことに……というレベルの問題だ。今年うまくいかなかったら、来年がんばる必要がある。来年に向けて、新鮮な気持ちでがんばるためには、今年の受験勉強と試験ののぞみ方について、良かったところと悪かったところを全部、洗いざらいあげて、それを克服する必要がある。そのために必要なのが総括だ。ぼくは3年あまりのセツルメント活動で何回となく総括文を書いてきた。自分を見つめ直すのに絶好だ。総括するのなら、いろいろ時期に分けて、きちんと振り返らなければいけないな。おおざっぱにやっても今後の役には立たない。時間がかかるだろうけれど、幸いなことにしばらく法律書を読む必要がない。それに充《あ》てていた時間がいらなくなったのだから、時間はたっぷりある。今の自分の到達点をしっかり見つめ、明日に向けてきちんと総括する。これこそ今のぼくに必要なことだ。東北旅行のプランを立てるのはそのあとでよい。あとまわしだ。まずは、直近の試験期間を振り返る。

毎日毎晩、睡眠を十分にとって、翌日、なるべく前日の疲れが残らないようにしたのは良かった。ぼくは寝つきが良い。試験期間中もこれは変わらなかった。早寝早起きは、健康のもとだ。

直前の勉強は、それぞれの分野の全体像をつかみ、あとは重要事項の定義をちゃんと覚えて、試験会場で答案用紙にきちんと再現するようにすべきだけど、この点は少し弱かった。答案用紙を前にして、急に頭のなかが真っ白になってしまった。これも定義の暗記訓練が弱かったことによる。

試験前日にすべての条文にあたったのは、民法と憲法はよかったけれど、それ以外は必要ではなく、無駄が多かった。条文の確認は、すでに赤鉛筆の棒線が太く濃くついているものだけで良かった。残った時間は、定義の確認・暗記にまわすべきだった。また、条文の点では試験会場で使う司法試験用六法にもっと使い慣れておくべきだった。答案用紙に引用する条文がさっと出てくるように訓練しておけばよかった。だから、これからは「基本六法」とあわせて、この小六法も折にふれてもっともっと使うようにしよう。それにしても余白に書き込みをしていたのを本番で思い出せたのは良かった。これからは、もっと書き込んでおこう。

次に試験本番のすすめ方。問題文を見たら、5分間、長くて10分間は、よく読んで答案構成を考える。この初めの時点で視点の切り換えができないかも試みてみる。ただし、深追いはしない。時間不足になったら大変だ。問題冊子の余白に鉛筆で論点を引き出し、書き並べ、流れを確認する。順序を考えずに答案を書きはじめることはしない。現実には、視点の転換は全然できなかった。それより自分の記憶にあるものをともかく再現して点数を稼ごうという意識が先に立った。視点を転換しようという余裕はもてなかった。この原因は、はっきりしている。要するに、ぼくの実力不足、これに尽きる。思考過程に柔軟性が欠けていた。これは答案作成の練習不足からも来ている。

答案では最低限の決まり事をしっかりおさえる必要がある。それは何か……。定義を書き出すことが何より大切だ。定義をひとつひとつ書き上げ、場合分けをして論述していく必要がある。

自分の頭で考えて書くという点では、どの設問についても、実際に書きはじめると、書くべきことがあとからあとから出てきて困ったほどだった。このとき基本書を踏まえつつ、そこから少し離れて論述することもできた。ただ、基本となる重要な用語を有効に使いこなせたかというと、その点は十分ではなかったうらみがある。

1問に60分間という時間制限は、ほぼ厳格に守ることができた。ただし、あと残り時間が60分間というとき、妙に焦ってしまい、十分に答案構成できないまま書き出したことがあった。これは司法試験についての漠然とした不安を克服しきれずに試験に臨んだことによる。もっと、自信と気迫《きはく》ある態度で本番の試験に臨むべきだった。これは、その根本には人生の見方の問題でもある。だから、この点はもっと頭のなかをすっきりさせておかないといけない。

答案を書きすすめていくときには、自分の口のなかで言葉を反芻《はんすう》させ、十分に選択しながら書くことが大切だ。書いてしまったあとに見直したとき、もっと適切・有効な文章の書き方に気がつき、これを訂正すべきかどうか、時間との関係で迷ったことがあった。これは失敗だった。法律的な文章を書くこと、そのための法律論議をすること、これが足りなかった。ただ、とにもかくにも答案を書けたという点は、我ながら高く評価していいことだ。

結局、いずれの設問についても、答案用紙5枚半くらいを平均として書いたが、5枚ちょうどでよかったのかもしれない。見通しをもって、一気に書きあげるということ、文章の流れ、迫力も大切だし、ときに立ち止まって考え直してみるというゆとりがあったら、もっと良かった。しかし、本番では、そんなことはまず無理な注文だろう。全体として、今回のぼくの答案は、どれも今日の到達点を過不足なく反映したと評価できるものだ。

ここまで書いてきたとき、ぼくはふと部屋の窓から外を見て、心配になった。ぼくは書けた、書けたと喜んでいるけれど、ぼくの書いた答案は迫力に欠けていたのではないだろうか。書くべきことを表面的にさあっと流しているだけで、試験委員の心に訴えるものがなかったんじゃないのか……。そんな不安が急に心の底から持ち上がった。大量の答案用紙を採点する試験委員にぼくの答案を気持ちよく読んでもらうためには、やはり見せ場をつくる必要があった。その点、ぼくの答案には見せ場が欠けている。大いに反省しよう。

次に、本番の論文式試験直前期の勉強のすすめ方をみてみよう。この点は、最後に頼りとする基本書を確定しておくこと、これに尽きる。たとえば、民法では「ダットサン」であり、自分のとった講義ノートだ。「ダットサン」の重要性はいうまでもない。ノートは自分の手で書いたものだから、自分の思考回路をたどっているので、理解が容易で早い。このとき、その科目の全体像をつかめるものであることが不可欠だ。その点で、民法と憲法は自分の講義ノートも使える。ともかく、一日でざっと読めることが絶対条件になる。ノートを作っていないものは、その代わりになるカードも効果がある。論点をまとめて書き出したカードは、民事訴訟法、商法、労働法については、とくに必要だし、有効だと思った。刑法については、下手にノートをつくることなく『基礎知識』でも良いと思った。何度も読んで、これをノート代わりにする。ただ、やはり団藤『刑法綱要』は欠かせない。どうしても全体像をしっかり把握しておかなければいけない。そもそも団藤『刑法綱要』を2回しか通読していないのに、司法試験に合格するのを期待するほうが世間知らずで甘いと言うべきなんだろう。

本番の試験前日になると、疲れもあるし、あまり細かいところまでやっても身につかない。ともかく、その科目の全体像をつかむことに専念し、それを優先する。そうすると、直前一週間には、毎日1科目ずつを宛て、すべての教科を終わらせておく必要がある。このとき、なんといっても欠かせないのは、基本書の通読だ。何回も繰り返すが、こまかい定義の暗記の前に全体的観点をしっかり身につけ、頭に叩き込む必要がある。

科目としては、なんといっても民法、憲法、刑法の3科目なのだから、ここに十分な光を当てる作戦は間違いではなく、基本的に正しい。だから、直前の4日間を刑法・民法・憲法にあてて基本書を通読したのは良かった。この3科目で調子が良ければ、その後も有利になだれ込める。少なくとも、ここで最低点を確保しておかないと、あとで挽回するのは難しい。

短答式試験の合格発表まではともかく、そのあともなかなか気が引き締まらなかったのが現実だった。その要因の一つとして睡眠の問題があげられる。暑い盛りということもあって、体力を保持するためにも8時間睡眠に努めたが、これは正しかった。ただ、夜は7時間睡眠とし、昼寝を1時間としたほうが、もっと効率的だったかもしれない。でも、そのためには昼寝する場所の確保が問題となる。ぼくは寮があるから可能かな……。

運動不足になったのは、ある意味で仕方がない。昼食をとるためもあって、昼休みはなるべく歩いていたが、それくらいしかできない。室内体操をしたり、腕立て伏せをしたりして体を動かす工夫をすると気分転換にもなって、いいことだ。食べるものに注意して健康保持に細心の注意を払った。これはうまくいった。夜食にはパンが一番で、麦茶も良かった。アルコールは必要ない。三食きちんと食べたら、間食なんかせずに、夜はなるべく早く寝て、夜食を不要とするのがいい。朝早く起きるのが一番だ。

そして毎日の日常生活をシンプルにする。単純なパターンの繰り返しにするのは、ほぼうまくいった。新聞は毎日読んで、社会の緊張を膚で感じ、社会的感覚がぼけないように、また何らかの励まし、救いも求めたが、これに時間をある程度さいた効果は十分あった。新聞をダラダラと読んでいることは許されないが、まったく読まないということもありえない。

法律論議をする人が身近にいなかったのは、生活環境としては少しばかり不利だった。絶えず、ぼくは頭のなかで法律論を考えるようにしていたが、誰かと法律論をたたかわせるのは、法律論がつまるところ説得の技法であるから、それに優るものがある。同じ寮生に司法試験受験生がいたらよかったけれど、それが確保できないときには、同じレベルの受験生と議論する機会を確保すべきだろう。

追分寮での寮生活は、試験勉強にとって最高だった。なにより寮費が安いので、アルバイトせずに親の仕送りだけに頼って勉強に専念できた。二人部屋だったが、相棒が工学部生で生活パターンがまったく異なり、まるで一人部屋のように使えた。これは同室者に恵まれたわけなので、感謝するほかない。もっとも同室者には多大の迷惑をかけていたのかもしれないけれど、文句ひとつ言われなかった。申し訳ないというか、ありがたいことだ。寮では、部屋にひとり籠って勉強していても、下宿のときと異なり、閉塞感《へいそくかん》を味わうことはない。そして食事の心配がいらない。追分寮の毎日の夕食は本当に心がこもっていて美味しく、毎日の夕食が楽しみで待ち遠しかった。

憲法・民法・刑法以外の科目については、短答式試験の合格発表の前に一応完了している状況が望ましいものの、現実には、まったく新しく勉強をはじめたというものだったので、合格発表後に比重を想定した以上にかけざるをえなかった。この点は、基本科目である憲法・民法・刑法にもっと時間をつかいたかったが、やむをえなかった。それで、一日の勉強時間の配分に苦労した。

短答式試験が終わって、その合格発表があるまでは、なかなか気分が乗らずに無為に過ごした感がある。これは来年の課題だ。この期間になんとかして憲法・民法・刑法以外の4科目をやりきり、合格発表後の1ヶ月あまりは憲法・民法・刑法の基本3科目に重点を置きたい。そのため、受験生仲間で合宿して、基本3科目の答案練習しても良いかもしれない。今年と同じパターンでないほうがいいはずだ。

論文式試験の開始直前の一週間は、当日をふくめて張り詰めているから、その過度の緊張をもみほぐすことも課題になる。さらに、本番の試験が始まって3日目以降は、再度、気を引き締めることが必要になるだろう。「もうダメか」と思うときには、気を奮い立たせる必要があるし、「これは調子いいぞ」というときには、上滑りになって足元をすくわれないように引き締めなくてはいけない。

直前一週間よりさらに前は、さまざまな不安、どうせ今回も駄目だろうというあきらめ、気疲れが波状的に繰り返し襲ってきて、動揺し、孤独感が強まるだろう。こんなとき、心の支えとなる彼女の温かい励ましの声が欲しい。それが無理なら、すっぱりとあきらめて、自分ひとりでやり抜くしかない。

生活の単純化という点では、司法試験に合格するために必要ないことは一切しないという、外側外観のみならず、心の内面まで単純化する、あくまでシンプルに生きる必要がある。それがあってこそ試験本番を張り詰めた精神状態でのぞむことができる。いろいろ外界の動きに目を奪われ、心を動揺させてはならない。

今後の方針として、論文式試験を無事に終え、現時点では実力をほぼ出しきったという思いが強く、もう二度と同じことを繰り返したくない気持ちだ。また、肉体的な疲労感というか、一般的な倦怠感があり、気がみなぎっているという状況ではない。そこで、これからは、まったく心機一転、新しく出発できるようにする必要がある。そのためには十分に英気を養い、心身ともに疲労困憊《こんぱい》の状態から脱却しなければいけない。だから、しばらくのあいだ、まるっきり法律書から離れた生活をしよう。そうやって、頭と身体を休める。具体的には8月1日に勉強再開としよう。ただ、途中になっている星野の民法講義ノートの清書作業だけは7月中にやっておく。そして、8月に入ったら、民法と刑法に再び挑戦する、やはり、この2科目こそ最重要だし、法の考え方の根幹をなすものだから。

8月31日の合格発表のとき、たとえ不合格であっても落胆しないようにしよう。それは、ありうることであり、不合格ということは、実力不足、勉強不足が原因だということははっきりしているから。したがって、そのときには、来年こそは必ず合格するということを目標として、再度、奮起するよう、自分自身を叱咤激励するほかない。

それはともかく、今はなにより忘れること、あきらめること、人事を尽くして天命を待つ、この心境に徹しよう。論文式試験の最中は、忘れること、あきらめないことをモットーとしていたが、ここで二つ目は変更する。では、今より休息をとる。

ぼくは、こう書いて大学ノートを閉じた。急に疲れを感じた。今日はもう寝よう。明日があるさ、明日がある……。

7月中旬

総括文書を書き上げてしまうと、あとは何もやることがない。時間つぶしにパチンコ店に入ってみる。200円で玉を買って久しぶりにパチンコしたものの、ビギナーズラックが起きることもなく、たちまち玉はなくなってしまった。

大池君の紹介で自主上映映画の切符を都内各所に配布・回収して歩く仕事をアルバイトとしてするようになった。暑いなかで、都内をあちこち歩いて回るので、途中で喫茶店に入って身体を冷やす。そのときは決まってアイスコーヒーを注文した。これは1日に何杯もアイスコーヒーを飲むと身体に良くないことを自分の身体で証明することになった。口の中が荒れ、口内炎を発症した。胃の調子もよろしくない。こりゃあダメだ。アイスコーヒーはもう止めよう。生活費を少しでも稼ぐつもりではじめた仕事のために身体を壊したら何もならない。

川崎へ行き、セツルメント診療所に顔を出す。相変わらず忙しそうだ。若手職員の穴山さんに夕食をごちそうになり、泊めてもらった。翌日、鎌倉・江ノ島まで足をのばしてみたけれど、一人だと話し相手がいなくて物足りない思いが募るだけだった。

寮に戻って少しは勉強もしようと思い直して、講義ノートの整理をはじめた。まず、星野の担保物権についての講義ノートを読み直して清書した。基本書に照らしあわせて清書していくので意外に時間がかかる。1週間ほどかかってようやく終え、次に同じ星野の『債権総論』に取りかかる。こちらはお盆の16日までかかって、何とか整理が終わった。

お盆明けの8月17日から団藤『刑法綱要総論』を読みはじめた。そして完全に読了する前に1週間の東北一人旅に出発した。一人でこんなに長く旅行したのは初めてのこと。緑濃い山の中でガスに包まれ独りぽっちで歩いているときには本当に心細かった。このとき、本当に自分がこの世に存在していることを実感したし、まだ死にたくないと思った。温泉に入って、ゆっくりした気分に浸り、また、たっぷり眠ることができたのも良かった。旅行中には何のハプニングも起きなかった。若い女性を見かけても声一つかける勇気がなかったのは残念だった。ユースホステルにあんなに若い女性が泊まっているとは想像もしていなかった。

東北の温泉宿で自炊しながら長逗留しているおじさん・おばさんたちの話をしっかり聞いたら、もっと面白いことに出会ったのかもしれない。もっともっと人との交わりを意識的に追求しないといけないのだろう。自分の殻《から》にいつまでも閉じこもってはいけないと思った。

メモにもとづいて会計報告をしておこう。国鉄の東北ミニ周遊券が3400円。1泊目は次兄のつとめる常陸《ひたち》にある会社の社員寮に泊まったので夜は食事代はゼロ。タクシーとバスで350円。2日目は乳頭《にゅうとう》温泉の国民休暇村。弁当付きで1780円。そしてバス代400円。3泊目は滝の上温泉のみやま荘。ここは1100円で、バス代は230円。4泊目は後生掛《ごしょがけ》温泉で1810円。これには210円のサービス料が含まれている。5泊目は松川温泉の峡雲荘、1610円。このときはご飯のお替わりをしたら70円だった。バス代400円。6泊目は十和田《とわだ》湖のユースホステル。ここは800円。そして船に乗って300円、電車が500円。7泊目は、夜行列車で東京に戻ったので、タダ。以上合計すると1万2680円。これに新聞を買ったり駅のソバをたべたり、牛乳を飲んだりしたのを足すと、大体1万4000円かかった。まずまずの貧乏旅行だった。いや、お金を使わない、心の贅沢旅行だったのかな……。

旅行から戻って寮で生活するようになってもすぐに元気モリモリと勉強を再開する気分ではない。なんだか力が入らない。8月末にやったのは、商法総則の薄い本を読み返したくらいだ。

8月25日（水）

現在、一種の軽い虚脱状態にある。この夏じゅう、下痢状態がなおらず、お腹には力が入らないし、頭はぼおっとしていて、眠たい……。これを、精神的な高揚を何とかして図る必要がある。このままでは自滅してしまう。

明日は、起きて朝食をとったら、まず身辺整理に取りかかろう。きれいさっぱりしたところで、お昼から図書館に行き、商法に取りかかる。その前に気分転換に何か読書してみるのもいいかもしれない。とにかく、呆けてしまった頭を切りかえるためには図書館に行くことが、今は大切だ。

8月30日（月）

明日、論文式試験の合否が発表される。短答式試験の発表と同じで、法務省の中庭の掲示板に合格者の番号と名前がはり出される。自分で見に行こう。ぼくは心を静めるために机に向かって、この夏を総括する文書をノートに書きつづった。

夏のあいだじゅう、結局ブラブラして過ごしてしまった。とにもかくにも、もったいない。もちろん、頭の切り替えのために遊ぶのも良いし、必要なことだと考えるけれど、試験の話をストレートにすることなく、法律論をたたかわせること。これに習熟する必要があると同時に今のぼくにとっては、法律議論をしているときが、一番落ち着くものだったから、その意味でも、どこかの勉強会に入れてもらって、積極的に合宿に参加するなどして議論する、できる頭にしておくべきだった。

今年も失敗して、来年また論文式試験を受けなければいけないとしたら、8月の目標としては、民法、刑法、商法をやる必要がある。民法は「ダットサン」を繰り返し読む。刑法は団藤『刑法綱要』を通読する。商法には力を入れて鈴木の『手形法・小切手法』と『会社法』、そして、商行為法と商法総則を勉強する。今年は、この点、自覚が足りなかった。取りかかりが遅すぎた。甘かった。結局のところ、丸々8月一杯、遊んでしまったのも同然だった。いま書いた計画くらいなら、やろうと思えばやれた。初めて受験したという甘えがあった。来年は、この甘えがまた違った形であらわれるだろう。

楽天主義というのは、そのうしろに緻密《ちみつ》な計算にもとづく見通しをもっていて初めて本物なのだ。そうでなければ、そんな計算がないというのは、単に自分を甘やかすだけ。何もならない。楽観論と悲観論というのは、同根の二つの相に過ぎない。自分をきちんと見つめて、足元をふらつかせないで進むことが欠かせない。

8月31日（火）

論文式試験に合格

台風23号が接近していて激しく雨が降ってきた。まるで嵐のようだ。ぼくは地下鉄の駅を出て、薄暗いなかを傘が強風のため吹き飛ばされないように用心しながら、そして傘で顔を隠しながら法務省の中庭へ重たい足を一歩一歩、なんとか急ぎ足で近づき、入っていった。こんな重たい気分は二度と繰り返したくないな。横長の掲示板に受験番号と氏名が貼り出されている。ぼくは真ん中あたりを目指した。そこの番号を見て、右か左へ行けばいいと思ったのだ。すると、目の前になつかしい氏名がすぐに目に飛び込んできた。あれこれ探しまわるまでもなかった。ぼくの名前だ。あった、あったのだ。間違いないか確かめるため、ポケットに入れておいた受験票を取り出し、自分の受験番号も照らし合わせた。3610番だ、間違いない。あった、あった。ぼくは、この「3610」をご苦労さん（3）、無（6）理してでも入れ（10）と語呂あわせをしていた。「はいれ」と言ってくれているのだから入らなくっちゃと都合良く解釈したのだ。論文式試験に合格していた。やれやれ、だ。肩の力がすっと軽くなり、胸のなかの重苦しいつかえが急に消え去った。見知った顔には誰も会わない。というか、みな傘をさしているので、顔が良く見えない。

掲示板の端のほうに注意書があり、そこに人が集まっている。ぼくも近づいてみた。「口述試験は9月21日から、東京・渋谷のオリンピック記念青少年総合センターで実施される」。そうなんだ、合格してしまったんだ。あと20日しかない。大変だ。さあ、一息つくことなく、一気に口述式試験を突破しなくっちゃ……。

口述式試験に向けて

9月1日（水）

今朝はゆっくり起きた。窓の外に気持ちよい澄んだ青空が広がっているのを見ながら、論文式試験に合格したことを改めて実感する。午前中は、まず口述式試験に向けて計画を立てる。最後の難関である口述式試験に向けた勉強を大急ぎでやらなくてはいけない。口述式試験は論文式試験で選択した7科目の全部を受ける。つまり、憲法・民法・刑法のほかに、商法・民事訴訟法そして労働法と社会政策だ。21日から本番の試験がはじまるので、正味20日間の余裕しかない。あれこれやる時間はないのだから、各科目とも基本書を固めることにしよう。

お腹が空《す》いてきた。早目に混まないうちに昼食にしよう。秋空の下、銀杏並木《いちょうなみき》を歩いていく。大きく見事な銀杏の大木は正門から正面の安田講堂に向かって片側に10本ずつ等間隔で堂々と立っている。「メトロ」で、いつものように１４０円のサービスランチを食べる。今日はハンバーグだ。食後、購買部に入ってパンツや歯ブラシを買って、すぐに寮へ戻る。予定を立てるのが途中になっている。

基本書として、憲法は清宮『憲法Ⅰ』と宮澤『憲法Ⅱ』のほか、『基礎知識』と『重要判例百選』に目を通す。民法は「ダットサン」ⅠとⅡ、そして親族・相続は『民法大要』（下）でいく。刑法は団藤『刑法綱要』の総論・各論の2冊。商法は石井『商法総則』と鈴木『会社法』をやって、あとは『自習商法』。民事訴訟法は三ヶ月の講義ノートと『自習民事訴訟法』。労働法は『自習労働法』とハンドブック。社会政策は「解答シリーズ」。あれこれは絶対にできない。本当は8月の夏休み中に、もっとやっておく計画を立ててはいたけれど、いかんせん気の緩《ゆる》みから、まったくやれなかった。たとえば、刑法は団藤『刑法綱要』以外にも『判例演習』と『判例百選』まで読んでおくつもりだったけれど、全然できなかった。

夕食にサンマの塩焼きが出てきて、えっ、もうサンマなのかと驚く。初物《はつもの》だよね。炊事のおじさんたちには、ひたすら感謝するばかりだ。部屋に戻る前に食費2040円を支払う。いやはや安いものだ。申し訳ない。いったん部屋に戻ったけれど、彼女の声が聞きたくて公衆電話から電話をかけてみた。幸い在宅していた。論文式試験に合格したので、これから口述式試験に向けて準備すると告げると、弾《はず》んだ声で、「面接試験なら、落ち着けば大丈夫よ」と明るい声で励ましてくれた。彼女のハスキーボイスで激励されると、ますます元気が出てくる。よし、やるぞ。夜は寝るまで商法総則、商行為法そして『自習商法』に取り組む。

9月2日（木）

午前中は鈴木『会社法』に取り組む。なんだかまだエンジンがかかっていない気がする。

お昼に「メトロ」で140円のミックスフライランチを食べた。そのあと赤門近くの喫茶店へ行く。

口述式試験を受ける顔見知りの受験生が5人ばかり集まって口述式試験対策の勉強会をすることになっている。顔の広い大池君がメンバーを集めた。口述式試験の出題傾向や心構えなどについて情報交換したあと、「過去問」をいくつか取り出して、試験委員と受験生になって、実際に問答してみる。うむむ、ぼく以外は、みんな法律論をしっかり展開できるようだ。ぼくはかなり出遅れているぞ、これは……。焦りを感じた。コーヒー代120円を支払って寮に戻る。それでも口述式試験の実際のイメージがつかめたのは良かった。これで120円なんて安いものだ。帰りに赤門近くの本屋で「受験新報」の最新号を買い求めた。

寮の夕食は豚肉と野菜の煮付け。食堂を出るとき寮委員に呼びとめられ、なぜか支払っていなかった7月分の寮費、1300円を支払う。夜は、昨日に引き続き鈴木『会社法』だ。ところが、部屋でじっとしていると寒さにふるえる。急に秋が来たことを実感し、家計当座帳に「寒いよー!」という泣き言を書きつけた。

9月3日（金）

今日まで会社法だ。午前中は部屋に籠って本を読む。お昼は「メトロ」まで出かけて130円の野菜炒めランチ。食後に夜食用のパン40円と牛乳2本40円を買って寮へ戻る。午後も、引き続き会社法に取り組む。時間のたつのが早い。

夕食は今日は大きな白身魚の煮つけ。美味しくいただく。帰りに寮委員へ8月分と9月分の2ヶ月分の寮費2600円を支払う。寮費の滞納で追い出しでも喰《く》らったら大変だ。夜から鈴木『手形法・小切手法』に取りかかる。前にも読んでいるので、さっさと進むかと思うと、さにあらず。今夜は51

頁までしか進まなかった。

9月4日（土）

今日も引き続いて鈴木『手形法・小切手法』に取り組む。お昼は、いつものように「メトロ」で140円のサービスランチ、今日は鶏肉の唐揚げだ。帰りにパン40円を買い、明日の朝のため500ミリリットル入りの大型牛乳を買う。75円。午後も鈴木『手形法・小切手法』。じっくり読んで、語れるようにならないといけない。夕食は魚フライ。アジではなさそうだ。何という魚だろう。それはともかく、熱々《あつあつ》のものは何だって美味しい。

夜も引き続き、鈴木『手形法・小切手法』だ。寝るまでに今日は201頁まで進むことができた。夜12時前に寝るのが目標だけれど、今日はギリギリのところで間に合った。

9月5日（日）

朝食は、きのう買っておいたパンと牛乳。そそくさと鈴木『手形法・小切手法』に取りかかるものの、いかにも歩みが遅い。これはどうしたことだろう……。昼は寮の外に出て、歩いて近くの中華料理店に入り、130円の味噌ラーメンを食べる。寮に戻って部屋で『手形法・小切手法』を読んでいると、強烈に眠たい。たまらない。押入から布団を引っぱり出し、ほんの20分間ほど昼寝するつもりでいると、なんと午後3時過ぎに目が覚めた。2時間近くも寝ていたことになる。これはまずい。すぐに『手形法・小切手法』を再開するものの、順風満帆とはいかないうちに夕食の時間となった。定食屋で鯨カツを食べる。まずまずの味。すぐに寮に戻って『手形法・小切手法』に取りかかる。ところが、夜もスピードアップはできず、結局、夜12時までに読み切れなかった。うむ、これはまずいぞ、大変だ。明日からは朝きちんと起きて、夜はなるべく早く寝よう。早寝早起きだ。たらたら2時間も昼寝している場合じゃないぞ。まだまだ気が漲《みなぎ》っているという感じに身も心もなっていない。気を引き締めよう。

9月6日（月）

午前中に鈴木『手形法・小切手法』の残りを読みあげる。やれやれだ。昼は、いつものように「メトロ」で140円のサービスランチ、今日はカツカレーだ。食後に生協の購買部でお茶葉や歯磨きを購入して370円を支払う。午後から三ヶ月章の民事訴訟法の講義ノートを読む。部屋で勉強していると郷里の次姉から2000円入った現金書留が届いた。温かい励ましとお金をもらうとうれしいし、やる気が出てくる。

夕食はカリカリ揚がった白身魚の唐揚げ。本当に美味しいね。夜は三ヶ月『民事訴訟法』を読み続け、今夜は11時すぎに区切りがついたので、途中だったけれどそこで打ち止めとした。夜になってランランと目が輝いていて、昼間はぼおっとしているというのではまずい。試験は夜ではなく昼間あるのだから……。さあ、寝よう。

9月7日（火）

今日は、ともかく民事訴訟法だ。午前中は三ヶ月の民事訴訟法講義ノートに取り組む。

お昼は、今日も「メトロ」で140円のコロッケランチ。どれも似たような味だけど、安いのには勝てない。食後、生協でステテコと整髪料を買う。680円を支払ったので、本日の支出は820円となる。

寮に戻ると、口述式試験の時間割を知らせるハガキが届いていた。いよいよ口述式試験がはじまるのだ。ぼくは机に向かって座り、ハガキを手にして、何としても今年、これでケリをつけようと念じた。ぼくの念力が通じるかどうか分からないけれど、ここまで来たら、今年、最終合格までいくのだという執念がフツフツと胸のうちに湧いてきた。いや、正直に本当のことを言えば、今年はダメかもしれない、でも来年は大丈夫だろうという悲観的な気持ちになったり、いやいや、今年で何とかなるんじゃないか、そんな安易な楽観論になったり、精神的にはあっちに揺れ、こっちに揺れるという不安定な状態が続いている。お茶を飲んだときに茶柱が立ったのを見て、あっ、これなら今年なんとか大丈夫そうだぞと喜んでみたり、路地に三毛猫が歩いているのを見て、あの猫が右へ曲がったら合格だぞ、なんて占いをしようとしたり、ぼくの身辺に起きる出来事で今年の運を賭けてみようという、あなた任せの気分になっている。ぼくは、机の引き出しからいつもの大学ノートを取り出して書きはじめた。心を落ち着けるには、これが一番だ。

こんな、あなた任せは自ら墓穴を掘っているようなもの。閉塞《へいそく》的な気分に陥っていて、試験官と対話しようという心のゆとりが生じることはありえない。ここで客観的な状況を見てみるならば、今度の口述式試験は9割方は受かるのであり、しかも現役学生に有利な試験と言われているものである。つまり、いわば9割5分は合格するものなのだ。論文式試験の成績が加味されるとしても、それほど成績が良かったとは言えなくても、極端に悪かったとも思えない。その点でも、すでに落ちることが決まっているようなグループには入っていないと考えられる。それならば、残りの5分を自分の手で掴《つか》めないのか、ということなのだ。たしかに実力不足、勉強不足ということは自分自身でも痛いほど分かっている。振り返ってみると、論文式試験に受かったのが不思議なほどだ。ところが、論文式試験を受け終わったとき、なぜかぼくは強気だった。それは何故なのか……。心身のベストコンディションのなかで、実力のすべてを出し切ったからだ。それからもう一つある。それは出題された問題が基礎的なことを問うものだったことも大きなプラス要因だった。よく分かっていないなりに、ぼくはあることないこと、すべてを書いて書きまくった。そして、結果として、あとで振り返って検討しても大失点というのをほとんど出さなかった。その代わりに小さな失点は数え切れないほどあり、完璧に近いと思える答案はゼロだった。それでも、オールラウンドに頑張った。そして運が良かった。たしかについていた。ところが、今度は、そのつきが外れてしまうのではないかと心配になり、恐ろしくなってきたのだ。しかし、もう一度、ここでよく考えてみよう。単に「ついていた」というだけで、ここまで来れたのだろうか。そうではなくて、最後まであきらめずに必死になって試験問題に喰らいついていったところから道は開けてきたのではなかったか……。そういう努力をしたからこそ、「ついていた」のではなかったのか。いやいや、そう考えるべきなんだ。そう考えるならば、今度の口述式試験に対する心構えもはっきりするはずだ。しかも、条件は前の論文式試験に比べて格段に有利なのだから、これを活用できるかが今度の決戦のカギなのだ。

ここまで書いてきて、ぼくは窓の外を見やった。木々の緑が目にしみる。そして大きく深呼吸をし、気を静めて、いよいよ、これからの対策を考えて、計画を立てよう。

オールラウンド的に総当たりする必要がある。定義と基礎事項を確実にものにすること、条文を正確に頭に入れることがまず必要。そして、心身の調整を同時併行してすすめなければいけない。くよくよしないで勉強し、他人《ひと》と話すこと。とりわけ笑いを生活に取り入れる。楽な気持ちになって、ゆとりを持つこと。こせこせしたり、何かに賭けてみたりしない。そんな自滅する道は歩まない。快食、快眠、快便。この三つに気を配る。食は一日三食、欠かさず、夜はお茶のみとする。眠りは、これから朝型に切り換える。夜早く寝るためには、昼間はなんとしても起きておく。昼寝はしない。夜11時に寝て、朝7時に起きられるように、徐々に変え、それを習慣にしていく。当日の寝坊は許されないし、睡眠不足は禁物だ。「便」については、前から胃腸の弱いぼくは特に注意しなければいけない。朝食後すぐにトイレに行って力《りき》む習慣をつけ、一日一回きちんと排泄するように心がける。

次は、いよいよ口述式試験本番の対策だ。口述式試験の内容については、情勢は厳しいものがある。あがってしまって何も答えられないということだって起きかねない。しかし、その対策は一つしかない。それは条文を覚え、とにかく基礎事項なら知っている、答えられるという自信をつけることだ。

そして、当日は、いったんその場その時になったら、迷うことなく前進するのみ。いささかのひるみも許されない。ともかくぼくという人間の全人格をぶつける。柔軟な頭で、実はこれが難しい、会話を中断させずに、少なくとも基礎事項について答え、そのうえで応用を利かせていく。分からないときには素直に問い返す。「分からない」とは、絶対に言わないようにしよう。このようにして、最後の日まで絶対に絶対に泣き顔なんか見せずに、喰らいついていく。あきらめない。最後の社会政策が終わるまで絶対に手を抜かない。そして、すべてが終了したとき、うんと泣け！　それでも落ちるようなことが起きたら、それこそ運命だと思ってあきらめるより仕方がないではないか……。今は、そんなことを考えるより、とにかく最善を尽くすこと。それが大切なのだ。口述式試験当日の心構えについては、前日にすっきりした方針をまとめておこう。

ようやく書き終わった。やれやれ、大仕事だった。もうすぐ夕食だな。今日も一番乗りをしよう。夕食は大きなサバの味噌煮だった。おふくろの味だよね、これって。夜は三ヶ月『民事訴訟法』を午後10時で終わらせて、早々と布団を敷いて寝る。今はぐっすり眠るのも受験勉強のうちだ。

9月8日（水）

午前中は三ヶ月『民事訴訟法』を必死に読む。今日中にともかく読了しよう。お昼は「メトロ」でいつもの１４０円のサービスランチ。肉の薄いカツライスだ。食後、学生服をクリーニングに出していたのを３００円払って受け取る。皮膚がかゆいので痒み止めの塗り薬も購入した。体調管理上は、今のところ何の問題もない。

夕食は豚肉たっぷりの野菜炒め。満足して部屋に戻ると、夜、電話が入った。元セツラーの果林《かりん》から久しぶりの電話だった。久しく会ってない。果林の声にこだわりが感じられないのがうれしい。夜はもまた三ヶ月『民事訴訟法』を必死に読みすすめた。おかげで一気に361頁まで進むことができた。我ながらすごい。寝る前に、ふと、昨日、書いたのに書き足りないところがあると思いついて、机の引き出しから大学ノートを取り出した。スローガンが必要だと思ったのだ。ぼくはノートにこう書きつけた。

「みなぎる気力でやり抜け。一に気塊《きはく》、二に体力、三に実力。今年でケリをつける」

よし、これで良し、さあ、寝よう。

9月9日（木）

今日は労働法だ。石川吉右衛門《きちえもん》の労働法講義ノートを読む。お昼は「メトロ」で、今日は130円の野菜炒めランチにする。向かいにある生協の購買部で蜂蜜278円を買う。甘いものが欲しいのだ。書籍コーナーで昭和45年の『憲法重要判例集』を見つけたので買う。405円。具体的に個人なり、国家機関なりを義務づけることなく、単に抽象的にこれに方針を指示するにとどまる規定をワイマール憲法時代のドイツでプログラム規定と呼んだ。しかし、このような考え方は、人権の保障をより強化しようという考えが時とともに強くなるにつれて、今日では次第に後退しつつある。ふむふむ、なるほど。

9月10日（金）

模擬問答

午前中は社会政策。基本書としている「解答シリーズ」、つまりアンチョコ本を読む。お昼は「メトロ」で、今日は140円のハンバーグ。生協で耳掻き1本50円を買う。耳の穴がくすぐったい。あちこちの友人・知人に出すためのハガキも買い込んだ。

午後から法文一号館の空いているゼミ室を受験生仲間で占拠した。昨年の口述式試験問題をつかって、お互いに模擬問答をやってみる。「受験新報」に載っている口述式試験の設問は論文式試験の対策としても活用できるものだと感じた。模擬問答を実際にやってみると、イメージは掴めるのだけど、順番にやっていくので、今のぼくにとってはロスタイムが多すぎる気がした。やはり基本は独習におかないと、自分で立てた計画をとても消化できそうにない。基本をマスターすることのほうが大切じゃないのか。ぼくはもう、この口述式試験問題の合格のための模擬問答の勉強会には加わりたくない。ぼくがやんわりと口にすると、大池君も同じ考えだったようで、この勉強会はあと2回で終わりにすることになった。仕方がないよね、時間は限られているんだから……。

銀杏並木を雨の降るなか寮に戻った。社会政策のアンチョコ本の残りを読む。薄い本だし、他にいい本がないので、繰り返し読むしかない。寮食堂の夕食は東北地方の芋煮《いもに》を思わせるもので、寒気《さむけ》のしているぼくには、身体が温まってちょうどよかった。社会政策を読んでいると、身も心も底冷えを感じる。家計当座帳に、ぼくは「寒いよ～ん」と書きつけた。

9月11日（土）

今日は一日、民法だ。「ダットサン」にとりかかる。快調に前進したとまではいかないが、それでもがんばってすすめていく。昼は「メトロ」まで出かけてスペシャルランチ145円。薄いビーフカツにコロッケがついている。帰りに、いつものように夜食用のパン80円を買う。

午後も「ダットサン」と格闘する。あっという間に夕食の時間になる。時間のたつのが速い。

夕食は今日も一番乗りする。暇だからこそ可能なことだ。一番乗りする学生の顔ぶれは固定している。平べったくて細長い魚だな、太刀魚《たちうお》だ。美味しく味付けしてあるね、すごい。食後、一服する間もなく、「ダットサン」を再開する。来年では遅すぎるのだ。自分に、このことをよくよく言い聞かせる。ここで気を抜いたらダメなんだ。国民の期待にこたえる、一生を法曹の一員としてやっていく。これらの視点を土台において、ゆるぎなく前進していく。焦らず、ゆとりを持って試験室では伸び伸びと語り合いの場をもてるように努めよう。夜10時、なんとか「ダットサン」Ⅰを読みあげた。やった、やった。よし、寝よう。

9月12日（日）

今日も一日、「ダットサン」Ⅱ。ところが、午前中は強烈な眠気に取りつかれて、まったく思うように進まない。これではいけない。ところが顔を洗って出直しても同じこと。仕方がない。こんなときには早目に昼食としよう。近くの定食屋まで出かけて180円のスタミナランチをとる。要するに焼き肉ランチだ。

午後は、なんとか眠気もおさまり「ダットサン」を読み進める。ここまで来たら、落ちるなんて許されない。でも、万一の場合にも、必ず初志は貫徹させる。絶対に突破するのだ。この点を再度、改めて明確にしておく。落ちたらどうしよう……。そんなことを考える前に予定をこなす。それが先決だ。今は、それは「ダットサン」Ⅱの完読だ。

夕食も昼と同じ定食屋で同じく180円の定食。もちろん、昼とは別の料理を食べる。スープギョーザにした。同じような味付けだけど、まあまあの味だった。夜、「ダットサン」Ⅱをともかく駆け足で最後の頁までたどり着いた。よし、これで良しとしよう。さあ、寝るぞ。明日があるさ、明日がある。

9月13日（月）

今日まで民法。午前中は『民法大要』（下）で親族・相続にあたる。口述式試験では、あまり訊《き》かれない気がするけれど、万一の場合に備える。不意打ちは恐ろしい。昼は「メトロ」で140円のサービスランチ。珍しく小さな白身魚の天ぷらだった。生協の購買部でクリーニングに出していたズボンを受け取る。150円。午後も民法。夜まで「ダットサン」ⅠとⅡに赤い棒線を引いたところを読み返す。といっても、ほとんど、全頁が濃淡の差こそあれ赤くなっている。なので、ざっと読み返すとしても、どうしても時間がかかる。

眠ることは大切だよね。眠気があると頭に入ってこない。ここまで来れたのは、一つにはみんなの温かい励ましと期待があったこと、二つには、それに対して、ぼくが真面目に一生懸命こたえようと努力してきたことによる。これは間違いない。

9月14日（火）

今日から刑法だ。団藤『刑法綱要総論』を読みはじめる。お昼は「メトロ」まで行き、いつものように140円のサービスランチを食べる。今日は中華ランチだった。帰りに40円のパンを買い。ついでに夜食用のツナ缶詰1個、170円を買った。夜に、食べてはいけない、太ってしまうから……と思いつつ、どうにも止められない。寮に戻ると、洗濯機をつかって、たまった汚れ物を洗濯しはじめた。合間にもカードを片手に定義の暗記につとめる。洗濯が終わってすっきりした気分になったとき、ぼくにハガキと手紙が届いた。ハガキはセツルメントの先輩の笹木氏からで、近況報告とあわせて激励の一言があった。手紙のほうは正月にお邪魔した元セツラーの鳥羽さんからだった。活字ではなく手書きなので、ぬくもりを感じ、ぼくの心臓が温まった。

団藤刑法を再開してまもなく夕食の時間になったので、食堂へ飛んでいった。魚が骨ごと食べられるような唐揚げで、ぼくはガシガシと丸ごと食べて満足した。食堂を引き上げる前に、寮委員に食費として２０４０円を支払う。今日はどうも気が緩《ゆる》んでしまった。もっと気を引き締めなくてはいけないぞ。執念と気魄《きはく》でやり抜くという決意を固めたはずだ。泣き言はあとで言おう。これまでの１年間を、単なる人生の空白期としてしまわないためには、まず目の前の司法試験にパスして弁護士となり、国民の役に立つようになることだ。そして、同時に、もう少したったら、この１年間をじっくり振返り、記録として残しておくことにする。夜まで団藤刑法と格闘する。

9月15日（水）

今日も刑法だ。朝6時半に起きるつもりが、ぐずぐずして午前7時に起き出した。団藤刑法をがんばり、お昼になったので、中断して「メトロ」へ行く。１３０円のサービスランチは野菜炒めだ。

午後から、受験生仲間で赤門近くの喫茶店「城」に集まり、口述式試験対策の勉強会。過去問を素材として読み合わせて検討する。時間がかかりすぎるので、模擬問答はしない。要点チェックだけ。できる人はできるよね。やはり実力の違いは歴然たるものがある。ぼくと大池君は甲乙つけがたいけれど、栗山女史は見事だ。うらやましい。態度も堂々として落ち着いている。語学も堪能で、国連を舞台にした国際的法曹として活躍するのが夢だという。すごいね、すご過ぎる。たいしたもの。口述式試験で落ちるはずもないタイプの女性だ。焦りを感じる。せっかくの勉強会なのに、ぼくは気落ちしつつ寮に戻った。ああ……、ずいぶんと計画が遅れてしまった。ともかく予定の消化をがんばろう。まずは早起きの励行から始めるしかないな。団藤『刑法綱要総論』を読了し、『各論』に入る。

9月16日（木）

今朝は午前6時半に起きることができた。目覚ましが鳴ったら、すぐに飛び起きた。そうなんだ。やれば、ぼくだってできるんだ。さあ、今日も一日がんばるぞ。

午前中の団藤刑法を途中でやめて、お昼に「メトロ」へ出かける。140円のサービスランチは、鶏肉の唐揚げだ。向かいの生協でステテコと缶詰を買い、810円を支払う。午後、そして夜も団藤『刑法綱要各論』をがんばる。

9月17日（金）

午前6時に目覚ましをセットしていた。ベルとともに起き出す。団藤『刑法綱要各論』の残りを何とか読了したことにする。最後は駆け足だった。さあ、今日と明日は憲法だ。午前中は清宮『憲法I』を読む。お昼は、いつものとおり「メトロ」で140円のサービスランチ。今日はハンバーグだった。午後、すぐに寮に戻り、清宮『憲法I』に取り組む。夕食はチキンカツが、どーんと出てきた。幸せ一杯になる。食べ終わって部屋に戻ろうとすると、ぼくに電話がかかってきた。元セツラーの鳥羽さんから励ましの電話だった。３日前に手紙をもらったばかりだ。温かい声で励まされると、この社会とつながっていることを実感できる。これって貴重だよね……。

夜まで清宮憲法をがんばったけれど、１５３頁までで力が尽き、１１０頁も積み残してしまった。残りは明日にしよう。

9月18日（土）

午前6時に起床。少し頭が重たい気がしたけれど、顔を洗うとすっきりした。午前中になんとか清宮憲法の残りをやっつけた。午後から宮澤『憲法Ⅱ』と取っ組む。お昼は「メトロ」で１４０円のサービスランチ。好物のメンチカツだ。帰りに50円のパンを買う。いつものとおりだ。そして、そのまま赤門近くの喫茶店「城」へ向かう。口述式試験に向けた勉強会も、今日が最後だ。あとは各自でがんばるのみ。ぼくにとっては刑法総論の理論的なところを突っ込まれたら弱い。そこをうまく話せる自信はまったくない。どうしよう。といっても、どうしようもない。とにかく、これからの一日一日を大切にして全力をあげて、いわば総力戦で戦い抜くしかない。一年分を一日でしゃべり尽くす。そんな意気込みでがんばろう。夜までに、なんとか宮澤憲法を読み終えることができた。

9月19日（日）

午前6時、起床のベルが鳴る前に目が覚める。今日は、午前中は民事訴訟法、午後からは商法の予定だ。午前中に『自習民事訴訟法』を読む。いよいよ本番が迫ってきたせいか、緊張感をもって一気に読みとおすことができた。お昼、正門近くの定食屋にいくときに、銀杏並木で少し手足を動かしてほぐした。身体がガチガチに固まってしまいそうだ。190円のスペシャルランチ、カツとコロッケの盛り合わせを食べる。

午後から民事訴訟法のおさらいをしていると、元セツラーの仲田さんから電話がかかってきた。うれしい励ましだ。こうやって声をかけてくれると、ぼくが世間から忘れ去られていないこと、みんなが期待していることをひしひしと実感できる。よしよし、最後まで粘り強くがんばろう。夕食も昼と同じ店に行き、同じく190円の定食を食べる。もちろん同じものではなく、今度は中華定食にした。寮に戻ってから、夜は『自習商法』を読む。

9月20日（月）

朝、食堂に行くとき、中庭に出て空を仰ぎ見る。なんだかスッキリしない曇り空だな。いよいよ明日から本番だ。両手を広げて大きく深呼吸する。寮の部屋に籠って商法の基本書を読む。午後、学生セツラー仲間だった仁田君から手紙がついに届いた。ひそかに待っていた手紙だ。ぼくは仁田君から試験の前に手紙が来るはずだ、来たら合格まちがいない、つまり合格の前ぶれの手紙がきっと来る。そんな賭けをしていた。溺《おぼ》れるものはワラをもつかむ心境で、他人《ひと》だのみをしていたのだ。そして、それは来た。あとは本人ががんばるのみ。泣き言なんか言わず、歯をくいしばって、10日間を耐え抜こう。どんなことがあっても気を落とすことなく、最後まで死力を尽くすこと。肚《はら》を決めるところに道は開かれる。

口述式試験は途中で中休みがあって10日間も続く。驚異的な長さだ。精神力が試される。

明日から、朝は午前6時10分までに起床することにしたので、夜は10時に寝よう。ただ今夜は、寝る前に頭を整理しておくことにする。机の上の基本書に立てかけていた大学ノートを取り出し、書きはじめた。たかぶる気持ちを落ち着かせるためには、これが一番だ。

たしかに勉強不足であり、実力不足だ。これは、正直、いかんともしがたい。しかしながら、明日からの口述式試験は法曹としての適格性に欠ける、どうしようもない者だけを落とす試験なのだ。ぼくが、そのなかに入っているはずはない。そこで、ぼくが現在、どういう到達点にあるのか、それを明確にし、明日からの試験に臨むことにしたい。

まず、体調だが、これは現在ほぼベストコンディションだと言える。朝早く、午前6時に起床するのにも、ようやく慣れたし、夜も早く午後10時に寝るというのも、決して寝つきは良くないものの、心配はない。体重は61キロと安定していて風邪もひいていない。快便には十分な注意を要するが、下痢をしているわけではない。毎朝、午前6時すぎには起きて、パンを食べ、気を静めてトイレに行き、午前7時には寮を出るようにすればいい。

直前の勉強については、猛スピードで、いちおう全科目に目を通した。自分で立てた計画は、なんとかこなすことができた。ただ、条文と定義が相変わらず弱いから、前日の勉強が絶対欠かせない。毎日くたびれるだろうが、やり切るしかない。

ここまで来たら、口述式試験の心構えがいちばん大切だろう。これから一生を法曹の一員として行動していくのだから、勉強会で先輩と議論しているのと同じ気分でのぞむ必要がある。要は、必要以上に試験委員を恐れないことだ。ここまで自分としてやれるだけのことはやってきたから、みんなの期待にこたえるべく、最善の努力を尽くすつもりでがんばろう。

毎日、翌日のために基本書と条文に目を通す。ただし、夜は午後10時までに寝る。常に前を向き、絶対にうしろを振り返らない。これが鉄則だ。試験会場では、あせらない、あきらめない、とにかくしゃべる。一年分を一日でしゃべり尽くすつもりで。

ここまで書いて、ぼくは大学ノートを閉じ、愛用しているカードを取り出した。当日の心構えを、白紙のカードに書きつけた。シンプルに3つだけ。一、とにかくしゃべる。二、定義をおさえる。三、条文を忘れずに話す。さあ、今日やるべきことはやった。腕時計を見ると、もう午後10時を10分ほど過ぎている。よし、寝よう。

口述式試験

商法

9月21日（火）

朝6時、枕元の目覚まし時計が鳴った。まだ寝ていたいな、一瞬だけだったが、そんな気分でベルを止めた。それでも、起き出して顔を洗うと眠気はすっかり飛び去った。いよいよ今日からだ。午前8時半までに、試験会場に出頭するよう指示されている。午前7時、予定どおり寮を出た。口述式試験の会場は代々木参宮橋にあるオリンピック記念青少年総合センターだ。本番で道を迷わないよう、下見もすませてある。駅から歩いていく途中、どこからかいい香りがしてきた。キンモクセイだ。がんばれよと声をかけてもらった気分になる。

控室に入ると、なかは意外に広い。顔見知りの東大生の安田君がいる。軽く手をあげて笑顔をかわす。ぼくは現役の学生だというのを強く印象づけたほうが有利になるという先輩の高濱氏のアドバイスを受けて久しぶりに学生服を着ている。安田君のほうは地味なブレザーだ。安田君は学生服なんか着なくても、見かけだけで十分若い。

広い控室のなかに、壁と窓辺にそって椅子が置いてあり、受験生は全員が緊張した顔で、黙って基本書やサブノートを読んでいる。初日の緊張感が室内を押しつぶしてしまいそうなほど、ピリピリさせる。ぼくはカバンから岩波「基本六法」を取り出して、商法の条文をパラパラとめくった。予想していたとおり、まるで頭に入ってこない。目が上滑りしている。

安田君が近寄ってきて、小さな声で話しかけてきた。

「口述式で沈黙はキンなんだってよ、知ってた?」

「えっ、キン?」

ぼくが「沈黙は金なり」ということかな、でも……、と頭を傾げると、安田君は「うん、ゴールドの金じゃなくて禁止の禁だよ」

「ああ、なるほどね」、ぼくは納得した。

「受験生が黙り込んでしまったら、試験委員も救いの手を差しのべようがないんだって。それで、何かしゃべっていると、試験委員のほうで適当に正解に導いてくれるらしい」

疑り深くなっているぼくは、訊き返した。「でも、泥舟なんて、ないのかなあ」。安田君は、にっこり笑った。

「泥舟って、案外、ないらしい。そんな意地悪をする試験委員なんて、いないんだってさ」

そうか、そうなのか。ぼくは少し安心した。何より安田君と少し会話したことで、口の運動にもなった。試験委員の前に出たとき、急に失語症になったように言葉が何も出なくなったらどうしようかと心配していた。まあ、なんとか大丈夫のようだ。

控室内は、少しずつ緊張感も溶けていって、顔見知りの受験生同士で出題を予想し、模範解答をたしかめあったり、基本書を読んで分からなくなった人が隣の人に尋ねていたりしている。みな少しずつ肩の力が抜けていっているようだ。

初日の今日は商法だ。口述式試験の順番は籤《くじ》引きで決まる。ぼくは3番目になった。籤を引くとき、なんとなく3番目になりそうだなと思っていたので、ズバリ的中した。不思議に勘があたる。これは幸先がいいぞ……。

午前9時に1番の人が係員に呼ばれて控室を出ていった。一人20分間が目途《めど》だと聞いていたのに、なんだか様子が変だ。1番の人は、結局40分以上もかかった。2番目の人が呼ばれて面接室に行っていくと、次の番であるぼくは廊下に出て、廊下の真ん中にある椅子に座り、呼ばれるのを待つ。控室だと、まだ他の人がいるけれど、薄暗い廊下に一人ぽつんと椅子にすわって待つのは辛い。孤独感にさいなまれる。しかも、1番の人に続いて、2番の人も意外に長引いて、なかなか出てこない。ぼくの不安は極致《きょくち》に達する。この場から走って逃げ出したい。お尻がむずむずして落ち着かない。心臓がバクバク鼓動《こどう》しているのが自分でも分かる。いやいや、ここで逃げ出したらダメなんだ。ぼくは昨夜のカードに自分で何と書いたか思い出した。慌てることはない。じっくり腰を落ち着けて、いつもの勉強会で法律解釈を学生仲間でしている気分でやれば、そのうちなんとかなる、なんとかしてもらえるのだ。自分によくよく言い聞かせた。そのうち動悸《どうき》も自然におさまった。ぼくは廊下に出るときカードも基本書もカバンの中にしまい込んだ。もうカバンから取り出すのはやめよう。ジタバタしないこと。ぼくは目を瞑《つぶ》った。しばらく無我《むが》の境地に浸《ひた》ることにしよう。

「はい、次ですよ」。ようやく係員から 声をかけられて立ち上がった。腕時計を見ると、午前10時15分。いや、そんな時間のことを今さら気にしてもしょうがない。ドアの前に立ち、合図を待つ。「チン」という音が中から聞こえてきたので、ドアをゆっくり開けて中へ入っていく。さあ、勝負だ。ともかく、今日は何かしゃべるぞ。黙ってなんかいないぞ……。

試験委員が二人、机の向こうにすわってぼくを待ちかまえている。二人とも見知らぬ顔だ。もともと授業にそれほど出ていないし、大教室では教授の顔をまじまじと見ることもない。二人とも40代かなあ……。主席の試験委員は赤っぽいネクタイをしている。試験委員のネクタイがどんな色をしているか、よく見ること。高濱氏から教えられた心得をぼくは忠実に実行した。その心は、それを観察するだけの心の余裕をもて、ということだ。試験委員は、ことさら微笑《ほほえ》みを浮かべ、温かく接することで受験生の緊張をやわらげようとしている。ぼくは、緊張しつつも、それを感じるだけの心の余裕を取り戻していた。

「株式会社ってなんですか？」

柔らかい声で問いかけられた。商法の基本中の基本だ。先ほどまでいた控室で、ぼくはカードをめくりながら、ここが訊《き》かれるんじゃないかなと気になっていたところをズバリ問われた。ヤマがあたったぞ……。ぼくは自信をもって、定義を落ち着いて答えた。

「株式会社は株式と社員の有限責任を根本的な特質とするもので、株主は会社の債権者に対しては責任を負いません」

試験委員は二人して、ほっとしたように笑顔で「うん、うん」とうなずいてくれる。陪席の試験委員は、安心した表情で手元のノートにペンを走らせた。

「倉庫証券ってどんなものか分かりますか？」

ええっ、そんな証券あったっけかな……。困ったな。ぼくは基本書のどこかにあったような気はするものの、はっきりと思い出すことができない。そこで、ぼくは正直に、「聞いたような気はしますが、今はよく覚えていません」と答えた。

主席の試験委員は、「そうですか」と言って、質問を変えた。

「では、株式会社の株券が発行されていたとして、その株式が有効なものでなかったとき、株券は、それでも有効なものでしょうか？」

いやいや、それはないはずだ。

「いえ、株券は、株式が有効に存在することを前提とするものですから、有効な株式でないときには、無効なものです」

ぼくの答えを聞いて、主席の試験委員は大きく頭を上下させた。

「では、それは手形や小切手の場合にも同じだと言えますか？」

主席の試験委員の問いかけは相変わらず優しい口調ではあったけれど、やはりここは試験会場だ。ここで間違った答えをしたら、文句なく落とされてしまう。

「いえ、手形や小切手は原因関係の商取引に問題があったとしても、それは手形・小切手上の権利の存否に影響を及ぼすものではありません」

「うん、うん」主席の試験委員は、正解ですよというジェスチャーをぼくに送りながら、問いかけた。

「そういうことを何と言いますか？」

ううむ、何を訊《き》かれているのだろうか。とっさにぼくは答えを思いつかない。ええっと……。

「うーん、何でしたっけ。要式証券というものではありませんし……」

主席の試験委員は、柔和な表情を変えることなく、「それを無因証券というのですよね」と小さな声で言った。ああ、そうだった、そうだった。まさしく、これこそ助け舟だ。ぼくは、ほっとして、「はい、その無因証券です。失礼しました」と応じた。証券作成の原因となった法律関係から切り離された抽象的な権利を表章する有価証券を無因証券という。ぼくは、はっきり思い出した。いやあ、これは困ったな。こんな基礎的な用語がすらすら出てこないのでは、落とされても文句は言えないぞ、よし、次の質問で何とか挽回してやろう。ぼくは半身を前倒しして、次の質問を待った。ぼくが試験委員の口元をじっと見つめていると、なんと試験委員は「はい、結構でした」とあっさり言って、半身を退《ひ》いた。隣の陪席の試験委員は最後まで発問しないままで、表情は硬い。

本当に終わったようだ。ぼくは「ありがとうございました」と言って立ち上がり、軽く頭を下げた。そして、ドアを開ける前に、もう一度ふり返って丁寧にお辞儀をして、ゆっくり退出した。主席と陪席の試験委員がうなずきあっているように見えたけれど、これはぼくの錯覚かもしれない。何とか切り抜けたのではないかという期待と希望が幻の映像をつくりだすことがあるから、その真偽には自信がない。廊下に出ると、次の受験者が椅子に座って待っている。薄暗い廊下なので、よけいに顔面蒼白になるまで緊張しているのがよく分かる。ぼくもつい先ほどまでそうだった。

腕時計を見ると午前10時35分。あれれ、ぼくの前の受験生より断然短いぞ。どうしてなんだろう。まさか、これで落とされることはないよな。司法試験の口述式試験という未知なるものに抱いていた恐怖心にとらわれて、さっきまでぼくはゾクゾク身震《みぶる》いしていた。終わってみると、いつもの勉強会での仲間同士の追及ほどの厳しさはなかった。これで良かったのだろうか。いや、あれで良かったんだ。ともかく一日目の口述式試験が無事に終わったこと、とつとつながらも試験委員と対話ができたことに満足して、ぼくはオリンピックセンターの坂をゆっくり歩いておりていった。朝、キンモクセイの香りを感じたところに紅い花が固まって咲いているのを見つける。彼岸花《ひがんばな》だ。そうだった。今日は彼岸の入りなんだ。世間様は秋なんだよね。

寮にまっすぐ帰って、部屋に籠って明日の民事訴訟法の基本書、三ケ月『民事訴訟法』を目次から全部読み返す。なんとか夜10時までに全部を通読した。というか、時間を設定して読み飛ばした。じっくりこまかいところまでを読むより全体の体系的理解が大切だと考えたからだ。

そして、寝る前に、今日の口述式試験をふり返り、明日に向けて心構えを確認しようと思った。今朝つかったカードを目の前に置いて、白紙のカード用紙に書き込んだ。

とにかくしゃべる。常識・定義・条文をおさえる。

二、ハキハキ応対し、明るさを失わない。

三、肚《はら》をすえて、ぶつかる。

読み返して、ぼくは「これで良し」とつぶやいた。さあ、明日もがんばるぞ。

9月22日（水）

民事訴訟法

今朝の目覚めは、まずまずだった。昨夜は疲れていたのだろう。いつもより早く寝たのに、すぐに眠り込んでいた。朝食を摂りに寮の食堂に入ると、朝刊の一面に大きく公明党の竹入委員長が暴漢から刺されて重傷だと報じられている。物騒な世の中になったものだ。クワバラ、クワバラ。ぼくも試験委員から刺されて、ころばないようにしよう。今日受ける試験は午後からなので、午前中は寮の部屋で勉強する。

早目に寮を出て、途中にある喫茶店で220円のカツカレーを食べた。オリンピックセンターに向かう坂をあがっていると、昨日より風が強く吹いているのは台風のせいだろうか。台風が日本に近づいているという。東京はまだ影響がないはずなんだけど……。

控室に入ると二日目なので、顔見知りになった受験生同士で挨拶しあう。昨日の口述式試験での試験委員とのやりとり、それを失敗談かのように面白おかしく語る受験生がいる。聞いていて、ついつい、つられて笑ってしまった。みんな、そうだったんだね。昨日は緊張していてアガっていたものね。お互い同情心で一杯だ。少しでも笑うと頬肉《ほほ》がやわらぐだけでなく、気持ちがすっと軽くなる。ガチガチに硬い控室の雰囲気を和らげてくれる受験生はありがたい。太鼓持ちのような存在だね。ぼくは心のなかで、その人に感謝した。控室で係員の指示どおりに籤《くじ》を引くと、今日は何と最終バッターにあたってしまった。これは長丁場《ながちょうば》になるな。籤《くじ》運が悪かった、なんて悔やんでも仕方がない。世の中すべてなるように成るだ。ぼくは肚《はら》を決めて、持参した民事訴訟法の基本書である三ヶ月『民事訴訟法』を、きのうと同じように目次から順に頁をめくっていくことにした。とはいうものの、控室で待たされているなかで基本書を読んでも上滑りになってしまう。それでも、自分で赤鉛筆で赤く棒線を引いた箇所だけは、それなりに目に飛び込んではくれる。やはり、使い慣れた本はありがたいものだ。控室から、一人また一人と呼び出され、待っている受験生が少しずつ減っていく。みな一人につき20

分間ほどかかっている。昨日のように一人で40分という受験生はいない。そして、10分あまりで解放されるという受験生もいない。受験生を公平に扱うという点は徹底しているな……。

廊下には椅子が4脚置いてある。このフロアーでは4組が同時に進行しているということだ。各組の次の人が椅子に腰かけ、入場の合図を待つ。廊下に出てからも、まだ分厚い基本書を手にして顔を近づけている受験生がいる。でも、それって、どうなのかな……。ぼくは疑問を感じた。もう、ここまで来たのだから、サブノートか、ぼくだったらカードを点検する。いや、それよりも外を見たり、両眼をつむって瞑想したり、ともかく本番で頭が十分に働き、舌がなめらかに動くようにする工夫をしたほうがいいんじゃないかしら……。

ついに午後4時も過ぎて、控室にはぼく一人が残された。3時間あまりも待たされ、何回もトイレに行き、顔を洗ったりして、はやる気を静めた。もう、ヤケのヤンパチだぞ、まったく……。ようやく係員が廊下から入ってきて、ぼくを呼び出した。廊下に座ると、20分もしないうちに「チン」という金属音が聞こえた。空耳ではないだろう。恐る恐る、ぼくはドアを開けて中に入った。室内は真昼間なのに、なんだか薄暗い雰囲気だ。昨日とは少し違う気がする。試験委員が机の向こうに二人並んで、静かに待ち構えている。目が慣れてくると、二人とも怒った表情でもなんでもなく、むしろ優しい顔つきをしている。ぼくが受験生用の椅子に座るとすぐに、低い声で主席の試験委員が話しかけてきた。昨日と違ってネクタイが何色かも分からないうちに口頭試問がはじまった。

「お待たせしました。どうも遅くなって申し訳ありません。あまりに長く待たされて、さぞかしくたびれたことでしょう……」

なんと、試験委員の第一声は受験生への温かい労《いたわ》りの言葉だった。ぼくは、慌《あわ》てて「いえ、いえ」と軽く頭を左右に振った。同時に試験委員のほうだって大変なんですよね。ひょっとして、午前中から、ずっと口頭試問をしているのかもしれない。ご苦労様と言ってやりたいと考えた。いやいや、今はそんなことを考えている場合じゃない。

主席の試験委員は、「それでは始めます」と宣言して、ぼくに尋ねた。

「判決に出てくる、棄却と却下の違いはどこにありますか？」

これは民事訴訟法における基礎知識の最たるものだ。訴訟要件をみたさないとき、訴訟物たる権利主張の当否に立ち入らずに審理を打ち切る訴訟判決は却下するとし、訴訟要件をみたして訴訟物たる権利主張の当否に立入って公権的にこれを判定する本案判決では棄却するということになる。ぼくは、それぞれの定義を述べ、この二つの違いを説明した。ところが、次の質問の矢を受けると、答えに詰まって言葉が出てこない。既判力とは何か、という問いかけだ。何回も何回も口にした重要な用語なのに、一瞬、頭の中が真っ白になりパニックになりかけた。ぼくは、ない頭を必死にふりしぼって既判力の定義をようやく思い出し、とつとつと、つかえながらも、ゆっくり答えていった。「既判力は、紛争の最終的解決の必要という制度的な要請から来るものです。それは、私的紛争を公権的に解決する制度として、ひとたび裁判で公権的な解決がなされた以上、他の裁判所もそれを尊重し、これに反する判断は許されないということで、後訴の裁判所の判断を内容的に拘束するという、裁判の効力です」。我ながら不出来の答えだと思ったが、内容は間違っていないはずだ。主席の試験委員は、「うん、うん」と大きくうなずいて、ジェスチャーでぼくを励ましてくれた。そして問答の最後に、「そこは大事なところですから、あとでよく勉強しておいてくださいね」と、まとめてくれた。ぼくの答えが間違っているとか、ダメだと決めつけられたわけではない。ぼくは、いいほうに解釈した。口述式試験は、そもそも落ちるほうが難しい試験なんだ。ぼくは、客観的には厳しいかもしれないと覚悟しつつ、自分に心のなかでよくよく言い聞かせ、態勢を立て直した。

「当事者双方の主張が裁判所からみて何か足りないというときには、裁判所はどうしたらよいと思いますか？」

陪席の試験委員が優しい口調で問いを投げてきた。もちろん、裁判所は双方に足りない点を指摘して主張を補正させるべきだ。ぼくは常識を働かせて答えることにした。口述式試験では、試験委員に教えを乞うという態度を忘れないこと、質問に対しては、その場で直ぐに考えて自分なりの答えを出すことが求められる。

「双方に対して、主張の不足するところを指摘して補正を求めるべきです」

ぼくが答えると、陪席の試験委員は大きくうなずき、ぼくの目をしっかり見据えて尋ねた。

「そのような裁判所の訴訟指揮は、何と呼ばれていますか？」

うん、そうだ。釈明を求める、だ。

「求釈明、だと思います」

「はい、釈明権ですね」。主席の試験委員が、ぼくの答えを救ってくれた。これは、あとで分かったことだが、求釈明と釈明権とは、似たようなものだが、ちょっと使い方が異なる。ここでは裁判所の権能が問われているから釈明権が正しい。ぼくは、試験会場ではその違いをよく自覚しないまま、自分では正しく答えたと考えていた。

試験委員も人間なので、何とか受験生を合格させたいと考えている。だから、試験委員と喧嘩なんかしたら絶対にダメ。長年の研究者であり、専門家の言葉は大いに尊重しなければいけない。ともかく先達《せんだつ》の意見は傾聴《けいちょう》に値するという姿勢でのぞむ必要がある。そして、粘りだ。絶対に合格するんだという執念をもち、気魄《きはく》をみなぎらせていること。気合い負けしてはいけない。目と目をあわせて、ガップリ四つに組み合う。少しばかり失敗したって、それで落第点をつけるなんて許さないぞ。こんな意気込みで試験委員と正面からぶつかりあう。

「ところで」、と主席の試験委員が別の質問を繰り出してきた。「当事者が裁判期日に出頭しなかったときは、どうなりますか。裁判長はどうしたらよいでしょうか?」

ぼくは、とっさに難しくはないけれど、いろいろ場合分けが必要なのではないかと直観した。まず、誰が欠席したのか、第一回目の期日なのか、いつ欠席したのか……。そんなことを頭のなかでぐるぐる考えていると、一瞬、言葉が出てこない。それでも何か言わなくてはいけないと思って、まずは、「当事者双方が欠席したときには……」と言いかけた。すると、主席の試験委員は、「第一回期日に被告が欠席したときには、どうなりますか?」と設例を限定した。そうか、そうだった。原告が訴えを起こしながら第一回期日に欠席するというのは、あまり考えられないよね。試験委員って二人とも見かけによらず、おっと失礼、とても親切なんだね。

「被告が答弁書も何も出さないで欠席したとき、裁判所は、どうしたらよいでしょうか。すぐに結審して、次回に判決を出していいでしょうか……」

いや、それはまずい。ぼくは、そう思った。だって、被告の欠席の理由が分からないのでは、あとで困るはずだ。そもそも、被告に訴状が届いているのか、いつ届いたのか、代理人弁護士がついたのか……、いろいろ確認する必要があるはずだ。そこで、ぼくは、「すぐに結審して判決を出すというのは、まずいんじゃないでしょうか……」と、やや語尾をごまかして答えた。すると、試験委員は、「そうなんですよ」と大きな声を出した。「どういう事情で被告が欠席したのか、裁判所は確認する必要がありますよね」

こうやって、ぼくは試験委員のペースにはまり込んで、一人相撲をとり、泥沼で見苦しくのたうちまわった。主席の試験委員が「そこも大切なところなので、あとでよく勉強しておいてくださいね」と言うと、隣の陪席の試験委員も声は出さずに、ペンを持つ手を止めて、しきりにうなずいている。主席の試験委員の言い方は、決してぼくを突き放すという感じではないとぼくは受けとめた。それが少しの救いだった。よし、次は挽回するぞ。ぼくが前のめりの姿勢になって次の質問を待ち構えると、主席の試験委員はぼくから目を逸《そ》らし、横にいる陪席の試験委員に「いいですか」と小さく声をかけた。陪席は黙ったまま軽くうなずいた。それから主席の試験委員は微笑《ほほえ》みとともに言った。「結構です。終わりました」。

あれあれ、時間切れなのか……。ぼくは、不完全燃焼だった。仕方がない。もっと訊《き》いてくださいよ、次は、ちゃんと答えますから、なんて言えないな。あきらめて軽く一礼して、退出した。オリンピックセンターの坂道をおりながら、もうすんだことだ、過去は振り返らない、くよくよしない。自分で決めた、この鉄則にしたがい、第二ラウンドでの挽回《ばんかい》を心に誓った。

試験が終わるのは遅かったけれど、それでも寮に帰り着いたのは早かった。おかげで、夕食は食堂に今日も一番乗りできた。追分寮の夕食は本当に美味しい。高級な食材は使っていないけれど、味付けがいい。少ない予算のなかでうまく遣り繰りしてくれているのだ。いつも心のこもった家庭料理が出てくるので、他に楽しみのない今のぼくにとって、最高の楽しみだ。今日は、肉ジャガがメインになっていて、牛肉の代わりに豚肉がそこそこ入っている。

食後、食堂で新聞を読んで休憩し、部屋に戻った。今日は寮の風呂がない日なので、早いとこ銭湯に行こう。番台のおばちゃんに40円を払って脱衣場に入ると、客は少ない。広い湯舟に浸って、手足を伸ばすと、気分がいい。頭を石鹸でごしごし洗って湯をかけて流すと、頭の内外の汚れが全部洗い流されて、すっきりする。ぼくはシャンプーは使わないし、ドライヤーも使わない。濡れた頭髪は乾いたタオルで拭きとると、すぐに乾いて、わざわざドライヤーをかける必要がない。

寮に戻ると、まずは民法に取りかかる。民法の条文を、岩波「基本六法」にしたがって、初めからじっくり読んでいく。そのあと刑法に移った。刑法は条文が短いので、条文を全部読んだあと、判例演習にざっと目を通すことにする。ぼくは寝る前に2日間の口述式試験の反省をきちんと文章にする必要があると考え、大学ノートに向かった。決して試験委員のせいにすることはできないけれど、先方のペースに巻き込まれてしまって、本来もっていたはずの力が十分に発揮できなかった。少し気後《きおく》れもしていて、じっくり考える心のゆとりを喪《うしな》っていた。試験委員のペースにあわせながらも、こちらのペースも確保する。それだけの心の余裕が必要だな。昨晩改訂した心構えカードをさらに改訂する必要がある。

人格テストなのだから、印象が大切。

「失礼します」「はい」「どうもありがとうございました」……礼儀正しく、姿勢を正す。大きな声で、はっきり話す。情熱的に、若々しく、明るく、きびきびと対応する。泣くのは腹のなかでだけ。

理解力、応用力を試すテストだ。

「分かりません」は言わない。問題の焦点を掴《つか》み、考える姿勢を見せ、基礎的なことに触れ、とにかく黙り込まない。条文、定義、常識。こうあるべきだという視点で、焦《あせ》らず、ゆっくり、大学内の学生仲間の勉強会に参加しているときと同じ調子で、落ち着いて話す。

知識を問うテストだ。

一問一答で、あわてることなく答える。

よし、できた。これでいこう。　明日の朝はすこしだけゆっくりしよう。

9月23日（木）

中休み

今日は、口述式試験はお休み、公休日だ。あいだに中休みがあるのは助かる。昨夜はぐっすり眠った。疲れていた。銭湯から帰って、民法と刑法に条文に目を通したけれど、もうふらふらだった。いつものようには集中できなかった。今朝は、だからゆっくり起きた。明日は憲法だから、今日は一日、憲法を復習する。午前中に憲法の全条文を読み終えた。昼食をとるために正門から入って安田講堂に向かう銀杏並木を歩く。朝のうちに雨が降ったのか、緑がつやつや輝いて生気がある。台風は来ていないようで、穏やかな曇り空だ。

「メトロ」に入り、いつものように140円のトンカツを食べる。いつものように行動し、いつもの生活をする。これが心の平穏に欠かせない。試験でパニックを起こさない秘訣だ。帰りに正門近くの店で、夜食用のパン50円を買い、ついでに缶詰1個165円を買った。こちらは非常食だ。明日からは、これまで以上に死力を尽くし、挽回しよう。成せば成るだ。ままよって、そんな感じでやっていこう。午後から、ずっと憲法の基本書2冊を一心に読み通した。夜は憲法重要判例集に目を通す。最近の憲法判例も頭の片隅に残しておかないといけない。息抜きに「受験新報」を読んだ。このあとの総括にも役に立つだろう。すると、口述式試験の試験委員からみた苦労話が目にとまった。なになに、なるほど、そういうことなのか……。

午前と午後で、投げかける問題は全部変える。つまり、午前中に尋ねたことは午後からは訊《き》かない。ずっと同じ問題を質問すると、あとの受験生は予習できるから、初めの人より有利になって公平性を欠く。そして、発問する試験委員も午前中と午後とで交代する。一人の受験生に20分かけるとして、一日25人ほどを担当する。午前3時間、午後5時間とすると、ちょうど、それくらいになる。問題文をたくさん作っておき、当日は、それをチェックしながら尋ねていくことになる。いい問題も悪い問題も当然出てきて、当たり外れがある。25人のうち1人か2人はダメだということになるけれど、それが実力の反映なのか、客観性があるのかというと、意外に難しくて、簡単には言えない。なーるほどね、口述式試験って受験生ばかりが大変なんじゃないんだね。

次は口述式試験の合格体験記だ。粘ること、徹底して粘る必要がある。口述式試験の前半は基礎知識のテスト。これに即答できなければ見込みがない。後半で難しい問いを投げかけ、法律的な考え方、考える姿勢を試している。分からないからといってあきらめたり、黙っていてはダメ。誤りを指摘されたら何度でも考え直し、積極的に何度でも言い直して、ともかく口に出して答えてみる。ぼくの場合は、こんなに前半と後半とがきっちり分かれている気はしなかったんだけどなあ……。さらに合格者は言う。礼儀正しさも必要だ。心の底から「お願いします。ありがとうございます」と言おう。試験委員も人間だ。試験中は姿勢を正して、試験委員の目を見る。答えに自信がないと、どうしても試験委員の目を逸《そ》らして、まともに見ることができない。しかし、そこを乗り越える。うん、ぼくも試験委員から目を逸らさないようにした。あれで良かったんだね。

質問に対しては簡潔に答え、さらに理由を訊《き》かれたら、その理由を話しはじめる。訊かれもしないのに理由まで答えと一緒に言う必要はない。そうなのか、要はテストを受けている身だということだよね。

さて、寝る前に、心構えカードを見直しておこう。昨晩考えたのは、ちょっと考えが足りないな。ふらふらした頭で考えたからだ。口述式試験を二日うけて、だいたい、その要領は分かった。口述式試験では、結局のところ、日頃の実力が出てくるものだ。だから、ともかく突きつけられた設問を自分のものにする。そうすると、なんとか答えられる。

そこで、心構えカードを次のように書き改めた。

一、設問を自分のものとする。
設問を反覆し、基礎的なこと、定義を確認し、条文を念頭に置きながら、ゆっくり話しはじめる。あせらず、あわてず、一つ一つ確かめながら話す。頭のなかで考え込むのではなく、口に出して考える姿勢を見せ、真剣な面構《つらがま》えで対応する。
二、人格テストでもある。
礼儀正しく会釈する。大きな声で明るく、きびきびと対応する。

1年分を話しきるつもりで、最後までがんばる。

うん、これでよし。ぼくは安心して布団にもぐりこんだ。

9月24日（金）

憲法

曇り空だけど、空を見上げると、あちこち雲の切れ目があって薄日がさしている。参宮橋からオリンピックセンターの坂をのぼっていく。足取りはしっかり地に着いている。この調子なら大丈夫だ。キンモクセイの香りを感じながら、ぼくは自分に言い聞かせた。

今日は憲法だ。得意中の得意とまでは言えないけれど、得意とするところではあるし、何より好きな科目だ。ここで惨敗したら目もあてられない。まさか、そんなことにはならないだろう。

控室に入って、順番の籤《くじ》を引くと、2番目にあたった。何となく2番目になるなという予感がしていたので、ぴったり大当たりだ。はじまると同時に、ぼくは廊下で待つ。ところが、1番の受験生がなかなか出てこない。30分過ぎても出てこないので、まだ控室にいる受験生はパニックになっていたらしい。もちろん、ぼくは廊下の椅子に腰かけていたので、控室の様子は分からない。あとで聞かされた話だ。

1番目の受験生は長くなることが多いというのが受験生の定説になっている。試験委員が用意した論点の全部を最初の受験生に尋ねてみて、その反応をベースにするからだという。ぼくには、もちろん、その真偽のほどは分からない。それでも、20分が過ぎ、30分たっても1番の受験生が部屋から出てこないので、さすがに廊下で待たされているぼくも気分が落ち着かない。

ようやく40分も過ぎて部屋を出てきた受験生は、顔になじみのない、すこし年齢《とし》くった人だった。試験がやっと終わったという安堵感よりも、いかにも疲れましたという表情をしている。ぼくも同じように苛《いじ》められるのかな……。心配する間もなく、なかから「チン」と合図が鳴って、ぼくはすぐに室内に入っていった。試験委員は二人とも年配で、少しとっつきにくそうな顔つきだ。ぼくは大学でゼミはとっていないし、出席した授業のときは必死でノートをとっているから、東大教授がどんな顔をしているか分からない。ましてや他大学の教授だったら、なおさらのこと、誰だか分からない。いやいや、教授の名前なんて、どうでもいいことだ。

主席の試験委員は憲法の基本をぼくに尋ねた。

「財産権というのは絶対的なものですか?」

ぼくは、憲法29条を直ぐに思い浮かべた。

「いえ、憲法29条で、財産権は、これを侵してはならないとされていますが、その3項に私有財産は正当な補償の下に、これを公共のために用いることができるとあります。つまり、公共のために正当な補償があれば使えますので、絶対的なものではありません」

試験委員は、ぼくの答えを聞くと二人そろって軽くうなずいて、先へ進めた。ぼくが条文をはっきり答えると試験委員の目が輝き、手応《てごた》えを感じた。やはり条文をきちんと読み、頭に入れておくのは大切なんだよね。次の質問も憲法の基本だった。

「報道の自由というのは、憲法で認められているものですか？」

ぼくは机上の司法試験用六法を手にとるまでもないと考え、思ったとおりを言葉にした。

「はい、報道の自由という言葉そのものこそ憲法にはありませんが、21条で言論、出版その他一切の表現の自由を保障するといいますので、当然、それに含まれています」

ぼくは、すっかり落ち着いて問題状況を言葉にすることができた。

陪席の試験委員がぼくに問いかけた。

「憲法に生存権が規定されていますか。それは国に請求することのできる権利でしょうか」

ぼくは、生存権についてはカードに書き出していたし、先ほど控室でも確認していた。ズバリ当たったわけだ。待ってました。

「25条は生存権を明文で定めたものです。ただ、これをプログラム規定だという考えがあります」

陪席の試験委員は、「ほう、それはどういうことですか」と、惚《とぼ》けて問いかけた。水を向けてくれたのだから、ぼくはそれに乗ることにした。

「はい、憲法が社会国家の理念に立って国民生活の保障をもって国の任務であり、責任であると宣明したものですから、直接に個々の国民が25条をもとに国家に対して具体的現実的権利を与えたというものではないとする考え方です」

「ということは、国民にとってあまり意味がないということになりますか?」

陪席の試験委員はさらに問いかけてきた。もっと話してくださいということだ。

「いえ、国が25条に違反する立法をした場合には、直接25条を根拠として、その法律の違憲を主張できます」

「たとえば、どういう事例が考えられますか」

陪席の試験委員の質問はぼくを追いつめるというより、ぼくに点数を稼がせようとするものだと思った。陪席の試験委員の目つきは、あくまで優しい。ぼくはカードに書いていたことを思い出して答えた。

「はい、たとえば国が極端な重税を課して、納税者の最低限度の生活を奪うような状況です」

陪席の試験委員は、硬い表情をそれなりにほぐして、頭を軽く上下させて、ぼくの答えに反応してくれる。ありがたいことだ。ぼくの答えが間違っていないというブロックサインだと見てとった。口調もどんどん優しくなってきたように感じられる。前の受験生は、どうして40分間もかかったのかな、次は難問がぶつけられるのだろう。心を引き締めていこう。すると、主席の試験委員が陪席の試験委員と目を合わせると、「はい、結構でした」と言う。ぼくは拍子抜《ひょうしぬ》けしてしまった。あれれ、いったいどうしたことだろう。まさか、見切りをつけられたということじゃあないだろうね。足元をすくわれないよう、ぼくは憲法の条文にそって基礎的なことをばっちり話したつもりなんだけど……。ぼくは黙って、一瞬だけ二人の試験委員の目を見つめた。二人とも、目の奥に安心した雰囲気が感じられ、不安なところはない。だから、これで良かったんだろう。ぼくはそう判断し、丁寧に頭を下げて退出した。廊下に出て腕時計をみると、20分もたっていない。こんなに短くてよかったのかな、いや、これでいいんだ。オリンピックセンターの坂道を一人くだりながら、ともかく試験委員と対話ができたこと、とくに言葉がつっかえることもなく、また、この前の民事訴訟法のときのように「そこは勉強しておいてください」と宿題を課されることもなく終わって、すっかり心が軽くなった。足取りも重いはずはないが、さすがに子どものころのようにスキップはしなかった。いやいや、調子に乗りすぎてはいけないぞ。キンモクセイの香りを深呼吸して吸いながら、明日からも、この調子でいこうと思った。それ、ガンバレ。

寮には早く帰り着いた。明日の民法の勉強にとりかかる前に、今、必要なのは気分転換だ。それに一番いいのは風呂だな。まだ明るいけれど、銭湯に行こう。湯舟に浸って、ゆっくり手足を伸ばす。頭を洗うと、気分は爽快だ。帰りに近くの定食屋で180円の焼肉定食を食べて寮へ戻る。今日は寮の食堂は臨時休業なのだ。

9月25日（土）

朝起きて寮の中庭に出ると霧が出ている。雨が降ることはなさそうだ。暑くもなく寒くもなくちょうどいい塩梅《あんばい》だ。今日は民法、民法は法律科目の基本をなす。ぼくは民法だけはしっかり勉強したつもりだし、残念ながら得意科目とまではいかないけれど、憲法と並んで好きな科目だ。なにより、論理一貫性を大切にしながらも利益衡量というか、結論の妥当性も考慮するところが気に入っている。少なくとも不得意科目ではない民法を落とすわけにはいかない。今日は気を引き締めてかかることにしよう。

試験室にぼくが入り、椅子に腰かけると、主席の試験委員が優しい口調で「上着は脱いでいいですよ、暑いですからね」と声をかけてきた。今日も学生服を着ていたぼくは、折角の好意だけれど、そのままの格好で臨むことにした。今日の学生服は武士にとっての鎧《よろい》のようなもので、いわば戦闘服なのだ。まず初めに債務不履行について訊かれた。

「債務不履行について、いくつかの態様がありますよね」

「はい」、ぼくはゆっくり答えた。出だしはなるべくスムースにいきたいものだ。「債務者が債務の本旨にしたがって債務を弁済しない場合ですが、履行が可能なのにしない履行遅滞、履行が不能な場合の履行不能、それから不完全な履行をしたときの不完全不履行です」

ここまでは良かった。主席の試験委員も安心した表情で、次に賃借権の事例をあげて質問してきた。

賃借人が賃借建物に手を加えたときのことだ。主席の試験委員が「有償費」がどうとかこうとか言ったので、ぼくは一瞬、何のことかと詰まって思考停止して設問の状況が頭に入ってこなかった。ぼくは賃借人に修繕の義務があるのかと訊かれたので、「修繕の義務があるのは賃借人ではなくて、賃貸人です。これは民法の条文に明記されています」と答えた。すると、主席の試験委員はちょっと困った顔になった。どうやら質問の趣旨を取り違えたようだ。その反応は期待する答えではなかったことが明らかなので、ぼくが状況設定を確認すべく部屋の天井を仰ぎ見ていると、陪席の試験委員が見かねたらしく声をかけた。「608条をみてごらんなさい」。

慌てて机上にある司法試験用六法を引き寄せて、該当条文を探し出した。

「あっ、そうですね。民法608条に、こう書いてありますから、こういうことになります」

条文にそって必要費と有益費の違いについて説明すると、主席の試験委員は微笑みを浮かべながら言った。「そうですよね。まあ、そう固くならなくてもいいんですよ」。

再び優しい声をかけてくれた。試験委員の投げかける設問の趣旨をきちんと理解し、助け舟なのか泥舟なのかを見分け、思考力の柔軟性を示す必要がある。ぼくも、そのことは頭では分かっている。しかし、何事も言うのは易く、行うは難し、だ。このとき、ぼくは別にアガッていたわけではない。少なくともその場ではそう思っていた。ところが、ぼくの答えは裏目裏目に出てしまい、先手必勝どころではない。

主席の試験委員が再び事例をふまえて、ぼくに穏やかな口調で尋ねた。

「こういうケースで、最高裁の判例が何か基準のようなものを示していますよね、覚えていますか？」

そうそう、そういうのが確かにあった。それは間違いない。借地・借家人と地主・大家とのあいだで賃貸借関係を存続させない場合に使われる言葉だ。何だっけかな……。

ぼくが、「えーっと」と言いながら言葉を探していると、主席の試験委員は待ちきれずに、「ほら、信頼関係の……」。そうだ、そうだった。ぼくは直ぐに話を引き取って、言葉をつけ足した。

「信義則ですね。当事者間に信頼関係を破壊するに足ると認められる特別な事情があるのかどうか、です」

試験委員は二人そろって、ぼくの答えを聞いて安心の溜め息をついたように思った。

「そうですね。当事者間の信頼関係を破壊する特段の事情というものが認められないと、永年続いている賃貸借関係の解除は簡単には認められないのですよね」

これこそまさしく助け舟だ。ぼくは迷うことなくそう考え、「はい、そうです」と明るい声で応じた。

「ここも大切なところですから、判例の内容はよく覚えておいてくださいね」。見るに見かねたのか、陪席の試験委員がまたもや横からフォローする。ぼくは陪席の試験委員のほうに向きを変えて、「はい、ありがとうございます」とお礼を言った。すると、主席の試験委員が「はい、終わりました」と終了を宣言する。ぼくは先ほどからの不出来を次こそ挽回してやろうと身構えた矢先だったので、なんだか肩透《かたす》かしを喰わされた気分になった。試験を受けた部屋を退出し、重い足取りで階段をおりながら、「口述式試験ってやっぱり難しいよな」、つい独り言をこぼした。ひごろ不勉強だったところを突かれて、痛かった。口述式試験で苦戦した原因を自分の不勉強以外に求めようとして、そんな発想に陥った自分が情けなかった。

参宮橋の駅に向かう足取りは正直いって、これまでになく重たい。それでも、空腹感はある。駅の近くの喫茶店に入り、２１０円の和風ハンバーグを食べると、少し人心地《ひとごこち》を取り戻した。

寮に戻る途中、夜食用に50円のパンを買って部屋に直行する。畳に寝ころがって煤《すす》けて天井を見つめる。今日は厳しかった。それでも会話が途絶えて空白の時間が生まれたり、無言のまま断絶したと言うことはなかった。それを救いとしよう。まだ明日がある。最後まであきらめることなく、明日もがんばるぞ。母からハガキが届いた。ぼくが初日の商法で少しつまずいたことを知らせていたので、慰めの言葉が書いてある。

「誰だってベテランの人の前に出て平気で話せる人はいないと思います。気を落とさず、実力の限りを尽くせばよいと思います。成功を祈っています」

ありがたい励ましだ。いつものように部屋で一休みしたあと、寮の美味しい夕食、今夜はアジフライを食べ、夜まで刑法を復習した。なんだか疲れているので、早目に寝ることにしよう。

9月26日（日）　刑法

世間様の日曜日なんて、受験生には無縁だ。曇り空の下、今日も参宮橋へ向かう。昨夜はぐっすり眠れたから、気分爽快とまではいかないけれど、頭はスッキリしている。

今日は刑法だ。ぼくは団藤重光の『刑法綱要』一本槍だ。主観説だとか客観説だとか、いろいろ刑法理論の論争点について、ぼくはさっぱり自信がない。まさか、口述式試験でそんな理論的な微妙なことを訊かれることはないだろう。万が一、訊かれたとしても基礎的なレベルを答えて逃げるしかない。「三十六計、逃げるにしかず」だ。

今日は籤《くじ》を引くと、またまた最後にあたった。これを運が悪いと考えるか、精神修養になるし、最後には試験委員も疲れてきて手を抜くだろうから、結果はいいはずだと考えるか、発想法の問題だ。くよくよしたって始まらない。団藤『刑法綱要』をぱらぱらとめくる。でも、お尻がなんだか浮ついているので、寮の部屋に籠って読んでいるようには集中できないし、頭に入ってこない。目が文字をなぞっていくだけという感じだ。こりゃ、気休め程度にしかならないな。そう思いつつも、頁をめくっていく。

たっぷり時間があるから、受験生の所要時間を計って記録することにした。一番はなんと45分かかって、ようやく出てきた。2番目は10分も短く35分。3番目はさらに短く30分。うーん、みな30分はかかってるな。4番は38分。また少し長くなった。ところが5番は25分で終わった。6番は30分、7番目は最短で23分だ。この違いは何だろう。どこが違うのだろうか。受験生が思うように答えられないときに、試験委員は見捨てないで、なんとか救おうとして長くかかっているのかもしれない。それにしても20分以上も長短の差があるなんて、大変な違いだよね……。

ようやく、ぼくの番になった。廊下の椅子に腰かけて合図を待つ。もう、こうなったら、まな板の鯉《こい》だ。じたばたなんかしないぞ。どうぞ煮るなり、焼くなり、好きにしてください。いえ、これは決して不貞腐《ふてくさ》れて言っているのではありませんよ……。先ほど洗面所に行ったとき、ついでに顔も洗ったので、気分がすっきりしている。結果はともあれ、早く口述式試験から解放されたい。いやいや、とんでもない。結果がすべてなんだ。良い結果を出さなくては……。

「チン」の合図でドアを開けて入室し、まずは軽くお辞儀をする。頭を上げると、目の前に二人の試験委員が仏頂面《ぶっちょうづら》でぼくを待っている。一人は小太りでずんぐりした体形、もう一人は細身の神経質そうな体つきだ。どちらが主席なんだろう……。嫌《いや》らしい目つきでぼくを睨《にら》みつける。一瞬そう思ったのは、ぼくの僻目《ひがめ》かな。その嫌らしい目つきの試験委員のほうが主席のようで、甲高い声でこう言った。

「きみが今日の最後です。長いこと待たされてくたびれたことでしょう」

口から出てきた言葉は目つきに似合わない優しい労《ねぎら》いの声だった。ぼくは、その一言で肩の力がすっと抜けて気が楽になった。

「正犯と従犯の違いは、もちろん分かりますよね。簡単に違いを説明してください」

問いかけられたのは、刑法の基本中の基本だから、もちろん、ぼくはゆっくり落ち着いて答えることができた。

「正犯とは、実行行為すなわち構成要件に該当する行為を行う者です。これに対して従犯とされる教唆犯や幇助犯は、実行行為そのものを行うものではなく、それ以外の行為をもってこれに加功《かこう》するものです」

ぼくの答えに大きくうなずき、主席の試験委員は、次に「責任能力とは何ですか」と尋ねた。

「責任能力とは、有責に行為をする能力のことです。それは非難可能性の前提となる人格的適性にほかなりません」

ぼくが団藤『刑法綱要』のとおりに答えると、さらに「犯行時に責任能力が欠けていても問題になる場合がありませんか」と突っ込まれた。ぼくは、とっさに何が訊かれているのだろうかと天井を仰ぎ見た。ふと、あれかと思って、口にしてみた。ともかく沈黙は禁だ。当たるも八卦《はっけ》で行く。

「原因において自由なる行為でしょうか」

「はい、それです」

試験委員は二人とも、たちまち安心した表情になった。

「それは、どういうものですか」

「たとえば、酩酊《めいてい》状態で犯行したとしても、その酩酊状態をつくり出したこと自体に問題があるとして、その責任を法的に問うというものです」

ぼくは、基本書のとおりを再現したかったけれど、うまくいかない。だいたいこんな趣旨だったよね、そう思って不確かながら説明した。試験委員は、「なぜ、それが問題とされ、法的責任が追及されるのですか」と、さらに畳みかけてくる。それは、きびしく問い詰めるというより、もっと話したいことがあったら、どうぞという感じなので、落ち着きを少し取り戻した。

「みずからを責任無能力の状態におとしいれて、その状態で犯罪を引き起こすことを原因において自由な行為というわけですが、それは、いわば間接正犯と同じ論理構造をもつからです」

「ところで」と主席の試験委員が質問を変えた。「常習賭博《とばく》罪というものがありますよね」

えっ、常習賭博罪か……。なんだか意表をつく質問だ。まさか、こんな犯罪について訊かれるとは思ってもみなかった。そこで、ぼくは心の余裕を取り戻すために机上に置かれている司法試験用六法に目をやって、「条文を確認してよろしいでしょうか」と許可を求めた。

主席の試験委員が「どうぞ」と許可したので、六法の頁をめくって探した。ここで時間をかけたくないものだな、そう思って頁をめくると、幸いにも刑法186条がすぐ目に入った。前のほうじゃなくて、真ん中より後ろのほうの条文だったよなと考えて探したのがあたった。司法試験用六法をつかい慣れていて良かった。ぼくは条文に目を通して、質問を待ちかまえた。

「財物を賭《か》けるというのが要件となっていると思いますが、勝ったらカツ丼をおごるというのは、該《あ》たりますか」

なんだ、易しい質問からはじまったな。

「いいえ、その場で消費する飲食物のようなものは『一時の娯楽に供するもの』に該たりますので、賭博罪は成立しません」

「では、カツ丼代として500円とか1000円をもらえるというのは、どうですか」

これも団藤『刑法綱要』に書いてある。

「たとえ金額がわずかであっても賭博罪が成立するというのが判例です」

主席の試験委員は、そこで大きくうなずいたあと、次の質問に移った。

「常習というのは、期間や回数について、どのように認定されるものですか」

うんうん、ここも団藤『刑法綱要』は注記で詳しく論じているところだ。ぼくは頭をふりしぼって、記憶をたぐり寄せた。

「常習性は、賭博罪を反覆して犯す習癖のことです。つまり、単に反覆があったというだけでは足りません。やはり、習癖があったと認められる必要があります」

「そうですか。すると、1回の賭博行為でも常習性ありとされることがあるのでしょうか」

主席の試験委員が畳みかけてきた。

「はい、常習性のある者が賭博罪を犯したときには、たとえ1回の賭博行為であっても常習賭博罪が成立します」

ぼくは、団藤『刑法綱要』の本文に、そのように書かれていることを思い出していた。条文の定義のような質問が続くので、このあときっと深い落とし穴が待ち受けているのだろう。身構えているのに、いつまでたっても難問が出てこない。なんだか、ぼくのレベルに合わせて質問を低くしてくれている気がする。

「賭博常習者に賭博を教唆した者は、常習賭博罪の教唆が成立しますか」

うむ、これも団藤『刑法綱要』に書かれていたな。う〜ん、どっちだったっけか……。ぼくが言葉に詰まっていると、主席の試験委員は、「そこは家に帰って、よく勉強しておいてください」と自ら引き取ってしまった。小太りの若い陪席の試験委員は、まったく口を開くことなく微動だにせず、ぼくの一部始終をじっと見守っている。ぼくは、その視線がとても気になったけれど、主戦場はあくまで主席の試験委員なので、そちらから目を逸《そ》らすことはしなかった。

ぼくは初めのうちこそ、何とか早く切り上げて終わってほしいという気分だった。けれど、途中から、とくに応用問題で言葉に詰まってからは、次の応用問題では答えられるはず、もっと訊いてください、答えられますよ。そんな気分になっていた。ぼくは、素《す》の自分をそのまま、何の衒《てら》いもなく、さらけ出して答えた。もっともっと訊いてください、答えますよ、さらに身を前倒しすると、主席の試験委員が「それでは、よろしいですか」と、ぼくではなく、隣の陪席の試験委員に声をかけた。そのとき、初めて陪席の試験委員は「結構です」と声を出した。低音だったが、はっきりしていた。

主席の試験委員がぼくに言った。「はい、終わりました。遅くまでご苦労さまでした」。

ご苦労さまというのは、試験委員が自分たちに向かっての言葉じゃないかな、ぼくはそう思った。意地悪どころではなかった。助けてもらった。初めの印象って、案外、このようにあてにならないこともあるんだね。ぼくは大いに反省した。廊下に出て、腕時計をみると、ぼくの面接試験にかかった時間は23分だった。主観的には30分なんてものじゃなくて、40分間ほどかかった気がしていたけれど、ぼくの前の受験生と同じ最短コースだった。控室には、もう誰もいない。他の組も全部終わっているようで、受験生の姿はどこにも見かけない。みんな終わり次第、そそくさと帰っていくのだ。そりゃそうだ。こんなところに長居してもしょうがないやね。見かけるのは試験委員か、会場設営にあたっている係員だけ。

オリンピックセンターの坂道をゆっくりおりながら、頭の中で口述式試験のこれまでを振り返った。法律5科目のうち、厳しく自己採点すると、最悪で商法と民事訴訟法が不可だとして、刑法と民法、そして憲法はなんとかなったはずだから、五分五分の情勢だ。最後まであきらめずに食いさがることにしよう。そしたら、万が一、ひょっとしたら、ということもないことはないだろう……。

電車に乗って、車窓の外の景色をぼんやり眺める。もちろん、寄り道などせず、寮に直行する。そうだ、今日は日曜日だった。寮の食堂は休みだ。しばらく畳の上に寝ころがって、頭と身体を休める。さあ、お腹も空《す》いてきた。近くの定食屋まで歩いて出かけ190円のトンカツ定食をゆっくり味わって食べる。さあ勝つぞ、の心意気だ。まだ試験は終わっていないのだから、アルコールはもちろん無し。ぶらぶら歩いて寮に戻る。何かをする心境にはないので、しばらくして銭湯に向かう。頭と身体を休め、疲れを癒《いや》すのには温かい湯舟に浸るのが一番だ。さっぱりしたところで、寮に戻り、机に向かった。いつもの大学ノートを取り出し、総括文を書きつけることにした。あと2日あるけれど、主要5科目は終わったので、中間総括はできる。

「万一に備えて、総括することにする」。ぼくは書き出しにこう書いた。「万一」というのは、ひょっとして落ちるかもしれないということ、つまり合格するはずだという心境をあらわしている。本当にそうなのかと思わないでもなかったけれど、ぼくの手は無意識のうちに、そう書いた。初日の商法、二日目の民事訴訟法、この2科目を失敗していたとしたら、口述式試験で落とされるかもしれない。ただ、あと2科目ある。あきらめることなく、全力をあげるとして、ここまで来たのだから、少なくとも来年には絶対合格する。合格してみせる。そのため、今年の反省をきちんとして、来年に向けた方針を明らかにしておこう。

第一に、文章作成の練習だ。これで論文式試験の合格を確実にする。本番と同じ2時間をかけて答案を書く練習もする。そのときには方針を立てることなしに、むやみに書くようなことはしない。アウトライン（梗概）をまず書き出し、それにしたがって論述していく。少なくとも週1回は答案として長文を書いて慣れておく。文章作成という点では、ノートをつくるだけでなく、手紙をどんどん書いて、誰彼かまわず送る。自分の気持ちや考えを文章にするという点では、手紙を書くのが一番だ。

第二に、法律問答の練習を重ね、口述式試験で失敗しないようにする。これまでのように、すべてを基本書に頼り、思い出したままを語るというのではなく、こうあるべきだという視点を混じえて、「空中戦」をたたかえるようにする。もちろん、空中戦をするといっても、条文と定義を絶えずきちんと踏まえて、口にする。同時に自説に固執せず、ときに撤回することを恐れない。

第三に、重要な条文や定義について、暗記のためのカードを作って日常ふだんに暗記しておく。憲法は全条文、民法は重要条文を暗記する。刑法、民事訴訟法、会社法、手形法、商法総則はカードに重要な定義をメモし、暗記につとめる。

第四、試験前日に読むべき「この一冊」を確定しておき、その本の余白に重要なことはすべて書き込んでおく。民法はダットサン、刑法は藤木英雄の『刑法（全）』。ただし、短答用の刑法としては団藤『刑法綱要』。憲法はセミナール・コンメンタール（セミコン）。これは書き込みが不足している。民事訴訟法はノート。これも書き込み不足だ。

第五、論点ごとのカードを作成する。通説を土台とし、重要論点をすべて網羅しておく。これを試験当日に読み返せば、ほぼすべての論点に触れた答案を構成できるし、語ることができるというカードにしておく。

第六、まずは短答式試験の突破に全力をあげる。これなしには論文式試験にはたどり着けない。そのためには、4月一杯で4000題を目標としてやりきる。

第七、これは、大いなる反省点だが、7月の論文式試験が終了したあと、8月はどうしても気が緩んでしまう。それ自体は仕方がなく、また必要なことでもあるけれど、なんとか早期に克服して勉強を再開する必要がある。そのためには、受験生同士で積極的に集まり、合宿して口述式試験問題集に総当たりする。民法、刑法、民事訴訟法、手形法、商法総則を必死でやり抜く。

勉強時間を確保するため、アルバイトはできるだけしない。そのかわり、お金のかからない生活をする。昼間は静かな大学図書館で、講義を受けているつもりで勉強する。そのとき、ノートかカードを作成する。

ここまで書いていると、今年の口述式試験で不合格になるということはありえないことだと思えてきた。ここまで総括できたのだから、そして、試験会場で何とか話せたのだから、落ちるはずがない。そんな気分が強くなった。その気分のまま、安らかな気持ちになって布団に入ると、すぐに寝入った。

9月27日（月）

中休み

今日は口述式試験がない中休みの日だ。残るはあと2日、労働法と社会政策だ。どちらも法律5科目とは違って、まともに勉強したことはない。でも日頃の社会常識をふまえて、とりあえず話せばなんとかなるだろう。いや、なんとかするしかない。もちろん、ここで気を抜いてはいけない。それは分かっている。

午前中は寮の部屋にひとり籠って労働法を勉強した。基本書は『自習労働法30問』なので、いわば受験参考書を基本としている。もう一つは石川の労働法講義ノートだ。昼になる前、空腹を感じたので、早目に「メトロ」が混まないうちに昼食を摂ろうと思い、本郷の構内に正門から入った。晴れあがった秋空だ。心配された台風は東京には来なかったけれど、まさしく台風一過の秋晴れ。銀杏並木《いちょうなみき》をゆっくり歩いていく。これまでのようにカードを見ながら、暗記した定義をぶつぶつつぶやくということはしない。労働法とか社会政策は定義がそれほど問題になることのない科目だ。

清掃員のおじさんが落ち葉を集めて焼いていて、白い煙が立ち上っている。あれっ、いま何月だっけ……。寒くも暑くもなく、焚き火するのは冬だという連想から秋空の下にいることを一瞬忘れてしまった。銀杏並木も緑の中に黄変しはじめている。あっ、そうか、今は秋なんだよね。季節の移ろいから取り残されたような生活をしているな。社会の動きからだけでなく、ずいぶんいろんなものから置き去りにされている……。そんな寂しさが急にぼくの胸を締めつけた。まともな感覚、この社会に生きているという実感を取り戻すのには時間がかかりそうだ。よし、口述式試験が終わったら7月末と同じように旅行に出かけることにしよう。どこがいいかな、どこへ行こうかな……。「メトロ」で早目に昼食をすませると、総合図書館に立ち寄って、「受験新報」を読むことにした。口述式試験について試験委員を経験した学者のコメントが目に入った。受験生として、さすがに直ぐそちらに目が行く。

「何を訊《き》いても、アガッてしまっているようで何も答えてくれない受験生がいる。落ち着いて答えてほしい」

「丸暗記、棒暗記の人に対しては、それは何のことですかと、二つ三つ重ねて訊くと、馬脚《ばきゃく》をあらわしてしまう。受験生の法律の理解度は口述式試験をしていると直ぐに分かる」

「ツッカケゾーリにポロシャツ姿の受験生が出てくると、なんだかガッカリしてしまう。やはり試験なのだから誠実に、そして余裕をもって臨んでほしい」

「口述式試験は知識試験というだけでなく、人物試験なので、和気藹々《あいあい》のムードですすめたいもの」

「口述式試験では、知識は恐る恐る出すべきものだ。論文式試験では堂々と自説を展開し、知識を見せびらかすことが必要だろう。しかし、口述式試験では、オレはこれくらい知っているのだという態度でペラペラしゃべり、試験委員の心証を害したら損をする。やはり受験生は謙虚であってほしい」

なるほど、それぞれもっともなことばかりだし、耳に痛いことも書かれている。心しよう。ぼくは大いに反省し、肝に銘じた。

9月28日（火）

労働法

参宮橋駅に着いて、ゆっくりオリンピックセンターへの坂をのぼっていく。今日も秋晴れだ。幸先《さいさき》がよいぞ。途中の民家の庭先に紅い彼岸花が密集して咲いている。

控室に入ると、先に来ていたベテラン受験生を見かけたので軽く会釈して腰をおろす。これまでより軽いカバンから労働法で基本書としている『自習労働法30問』を取り出した。労働法では他の科目とちがって法律学全集の労働法を基本書とはしていない。石川吉右衛門は、結局、教科書を書かなかった。書くことができなかったんだよと嘲《あざけ》る学生が多い。真偽のほどはもちろん知らない。向こうのほうに分厚いテキストを取り出す人を見かけたが、いったい誰のテキストなんだろうか……。ぼくと同じ『自習労働法』を持参している受験生は少なくない。いったいこの「30問」に書かれていないことを訊かれたときにはどうするのか、そんな心配は、ぼくはしなかった。いよいよ口述式試験も最終盤に差しかかったので、幸いなことに初日のときのようにピリピリした緊張感は控室にはない。かといって、さすがに、だらけたムードでもない。

控室で、いつものように籤《くじ》を引かされる。今日は2番目にあたった。やった―……。早く帰れるぞ。もちろん、早く帰ったからといって彼女とデートする楽しみがあるわけではない。かといって、どこかに遊びに行こうなんて不埒《ふらち》な考えも持ち合わせてはいない。明日への英気を養い、基本書たるべき本にじっくり目を通しておきたいだけだ。時間が許せば、声を出して音読するのもいいかもしれない。そんな気分でぼくはいた。

1番の受験生は30分近くたってから、やっと試験会場の小部屋から姿をあらわした。なんだか、元気がない。下をうつむいたまま、暗い表情で廊下の向こうへ足早に消えていった。どうしたんだろう……。ぼくは、すぐにでも合図があると思ってドアの前に立っていたが、なかなか内側から入室許可の合図が聞こえてこない。かえって、なかでボソボソ話している気配の声が聞こえてくる。会話の中身まではもちろん分からないし、聞こえてくるはずもない。

「チン」。ようやく音がしたので、ぼくは恐る恐る試験室に足を踏み入れた。試験委員が低い声で「お待たせしました」と声をかけてきた。最初の質問は労働組合に加入できる人の範囲についてだ。

うん、これは『30問』にあったぞ。ぼくはセツルメント活動をしているとき、労働争議についてのルポルタージュや労働法入門みたいなものを読んでいたので、労働法については親しみがある。今日は労働者保護の観点から話せばいいと肚《はら》をくくっていた。

「会社の部長は労働組合に加入できますか？」

「いいえ、部長だからダメだとか、名称や肩書きだけで決まるものではありません。やはり、実質的に判断して、労務管理の権限と責任を与えられているかどうかによります」

主席の試験委員はぼくの答えに満足してくれたようだ。社長の息子はどうですか、会社から解雇された人は組合員になれますか、続けて質問されたが、ぼくはいずれも問題ないと自信をもって答えた。試験委員も、この科目で落とすなんてことは考えていませんよ、そんな雰囲気で、手控えのノートを見ながら質問を繰り出す。

不当労働行為についての質問に移った。これは労働者の団結権を擁護することを目的とするものだ。労働法の基本中の基本なので、ぼくは安心してゆっくり言葉を選んで答えた。主席の試験委員は、いちいちうなずいていてくれるので、ぼくは本当に気が楽だ。間違った答えをしたときの反応とは思えない。そろそろ難問が出てくるかも、そう思っていると主席が横の陪席の試験委員と顔を見合わせた。

「はい、結構でした」。

えっ、もう終わっちゃうの……。ぼくは拍子抜けした。まあ、ともかく何とか話せたことだし、「結構でした」と言われたので、悪くはなかったのだろう。そう自分なりに都合良く解釈し、立ち上がると深々と頭を下げて、お辞儀をした。ドアを閉める前に、試験委員のほうを振り返ると主席の試験委員と目が合った。その目は満足そうに笑っていた。

廊下に出ると、控室に立ち寄る必要もないので、オリンピックセンターの坂道を一人くだっていく。キンモクセイの香りが今日は一段と芳《かんば》しく感じられた。ああ、終わった、終わった。いよいよ明日で口述式試験も終わりだ。長く、苦しかった今年の（！）司法試験も、ついに大団円を迎える。これが最初で最後となるのだろうか……。ともあれ、明日もがんばろう。

9月29日（水）

社会政策

今朝、起きたときは少し寒さを感じるほどだった。秋冷えというのかな。今日もいい天気になりそうだ。さあ、今日で終わりだ。参宮橋駅から、ゆっくり歩いていく。足取りは軽快と言ったら言い過ぎだが、決して重い足をひきずって歩くというのではない。

控室のなかの空気は昨日までよりずっと明るい気がする。いや、隅のほうに固まっている受験生は何やら深刻そうな雰囲気だ。口述式試験で失敗したと思っている人なのだろう。面接の順番を決めるため、いつものように封筒に入った札を係員が持ってきた。札を引くと、昨日は2番目だったけれど、今日は同じ2番目でも、最後から2番目にあたった。あれあれ、そう簡単には試験から解放されることはないということか……。まあ、これも仕方のないこと。一人20分かかるとすると、ぼくの前に10人いるから200分。つまり3時間以上はこれからたっぷり待たされるというわけだ。

社会政策について読んだ本というと、大河内一男の本、そして受験用のアンチョコ本と呼ばれる「解答シリーズ」だけだ。今日は、「受験新報」が編集した問答形式のそのアンチョコ本を1冊だけもってきた。読み終えるのに、どんなに丁寧に読んでも1時間とかからないだろう。なんとなく手放せずにカバンのなかに岩波「基本六法」は持ってきたが、これは気休めに過ぎないし、控室で読む気はしない。さすがに緊張しているので居眠りするほどの勇気はない。そう思っていると、つい居眠りしてしまった。やはり睡魔というのはいつ襲ってくるか分からないものだ。ままよ、あとは度胸と愛嬌で切り抜けるしかないやね。だんだん残りの人が少なくなってきた。すると、係員が控室に入ってきて、別の組が早く終わっているので、ぼくの後ろにいた殿《しんがり》の受験生が別の組にまわされた。だから、この組ではぼくが最後になった。ビリの受験生は落ちない、落とさないというのが慣行だという、もっともらしい噂が流れている。試験委員も疲れているので、最後になると、自信喪失して落とすような点数を受験生につけることはしないというのだ。本当だろうか。まあ、これも気休めになるな。ぼくはそう思った。気疲れして、えいやっと、落としてしまえ、そっちのほうに転《ころ》ばないことを祈るしかない。

合図があって部屋に入ると、試験委員は、たしかに二人ともお疲れのご様子だ。ぼくのほうは待ち疲れはしていたが、これで全部が終わるのだから有終の美を飾ろう、気を引き締めていた。質問は賃金に集中した。これなら、ぼくにも答えられないことはない。

「日本の賃金には、どのような特色がありますか?」

ぼくは、低賃金、格差賃金構造の二つをあげて答えた。すると、次に、女性の賃金がなぜ低いのか、それは同一労働、同一賃金の原則に反しているのではないかと問いかけられる。いずれも基本的な問題なので、もちろんアンチョコ本にも書かれている。アンチョコ本の記述を思い出しながら、ぼくはなるべく自分の言葉で答えることにした。受験生がアンチョコ本に頼っていることは試験委員も当然良く知っているはずなので、それをオウム返しに話してはいけないと考えたのだ。

試験委員は二人とも、ぼくの答えに満足そうにうなずいてくれた。次の質問は年功序列型賃金についてだった。これは、さすがに少し難しい。ぼくも中途半端にしか理解していないので、その説明に苦労して、言い淀んでいると、主席の試験委員が腕時計を見ながら、こう言った。

「そこは難しい問題なので、家に帰ってからよく勉強しておいてください」

ぼくは素直に「ハイ」と言って、頭を軽く下げた。年功序列型賃金の功罪、そして、今後も日本社会はそれを維持すべきなのか、ぼくにはよく分からないところだ。やはり社会政策だからといって舐《な》めてかかってはいけないな、ぼくは少し反省し、両手を膝の上に置いて身を乗り出しながら次の質問を待った。すると、次の言葉は意外なものだった。

「はい、もういいでしょう。ご苦労様でした」

ええっ……。主席の試験委員が終了宣言を出した。陪席の試験委員のほうは黙って微笑《ほほえ》んだ。二人の微《かす》かな笑顔をみて、この科目で落とされることはないとぼくは確信して、ゆっくりと立ち上がり、頭を下げて静かに部屋を退出した。廊下に出て腕時計を見ると、16分間の面接試験だった。これまでで最短だ。終わった、終わった。やっと終わった。ついに終わった。何回も繰り返したい言葉だ。この1年間、本当に大変だった。よくがんばった。オリンピックセンターの坂道をスキップしながらおりていく。そんな気分だった。とうとう終わった。今年は何もかも終わってしまった。もう、やるべきことは何もない。すっきりした。清々《せいせい》した気分だ。胸のうちの重苦しい気分は跡形《あとかた》もなく消えている。

今日は、これからどうしようか……。受験生活のスケジュールは、ばっちり綿密に立てて、それを完全に遂行してきた。そしてそのすべてが終わったときに何をするのか、そこまでの計画は立てていなかった。うん、そうだ。ふと閃《ひらめ》いた。「寅さん」映画を見にいこう。そして大笑いするんだ。それがいい。頭の中のモヤモヤを全部笑いで吹き飛ばしてやろう。参宮橋駅で電車に乗り込むと、そのまま新宿へ向かった。新宿にはたくさんの映画館があり、どこかで必ず「男はつらいよ」を上映している。第5作『純情篇』を上映中だ。よし、良かった。マドンナは若尾文子。暗い映画館のなかで、スクリーンに集中する。くすりと笑うというより、大勢の観客と一緒に声をあげて大笑いする。ばっかだなーと言いつつ、ホロリとさせられる。葛飾柴又のだんご屋を舞台として人情の機微《きび》が巧みに描かれていて、寅さんを取り巻く人間模様が実に心地良い。こんな温かい人間関係のなかに早く戻りたいものだ。殺伐《さつばつ》とした受験生活は砂を噛《か》むような味気なさだった。そこにずっといると、いかにも心が荒《すさ》んでしまう。場内が明るくなり、満ち足りた思いで映画館を出る。他に行くところも思いつかないので、寮に戻る。いや、その前に食事をとろう。腕時計を見ると、寮の夕食時間には間に合わない。食べ損なってしまった。寮の近くにある定食屋に入って、160円のメンチカツ定食を食べる。アルコールは必要ない。

テーブルに前の客が残した夕刊が置いてある。新潟水俣病裁判で患者側が勝ったニュースが一面を大きく飾っている。昭和電工を発生源と認め、賠償責任があるとする判決が出たのだ。そうだ、大企業の横暴で泣かされている被害者の役に立つような弁護士になりたい。間違っても大企業の側に立つ弁護士になんか御免蒙《こうむ》る。あくまで弱者の味方として、自由業として、のびのび生きていきたい。そのためにこそ、こんなに苦労してきたんだから……。なんだか、元気が出てきたな。ぼくの前途を祝う記事だ。いや、ぼくを早くこっちへ来て、役に立ちなさいと呼びかけている記事なのかもしれない。ぼくは、自分に都合のいいほうに解釈した。

部屋に戻ると、今日も相棒はいなかった。実験で今夜も遅くなるのだろう。工学部生は大変だよね。同室の彼は受験生のぼくにすごく気を遣ってくれた。ありがたい配慮だった。もう、これからは普通の寮生に戻る。さっさと布団を敷いて潜《もぐ》り込む。明日のことを心配せず、いまは、ともかく眠りたい。

司法試験の総括

9月30日（木）

朝、いつものように午前6時に目が覚めた。目覚まし時計をセットしていないのに自然に身体がきる。そうだ、昨日で今年の司法試験は終わったのだ。今日は何の予定もない。自分に言い聞かせ、洗面所で顔を洗って、もう一度、布団に潜りこんだ。相棒の工学部生がすやすや寝ているので、起こさないようにだけは気をつけた。

次に目が覚めたのは昼過ぎだった。昼食を摂りに本郷の構内に入っていく。天高く秋晴れの下、秋冷えがする。すっかり秋になっているのを実感する。

「メトロ」でいつものカツカレーを食べたあと、つい頭に手を当てたとき、急に散髪しようという気になった。正門を出て、近くにある理容店に入る。高校生まで坊主頭だったから、頭髪は短いほうが性にあっている。長髪なんてとんでもない。わずらわしい限りだ。頭髪をすっかり短くしてもらうと、頭の内外ともに風通しが良くなった。さて、次は何をしようかと思っても何も思い浮かばない。自然に本郷構内に戻り、法学部の緑会委員会室に足が向かった。司法試験受験を目指していない学生が何人かいたけれど、みんな忙しそうにしているので、長居もできない。

公衆電話を見つけて、セツラー仲間だった鳥羽さんの下宿に電話をかけてみた。鳥羽さんは彼女ではない。幸いゼミのレポート作成中とかで、下宿にいた。手紙も電話もくれた気のおけない話し相手なので、上野で待ち合わせすることにした。上野駅近くの喫茶店で、しばらく何ということもない雑談をして過ごす。鳥羽さんは卒論が終わって、大学院に進んでいた。その近況報告やら、元セツラーの誰が何をしているとか、他愛もない話だ。鳥羽さんは屈託もなく、2時間ほどつきあってくれた。

普通の人と普通の話をする、世間話でいい。昨日までは、それができなかった。一刻も早く、普通の人心地を、人間らしい生活を取り戻したい。鳥羽さんに礼を言って寮に戻る。夕方、寮で食事をとったあと部屋に戻ると、猛烈な眠気が襲ってきた。とてもたまらず、布団を敷いて潜《もぐ》り込む。

夜10時に目が覚めた。身体のほうは、まだ緊張感が残っているようだ。明日が早いのか、工学部生の相棒は寝ている。彼の邪魔にならないように起き上がって、机に向かう。さあ、総括文を書きはじめよう。大学ノートを開いてペンをとり、はたと考えた。何から書くか。短答式、論文式そして口述式と三つの試験を受けたわけだから、来年のことを考えたら、それぞれ具体的に総括することが必要だろう、うん。でも、今夜は全体に共通するところから始めることにしよう。では、それは何……。ぼくは受験生活中に書いていたものをパラパラと読み返した。

ぼくが、もっとも苦心したことは、これまでのノートには書かなかったけれど、自分の身体の動きをすべて自分の意思のもとに置く、つまり支配するということ。身体を手で握る。脳の指令によって、全身くまなく例外なしに動かすということ。自分の意思で握ることのできる範囲は、もともと狭く限られているはずだから、統制できるためには身体の動きを狭くするしかない。つまり生活と内面を単純化するのだ。気が多くてはいけない。あれもやりたい、これもしたいというのではなく、これしか自分にはないという状況をつくり出し、それによって自らの身体と精神を自らの手に握る。それに挑み、それを最後まで貫徹した。

自らの心身を自ら操縦できるようになると、それは並大抵の努力では果たせないものだけれど、その代償も高い。それができたら、あとはそれが客観的な条件と主観的条件を満たすようにするだけ。なかでも自らを統制し精神の安定が何より必要だし、大切なこと。こうやって無意識のうちになされる身と心の動静を把握していたことを、すべて言葉にあらわし、意識化すべく、ぼくは司法試験の受験勉強の総括文を書きつづってきた。

自分の身体の動静のすべてを自分の心で思うままに支配し、動かすことができるようになると、その反動からなのか、不思議なことにぼくは運命論者みたいになってしまった。つまり、すべてはどこかで決まったこと、決まっていること、それを淡々とぼくは実行しているだけ、そんな気分にとらわれた。もちろん、現実にはそんなことは決してないし、やれることでもない。まったくの幻想だ。

次に問題になるのは、果たしてそこまでして挑戦すべき課題なのかということ。司法試験に合格するということが、そこまで賭ける価値があるものだろうか、ということ。ゲーテは『ファウスト』のなかで、目ざすものを手に入れるため、悪魔に魂を売り渡してしまった人物を描いた。それと同じことではないのか……。今まだ、その答えは出ていない。しかし、いずれ答えが分かるときが来るのだろう。いや、そのときが、ぜひ来てほしいものだ。いったい何のために、こんな苦しみをぼくは味わったのか……。早く答えがほしい。

最終合格

10月1日（金）

果報は寝て待てだ。寮の朝食は抜いて、午前中は布団をかぶって寝ていた。お昼は本郷構内に入って、いつもの「メトロ」で140円の定食を食べる。今日はミックスフライで小さな有頭エビも入っている。満腹になると、何もする気が起こらないので寮に戻り、敷きっぱなしの布団にもぐる。発表は夕方だ。まだ時間はたっぷりある。

午後遅く起き出すと、外は小雨が降っている。寮の置き傘を借りて地下鉄の本郷三丁目駅まで歩いていく。地下鉄に乗り、霞ヶ関駅でおり、傘のしずくを歩きながら振り払う。目ざすは法務省だ。地下鉄駅のなかは迷路そのもの。階段をのぼったりおりたり、法務省を目ざして歩くうちに胸が重苦しくなる。吐き気ではない。鉛を呑み込んだ気分というやつだ。腕時計を見る。午後6時35分。もう発表はあったはず。ぼくは万一のときに備えて一人で来た。誰とも顔を合わせたくはない。地上に出ると、人の流れがある。そのゆっくりした流れにしたがって法務省の中庭に入っていく。建物にそって、細長い、いかにも臨時に作って組み立ててみましたという木製の掲示板があり、裸電球の下に白い模造紙が浮かびあがっている。いや、浮かびあがるのは合格した人の番号と氏名だけ。不合格者の氏名のほうは闇の中に沈んでいる。白い紙の前に人が群がり、声をたてることもなく、書かれている数字と氏名を探し求めている。ときに声なき声があがる。法務省の中庭に集まっている人は、それほど多くはない。折からの小雨に、これ幸いとばかり無地の黒い傘で顔を隠すようにして、ぼくは掲示板に小走りで近づいた。誰にも邪魔されたくない。きみの名前があったよ、なかったよ、そんな言葉は聞きたくない。自分のこの目でしっかりと見届けるのだ。そのために今日、ぼくはここに来た。

自分の番号は、もちろん覚えている。探しはじめるとすぐに、ぼくのナンバーの下の番号が目に入った。その名前もある。さあ、ぼくの名前はあるのか、あってほしい……。祈る気持ちで視線を上にずらす。すると、見慣れた漢字がぼくの視神経を刺激して光った。あっ……、あった。ぼくは心の中で叫んだ。ぼくの名前は黄色い裸電灯に照らされ、あたかも当然だと言わんばかりに、そこにあった。昔から鎮座《ちんざ》ましますの神のごとくに……。ぼくは負けじと、当然だよね、そこにあるのは、心の中で再び叫んだ。予期していたように、そこには合格した喜びが沸々《ふつふつ》と沸《わ》きあがるということはなかった。喜びに包まれるというより、むしろ悲しみに似た、なにか救われない気持ちがぼくの全身を支配した。ぼくは絶望の一歩手前で踏みとどまっていた。この合格というやつ、そう、やつなんだ。これを手に入れるために、どれだけ苦労したことか。そのために支払った代償のなんと高かったことか。なんと大きいものか。ぼくは、またもや心の中でつぶやいた。何か大切なものを失って、合格というのを代わりに得た。果たして、それはそれほど価値のあるものだったのか、ぼくの人生にとって根本的な疑問が一挙に噴き出してきた。いやいや、それを決めるのはこれからなんだ。そうじゃないか、早まるなよ。そう思い直して、ぼくは自分の気持ちを静めた。

いや、待てよ、本当に自分の名前があったのか、あるのか、もう一度、確認しよう。まさか、目の錯覚なんかじゃないだろうな。雨は止んだようで、もう降っていない。黒い傘をきちんと畳み、二回だけ軽く振って雨のしずくを落とし、掲示板の前へ、もう一度進み出た。周囲の人間が先ほどより少し増えた気がするけれど、今度は、その視線は気にならない。掲示板のすぐ前に立って、目を大きく開いてよく見てみる。たしかにぼくの名前と受験番号がある。先ほどまでとは違って、今度は誰か見知った人にぼくの名前があることを確認してほしかった。だけど、残念なことに周囲にそんな人は見あたらない。なんでも自分の都合どおりに話が運ぶわけじゃないよね。よし、確認した。帰るとしよう。ぼくは中庭を出る前に掲示板を振り返った。掲示板の白い紙が闇の中に白く浮きあがっている。あのなかにぼくの名前が確かにあった。

地下鉄の駅に向かう途中で公衆電話のボックスを見つける。幸い、誰も使っていない。合格したことを誰に知らせるか。彼女か、いや、やっぱり親だ。最大のスポンサーに真っ先に知らせるべき子として当然だろう。受話器をあげて10円硬貨を何枚も投入した。「どうだったの」と訊かれる前に「受かったよ」と、ぼくは短く伝えた。親は、「良かったね。良かった、良かった」と、声がはずんでいた。その声を聞いて、ぼくは初めて合格した喜びを感じた。これで受験生仲間と待ち合わせしていた場所に行くことができる。合格したら、一緒に食事をすることになっていた。万が一のときには、もちろん顔を出すつもりはなかった。

受験生仲間のうち、無事に合格した大池君と安田君の三人で本郷三丁目の近くの寿司屋に入る。合格したとたんに饒舌になる人もいるけれど、今夜は三人とも、疲れたよね、こんな苦しみを来年も繰り返さないですんでほっとしたね、そんな気分だった。本当だ。肩の荷がおりて、すっきりした気分だった。ぼくと同じ下宿にいた牛山君は駄目だったらしい。大池君が小声でつぶやいた。一人前45

0円の寿司なんて日頃は食べたこともない最高の贅沢《ぜいたく》だけど、今夜は特別だ。でも、なんだか食べ足りないね。寿司屋を出て、もう一軒、赤提灯《あかちょうちん》に行くことにした。そこで飲んで食べて、割り勘で600円を払った。みんな酔っ払ってしまうこともなく、お開きとした。ぼくは寮に帰る途中、まだお腹に入りそうだったので、ラーメン屋に入り、100円ラーメンを食べた。ようやく身も心も満ち足りた。寮の入り口の手前に白く光るものを見つけた。50円硬貨だ。おっ、これはいいや、助かるな。9月の支出は、外に出ないで寮に籠って勉強三昧《ざんまい》だったから、寮費と食事だけなので、その支出合計は2万5000円だった。やっぱり寮はいいよね。

寮の部屋に戻ると、相棒の工学部生は早々と寝ている。ぼくは、なるべく音を立てないように布団を敷いたあと、机に向かった。机の上には法律の本が山積みだけど、その片付けは明日からでいい。今夜は、合格した当日の心境を書き残しておくだけにしよう。受験勉強を記録してきた愛用の大学ノートを取り出した。

「とうとう司法試験から解放された」。書き出しの言葉は、これ以外に考えられない。ほっとしたというのが何よりの実感だ。我ながら異常と思えるほど全身を受験勉強に没入させたため、感覚的にもおかしくなっている。人間としての、この空白期をあとづけ、なんとかしてそれを埋め尽くす必要がある。この空白の期間に、ぼくという人間がたしかに生きていたことを示す、証明するためにも、記録を残すのだ。いやいや、残すんじゃなくて必死で記録をつくろう。まずは受験技術を振り返って記録し、総括しよう。どんな本を、どんなペースで読んでいったか、そして、それはいかに評価できるのか。そして、そのあと受験生活、とりわけ精神面、内面的にどんな生活を過ごしてきたのか、記憶の鮮明なうちに書きつづっておこう。

ここまで書いて、よし、今日はここまで、もう寝よう。大学ノートを片付けて、ぼくは布団にもぐり込む。今夜は平和な心で安眠できそうだな……。

10月2日（土）

夕方、ようやく彼女に電話することに踏み切った。本当はきのうは親よりも誰よりも真っ先に電話をかけて知らせたかった。でも、彼女から振られてしまったんだろ、おまえは……、という内心の声を乗り越えることができなかった。それでも、彼女がぼくの精神的な心の支えになってくれた存在なのは変わらない。意を決して公衆電話の前に立った。通行人から聞かれたくはないので、あまり人通りのないところに立っている公衆電話ボックスを見つけた。電話すると、すぐに彼女が出てきた。

「受かりました」と、ぼくは努めて事務的な感じを与えるよう低い声で彼女に告げた。なんとか冷静に、もう未練たっぷりではないんですよ……、という気持ちを込めたつもりだった。

「うわあ、良かった、良かった。合格したんですね。おめでとう、おめでとうございます」

彼女のはずんだ声を聞いて、ぼくは我を忘れ、何かがぼくの中ではじけた。先ほどの低い調子のトーンが一気に上がった。

「そうなんです。合格できたんです。おかげさまで……。お世話になりました。ありがとう」

「いえ、いえ、自分の力で受かったんですよね。うれしいわ、本当に良かった」

ぼくは、本当はもっといろんなことを話したかった。でも、次に何といってよいか分からず、「とりあえず、ご報告します。ありがとうございました」とだけ言うと電話を切ってしまった。本当は今すぐにでも、明日にでも手を握って彼女の顔を見ながら、合格したこと、今後のぼくの抱負を話したかったし聞いてほしかった。さらには彼女の近況だって知りたい。でも、振られた身でそんなことを持ちかけたら、あまりにも厚かましいやつ、図々しい奴だと思われてしまうだろう。その点では、ぼくは相変わらず弱気だった。司法試験会場での強気のぼくとはまるで逆のぼくが確かにここに存在する。電話を切ったあと、それでも、ぼくは彼女が合格を喜んでくれたことを実感し、本当に司法試験に合格したという思いがぼくの全身を包み、幸せな気分に浸った。

ここで、あとで判明したことをふくめて司法試験の合格状況を明らかにしておこう。ぼくが合格したのは1971年（昭和46年）。5月の短答式試験にはじまった司法試験は10月1日に最終合格発表があった。合格者は東大が129人で、例年トップだった中央大学の116人を抜いて一位となった。続いて早稲田の47人、慶応の26人、明治の20人となっている。合格者のうち、ぼくのような在学生の人数をみると、東大は92人いるけれど、あとの大学はみな一桁でしかない。一橋大が6人、中央と早稲田が3人、慶応と明治は1人だ。東大は在学生92人に対して、卒業生のほうは37人と、在学生のほうが3倍近くも多い。これは、私立大学と違って国立大学は年間授業料が断然安いため、ぼくのように気楽に留年してしまうことを反映した数字でもある。私立大学だと、高い授業料を払うメリットもないため、とりあえず4年で卒業してしまう。ただし、東大で在学生の合格者がこれほど多かったのは、ぼくらの昭和46年のみで、この年だけが突出している。翌47年には在学生は40人と半減し、卒業生の68人を下回っている。これは、在学生の受験生が昭和46年には739人で、翌47年には243人と3分の1に減っていることの反映でもある。東大闘争を経験したぼくらは、当然のように大量に留年したし、勉強の遅れを取り戻そうと必死で勉強した。そして、そのとき官公庁や企業より、より自由そうな司法界を目ざす東大生が一気に増えたことによる。

昭和46年の受験生は、全体で2万2250人。これに対して合格者は523人なので、その合格率は2・3%。受験生の総数は次第に増え、昭和51年には、ついに2万9000人をこえ、翌52年、さらに53年まで2万9000人だった。その後は少し減っていった。

論文式試験の合格者は623人であり、最終合格者は533人なので90人が口述式試験で落とされたことになる。しかし、実は、口述式試験に限っては前年の論文式試験に合格した人で口述式試験に落ちた人も受験できることになっていて、そのような受験生が33人いたので、今年の口述式試験で落とされた人が123人もいたことになる。ということは、実に2割もの人が口述式試験で不合格となったわけだ。ちなみに、論文式試験に合格した女性35人のうち、最終合格した女性は28人なので、女性も7人が口述式試験で落とされている。

ぼくは、寮の部屋に戻ると、机に向かい大学ノートに総括文を書きはじめた。昨年夏から司法試験の受験勉強を始めて1年で合格できたこと、その成績も、これはあとで司法試験管理委員会から知らされて分かったことだけど、辛うじて2桁という93位、決して悪くないものだった。その理由は何だったのか。第一に、今年出題された問題が基本的なことを問うものばかりだったことがあげられる。昨年と同じハイレベルの問題だったら絶対にダメだったと思う。在学生の合格者が92人と多かったのは、司法試験管理委員会の方針として在学生優先だったとしか思えない。知識の量と深さが問われるものでなければ、残るは論理展開、つまり文章力が問われることになる。ぼくは、その点はいささか自信がある。分かったこと、理解できたことを、それなりに分かりやすい文章で言い表すことは、ぼくの得意とするところだ。第二に、司法試験に合格するコツを、ぼくが身につけ実践したということ。それは、一言でまとめると集中力。これに尽きる。そのほかには勘の良さ、設問に対してそつなく対応できること、これは、体調管理して、その前日に十分な睡眠を確保して、全能力、勉強の蓄積のすべてを出しきったことがあげられる。このようにして今年の司法試験で、客観的条件、主観的条件のすべてをぼくは満たしていたと言えるのであり、これでもし不合格だというのであれば、それはもはやぼくが法曹としての適格性に欠けることを意味するのだろう。そうならなくて、ぼくは幸せだった。もっとも本当に幸せなのかは、弁護士になって何十年かして決まることだろう。

司法試験合格の秘訣

10月5日（火）

これからの当面の予定を大学ノートに書き出すことにした。まずはお礼状を出そう。受験勉強した期間にぼくに手紙をくれた元セツラー仲間や、お世話になった人へお礼の手紙を書く。身近な、すぐに会える人には、会ってお礼を直接言うことにして、手紙はよしておく。昨夏にお世話になった民宿のおじさんにも忘れずお礼状を出そう。

次に、司法研修所への願書に顔写真を貼って、履歴書と一緒に送るのも忘れないようにする。そして、この1年間を、きちんと総括する。今までいろいろ書きなぐってきたものを、きちんとまとめる。まずは受験の技術編を早く完成させる。そして、受験の青春編にも取りかかる。

それから、体調を元に戻して完全にする。実のところ、これが当面の最重点課題だ。そのうえで、久しく読んでいなかった社会科学の本の読書を再会しよう。そのとき、『講座日本史』の通読も課題に入れておく。やはり日本史をきちんと学んでおくことは、これから弁護士として生きていくうえでの社会認識に欠かせない。また、ぼくがお世話になったセツルメントの関係では、オールドセツラーの集まりを呼びかけよう。そのため、文集『アゴラ』に、ぼくも原稿を書いて載せてもらうことにする。

10月11日（月）

しばらく九州の実家に帰って、心身を養生することにした。来年4月の司法研修所への入所まで、時間はたっぷりある。それまでに海外旅行へ出かける人もいるようだけど、ぼくにはそんなお金はないし、度胸もない。久しぶりに寝台特急「みずほ」に乗った。窓の外に景色が流れていくのを横目で見ながら、大学ノートに書きつづっていった。疲れたら寝台にごろんと横になる。幸い、列車はガラ空きなので迷惑かける人もいない。ぼくの手が勝手に動いて、心の底にあるものを吐き出す。

当然あるべきはずのものがあったとして、それほどうれしいという気持ちになる、なれるはずがない。マイナスのものが消去されたにすぎない。プラスのものは、これからぼく自身の手で生み出していくしかない。うれしさは、合格したことを公衆電話を見つけて親に知らせたときにのみであった。いや、もう一つ、彼女に知らせたときにも……。しかし、そこにしか、そのときだけ、しかもほのかにのみ感じただけだった。ぼくにとって司法試験は300メートル競走だった。マラソンではなく、100メートル競走でもない。延々と果てしなく疾走するマラソンではないし、一瞬がんばれば終わるというものでもなかった。幾多《いくた》の声援を受け、大歓声のなかを全力疾走する孤独なランナーだ。心臓は今にも張り裂けんばかり。破局か、ゴールインか。幸いゴールインできた。しかし、飛び込むべき温かい懐《ふところ》は、そこにはなかった。この競争の苦しさは、全力疾走がいつまで続くのか皆目《かいもく》わからない、見当《けんとう》がつかないところにある。その苦しさ、厳しさのせいで途中でばったり倒れてしまうかもしれない、お腹が痛くなって落伍《らくご》するかもしれないのだ……。勝因は集中力だ。一日一冊、分厚い法律書を読み飛ばすのではなく、じっくり読み切る力が求められる。そして、この全力疾走が、ぼくの場合には短期間ですんだおかげで、蒙《こうむ》った被害は破局に至らなかったのは良かった。ただそれだけが救いだ。それを思うと、今でも背筋が冷《ひ》やっとし、ゾクゾクしてくる。

郷里の駅に着いた。少し遠いけれど、駅からゆっくり歩いて実家に戻った。満面の笑みを浮かべた両親がぼくを出迎えてくれた。結婚している姉たちも集めて、自宅でささやかな祝宴となった。幼い甥や姪たちも参加したので、とてもにぎわう。幼子《おさなご》たちの仕草は邪気がなく、心が和《なご》む。

祝宴のあと、ぼくの部屋に入ると、机の中に東大受験の時の記録を見つけた。ぼくは田舎の県立高校で東大合格を目指して必死に勉強した。そのときも、今回と同じように勉強の仕方をずっと記録していた。ぼくは初めは立ったままパラパラとめくっていたが、椅子に腰をおろして読むことにした。4年半も前の記録だけど、自分の書いたものを読むと面白いと思った。不思議なほど、今回の司法試験の受験生活と似ている。もちろん、高校生のときのほうが幼稚であり、なにより字が稚拙で、言葉遣いも洗練されていない。それでも、読めば読むほど多くの共通項がある。その最大のものは、どちらも要するに受験だということ。限られた短い時間の中で、本番において、それまでの勉強のすべてを発揮しうるよう、死力を尽くして生活していたということ。

司法試験の受験勉強をはじめたときには、東大入試で合格するための勉強とは似ても似つかない、まったく違うものだと考えていた。ところが、法律の解説書と格闘し、また司法試験の合格体験記を読んでいくうちに、これは要するに受験勉強であり、決して学問しているわけではないことを身をもって知るに至った。この考えにたどり着いたぼくは、「受験新報」に掲載されている合格体験記や先輩のアドバイスを次々に読んで受験に合格するコツ（秘訣）を授かった。そして、自分にあっていると思ったものは、即実行していった。

合格するコツは、もちろんいくつもある。決して一つではない。そして、その最大のものは集中力だ。そのあらわれとして言えるのは、５００頁もある団藤『刑法綱要』を一日のうちに隅から隅まで読み尽くす、そこまで至ったら良いということだ。次に、東大入試に至る受験生活を思い起こし、最終的には受験当日にどういう状態に到達すればよいのかを考えて、自分にあった計画をこまかく綿密に立てることだった。計画を考え、それを文章にするだけでも半日はかかる作業になる。そして、立てた計画にそって、毎日きちんと自分の行動を律していくことを最大限に追求した。無理なものはやれない。一日やってみて、実際にどれくらい遂行できるものなのかが判明したら、すぐに無理な部分の計画を手直しした。東大受験の教訓は、前日にぐっすり、よく眠れた試験では、必ずいい成績をおさめることができるということ。そこで、勉強の計画を立てるのと同時に、同じほど綿密に体調を整えることにも気をつかった。

これらのすべてが初めから意識的に実行されたというわけではない。なんとなく、こうしたほうが良さそうだというので、しばらくやってみて、うん、これで行こう、そうしようと考え、計画のなかに取り込んだものもあった。

10月18日（月）

ぼくの自分への慰めの言葉は、たとえ司法試験に合格しなくても、法律の勉強をこれだけ熱心にしたのだから、それがぼくの人生にとって無駄になることはないだろうということだった。そして、もっと積極的な心の支えとしては、なんとかしてセツルメント活動をしていた地域に戻り、今度は弁護士として役に立つ活動が展開できないかということ、それをもとのセツラー仲間と一緒にやれたら、どんなにいいことだろうか、ということだ。これは、正直に本音を言うと、セツルメント活動を一緒にしていた人たちから忘れ去られたくないこと、世の中から一人取り残されたくないという思いだった。

受験勉強のやり方にも、2月、3月と進むにつれ熟達してきたし、法律というものの考え方が少しずつ身につき、その面白さも分かってきたことは、ぼくを励ました。毎日の生活をごくごく単純化し、頭の中は法律論で一杯に埋め尽くし、毎日の進歩と努力のあとが目で見てすぐに分かるようグラフ化した。夜寝る前の腕立て伏せの回数も表に書き込んだ。基本書にも読んだ回数と月日を書いて、何かを達成したことに小さくても喜びを見出せるように工夫した。机の前に表を貼りだした。

短答式試験の直前には、3月に短答式問題の答案練習を始めたときとはうって変わって、ぼくは受験勉強の仕方と成果に自信をもっていた。それどころか、内心では自信満々だった。いざ勝負というかけ声を出せるほど、やり甲斐を感じていた。そして、短答式試験に受かったあとは、次の論文式試験にも落ちないぞという執念を燃やしていた。ところが、自分が立てた計画どおりに毎日の生活を順調に過ごしていると、客観的には、それ自体が感嘆すべき事実ではあるのだけれども、果たしてこれがぼくという人間の生活なのか、ただロボットというか、ぼくによく似た人造人間がスケジュールをこなしているだけではないのか、あとになって今の生活を振り返ると、恐らく何も残っていないのではないかという疑念が湧いてきた。論文式試験の直前になっても、そんな自分の状況から必死に抜け出そうという気持ちが強かった。

そこで、ぼくは自問自答した。ここを脱出したとしても、ほかのどこへ行こうというのか、まるで当てはない。いったい、どこへ行けば、ぼくは救われるというのか。その答えは得られなかったし、得られるはずもなかった。ぼくには、もはや飛び込むべき恋人のふところも、帰るべき故郷もないのだ。だったら、どこかの山に逃げ込むしかない。だけど、どこへ、そして、そこに行って何をするのか……。ぼくには、山へ行く勇気もない。山のあなたの空遠くは、単なる詩の世界なのだ。考えは堂々めぐりして、停まった。とにかく、目の前にある司法試験にぶつかるより仕方がないのだ。この結論にたどり着いたぼくは、自分にこう言い聞かせた。

「あまり逃げ出すことばかり考えずに、とにかくぶつかれ、ダン！」

これは、ぼくが論文式試験の直前、6月28日の日記に寝る前に書きつけた言葉だ。ダンとは何だったっけ……。マンガの主人公だったかな、それとも徒競走のスタートを告げるピストルの音かも……。ともかく、ぼくは肚《はら》を決め、あきらめることなく、論文式試験に正面からぶつかることにしたのだ。

10月20日（水）

合格発表があってからというもの、虚脱状態が続いている。日常の動作はノロノロしていて、全身に力が入らない。なんとなく意欲が湧かない。虚脱感がお腹の調子も狂わせた。お腹の具合いが悪くなって、変なものを食べてるわけではないのに、一日に何回もトイレに行くという下痢状態になって、外にも思うように出かけられない。極度の緊張状態が長く続いて全身の神経がまいっていたのだろう。頭の中は何も考えられず、空っぽ。とにかく身体をゆっくり休めたい。ぐっすり眠りたい。気が変になってしまう一歩手前にいるというのをずっと感じていた。一つのことに全力集中する。それは一般的には良いことだ。ただ、それがいつまで続くのか分からないとき、それは人間としての破局、つまり気が変になってしまうことにつながりかねない。

受験勉強には何より心の平静が求められる。心の中がささくれだっていては勉強しても身につくはずがない。視線が活字の表面を流れていき、決して自分のものにすることはできない。心の平静さを長期に保つためには生活を極端に単純化し、すべての憂《う》さ、辛《つら》さ、苦しさの全部を忘れてしまうようにしなければいけない。そこで達成した、得られた心の平静は、弥次郎兵衛《やじろうべえ》が両端に重い鉄球をぶら下げて針の上に乗っかかっているようなものだ。いつ、その針が弥次郎兵衛の身体に喰い込んでしまうか分からない。ぼくは、一刻も早く両端の重い鉄球をはずして、針を大地の上におろしてやる必要があった。そして弥次郎兵衛を大地の上でしっかり両足で歩かせなければいけなかった。破局の一歩手前で、ぼくはかろうじて救われた。わずか1年の受験生活でこんな状態になってしまったということは、3年あまりのセツルメント活動で得たと思っていたものがまだ本物ではなかったということなのだろう……。

ぼくは郷里では昼も夜もぐっすり眠った。母親から、「よくも、そんなに寝てられるわね」と不思議がられるほど、いくら寝ても寝足りなかった。ようやく眠りに飽きてしまったぼくは、父の実家に向かった。そこは、ぼくが小学生のころ夏になると一週間も滞在して世話になったところだ。父の弟である叔父の手ほどきで釣りを覚えた。クリークの静かな水面に向かって釣り竿を垂らす。じっと水面を眺める。浮きがピクピク小さく動いて、やがて水中に吸い込まれていく。その瞬間、釣り竿を一気に引き上げると、ぐぐっと手にくる感触がある。釣れた、この手応えがたまらない。ヘラブナ釣りをはじめると夕方まで止められない。エサにはシマミミズをつかう。フナを釣っても食べるわけではない。ビクに入れておいて釣果を確認したら帰りには逃がしてやる。動かない川面をじっと見つめながら、いろんなことを考える。どうして、これほど司法試験に全身全霊をかけて打ち込むことになったのか、そして、それができたのか……。いったい、いつ、この苦しい受験勉強をはじめる気になったのか。

大学に入ったときには考えてもいないことだった。そもそも東大に入ったときのぼくは、漠然と高級官僚を志向していた。セツルメントに入ったときの自己紹介のとき、はじめは正直にそう言った。ところが、セツラーとして青年労働者とまじりあっているうちに、それは軽々しく口にはできないことだと悟った。目の前にいる若者たちは、集団就職で青森や岩手から出てきた中卒の工場労働者だ。彼らから将来、何になるんだと訊かれて、ぼくは、はたと困った。高級官僚になってぼくは何をしようというのか、何の考えもなかった。いや、そのあと政治家になって世の中を少しでも良くしたいと考えたこともあった。小売酒屋の息子として育ったので庶民感覚を身につけた政治家になれると自負していた。それは自己の栄達をはかりつつ、その余力で庶民のことを少しばかり考えてあげようという発想だ。つまり、自分のぬくぬくとした生活がまずあって、他人《ひと》は二の次だった。要するに、自分の立身出世だけを考えていた。そうなったら、威張れるだろうし、経済的にも楽だろうという程度だった。では、大企業に入ったらどうか。それは、目の前にいる彼らの上司として管理する立場になる。管理される側の心境を知るためにセツルメントに入ったのか、それも違うだろう……。では、他に何があるのか。2年あまりの駒場での教養学部生活では、将来の進路は考えることができなかった。東大闘争がはじまり、毎日が忙しかったので、その点について何も考えなくてもどんどん月日はたっていった。本郷へ進む前、周囲には司法試験を目指すというセツラーが何人もいた。でも、ぼくは受験生活はこりごりだった。田舎の県立高校にいて猛勉強して、やっとの思いで東大入試に合格したぼくは、苦しい受験生活から訣別《けつべつ》できたことが何よりうれしかった。こんな苦しい生活は二度と戻りたくないと決意していた。

ところが、トコロテン式に本郷に押し出されて、法学部の授業がはじまるようになると、否応《いやおう》なしに進路を決めなければいけない。もう、待ったなしだ。その点、就職組は気楽だ。東大法学部生にとって就職先に困ることはない。あちこちから引っぱりだこだ。法学部には銀行や大手メーカーから人気があった。就職組は早々に内定をもらって、あとは卒業できる程度に、つまり落第しないほどに勉強していれば足りる。「オール優」を目ざすのは、学者として大学に残ろうとする学生だけ。ぼくは自慢じゃないけれど、法学部の試験で優をもらったことがない。語学もできないし、大学に残るなんて考えもしなかったし、ありえない。すると、残るは官庁か司法試験だ。そして、官僚がダメだというなら、もはや司法試験しか残っていない。企業や官庁に入って、機構の歯車の一つになる、上司にこき使われ、ヘイコラするというのは、ぼくの性分にあいそうもない。労働者や市民を抑圧する支配者の側に立ちたくはない。なんとかして弱者の役に立つ人生を送りたい。その意味で司法試験といっても、目ざす司法界のうち裁判官や検察官は結局のところ官僚なので、弁護士しかない。ぼくは、こんな消去法から司法試験そして弁護士を目指すことを決めた。周囲に何人もいる元セツラーの法学部生の多くが司法試験を目指すといっていた。ところが真面目で成績の良さそうな彼らは、どうやら裁判官を目指しているようだ。誰か先輩が裁判官はいいぞと、熱心に働きかけをしていると聞いている。幸か不幸か、ぼくはその誘いは受けなかった。

みんな真面目に法律の勉強に没頭しはじめた。いくつもの小さなグループができて、司法試験を目指した。ぼくは、駒場にいた2年あまりのあいだ法律学を専門的に勉強したことは一度もない。法学概論の講義を受けてもさっぱり面白くないし、分からなかった。九〇〇番教室という大教室で、芦部《あしべ》信喜《のぶよし》教授の憲法講義を受けた覚えがあるけれど、有名教授の講義を受けたという印象が残っているだけで、内容はさっぱりだった。

駒場では、ぼくが2年生だった6月から東大闘争が始まって授業がなくなった。授業が再開されたのは翌年3月のこと。それまで、ぼくは学内では集会やデモに参加して忙しかったし、学外ではセツルメント活動に打ち込み、さらに忙しかった。法律の勉強はしたことがなかったけれど、本はたくさん読んだ。総括と称するレポートもたくさん書いた。

本郷に進級するときには、レポート提出が大半だったので、なんとかやっつけた。学部当局としても駒場に大量の留年生をかかえたくなかったのだろう。ベルトコンベアーに乗ったようにして本郷へ進学した。本郷に来てからは、周囲の雰囲気に感化され、25番、31番といった700人も収容する大教室での講義にも真面目に出席して必死にノートを取った。自分のノートをきれいに清書して、東大生協に売り込みに行った。買ってくれると、お金がもらえると聞いていた。学生の聴講ノートがいくつも売られている。東大法学部の教授の講義を再現するノートは価値があると認められているのだ。あ受付の若い男性は、ぼくのノートをぱらぱらとめくると、素っ気なく「結構です」とはねつけた。そとで、ぼくが売り込みにいった科目について売られているノートをみると、格段にすぐれていた。それは、大教室の最前列を占めているような成績優秀な学生たちの労作なので、レベルがちがう。学生自身によるコメントがあり、条文が引用されている。講義を再現しただけのぼくのノートを教材課が買ってくれるはずはなかった。

3年あまりのセツルメント活動のなかで、人間集団のなかにいる心地よさ、全身でぶつかり合う熱い生活を体験してきたぼくが180度の方向転換をして、死んだような冷たい本の世界、法律議論の渦中に放り込まれるというのは辛いことだった。寂しい限りだ。机に向かって、ひとり法律の本を読んでも、さっぱり頭のなかに入ってこない。法律の考え方そのものが身につかない。気のあう学生でつくった勉強会に参加し、目の前でたたかわされる議論を指をくわえてただ聞いていることが初めのうちはほとんどだった。それが何ヶ月も続いた。

法律解釈の反動性、反労働者的としか思えない言辞と論理展開にぼくは反発した。腹が立った。それなのに、ぼくはそれを必死で身につけなくてはいけないのだ。そんな自分という存在が情けなかった。感覚的にも人間らしい生活でなくなり、次第に感性が麻痺していくのが自分でも感じられた。一日のうちに誰かと話すのが食堂でメニューを注文するときだけという日も珍しいことではなかった。言葉を忘れ、失語症になるのではないかと真剣に心配した。人間としてスカスカに干《ひ》からびた状態になっていくのが自分でも分かった。恐ろしい。こんな状態が、これから2年も3年も続いたとしたら、いったいどうなるのだろうか……。ぞっとする思いだった。生活実感が乏しくなった。毎日、出費をこまかく記憶していたのも、自分がたしかに生きていることを確認する作業の一環だった。

なんで自分だけが、こんなことをしているのは自分だけだ、とぼくは考えた。こんな苦しい目にあわなければいけないのか。ぼくは、何度も何度も自らに問いかけた。ぼくの青春が何者かに奪われている気がして、悲しかった。どんなに問いかけても、自分のなかに確信のもてる解答は得られなかった。そんなとき、「それが、あんたの青春なんだよ、そう思ったらいいのさ」という声がぼくに投げつけられた。温かくはあるが、厳しい声だった。何をそんなにうじうじと悩んでいるのかと一喝された。それは東大闘争で鍛えられた先輩の太田氏の一言だった。それは昨年12月のことだ。そうか、そうなのか、このむなしく辛い毎日が、このぼくの青春なのか……。いくら反問しても、これを否定する答えは得られない。そうなんだね、青春にもいろいろあるんだ、楽しいことばかりではないんだ……。ようやく、割りきることができた。なんか吹っ切れたような思いがして、モヤモヤが薄れていき、やっと勉強に集中できるようになった。

10月28日（木）

ぼくは郷里でたっぷり静養して寮に戻った。そして、用もないけれど、緑会委員会の部屋に顔を出した。みんな忙しそうに動いていたけれど、なんだかよそよそしさを感じた。そこに外から戻ってきた太田氏がぼくに気がつくと、厳しい表情をして近づいてきた。ちょっと話があるというので、何かなと思って、ぼくは黙ってついていった。赤門近くの喫茶店に久しぶりに入った。口述式試験の前に行った喫茶店とは別の店だ。この店には、受験勉強に突入してからは足を踏み入れたことがなかった。

室内は閑散としている。太田氏は、はじめのうちは最近の出来事を語っていたが、やがて本題を切り出した。それは、ぼくがわずか1年あまりの勉強で司法試験に受かったことは奇跡的だと思うと評価したあと、こんなに惚《ぼ》けてしまうようではダメじゃないかという厳しい叱責だった。ぼくには太田氏の追及が衝撃的だった。ぼくは、帰省していたから、ベトナム反戦デーの「10・21」の集会デモに、もちろん参加していない。そのことを指摘しながら太田氏は、ぼくに厳しい目を向けてきた。ああ、やっぱり受験勉強していない人には分かってもらえないんだな。ぼくは一瞬のうちに理解した。ぼくにとって、帰省して骨休みし、一区切りをつけたいという要求は抑えつけがたいほど切実なものだった。それなしには、肉体的にも精神的にも立ち上がれないほどのダメージを受けたのだ。田舎でクリークに向かって魚釣りをしているとき、ぼくは初めてというか久しぶりに心の安らぎというものを実感できた。それでようやく人間らしく蘇生することができたのだ。

ぼくという人間は一人しかいないのであって、合格する前の行動と、合格発表のあとの行動とはセットとして存在している。それを別々に切り離して評価するというのは実に心外だった。つまり、現在のぼくという存在をみるとき、受験勉強時代にどういう状況に置かれていたかを抜きには語れないことなのだ。ぼくにとっては、これだけ短期間のうちに集中して勉強して合格したのだから、頭のなかで空っぽ、真っ白になってしまうのは必然だと思える。むしろ、問題は、合格したあとの回復力の点にあるように思う。そして、ぼくは今、確実に回復基調にある。まだ、完全に回復したとまで言うのは早過ぎるけれど……。司法試験が5月の短答式試験にはじまり、9月末の口述式試験に終わるという長く苦しいたたかいとして存在し、その間ほとんど他のことを考える余裕のないこと、その結果として思想的な空白期間が生じるのも当然なことではないのか……。

ところで、思想的に後退しているのではないかと批判する人に逆に訊いてみたい。その意味するものは何なのか……と。人間的な思情の起伏、喜び、悲しみ、怒り、それらのものから遠ざかってしまい、ひたすら司法試験に励んだ、その結果としてのひからびた人間の誕生というのは必然の結果ではないのか。

10月29日（金）

ようやく全身に力がついてきた。虚脱感が抜け、なんとか行動できる感じになってきた。元気を出して、すべてに意欲的に取り組むことにしよう。セツルメントを卒業した今、それに代わる同じような運動に関わろう。地域では公害をなくす運動に関与し、また司法修習生予定者として青法協活動を主体的に担う一人になろう。これまでは、頭のなかでいろいろ考えて空回りして、かえって足がすくんでしまい、積極性に欠けていた。これからは、無責任にならない程度に、いろんなことに首を突っ込み、自分なりにやれることをやっていこう。そのため、司法試験受験生活の総括を一刻も早く完成させ、決着をつけて頭をすっきりさせよう。そして本をどんどん読んで勉強しよう。焦点を日本の労働運動において、初歩的なものから始め、体系的に学んでいくことにする。

夜、寮の部屋で机に向かって、例の大学ノートを取り出した。総括文も、いよいよ大詰めになってきた。ぼくは司法試験の受験勉強をはじめるとき、セツルメント活動をともにしていた集団に支えられて、そこから送り出された者として勉強したいと考えていた。強いモチベーション（動機）の拠りどころをそこに求めた。しかし、元セツラーの集団がまとまってぼく個人の将来を支えることは現実にはありえない。それは、単なる幻想に過ぎない。大学を卒業したら、それぞれの専門性を生かしたうえでの職業選択があり、活動する分野も場所も異なっていくのは当然のことだ。

そこで、ぼくは代替手段のように3年あまりのセツルメント活動の仲間だった元セツラーたちに手紙を書いて送った。ぼくの受験生活を応援してほしくて、どんどん暇《ひま》さえあれば手紙を書いた。いや、暇を作って手紙を書いた。手紙のなかで、ぼくは頭のなかにモヤモヤと漂っているものを吐きだし、書き尽くした。要するにうっぷんをぶちまけたのだ。手紙を出すと、やがて、たいてい返事が来た。毎日毎日、ぼくは下宿に一人いて、勉強しながら手紙が来るのを待ちこがれた。ぼくが下宿していた弥生町の家は静かな住宅街にあり、大通りではなく、裏通りにあった。そして、ぼくの部屋は陽の射さない一階にあるので、郵便局のオートバイが下宿の前に停まるのが分かる。郵便ポストへ投げ込まれる音がすると、ぼく宛の手紙が届いたんじゃないかと胸が高鳴った。下宿には、ぼく以外にも二階に、あと二人、下宿人がいるので、届いた手紙がぼく宛だとは限らない。下宿の老婦人が手紙を届けてくれるのを待つしかない。

届いた手紙には、法律書の活字とは違って、血の通った文字がある。その文字を通して、生身の人間との接触があった。まだ、この社会から自分が忘れ去られているわけではないんだ、それを確かめることができ、安心することができた。ぼくにとって最後の心の支えは、セツルメントのときの人的つながりだった。本郷に来てからも、セツルメント活動から足を洗うことなく、しばらく地域に通うのを続けた。ぼくからこのセツルメント活動を抜かしてしまうと、学生生活は何も残らないといっても言い過ぎではない。

ところが、その活動は、振り返ってみると、みな中途半端だった。これは、ぼくにとって心の痛む反省として残っている。ぼくはセツルメントの代表者までつとめたけれど、理論活動と実践活動を統一することはできなかった。日々の実践記録はつけていたが、それを理論化し、普遍化することはできなかった。そんな理論化の作業は、ぼくのまったく不得手とするところだった。そして、ぼくはセツルメント活動と恋愛を両立させることもできなかった。恋愛については、ぼくなりに全力を傾注したつもりだったけれど、結局、空振りしてしまい、実を結ぶことができなかった。一生懸命やっていたことを結実させることができなかったということは、ぼくという人間をひどくつまらない存在だと思わせるのに十分だった。だから、司法試験の受験勉強をはじめたとき、これだけは中途半端に終わらせたくはない、終わらせないぞという気持ちが強かった。

司法試験の受験勉強は、本当に苦しかった。どうしてか……。それは、セツルメントで実践活動を分析するのと違い、躍動する現実を対象とするものではない、単なる論理のもて遊びに過ぎないのではないか……。そのうえ、内容が反労働者的であるのに、それを身につけなければいけない。いや、苦しさの最大の根幹は、その苦しい勉強が報われるという確実な保障がまったくないということだ。こんなに必死に勉強していても、これがまったく無駄な骨折りで終わってしまうかもしれない。そう考えると、実に馬鹿らしく思えてくる。いかにも侮辱的なことに感じられる。

何も弁護士だけが社会の役に立つ職業ではない。他の仕事であっても、それなりに社会に貢献できることはあるはずだ。そう思うと、こんな苦しい司法試験の受験生活は、むしろ自分の可能性を自ら狭めていることになるのではないか……。そんな疑いさえ、ぼくの心に芽生えてくる。

今は弁護士しかない。そう思い込む以外に自分の救われる道はない。でもでも、何年勉強しても司法試験に合格できなかったとき、そして他の分野の仕事に就かざるをえなくなったとき、ぼくはそのとき、どんな惨めな思いをしなければいけないのだろうか。このような漠然とした、大きな不安がぼくという存在に大きく覆いかぶさってきて息が詰まりそうだった。一日一日が動揺と不安の連続だった。それでも、やがて、年が明けて1月、2月とすすむにつれ、法律の本を開いて勉強しているときだけは、心が平静になるようになった。ついに、法律学に全身が没入してしまう境地にぼくは達した。

10月30日（土）

ぼくは必死になって総括文を書きつづっていった。大学ノートだけでなく、カレンダーの書き込み、毎日の行動を数字で記録した棒グラフ表、そして毎日の出費を克明に記録した小さな家計当座帳のメモ、これら全部を拾い集めて起承転結のある文章にしていった。ぼくが書いていたメモは、物言わぬは腹ふくるる心地ぞするという気持ちから、その都度、思いの丈《たけ》を吐き出して書きつけたもの。断片に過ぎないし、頭のなかは、もっともっといろんなことを考え、苦しみ、悩みながら過ごしてきた。この一年間のすべてを再現することは不可能なので、手がかりとなるメモのある限りで忠実に再現していくようにした。

いったい、なぜこれほど再現しようと必死になったのか……。いわば、女々《めめ》しい気持ちを書きつらねていったのか。書いたものを途中で読み返すと、我ながらいかにも恥ずかしい。恥ずかしさで顔が火照《ほて》ってしまう。だけど、この文章は、ぼくにとって、この一年間、何とか生きてきたことの証《あかし》なのだ。どうして、そんな証をぼくは必要としたのか。

ぼくは幼いころから、絶えず死への恐怖につきまとわれてきた。死んだら、すべては無になってしまう。だけども、ぼくは、この世にぼくという人間がほんの一瞬だったけれど存在していたことを何らかの形で残しておきたい、その衝動がぼくを突き動かしている。そして、受験生活の、この一年間こそ、全く無になるのではないかという恐怖がぼくにつきまとっていた。なんとかして無ではなく、存在するものとして残したい、その思いが内側からひたひたとぼくに迫ってくる。ぼくという人間が、この世に存在していて、こんなこと考え悩んでいた、それを誰かに知ってほしいものだと、常日頃から考えていた。いったい誰に読んでほしいのか、その答えは、いわずもがなだ。ぼくが司法試験の前に振られてしまった彼女だ。苦しい受験勉強の最中にも、折にふれて彼女が登場する。励ましの手紙を何回ももらった。ぼくは司法試験に合格することができた代わりに、ぼくにとって本当に貴重だった愛情という、かけがえのないものを喪ってしまった。それは、すべてを失ったのと引き替えに合格を得たという気持ちにさせるに十分なものであるが、ともかく、ぼくの置かれていた状況について、彼女には、ぜひ理屈抜きに知ってほしかった。心の底まで干からびさせてしまう過酷な受験生活を一年間も続けてきたため、ぼくのなかにかつてあった心の底から彼女を愛している、好きだという気持ちが消え去り、薄れてしまった。心の中が寂漠《せきばく》となり、温かみに欠ける心象風景となった。本当に残念至極《ざんねんしごく》だ。ただ、かつての気持ちのまま彼女との交際が続いていたとしても、然るべき良い結論にたどり着けたかどうか、まるで自信がない。だから、結局のところは、これで良かったのかもしれない。そして、ただ、それにもかかわらず、ぼくがこの一年間をどのように苦しみながら生きてきたのかはせめて知ってほしい、こればかりは切実なるぼくの要求として、ぼくの内側に確固として存在する。ぼくは、そのうちなる欲求に忠実たらんと努めたわけである。

そして、こうやって吐き出すように書くことで、もう司法試験という悪夢をきれいさっぱりと忘れ去りということでもある。いつまでも過去にとらわれることなく、真に平等で、自由な人間関係の社会が生まれるべく、大いに弁護士としてがんばっていきたい……。

ぼくがここまで書き終えたとき、時計を見ると、夜中の1時を過ぎている。やれやれ、だ。早いとこ布団に入って寝よう。

10月31日（日）

体調はまだ本調子とは言えない。昼間、少し身体を動かすと疲れがひどい。一年間の運動不足がたたっている。何しろ、一年間、食事のときに少し散歩がてら歩いたくらいなので、すっかり身体がなまってしまった。歩くだけでなく、少しは走ったり、いきなりハードでなくても身体を動かし、汗をかく必要がある。明日からは、朝はきちんと起きて、規則正しい生活を送ることにしよう。

ぼくは、なんとか総括文集を完成させると、法学部の緑会委員会室に持ち込み、コピーを２部つくった。午後から、彼女に会うことになっている。正月の「とんでもないショック」はとっくに忘却の彼方にある。彼女は、ぼくと会うことに何のこだわりも見せなかった。

国電の御茶ノ水駅近くの喫茶店に入る。彼女は、職場での様子を生き生きと語り、ぼくは、これまでと同じように圧倒された。ようやく、「ところで」と言って、ぼくは総括文集をテーブルの上に差し出した。

「何かしら、これ」。彼女は、分厚い総括文集をすぐに手にとって、中身を確かめた。

「ぼくの一年間の受験生活をまとめたてみたんです。ぜひ読んでほしくって……」と、思い切って彼女に言った。

「そう、そうなの。大変だったでしょうね」。彼女の言葉には優しいいたわり、ねぎらいのニュアンスが含まれているのがよく分かり、ぼくは救われた。「そんなの、いらないわ。悪いけど、興味ないの。それに私、忙しいから読む時間なんてないわよ」。断られ方をあれこれ先ほどまで考えていた。受け取りを断られたときには、あっさり引き揚げるつもりでいた。もちろん、あっさりというのは本心ではない。残念だけど、仕方がない、ということだった。でも、幸い、その反応ではなかった。

「ともかく、最後まで読んでください」

「ええ、そうするわ。でも、少し時間下さいね。毎日へとへとになるくらいに忙しいものだから」

彼女は、じっくり読んでくれるという。ぜひ、読んだ感想を聞きたい。ぼくは、再会を約束して、御茶ノ水駅の改札口の前で彼女と別れた。

あとがき

司法試験を受験する人が減っています。弁護士という職業に若い人があまり魅力を感じなくなっているることの反映でもあるようなので、大変残念に思います。

25歳で弁護士になり、もうすぐ弁護士生活も45年を迎えようとしている私にとって、弁護士こそ天職です。苦しい司法試験受験生活を耐え抜いて、本当に良かったと考えています。

この本は私の実体験にもとづいていますが、あくまでフィクションとしてお読み下さい。47年も前の古い受験体験記ですが、今でもきっと読んで役に立つところがあると私は確信しています。というのも、私は大正11年に発刊された『判検事弁護士試験奮闘記』を手に入れて読みましたが、大正時代の受験生に必要なことは私のときにも求められていたことを知って深い感銘を受けたからです。六法全書が3円というとき、その本は1円80銭でした。いくつか紹介します。

・条文を離れて法理論を語るのは砂上の楼閣に等しい。
・重要な判例・学説を知るにつとめよ。
・受験生同士でおおいに議論をたたかわせよ。
・及第するには、不断の努力をもって確実な勉強を続けて実力を養うこと。そのためには選んだ良書を精読して法律常識を養うこと。
・抜き読みの小細工勉強は禁物。
・過去問を繰り返し、傾向をつかむ。
・強い決心と勇気が必要。
・口述式試験では、あくまで自分の考えとして答える。不確かなことは言わず、自分の正当と信じるところを述べ、それを裏づける一応の理屈を立てて通す。

いかがでしょうか。司法試験の受験生の心得として、今も生きているものばかりだと思います。これは、私のころにはなかった司法試験予備校そして法科大学院ができてからも、少しばかり形は異なっているかもしれませんが、変わらないと確信しています。

私はこの本を若い人たちが読んで自分なりの勉強法を身につけ、司法試験に合格してくれることを心から願っています。

昔も今も、世の中には不条理なことがあまりにも多すぎます。多くの人が強い人に泣かされ、あきらめさせられている現実があります。しかし、そのとき私たち弁護士は、事実をもとにして論理的な組み立てでたたかう筋道を示し、ともに前を向いてすすんでいきましょうと呼びかけることができます。あなたも、そのような取り組みにぜひ加わってほしいのです。この本を読んで勇気を出して弁護士の世界に踏み出してください。

霧山　昴（きりやま　すばる）
1948年　福岡県生まれ
1972年　東京大学法学部卒業
1974年　弁護士（横浜弁護士会登録）
現　在　福岡県弁護士会所属

著書『小説・司法修習生――それぞれの人生』（花伝社、2016年）
福岡県弁護士会のホームページの「弁護士会の読書」コーナーに毎日1冊の書評を10年以上アップしている。

小説　司法試験――合格にたどりついた日々

2018年4月30日　　初版第1刷発行
2023年11月1日　　初版第2刷発行

著者 ――― 霧山　昴
発行者 ―― 平田　勝
発行 ――― 花伝社
発売 ――― 共栄書房
〒101-0065　東京都千代田区西神田2-5-11 出版輸送ビル2F
電話　03-3263-3813
FAX　03-3239-8272
E-mail　info@kadensha.net
URL　https://www.kadensha.net
振替　00140-6-59661
装幀 ――― 澤井洋紀
印刷・製本―中央精版印刷株式会社

ISBN 978-4-7634-0853-2 C0093

小説　司法修習生

—それぞれの人生—

霧山昴　著　（本体価格1800円＋税）

●司法修習の驚くべき実態！

司法修習生たちはどのような生活を送っていたか
青法協対策はどのように行われていたか
裁判官、検察官の確保はどのように行われていたか
1972年、東京・湯島の司法研修所を舞台に司法修習生たちの日常を描き、彼・彼女らの苦悩、葛藤、希望を活写した群像劇

法曹養成の原点
誰も書けなかった、司法修習のリアル——